마광수 장편소설

사랑이라는 환상

마광수 장편소설

사랑이라는 환상

어문학사

ma

■ 서시(序詩)—머리말을 대신하여

다시 비

다시 비
비는 내리고
우산을 안 쓴 우리는
사랑 속에 흠뻑
젖어 있다

다시 비
비는 내리고
우산을 같이 쓴 우리는
권태 안에 흠뻑
갇혀 있다

다시 비
비는 내리고
우산을 따로 쓴 우리는
세월 속에 흠뻑
지쳐 있다

1

숙명론, 또는 결정론에 대한 믿음은 인간을 무기력하게 만들어 버린다. 그런데도 예수, 석가, 공자 등 이른바 성인(聖人)이라는 사람들이 모두 다 '숙명적 체념'을 삶을 건강하게 살아나갈 수 있는 지혜로 제시하고 있다는 사실은 놀랍다. 예수는 하나님의 섭리에 무조건적으로 복종하는 인간을 이상적 인간형으로 제시했고, 석가는 '색즉시공(色卽是空) 공즉시색(空卽是色)'의 생각에 바탕을 두는 일종의 '달관된 체념(諦念)'을 섭세훈(涉世訓)으로 제시했다. 그러면서 그는 희망(그는 '희망'이라는 말 대신 '욕망'이라는 말을 썼지만, 결국은 둘 다 같은 뜻이라고 생각된다)에 목을 매고 살아가는 인생을 비웃었다. 또한 중국의 공자는 정치제도의 개선이나 개인의 윤리적

수양에 의해서 이룩되는 인간사회의 보다 밝은 미래를 꿈꾸고 있었음에도 불구하고, 끝끝내 천명(天命) 사상으로부터 벗어나지를 못했다.

지훈는 이런 생각을 하며 여자의 사타구니 사이를 더듬고 있었다. 클리토리스를 찾는 데 시간이 오래 걸렸다. 20대 초반부터 지금 마흔 살이 될 때까지 항상 습관적으로 되풀이해 온 절차였음에도 불구하고, 그것은 약을 올리기로 작정이라도 한 듯 쉽사리 잡혀주지를 않았다. 신기한 것은, 여자가 가만히 있어준다는 것이었다. 삼십대 중반으로 보이는 여자의 나이와 약간 냉소적인 표정이 그러리라는 것을 짐작케 하긴 했지만, 그래도 전혀 저항이 없다는 것은 의외였다.

이 여자와의 만남은 숙명적인 인연 때문일까, 아니면 주기적으로 찾아오는 무가내(無可奈)의 욕구 때문에 빚어진 돌발적 우연에 불과한 것일까. 클리토리스를 찾아낸 다음 손가락 끝으로 문지르면서 지훈은 이런 생각을 했다. 육체와 정신이 따로따로 놀 수 있다는 사실이 새삼 신기하게 생각되었다. 하긴 '내가 여자에게 흠뻑 빠져들어서 이루어진 만남'은 못 되었기 때문에 그러한 심신(心身)의 분리가 가능할 만도 했다.

"아파요. 언제나 이런 식으로 시작하나요?"

그의 손을 살짝 때리면서 여자가 말했다. 그렇지만 자지를 거머쥔 그녀의 손아귀엔 어느새 힘이 들어가 있었다.

"미안해. 너무 오래간만이라 내가 그만 흥분했나 봐."

지훈은 거짓말을 했다. 오래간만인 것은 사실이지만 미안하게 느껴지지도 않았고 또 흥분한 것도 아니었다.

“왜 갑자기 반말을 쓰시죠? 조금 아까까진 존댓말을 쓰셨잖아요?”

“미안해요. 서로 살을 부딪치다 보니 갑자기 친밀감이 느껴져서 그랬어요.”

그는 또 거짓말을 했다. 하나도 미안할 것도 없었고 또 금세 친밀감이 느껴졌을 리도 없었다. 자기보다 적어도 다섯 살은 어려 보이는 여자한테 반말을 쓰는 것은 그에게 있어 아주 당연한 일이었다.

좁쌀만 한 클리토리스를 힘겹게 비벼대는 것보다는 차라리 허벅지를 만지작거리는 것이 훨씬 더 편할 것 같은 생각이 들었다. 그래서 그는 여자의 사타구니 사이에서 손을 빼내어 허벅다리 위로 옮겼다.

살금살금 쓰다듬다가 그것도 귀찮아져서 허벅지 사이에다 손을 찔러 넣고 가만히 있었다. 의무적으로 쓰다듬어줄 필요는 없다는 생각이 들었기 때문이다. 그러고 나서 지훈은 술을 한 모금 마셨다.

“아, 이제 좀 편안해졌어요. 제발 손 좀 얌전히 두세요.”

한참 동안 가만히 있으려니까 심심하기도 하고 불안하기도 했다.

그는 여자에게 깊게 키스했다.

“한시도 가만있지를 못하는군요. 대체 왜 그러시죠? 선생님이 너무 불안해 보여요. 그러면서 어떻게 환자를 치료하세요?”

여자가 그의 직업을 기억하고 있다는 사실이 조금은 놀라웠다. 여자의 말은 일리가 있는 얘기였다. 역시 ‘똑소리 나는’ 여자라는 생각이 들었다.

"동병상련이란 말이 있잖아요. 불안하니까 불안해하는 사람들의 심정을 더 잘 이해할 수 있는 거지요."

여자는 고개를 끄덕거렸다. 여자가 너무 침착하게 나오는 것이 갑자기 얄밉다는 생각이 들어 그는 여자의 허벅지 사이에 찔러 넣었던 오른손을 빼내이 그녀의 목 뒤로 감았다. 그리고 쉽게 손을 뻗쳐 여자의 젖가슴을 만졌다. 가슴은 절벽이었지만 젖꼭지 하나만은 제법 뾰딱 솟아 있었다.

"아이, 간지러워요. 제발 손 좀 가만히 두세요."

"간지럽지 않을걸요. 기분 좋으면서 왜 거짓말을 하세요?"

"그건 선생님 착각이에요. 여자에 관해서 그렇게 무식하니까 여태껏 장가도 못 갔지요."

"그럼 당신은 왜 여태 시집을 못 갔죠?"

"제가 미혼으로 보이세요?"

"미혼이니까 저녁 늦게까지 술집에서 어정거릴 수 있는 거 아닙니까?"

"뭘 모르시네. 요즘 저녁시간을 자유롭게 보내는 유부녀들이 얼마나 많다고요."

"그럼 당신이 유부녀란 말입니까? 당신이 만약 진짜 유부녀라면 아마 틀림없이 남편과 별거 중일 겁니다. 아니면 같이 산다고 해도 남남처럼 각방(各房)을 쓰고 사는 게 틀림없어요. 당신은 섹스에 몹시 굶주려 있다고요."

"그걸 어떻게 알죠?"

"당신 헤어스타일과 옷을 보고 알았죠. 머리를 남자처럼 아주 짧게 깎고 또 가죽 바지를 입고 있거든요. 대개 서른을 넘기고서 외롭게 지내고 있는 여자들이 그런 모습을 하고 다니죠. 말하자면 '난 완전히 남자를 포기했소.' 하고 표시를 하고 다니는 셈이지요. 아니면 '난 완전히 남자를 초월했소.'가 될지도 모르죠. 하지만 그건 역시 허세에 불과해요. 성욕을 완전히 떨쳐버릴 순 없으니까요. 남자와 현재 사랑을 나누고 있는 여자거나 그걸 바라고 있는 여자라면 머리를 쇼트커트로 하고 다닐 리가 없어요. 그리고 계속 바지만 고집하지도 않고요. 남자차림만 하고 다니는 여자는 남자를 포기하고 스스로 남자가 되겠다고 선언하고 나선 여자지요. 일종의 자기애(自己愛)인 셈인데, 말하자면 자기 몸 안에 남녀 양성(兩性)의 특질을 둘 다 갖추고서 혼자서 자가발전(自家發電)을 해보겠다는 거죠."

"역시 직업의식을 못 버리시는군요. 하지만 꽤 그럴싸하게 들려요. 그런 걸 공부하려면 머리가 셌겠어요. 그럼 가죽 바지는 어떤 의미가 있죠?"

"가죽 자체가 어쩐지 사디스틱한 느낌을 주지 않아요? 가죽은 남성의 심벌이죠. 그러니까 살에 착 달라붙는 가죽옷을 입는다는 것은 남자와 지속적인 살갗접촉을 나누는 셈이 되지요. 가죽으로 만든 가방 등 가죽공예품을 좋아하는 여자들은 다 대가 센 독신녀들이거나 부부관계가 좋지 못한 유부녀들입니다. 당신 역시 가죽 바지가 주는 미묘한 촉감을 통해서 남자의 살갗을 음미하고 싶었을 거예요. 그러고 보니 당신이 하고 있는 귀걸이나 팔찌, 반지는 다 차가운 느낌을 주는 심플한 디자인의 은제품들뿐이로군요. 차라리 황금색이 은색보다는 따뜻한 느낌을 주지요. 투박한 디자인의 금속제 장신구, 특히 은색 장신구를 좋아하는 여자들도 다 외로운 여자들입니다. 사디스틱(sadistic)하고 카리스마가 있는 차가운 남성의 이미지를 살갗에 붙이고 다니는 셈이지요."

말을 끝마치고 나자 지훈은 여자와 단둘이 앉은 자리에서 이런 식의 장광설을 늘어놓고 있다는 사실이 왠지 역겹게 느껴졌다. 그런데도 여자는 재미있다는 표정으로 계속 고개를 끄덕거리고 있었다. 여자는 정말로 정신주의자인 것 같았다. 아니, 좋은 말로 '지성적인 여자'인 것 같았다. 그는 문득 재수 없는 여자라는 생각이 들었다.

"어때, 내 말이 맞지 않아요?"

"대충은 맞는 것 같아요. 하지만 선생님은 너무 개인적 심리에만 집착하고 유행심리 같은 사회적 관행은 무시하고 있어요."

"그럴지도 모르죠. 그래, 대체 당신은 미혼입니까, 기혼입니까?"

"미혼이에요."

"그럼 아예 독신으로 살 작정을 한 게로군요. 이런 옷차림으로만 다니니 말이에요."

"옷차림하고는 상관없는 얘기지만, 현재로서는 그래요. 하지만 외롭다는 것 또한 사실이에요."

"성욕이 미칠 듯이 일어나지 않아요?"

"성욕이야 나죠. 제가 불감증은 아니니까요. 하지만 가끔이라면 몰라도 남자하고 결혼해서 같이 살기는 싫어요."

갑자기 여자가 건방지게 느껴졌다. 그래서 그는 여자를 왈칵 소파 위에 쓰러뜨렸다. 그리고 거칠게 입술을 빨면서 손가락을 보지 깊숙이 박았다. 룸 카페의 소파라서 아무래도 불편했다. 여자가 이렇게 쉽게 나올 줄 알았더라면 아예 호텔로 갔어야 하는 건데……. 아니면 내 아파트도 괜찮았을 거고……, 하고 그는 생각했다.

여자는 남자의 키스에 그만하면 잘 응해주었다. 혓바닥이 보드랍고 탄력이 있었다. 키스가 꽤 오래간만인 것 같았다. 여자의 보지 역시 그의 손가락이 하자는 대로 잘 따라와 주었다.

"그런데 참 이름이 뭐라고 했죠?"

키스를 끝내고 나서 그가 물었다.

"또 물으시네. 기억력이 제로이신가 봐요. 타미예요."

그는 사실 여자의 이름 따위엔 별로 신경을 쓰지 않았었다. 그건 그의 오래된 습관이기도 했다.

"타미? 맞아, 타미였어. 이름이 너무 독특해. 팔자가 세겠군."

그의 말투가 다시 반말로 되었다.

"왜요?"

"여자는 평범하게 지아비 받들고 사는 게 최고 아냐? 그런데 '타미'라고 하면 이름부터 너무 특별하게 느껴져서 왠지 팔자가 평탄하지 못할 것 같은 생각이 들어."

"그럼 선생님 이름은 아주 평범한 이름인데, 왜 그렇게 혼자 궁상맞게 지내시는 거죠? 이지훈, 정말 너무나 무미건조한 이름이에요."

여자는 신통하게도 그의 이름까지 기억하고 있었다. 그동안 '빈터'에서 서너 번 스쳐가며 만났을 때, 잠깐잠깐 의례적인 대화를 나눴을 뿐인데도 말이다. 아니…… 어느 잡지책에서 그가 쓴 글을 읽어본 적이 있을지도 모른다……. 아무래도 여자가 애초부터 그에게 관심을 가지고 있었던 게 분명했다. 하긴, 서른다섯 살 정도의 나이라면 아직 결혼을 포기할 나이는 아니다.

지훈은 여자가 혹시 자기를 최후의 '먹잇감'으로 점찍어뒀던 것은 아닌가 하는 생각이 들어 온몸에 오싹 소름이 돋았다.

이름에 대해서 얘기를 나누다 보니까 문득 이름이 갖고 있는 상징성이 아주 무섭고 두렵게 느껴졌다. 사주팔자도 중요하지만 이름 또한 중요하다. 사람은 어렸을 때 이름이 정해지면서부터 이미 자기의 운명을 예정(豫定)받고 있는지도 모른다……. 그는 진료카드에서 처음 찾아온 환자들의 이름을 대할 때마다, 그것을 자기 나름대로 분석해 보는 버릇이 있었다. 성명학에서는 말하는 획수나 발음 따위에는 별 관심이 없었고, 우선 발음이나 한자가 연상시키는 상징적 의미가 중요하게 여겨졌던 것이다.

"타미, 타미…… 어쨌든 예쁜 이름이야."

그는 자기의 이름이 내포하고 있는 상징적 의미에 더 깊이 빠져들어가기가 싫어서 슬그머니 말머리를 돌렸다.

"우리 할아버지가 지어준 이름이에요. 할아버진 한학(漢學)에 능하셨어요. 그러니까 성명철학에도 일가견이 있으셨을 거예요. 그런 분이 일부러 팔자가 드센 이름을 지어주셨을 리가 없어요."

"그래? 대관절 무슨 '타' 자(字), 무슨 '미' 잔데? 내가 듣기엔 꼭

침 타(唾) 자(字)처럼 들렸어."

"꽃떨기 타 자, 아름다울 미 자예요."

"꽃떨기 타? 그래…… 들어본 적이 있어. 하지만 어떤 글잔지 잘 생각나지 않는군. 어떻게 쓰는 글자지?"

여자는 일어나 앉아 곁에 놓여있는 그의 양복 주머니에서 만년필을 꺼냈다. 그리고 테이블 위의 종이 냅킨에다가 한자를 썼다. '朶'라는 글자였다. 그는 종이 냅킨 위에 잉크가 번져가는 모양이 꽤 관능적이라고 생각했다. 마치 여자의 서답에 묻어있는 검붉은 핏방울을 보고 있는 것 같았다. 하지만 그리 잘 쓴 글씨는 아니었다.

"타미 씬 왜 '빈터'에 드나들게 됐지? 언제나 혼자시더군."

처음으로 그녀의 이름을 불러보니까 오래전부터 친밀하게 지내온 사이인 것 같은 생각이 들었다.

"우연이에요. 어쩌다 친구를 따라서 술 마시러 와보니까 분위기가 마음에 들더군요. 혼자 오는 여자가 많았다는 점이 특이했어요. 주인 언니도 마음에 들었고요."

"김 마담은 너무 남자 같아, 노처녀라서 그런지 심통이 많고. 난 별로야."

"마담이라고 부르니까 어쩐지 거리감이 느껴지네요. 형진 언닌 그만하면 편한 사람이에요."

"여자가 남자 이름을 가졌으니 그렇게 박복하고 심술이 많지. 얼굴도 못 생겼고."

"제때에 시집 못 가면 박복한 건가요?"

"일단은 그렇다고 볼 수 있지."

"그럼 남자는 혼자 살아도 괜찮고요? 선생님은 참 이중적이시군요. 전 '빈터'에서 선생님과 잠깐씩 얘기를 나눌 때마다 선생님이 그만하면 탁 트인 분이라는 인상을 받았어요."

"그럼 실망했겠군."

"아니, 솔직히 말해서 그저 그래요. 남자들이란 원래 다들 그렇게 생겨먹었으니까요……. 그렇게 형진 언닐 싫어하시면서 '빈터'엔 왜 자주 오시죠?"

"당신 말마따나 묘하게 편한 구석이 있어서. 아니, 솔직히 말하면 혼자 오는 여자가 많았기 때문이겠지. 모이는 사람들의 나이가 대개 30대 이상이라는 것도 좋았고."

그가 타미를 만난 건 이번이 다섯 번째였다. '빈터'에서 처음 타미를 보았을 땐 별로 깊은 인상을 받지 못했다. 기름칠을 해서 반짝거리는 짧은 머리가 약간 섹시하게 보였을 따름이었다. 얼굴은 아주 차갑게 지성적이면서 그만하면 예쁜 편이었다. 화장기가 하나도 없다는 게 마음에 걸렸다. 그는 꽤 재수 없고 건방진 여자일 거라고 생각했다. 그런데 오늘 저녁 '빈터'의 스탠드 옆자리에서 그녀와 부딪쳤을 때, 그는 그녀가 다리에 날씬하게 착 달라붙는 가죽 바지를 입고 있는 것을 보고 불현듯 성욕을 느꼈다. 이런저런 얘기를 나누면서 슬슬 꼬시니까 의외로 쉽게 따라나서 주었다. 그래서 두 사람은 빈터를 빠져나와 곁에 있는 룸카페로 자리를 옮긴 것이었다.

"그래 타민 지금 뭘 하고 있지?"

"작은 화랑을 하나 하고 있어요. 시작한 지 반 년쯤 됐죠."

"화랑? 그럼 돈을 꽤 벌겠군."

"웬걸요. 아직까지는 그저 그래요. 요즘 화랑들이 너무 많이 생겨서요. 아버지한테 결혼 자금을 미리 달라고 졸라서 시작한 건데, 현재는 그저 애송이 화가들의 전시회용으로 대관(貸館)해 주는 수준에 머물고 있어요. 하지만 그림 그릴 때보단 나아요. 말하자면 전 화가로서의 꿈을 키우다가 단념해 버린 셈이죠. 어쩐지 평생 혼자 살아가게 될 것 같은 예감이 들어서, 우선 경제적 기반을 만들어 놔야겠다는 생각이 들었어요."

저렇게 차가워 보이는 여자가 그림을 전공한 여자라는 사실이 놀라웠다.

"타미가 그림을 그렸어? 그것 참 놀랍군. 그림 그리는 여자들은 대개 화장도 진하게 하고 옷도 화려하게 입고 다니는 여자들인 줄 알았는데."

"저도 예전엔 야하게 차리고 다녔지요. 그런데 나이를 먹다 보니까 그렇게 차리고 다니는 게 아주 궁상맞아 보이더라고요. 마치 '날 좀 보소, 날 좀 보소.' 하고 구걸을 하고 다니는 것 같은 처량한 느낌이 들었어요."

"나르시시즘을 즐기는 것이 될 수도 있잖아."

"나르시시즘도 정도 문제지요. 또 여기는 한국이고요. 남들이 좋게 봐주지 않는데 혼자서 배짱을 부리는 것도 한계가 있어요."

하긴 그녀의 말에도 일리가 있었다.

"여자는 나이에 따라 변신을 해야 해요. 특히 우리나라같이 보수적인 사회에서는 더욱 그렇죠. 나이를 먹을수록 고상하면서 부티나게 차리고 다녀야 남들이 알아주거든요. 또 사실 그래야만 어느 정도 아름다움을 유지할 수 있고요. 짙은 화장은 피부를 상하게 하거든요. 또 제가 하는 일이 부티나는 귀부인들을 상대로 하는 일이라서 더 그래요. 그 여자들은 그림이 뭔지 몰라요. 그러니까 내가 떠들기에 달려 있어요. 말하자면 전 고급 접대부인 셈이죠. 그런 여자들은 다들 고상하게 예쁘고 우아하게 부티나는 귀부인이 되려고 악을 쓰는 여자들이지요. 그러니까 저도 고상하게 보여야만 장사를 잘 할 수 있다고요."

"화랑이 강남에 있나?"

"지금은 동숭동에 있어요. 그런데 아무래도 언젠가는 강남으로 옮겨야겠어요. 역시 거기라야 그림이 비싸게 많이 팔려요."

여자의 말을 듣고 나서 지훈은 여자의 옷차림과 장신구들을 다시 한 번 눈여겨보았다. 잘은 모르겠지만 꽤 비싼 것 같았다.

"말하자면 당신은 본격적으로 돈독이 오르기 시작한 여자로군 그래."

"별수 있나요. 여자가 늙으면 믿을 건 돈밖에 더 있겠어요? 선생님도 개업을 시작하신 게 돈을 바라서가 아니었나요?"

"돈 때문만은 아니었어. 나는 좀 더 시간을 갖고 싶었지. 대학에 있다 보니까 마치 떡장수가 떡을 팔듯이 내 지식을 뜯어서 파는 생활의 반복이라는 생각이 들었지. 물론 환자를 보기도 했지만 대학

내에서의 인간관계에 더 신경이 쓰여서 기계적인 진료를 할 수밖에 없었지. 또 한약을 치료제로 시험할 수도 없었고."

그는 또 거짓말을 했다. 사실 대학교수 자리를 박차고 나올 용기까지는 없었다. 교수 자리는 역시 최후의 보루로서의 위엄과 권위를 갖는 '소셜 스테이터스'였던 것이다. 과장과의 마찰 때문에 조교수 직급에 묶여 승진을 못한 것이 대학을 그만둔 진짜 이유였다. 과장이 노골적으로 눈총을 주어 더 버텨내기가 힘들었던 것이다.

"한약이요? 정신과에서도 한약을 쓰나요?"

"대학병원에서 쓰기는 아무래도 껄끄럽지. 동료 교수들 눈치가 보이니까. 하지만 난 바쁘다는 핑계로 서양식 약물치료에만 의존하는 대학병원의 관행이 싫었어. 정신치료의 기본은 역시 면담치료야. 그리고 정 할 수 없을 때 약물을 쓰는 건데, 신경안정제니 항우울제니 하는 것들은 아무래도 임시방편에 불과하더란 말이야. 그래서 전문의가 된 다음부터 슬금슬금 한방의학 책들을 보기 시작했는데 그게 꽤 마음에 들더군. 자세히 설명하려면 너무 복잡해. 한마디로 말해서 서양의학의 정신치료제는 다 뇌의 대사작용에만 작용할 뿐인데, 한방의학의 정신치료제는 뇌뿐만 아니라 전신(全身)에 작용한다는 점이 다른 것 같아."

한약을 쓰기가 껄끄러웠다는 얘기는 사실이었다. 그가 때가 됐는데도 계속 3년 동안이나 승진을 못하고 과장의 눈총을 받게 된 것은, 어떤 치사한 여자의 투서 때문이었다. 나이트클럽에 갔다가 어떤 30대의 논다니 여자와 어울려 하룻밤 잤는데, 그 여자가 나중에 그가 교수라는 것을 이용하여 거액의 돈을 요구해 왔던 것이다.

재미있는 것은 그 여자가 유부녀라는 사실이었다. 남편 몰래 외간 남자와 잤으면 자기 쪽에서 더 쉬쉬해야 하는 법인데, 그 남편까지 가세하여 유부녀를 강제추행했다는 사실을 폭로하겠다고 으름장을 놓았던 것이다. 상습적으로 돈을 뜯어내는 데 이골이 난 부부인 것 같았다. 정말 신경질 나게 황당무계한 경우였다. 그래서 그는 해볼 테면 해보라고 그냥 내버려두었다. 그러자 곧바로 투서가 날아들었고, 원래부터 지훈을 싫어하고 있던 과장은 신바람이 났다. 과장은 그것을 빌미 삼아 그에게 계속 사직할 것을, 승진을 안 시키는 등 간접적인 방법으로 종용했다.

지훈은 치사해서라도 결국 손을 들 수밖에 없었다. 의과대학 교수였다는 게 다행이었다. 당장 나가서 개업이라도 하면 되기 때문이다. 지방대학에서 오라는 데도 있었지만 그는 결국 개업을 하기로 결단을 내렸다. 그래서 여기저기서 돈을 꾸어가지고 작은 의원을 하나 차릴 수 있었다.

차라리 잘 됐다는 생각이 들었다. 정신분열증 환자 등 입원 치료를 해야 하는 환자는 종합병원으로 보내버리고, 노이로제 등 자잘한 환자들만 상대하다 보니까 오히려 인간 심성(心性)의 정체에 대하여 더 정밀한 공부가 가능해졌다. 면담치료 위주로 환자를 오랫동안 붙들고 늘어지니까 찾아오는 환자도 그렇게 많지 않았다. 그래서 책을 볼 여유도 다시 생기게 됐고, 비록 잡문에 속하는 것이지만 철학이나 한방의학 등 인접 분야의 글을 쓸 수 있게도 됐다. 주로 정신의학에 관련된 에세이였다.

"참 재미있네요. 사실 저도 우울증 비슷한 거 때문에 정신과에 드나들어본 경험이 있거든요. 그러다가 지금은 항우울제 중독이 되고 말았어요. 하루라도 안 먹으면 미칠 것 같아진다고요. 선생님께 한번 치료를 받아보고 싶어지는군요."

여자는 계속 한약 얘기를 붙들고 늘어졌다. 지훈은 조금 피곤해졌다.

"항우울제가 중독성이 있는 건 아니야. 다만 당신이 그렇게 생각하는 거지. 사실 약물치료 요법이 정신의학의 큰 진전이었던 것만은 틀림없어. 약물요법 덕분에 급한 불을 많이 끄게 됐거든. 다만 약물의 남용이 문제가 되는 거지. 환자들에게도 문제가 있어. 꼭 약을 줘야만 구체적인 치료행위라고 이해한단 말이야. 그들은 그냥 의사와 얘기만 하고서 치료비를 내는 것을 아주 억울하게 생각하지. ……술집에서까지 장사 얘길 하긴 싫군. 나중에 기회가 있으면 자세히 얘기해줄게. 또 내가 하고 있는 방법이 가장 확실한 방법이라는 확신도 없어. 한약이 전부는 아니야. 항우울제 등의 약도 쓸 땐 써야 해. 한약이 보조제 역할을 해준다는 거지. 난 지금 섹스에 몹시 허기져 있어. 빨리 좀 어떻게 해줘."

지훈은 여자의 머리를 끌어당겨 자기의 자지 위에다 놓았다. 여자는 눈을 빠끔히 올려 뜨고서 말했다.

"선생님도 포르노 비디오를 많이 보셨나 봐요. 펠라티오를 좋아하시는 걸 보니."

"포르노 비디오 때문이 아니야. 난 원래부터 펠라티오를 좋아했어. 왜? 서비스해 주기가 싫어? 정 싫다면 관둬도 돼. 억지로 강요하고 싶지는 않으니까."

"5분만 해드릴게요. 더 이상은 안 돼요."

지훈은 여자의 뺨을 후려갈기고 싶었다. 5분이든 1분이든 단서를 붙이지 말고 해줬으면 좋았을 텐데, 여자가 자기의 본색을 버리지 못하고 미리부터 따지고 들었기 때문이다. 그러나 이성과는 무관하게 혼자서 자율적으로 움직이는 본능적 감각이 그의 불쾌한 기분을 금세 무마시켰다.

여자는 감칠맛 없게 의무적으로 빨았다. 그는 일부러 시계를 보았다. 정확히 5분이 되자 여자의 머리를 밀어냈다.

"왜요, 기분이 언짢으세요?"

여자가 말했다.

"아니."

그는 거짓말을 했다.

"자네가 5분만 해주겠다고 했잖아."

그는 기분이 불쾌할 때마다 여자한테 '자네'라는 호칭을 쓰는 습관이 있었다.

여자는 다시 일어나 앉았다. 둘 다 조금은 시들해져 있었다. 지훈은 술잔을 들어 단숨에 들이켰다. 여자는 담배를 입에 물고 불을 붙였다.

2

진료실로 환자가 들어왔다.

환자의 이름은 이방숙, 오늘이 열다섯 번째 만남이다. 그는 그토록이나 끈질기게 자기를 신뢰해 준 이방숙이 고맙게 느껴졌다.

"안녕하세요, 선생님."

깍듯이 인사하는 이방숙의 옷차림이 무척 화사했다. 핑크빛 꽃무늬가 수놓인 상의가 왠지 답답했던 지훈의 마음을 따스하게 녹여 주었다.

"오늘 참 아름다워 보이시는군요. 옷이 정말 예쁩니다."

그는 아부를 했다.

"고마워요, 선생님. 선생님도 지난번보다 한결 젊어지신 것 같은데요."

어젯밤 타미와 나누었던 시큰둥한 정사가 그래도 효과가 있었던 것일까, 지훈은 마음속으로 냉소적인 웃음을 흘렸다.

이방숙이 그를 처음 찾아온 것은 세달 전 T종합병원 내과에 근무하고 있는 L의 소개에 의해서였다. 먹으면 토하고 먹으면 토하고 하는 것이 주 증상이었는데, 내과적 치료만 가지고서는 전혀 차도가 없다는 것이었다. 아무래도 심인성(心因性) 소화불량인 것 같아 보여 정신과적 치료가 필요할 것 같다고 L은 소견서를 적어 보냈다.

L이 근무하는 종합병원에도 정신과가 있는데 그리 보내지 않고 이쪽으로 보낸 것이 지훈으로서는 고맙게 생각됐었다. L은 의과대학 동창생인데, 지훈의 치료방법에 공감을 하여 가끔씩 내과적 방법으로는 치료할 수 없는 환자들을 보내주곤 했다.

지훈의 치료방법이래야 뭐 특별한 비방(秘方)을 가지고 있는 것도 아니었다. 그는 우선 겸손하고 성의 있는 자세로 환자를 대하려고 노력했고, 정신분석학적 선입관에 빠지지 않으려고 애썼다.

의사들은 환자의 수소(愁訴)보다 자기가 갖고 있는 관념적 선입관을 더 중요시하는 경우가 많다. 그래서 환자의 증상이 나타내는 현상적 양태보다도, 정신분석학, 특히 프로이트의 '리비도(Libido) 결정론'의 이론에다가 환자의 증상을 억지로 대입시키려고만 애쓰는 것이다. 물론 지훈이 프로이트의 학설을 완전히 부정하고 있는 것은 아니었다. 오히려 이방숙의 경우는 프로이트의 이론에 싱거울 정도로 딱 들어맞는 환자였다. 그러나 여러 환자들을 치료해 보면서, 지훈은 프로이트나 융 등 어떤 이론으로도 접근하기 힘든 환자를 많이 보아왔던 것이다.

처음에 이방숙은 좀처럼 입을 열지 않았다. 그래서 지훈은 우선 환자의 신체적 증상을 완화시켜 주어야만 의사를 신뢰할 것 같다는 생각이 들어, 한약을 가지고 실험해 보았다. 보통 다려먹는 한약이라면 환자들이 거부감을 보이기 쉬운데, 다행히 K제약에서 나오는 엑기스를 추출하여 분말로 만든 한약제들이 있었다. 그래서 그는 우선 이방숙에게 '반하후박탕(半夏厚朴湯)'을 처방해 보기로 했다.

반하후박탕은 그 원인이 무엇이든 간에 신경이 예민한 여자의 신경성 소화불량 및 식도질환(食道疾患)에 효험이 있는 것으로 되어 있다. 그래서 우선 시험 삼아 일주일분을 주어본 것이었는데, 다행히도 차도가 있었다.

한방의학에서는 정신질환이든 신체질환이든, 병의 원인보다는 현상에 주목한다. 원인이야 어찌 됐든 간에 우선 환자가 호소하는 괴로운 증상들을 완화시켜 놓고 봐야 한다는 식이다. 말하자면 양의학에서의 진통제와 비슷한 개념인데, 일단 진통을 시켜놓고 나서 자연적인 치유력이 회복되기를 기다려본다는 입장이다. 그렇지만 양약의 진통제와 다른 점은, 그것이 음식물과 비슷한 생약이라 비교적 습관성 등의 부작용이 없다는 점이고, 또한 국부적인 효과만이 아니라 전신적인 효과를 기대할 수 있다는 점이 특이하다.

특히 한방 정신의학의 경우에는 정신적 원인이 육체적 질병을 만들었다 하더라도, 육체적 증상을 고침으로써 정신적 증상까지도 어느 정도까지는 고칠 수 있다고 보는 것이 양방 정신의학과는 아주 대조되는 점이라고 할 수 있다.

이를테면 비관주의적인 인생관 때문에 생긴 우울증이라 할지라도, 그 증상인 소화불량, 편두통, 불면증 등을 병의 원인과는 관계없이 오직 음양(陰陽)과 기혈(氣血)의 개념만 가지고 호전시켜 놓으면, 병의 원인이 되었던 비관적 인생관까지도 뒤바꿔놓을 수 있다고 보는 것이다. 예를 들면 정신이 간(肝)을 지배할 수도 있지만 간이 정신을 지배할 수 있다고 보는 것인데, 우리가 일상적으로 쓰는 말 가운데도 한방의학의 개념이 많이 들어가 있다.

'간이 크다', '간이 부었다'는 말이 좋은 예인데, 과대망상증 같은 것은 정신적 원인 때문에 생기기도 하고 간이 부었기 때문에 생긴 병이기도 하다고 본다. 그러니까 한방의학은 극단적인 유물론 또는 육체주의도 지양하고, 동시에 극단적인 정신주의도 지양하여 양자를 결합하고 있다고 볼 수 있다.

그래서 한방적 치료법을 정신분석 요법에 가미하면 훨씬 더 종합적인 심신치료가 된다. 특히 면담치료로도 병의 원인을 뚜렷이 밝히기 어려운 만성적인 우울증 등의 신경 증세는, 한약 처방만 가지고서도 환자의 고통을 어느 정도 완화시켜 줄 수 있다는 것이 장점이다. 한약에는 서양의학에는 없는 '보약'의 개념이 있어서, 기(氣)를 보(補)해 주는 약만 먹어도 대충 정상인에 가까운 심신상태를 유지할 수 있다.

한의학에서는 만병의 원인을 '기(氣)의 흐름의 불균형'에 둔다. 그러니까 기(氣)를 기분(氣分)의 뜻으로 쓸 때는 정신적 원인 때문에 이루어진 병의 치료에 그 적용이 가능하고, 기(氣)를 일종의 '에너지의 흐름'의 뜻으로 쓸 때는 육체적 신진대사의 회복을 통해 정신(즉, 기분)까지 치료할 수 있다는 신념이 생겨 나오게 되는 것이다. 똑같이 실연(失戀)을 했어도, 기(氣)가 강한 사람은 우울증에 걸리지 않는다. 반하후박탕은 말하자면 기를 잘 흐르게 해주는 약이었다.

이방숙은 지훈과의 면담을 시작한 지 다섯 번째쯤 되어서야 진짜 얘기를 꺼내놓기 시작했다. 그녀는 지금 스물여덟 살인데 대학교 때부터 멘스가 안 나왔다고 했다. 대단히 중요한 얘기를 해준 셈이었다. 여자가 멘스가 없는 경우는 육체적인 원인보다는 정신적 원인이 많기 때문이다. 면담을 계속해 나가자 심리적으로 억압돼 있던 이방숙의 과거가 드러나기 시작했다.

그녀의 어머니는 처녀시절 싫어하는 남자와 반강제적인 성관계를 가지고 난 후, 순결 이데올로기에 굴복하여 하기 싫은 결혼을 한 체험을 가지고 있었다. 그래서 외동딸인 이방숙에게 끊임없이 감시와 걱정의 눈길을 보냈다. 그리고 남자의 나쁜 면들만 주입시켰다. 사실 이방숙의 아버지는 전형적인 권위주의자였기 때문에 아내도 딸도 다 그를 싫어했다. 그러다 보니 자연히 이방숙은 성(性)에 대해 공포감을 가지게 될 수밖에 없었고 아버지를 닮은 남자들 역시 다 괴물로만 생각되었다.

그녀의 어머니는 그래도 자기의 딸이 좋은 혼처로 시집가는 것이 최대의 소망이었던지라, 시집가기 싫다고 버티는 딸을 일 년 전에 억지로 중매결혼 시켰다. 이방숙이 보기에도 남편 될 사람이 그리 싫어 보이지 않았다.

그런데 결혼하자마자부터 문제가 생겼다. 남편이 당연히 성관계를 요구해와 마지못해 수동적으로 받아주긴 했다. 남편은 아내가 '숫처녀'라서 그저 수줍어서 그러는 줄로만 알고 아내의 소극적 대응을 이상하게 보지 않았다. 그런데 시간이 지나면서 이방숙에게 구토증이 생기게 되었다.

지훈은 이방숙의 얼굴을 자세히 바라보았다. '반하후박탕' 덕분인지 약간은 식욕이 돌아온 것 같았다. 처음 보았을 때처럼 비참하게 말라 있진 않았다.

"그래, 요즘 남편께선 어떤 반응을 보이시나요?"

"제가 예전보다는 별로 거부반응을 보이지 않으니까 아주 기분 좋아해요. 하지만 구토증이 아주 없어지지는 않았어요. 왜 그렇죠? 저는 제 병의 원인을 선생님 덕분에 알아낼 수 있었잖아요? 그런데도 아주 완쾌되지 않는 게 이상하게 느껴져요."

"남편을 사랑하시나요?"

"잘 모르겠어요. 아무 생각 없이 한 결혼이었으니까요. 전 어머니를 기쁘게 해드리고 싶었죠. 또 그 사람에게서 꽤 좋은 인상을 받았던 것도 사실이고요."

지훈은 더 이상의 치료가 불가능하다는 생각이 들었다. 성교공포증을 치료한 것까진 좋았지만, 그 다음이 더 문제라는 생각이 들었기 때문이었다. 아무리 한약이 좋다고는 하지만, 반하후박탕이 정신적 외상(外傷) 그 자체까지 없애줄 수는 없다. 직관적 예감이긴 하지만, 앞으론 이방숙의 결혼생활이 더 복잡한 갈등의 연속이 될 것만 같은 생각이 들었다. 이방숙이 남편을 그리 싫어하지 않는다는 점이 문제였다.

여자들은 대체로 아버지를 닮은 남자를 남편감으로 택하는 경향이 있다. 평소에 아버지를 싫어하던 여자들이 더욱 그렇다. 아버지를 닮은 남자를 남편으로 맞아, 아버지에게서 당한 한(恨)을 아버지의 대리인인 남편에게 복수하고 싶어 하는 것이다. 물론 이러한 심리적 메커니즘을 본인은 전혀 자각하지 못한다. 잠재의식 깊숙이 숨어있기 때문이다.

그러니까 이방숙이 구토증을 계속 보이고 있는 이유는, 성에 대한 혐오감이나 남성에 대한 혐오감 때문이기도 하지만 아버지를 닮은 남편에 대한 혐오감 때문이기도 한 것이다. 아버지와 섹스할 순 없듯이, 아버지의 분신인 남편과도 섹스할 수 없다. 그러니까 구토증은 여전히 계속될 것이고 앞으로 시간이 흘러갈수록 이방숙은 남편을 어떤 형태로든 들볶기 시작할 것이다……. 복잡 미묘한 심리적 콤플렉스를 완전히 치료해 주려면 엄청난 시간이 필요할 것이고, 또 잘 되리라는 보장도 없다.

가장 좋은 방법은 역시 이방숙이 이혼을 하고 스스로의 인생을 새롭게 시작해 보는 것이다. 그런데 이방숙에게 그런 극한적 처방을 내릴 용기가 그에겐 없었다. 그저 '박하후박탕'이나 계속 복용하라고 하는 수밖에 없겠다……. 그것만 가지고도 웬만큼은 견뎌나갈 수 있을 테니까. 양약의 진토제(鎭吐劑)보다는 그래도 반하후박탕이 훨씬 더 낫다…….

지훈은 난감한 기분에 빠져들었다. 그래서 그는 그녀에게 적당히 대답해 주는 수밖에 없었다.

"이제부턴 이방숙 씨 혼자서 노력해야 됩니다. 당분간 어머님과 긴 이야기를 나누는 걸 피하시고, 남편을 더욱더 사랑하도록 애써보세요."

"며칠 전부터 멘스가 다시 비치기 시작했어요. 그런데 이상한 것은 멘스가 나오기 시작했는데도 그이와의 관계가 별로 재미있게 생각되진 않는다는 사실이에요."

"멘스가 다시 비쳤다는 사실 하나만으로도 방숙 씬 이미 거듭나신 겁니다. 이제부턴 혼자서 치료해 나가야 합니다."

"어떻게요?"

"나도 모르겠어요."

지훈은 갑자기 피곤해져서, 의사가 해서는 안 될 말을 내뱉고 말았다. 이방숙의 눈동자가 자꾸 그의 눈을 쫓고 있었다. 어느새 전이(轉移)현상이 시작된 것 같았다.

여자 환자들은 병이 호전되면서부터 의사에게 지나치게 의지하게 되는 경우가 많다. 마치 교회의 신도들이 목사에게 기대는 것처럼 말이다. 그것은 대개 연정 비슷한 것으로 옮아가기 쉽다. 의사는 한사코 그것을 막아야 한다. 그러지 못하면 환자는 끝내 자신의 아이덴티티[自我正體性]를 찾지 못하고 의존적인 성격으로 고착돼 버리기 쉽기 때문이다.

"인생을 새롭게 다시 출발하고 싶어졌어요. 선생님, 어떻게 하면 좋지요?"

애매하기 짝이 없는 물음이었다.

"아이가 없다고 하셨죠?"

"물론 없지요. 선생님이 헷갈리셨나 봐."

이렇게 말하면서 방숙은 배시시 웃었다. 입매만큼은 깨물어 먹고 싶도록 관능적이었다.

"이 정도면 제가 할 수 있는 치료는 거의 다한 셈입니다. 앞으로는 가끔씩 들러 경과를 말씀해 주시고 제가 지어주는 약을 가져다가 복용하시면 되겠어요. 그 약만 계속 드셔도 구토증은 아주 호전될 겁니다."

지훈은 이렇게 말하고 나서 더 할 말이 있는 듯 미적거리고 있는 환자를 돌려보냈다.

그는 담배를 한 대 피워 물었다. 구토증만 빼놓고는 차라리 먼저 대로가 나을 뻔했다. 구토증을 일으킨 것 자체부터가 그녀가 내심 섹스를 갈구하고 있었다는 증거였다. 여자가 둔감한 체질이라 구토증을 일으키지 않았더라면 그녀는 평생 섹스 또는 사랑과 무관하게 살아나갈 수 있었을 것이다. 아니, 그녀가 몹시 가난해서 '먹는 문제'에만 관심을 쏟아야 하는 형편이었다 해도 구토증은 안 일어났을 것이고, 남편이 요구하는 섹스를 억지로 참아가며 그럭저럭 받아들였을 것이다. 옛날 우리나라 여자들은 다들 그런 식으로 대충대충 살았었다.

그런데 이제부터가 문제다. 험로(險路)다. 그녀는 차츰차츰 사랑에 눈떠갈 것이 틀림없다. 아니 사랑보다는 섹스라는 말이 더 맞겠지. 부부간의 사랑이 기적적으로 불붙는다면 또 몰라도. 이방숙은 차츰 더 심각하게 갈등하게 될 것이다. 아이를 낳으면 더 그럴 것이다…….

지훈은 그녀에게 이혼하라는 처방을 내려주지 못한 자신의 비겁함이 부끄럽게 생각되었다. 갑자기 그는 신경질이 복받쳐오는 것을 느꼈다. '프리섹스'가 이미 보편화되어 가고 있는 이 시대에, 이방숙이 겪고 있는 증상은 정말 프로이트 시대에나 걸맞은, 터무니없이 시대착오적인 것이었다. 아무리 어머니 탓이라고는 하지만, 그 여자는 너무나 무지했고 너무나 바보 같았다.

그는 요즘 들어 자식의 성격 형성에 대한 부모의 절대적 영향력을 강조하고, 어릴 때 부모에게서 받는 정신적 외상(外傷)이 사람의 한 평생을 지배한다는 식의 고전적인 이론에 대해 회의를 느끼고 있는 중이었다. 이방숙의 모친이란 여자는 대체 어떻게 생겨먹은 여자일까? 지훈은 그 여자를 한 대 세게 때려주고 싶은 충동을 느꼈다. 인간의 불행은 프로이트가 말한 오이디푸스 콤플렉스에서 비롯되는 것이 아니라, 자신의 동의 없이 억지로 부모 자식의 관계로 묶여진데 대한 자식의 반발심리, 또는 애증병존의 심리에서 비롯되는 것이라는 생각이 들었다. 그것은 유아기의 섹스하고는 별개의 문제였다.

이방숙은 왜 어머니에 대한 '효도' 따위의 시대착오적 윤리에다 목을 매고 살아야만 했을까. 그만하면 똑똑하게 생긴 여자가 그토록 어벙하게 자기 관리, 아니 자기 본능 관리를 해왔다는 사실이 지훈은 밉살스럽게 생각되었다.

그녀의 남편이란 작자는 대체 어떤 사내일까? 아내가 즐거운 유희로서의 성에 대해서는 백지라는 사실을 알면서도 성교하고 싶은 마음이 생길 수 있었을까? 이 세상엔 너무나 무식한 놈들이 많다. 다들 '똥배짱'에다가 알량한 '지성'을 갖고서 각자 뻔뻔스럽게 나름대로의 인생을 살아간다.

이방숙의 어머니는 보나마나 딸에게 성이란 여자에겐 결국 필요악일 수밖에 없다고 가르쳤겠지……. 물론 성이 인생의 전부일 수는 없지만, 그래도 인생의 중요한 일부가 되는 것만은 사실이다. 그런데도 왜 상당수의 사람들은 성에 대해서 그토록 무지한 것일까…….

이런 생각에 빠져들다 보니 지훈은 더 우울해지는 자신을 느꼈다. 설사 성이 필요악이 아니라는 사실을 인정한다고 해도, 당장 그 다음에 밀어닥칠 '사랑'의 문제를 해결해 줄 수 있는 뾰족한 방도가 없다는 생각이 들었기 때문이다. 사랑하는 사람과의 섹스, 아니면 성적(性的)으로 합치된 사람끼리의 사랑, 둘 다 실제로 실현하기 힘든 것들이다. 사랑하는 사람과의 만남은 노력으로는 안되는 '운명적'인 것이다. 그러니 차라리 미리부터 체념하는 것이 낫지 않을까. 그렇다면 대체 우린 무슨 재미로, 무엇을 위해서 살아가야 한단 말이냐…….

그는 때늦은 감상(感傷)에 빠져 '사랑'이라는 공허한 관념에 다시 한 번 매달리고 있는 자기 자신을 느꼈다.

3

졸지에 가을이었다. 9월 말까지도 늦더위가 질깃질깃 남아 있었고, 하늘도 찌뿌둥하게 뿌옇기만 했다. 그런데 10월 초순이 되자 모든 것들이 삽시간에 변해버렸다. 우선 하늘이 파랗고 높게 보였고, 나무들의 색깔도 훨씬 더 진해 보였다. 바람이 제법 맵싸하게 느껴지는 게 기분 좋아서, 지훈은 진료가 끝난 뒤 병원에 남아 한가롭게 창밖을 내다보고 있었다. 간호사도 퇴근해 버리고 난 뒤의 저녁나절은 가을이 아니더라도 언제나 그를 푸근하게 해주었다. 너무 늦게까지 앉아 있으면 비굴하고 외로워지지만, 한두 시간쯤은 그런대로 괜찮았다.

창밖으로 저녁노을이 보였다. 서향으로 앉은 방이라서 여름엔

고생을 하지만, 그래도 황혼 때마다 빠짐없이 저녁노을을 바라볼 수 있어서 좋았다. 서교동 극동방송국 앞에 있는 병원 건물에서는 당인리발전소의 끄트머리 부분과 양화대교, 그리고 성산대교 등을 탁한 빛깔의 한강물과 함께 바라볼 수 있었다. 빌딩 앞에는 아직도 야트막한 단독주택들이 많이 들어서 있었기 때문에, 빌딩 3층에 자리 잡고 있는 진료실의 시계(視界)를 완전히 가로막진 않았다.

돈 많은 환자들이 찾아올 확률이 높다는 중심가에다 병원을 차리지 않은 이유는, 순전히 이 동네가 갖고 있는 익조틱(exotic)한 매력 때문이었다. 홍익대학교 앞에서 극동방송국이 있는 곳까지의 거리, 그리고 극동방송 건너편에서 서교호텔 쪽으로 이어지는 거리는 마치 유럽의 도시들에서나 맛볼 수 있는 이국정서(異國情緖)를 느끼게 해주는 것이었다. 술집들이 제법 많았음에도 불구하고, 길거리를 오가는 사람들이나 차량의 숫자도 뜸한 편이었다.

병원 앞 거리로 쌍쌍의 남녀들이 걸어가는 모습이 보였다. 아직 해가 떨어지지 않아서 그런지 그들이 걷는 모습이 아주 싱그러워 보였다. 해가 진 뒤 어둠이 내려앉은 거리를 걸어가고 있는 연인들의 모습은 왠지 옹색하게 보인다. 음습하고 축축한, 그리고 내숭스러운 성욕을 애써 태연한 체 위장하고 있는 것 같기 때문이다.

그는 캐비닛에서 양주병을 꺼내어 병째로 들고 한 모금 마셨다. 매일 저녁마다 되풀이되는 의례적인 절차였다. 당장 집으로 돌아가기는 싫고, 그렇다고 곧바로 술집으로 직행하기엔 뭔가 찝찝해서 빈방에 앉아 양주 한 모금으로 약간 알딸딸한 기분을 만들어보는 것이다.

때로는 관능적인 상상력이 발동하는 수도 있고, 때로는 센티멘털한 추억 속에 잠겨드는 수도 있다. 양주를 별로 즐기지 않는 체질이지만, 짧은 한 모금으로 온몸 구석구석까지 취기를 퍼뜨리기엔 사실 양주처럼 좋은 것도 없었다.

거리엔 점점 어둠이 깔리기 시작하고 칼칼한 바람이 불어왔다. 지훈은 창문을 활짝 열고 바람을 맞아 들였다. 술 때문에 화끈하게 달아오른 얼굴의 살갗 위로 부딪쳐오는 가을바람이 상큼한 맛을 느끼게 해 주었다.

이상하게도 병원 앞 큰 길에서는 해만 떨어지면 바람이 분다. 그건 무더운 한여름 밤에도 마찬가지다. 한강에서 불어오는 밤바람이 와우산을 끼고 있는 이곳의 묘한 지형적 특성 때문에, 마치 산골짜기에서 부는 바람처럼 한꺼번에 그 틈새로 몰려오는 것 같았다.

지훈은 술을 다시 한 모금 더 마셨다. 아까의 첫 잔보다 한결 더 강력한 신호가 뱃속에서부터 왔다. 그는 담배를 한 대 피워 물고서 물끄러미 거리를 내려다보았다. 먹먹해진 뇌리 사이로 지난 시절의 한토막이 문득 떠올라왔다.

오래 전 어느 늦은 가을날 아침, 그러니까 더 정확히 말해서 1979년 10월 27일 새벽 생각이 났다. 그때 생각이 왜 뜬금없이 머릿속으로 쳐들어왔는지 몰랐다.

그 전날 밤늦게까지 술을 마셨기 때문에 그는 완전히 잠에 곯아떨어져 있었다. 자명종 시계가 시끄럽게 울려 그는 간신히 눈을 떴다.

그때는 레지던트로 있던 시절이라 아침마다 일찍 출근해야만 했다.

부랴부랴 세수를 하고 급하게 끓인 커피에다 맨 빵을 곁들여 먹으면서, 그는 습관적으로 라디오를 틀었다. 그때도 그는 혼자였다. 본가가 지방에 있었기 때문에 대학시절부터 하숙 아니면 자취를 해왔던 것이다.

라디오에서는 마침 임시 뉴스가 흘러나오고 있었다. 아나운서는 약간 흥분된 목소리로 어젯밤에 박정희 대통령 신상에 어떤 중대한 사고가 발생했다고 말했다. 아나운서는 그것을 '유고(有故)'라는 단어로 표현했던 것 같다. 유고라는 말이 꽤 애매하게 들리긴 했지만 어쨌든 박 대통령한테 좋지 않은 일이 생긴 것만은 분명했다. 아니, 그 정도의 표현이라면 박 대통령이 사망했다는 얘긴지도 모를 일이었다.

그 순간 그는 술이 왈칵 깨는 것을 느끼며 정체 모를 희열감에 빠져들었다. 강한 전율이 그의 온몸을 엄습해 왔다.

그가 박 대통령을 미칠 듯이 증오하고 있었기 때문은 결코 아니었다. 그는 대학시절에도 학생운동엔 별로 관심이 없었다. 그가 정치에 관심을 두고 있지 않았기 때문이기도 했고, 의대 학생이라는 신분 역시 그를 정치적 관심에서 멀어지게끔 만들었던 것이다. 그는 본과 2학년 때부터 오직 프로이트와 한방의학에 심취해 있었다.

물론 애틋한 첫사랑이 예과(豫科) 시절에 있었다. 그러나 그것이 끝내 일방적인 짝사랑 비슷한 것으로 끝나버리자 그의 청춘시절은 일찌감치 종말을 고했다. 그때의 순수한 열기(熱氣)를 그는 끝내 회복할 수 없었다.

그럼에도 불구하고 대통령이 죽었다는 사실은 그에게 형언할 수 없는 기쁨과 활기를 불어넣어주었다. 그건 뭔가 커다란 변화가 생길 것 같은 예감 때문이었는데, 별다른 해프닝 없이 지루하게 반복되기만 하는 일상(日常)이 지겹게 느껴졌기 때문이었을 것이다. 그리고 무엇보다도 사디스틱한 쾌감을 느끼게 해줬다는 것이 가장 큰 이유였다. 좋은 대통령이든 나쁜 대통령이든, 최고로 출세한 사람이 총에 맞아 죽었다는 건 어쨌든 신나는 일이었다. 오랫동안 추적해 왔던 여자와의 정사가 이루어졌을 때 맛보게 되는 일시적인 승리감 따위와는 비교도 되지 않는 기쁨이었다.

지훈은 십여 년 전의 그날 아침을 생각하며 마음속으로 입맛을 다셨다. 그 순간만큼은 정말 살 것 같았다. 무언가 파격적인 '변화'가 도래할 것만 같은 예감이 들었고, 그래서 막연한 희망을 느꼈다. 그 변화가 이 사회를 파국적인 형국으로 이끌어가든 희망적인 형국으로 이끌어가든, 당장은 별 상관이 없었다. 옅은 졸음에 한없이 빠져들어 가있는 것만 같은 지루한 일상의 반복에, 어떤 형태로든지 자극을 불러일으켜 줄 수만 있으면 그만이었다.

그 이듬해 5월도 생각났다. 광주항쟁이 일어났을 때도 어쨌든 그는 기분 좋은 상태에 있었다. 정국이 어떻게 돌아가고 있는지는 잘 모르겠지만, 아무튼 자극적인 사건이었다. 수많은 사람들이 죽고 다치고 했다는 사실은 마치 전쟁 영화를 보고 있는 듯한 착각을 느끼게 했다.

그것은 한여름의 지루한 무더위 끝에 찾아온 태풍과도 같았다. 태풍의 피해가 얼마나 심하든 그것은 알 바 아니었다. 나만 태풍권(颱風圈)에서 비켜 있기만 하면 되었다. 태풍이 오면 많은 양의 비가 내리고 거센 바람이 분다. 그래서 우선은 시원하고 우선은 통쾌하다.

한참 있다가 그는 몽롱한 취기에서 깨어났다. 창밖을 보니 어느새 둥그스름한 달이 떠올라 있었다. 하늘 여기저기에 드문드문 구름이 흘러가고 있어 기막히게 아름다웠다.

그러고 보니 모레가 추석이었다. 지훈은 추석이 된 줄도 모르고 있었던 자기 자신이 신기하게 생각되었다. 내일부터 물론 병원을 쉬고, 간호사와 보조원에게도 하루 더 휴가를 주었는데도 그는 그 사실을 까마득히 잊고 있었던 것이다.

뻔한 사실을 깜빡 잊어버리는 경우가 있다. 방금 받은 편지를 어디에 놔두었는지 몰라 헤매게 되는 식으로 말이다. 정신분석학에서는 그러한 것에다가도 다 이유를 붙이곤 한다. 잠재의식이 그런 어처구니없는 망각을 초래하게 한다는 것이다. 편지의 경우라면, 자기가 싫어하는 사람한테서 온 편지이기 때문에 그런 실수를 하게 된다는 얘기다.

그는 일단 자리에서 일어났다. 왠지 마음이 무거웠다. 어디로 가야 할지 몰랐기 때문이었다. 내일부터 며칠 쉰다고 생각하니 가슴에 바윗돌을 얹어놓은 것만 같았다. 주말이나 공휴일 전날마다 항상 느끼게 되는 기분이었다. 지금까지 계속 혼자서 버텨왔다는 사실이 신기하게 여겨졌다.

집으로 가봐야 그렇고……. 그럼 또 별수 없이 '빈터'로 가야 하나……. 아니면 누구한테 전화라도 걸어볼까. 하지만 이 시간에 전화를 걸어봤자 받아줄 사람도, 반겨줄 사람도 없다. 지훈은 우선 병원 문을 닫고 나와 약간 휘청거리는 걸음으로 계단을 내려왔다.

건물 밖으로 나오니 소슬한 바람하며, 휘영청 달빛하며, 한산한 거리 풍경하며, 주변 분위기가 온통 낭만적이었다. 그는 그냥 처벌처벌 걸어갔다. 걸어가다 보니 어느새 '빈터' 앞에 서 있는 자신을 깨달았다.

'빈터'는 극동방송에서 하수동 쪽으로 내려가는 길가에 자리 잡고 있었다. 홍익대 앞에서부터 이어지는 술집들이 거의 끝나는 곳에 있었기 때문에 호젓한 느낌을 주었다. 그는 '빈터'의 작은 창문 사이로 새어 나오는 불빛을 보고 왈칵 반가운 마음이 치솟았다. 그래서 문을 밀고 들어가려고 했다. 하지만 어쩐지 이상한 예감이 들어 동작을 급히 멈추었다. 예감이랄 것까지도 없었다. 거기 들어가 술을 마셔봤자 자기가 더 초라하게 느껴질 것 같다는 생각이 들었기 때문이다. 물론 이런 생각은 그가 '빈터'의 문을 열고 들어갈 때마다 매번 느끼게 되는 생각이었다.

그는 '빈터'를 벗어나 다시 무작정 앞으로 걸어갔다. 달빛이 그를 빨아들이고 있는 것만 같았다. 갑자기 달밤의 한강을 구경해보고 싶은 생각이 났다. 한강을 지척에 두고 있었지만 한 번도 가본 적이 없었던 것이다.

조금 더 걸어가다가 그는 차를 가지고 나왔더라면 좋았을 걸 하는 생각을 했다. 그러면 조금 멀리 떨어진 성산대교 옆 둔치에도 쉽게 가볼 수 있을 것이었다. 저녁때마다 거의 술을 마시기 때문에 차를 썩히게 되는 날이 많았지만 오늘은 이상하게도 술을 안마시고 그냥 무작정 드라이브를 하고 싶은 심정이었다.

하지만 다시 병원 앞으로 돌아가기는 싫었다. 그래서 그는 계속 앞으로 걸어갔다. 길을 건너자 주택가가 나왔고, 주택가를 한참 지나 당인리발전소가 나왔다. 달빛을 받은 발전소 건물은 음산한 골격을 을씨년스럽게 드러내놓고 있었다.

발전소 옆을 지나 무조건 남쪽으로 난 골목을 걸어가다 보니 지하도가 나왔다. 지하도를 건너니까 절두산 성당이 서 있었다. 이만하면 좋은 코스를 택한 셈이었다.

성당 옆엔 조그마한 공원이 있었고 서너 개의 벤치가 놓여 있었다. 달밤이라 그런지 언덕에 높이 솟아있는 성당의 모양이 무척이나 고풍스러워 보였다. 흡사 드라큘라 백작의 고성(古城)을 연상시켜주기도 했고, '잠자는 숲속의 미녀'가 누워있는 중세풍의 성채가 연상되기도 했다. 성모 마리아 상(像)과 김대건 신부의 동상이 달빛을 받아 근엄하다 못해 섬뜩한 표정으로 어색한 미소를 흘리고 있었다.

그는 공원 끄트머리의 난간이 있는 곳까지 걸어가 난간에 기대어 한강을 바라보았다. 어디 딴 나라에라도 와있는 것 같았다. 한강은 여느 때의 둔탁한 한강이 아니었다. 그것은 투명한 금빛으로 반짝이면서 환상적인 모습을 아름답게 드러내고 있었다. 수면이 너무 잔잔해서, 마치 짙은 빛깔의 담요를 깔아놓은 것만 같았다. 그가 강물 위로 뛰어들면 푹신한 쿠션으로 그의 몸뚱어리를 기분 좋게 받쳐줄 것 같았다.

그는 한참 동안 강물을 바라보며 서 있었다. 담배를 한 대 피워 물었다. 그리고 담배를 필터가 붙어있는 끝부분까지 피울 동안 그 자리에 꼼짝 않고 서서 강물을 바라보았다. 절두산 성당 옆으로 전철이 소리를 내며 지나가고 또 자동차의 소음도 많이 들렸지만 그런대로 견딜 만했다. 사람이 없어서 그런지 차분한 맛이 있었다.

그는 벤치에 걸터앉았다. 술을 가지고 왔더라면 더 좋았을 걸, 하고 그는 생각했다. 사람이 없어 텅 빈 공원 안이 달짝지근하면서도 촌스럽지 않은 노스탤지어를 불러일으켜주어, 혼자서 술을 마셔도 전혀 궁상맞지 않을 것 같은 생각이 들었기 때문이다.

담배만 서너 대 연거푸 죽이고 있으려니까 다시 옛날 생각이 났다.

광주 항쟁사건 이후, 그때만큼의 스릴과 서스펜스를 맛본 적은 없었다. 한동안 세월이 지나 1986년 여름에 가서야 그는 다시 한 번 짜릿한 긴장과 흥분을 경험할 수 있었다. 그때 그는 군의관 생활을 마치고 모교에서 연구강사 노릇을 하고 있었다. 초여름의 어느 날, 갑자기 요란하게 공습경보가 울린다는 것이 이상했다. 라디오를 틀어보니까 아나운서가 '이것은 실제상황입니다'를 연발하고 있었다.

적기(敵機)가 서울 상공에 침투했다는 것이었다. 그는 온몸 전체에 소름이 돋아오면서 마치 차가운 얼음물을 갑자기 뒤집어쓴 것 같은 기분을 느꼈다. 아주 기분 좋은 한기(寒氣)였다. 섬뜩하면서도 유쾌한 긴장감이 그의 온몸 혈관 구석구석까지 퍼져나가는 것이었다.

그때 그는 어떤 여자와 연애 비슷한 것을 하고 있었는데, 하도 오랫동안 뜨뜻미지근하게 끌어온 사이라 약간 질려있는 중이었다. 공습경보가 계속 울리고 있는 동안 그의 머릿속에서는 그 여자와의 달콤하면서도 로맨틱한 미래가 파노라마처럼 스쳐 지나가고 있었다.

"만약에 진짜로 전쟁이 터져 우리 두 사람이 불가피하게 헤어지게 될 경우, 나는 그녀를 계속 못 잊어 하게되겠지……, 아니 헤어지기까진 않는다 하더라도 계속 전시체제 하에서 긴장하며 만나다 보면 미묘한 사랑의 상승작용이 일어날 수 있겠지……."

그 순간 그는 이렇게 마음속으로 중얼거렸었다.

"전쟁이라는 극한상황에서는 권태고 나발이고 존재할 수가 없다……. 내가 그녀를 드라마틱하게 사랑하게 될지도 모를 일이고, 그래서 그녀한테 완전히 저자세로 매달리게 될지도 모를 일이다. 『무기여 잘 있거라』든 『닥터 지바고』든, 애틋한 연애소설들은 모두 다 전쟁을 배경으로 하고 있으니까.

그녀 역시 나에게 적극적으로 될 것이고, 나는 남자로서의 의무감과 책임감 때문에 그녀를 계속 보호해주는 척이라도 하게 될 것이다……. 그러면 나는 남자로서 좀 더 으쓱해질 수 있게 되겠지…….
죽음의 공포를 사랑의 부담감으로 대충 이겨나갈 수도 있을 것이
다…….”

그러나 그때 울린 공습경보는 금세 실수로 인한 오보로 밝혀졌
다. 그래서 그는 다시금 본래의 덤덤한 일상(日常)으로 되돌아갈 수
밖에 없었다.

지훈은 오래 전의 그날을 생각하며 담배연기를 뱃속 깊숙이까지
빨아들였다가 천천히 내뿜었다. 잠시 생각이 정지되었다. 그 이후
로는 별로 특기할 만한 사건이 없었던 것 같다. 물론 6·29 민주화 선
언도 있었고, 모처럼 만의 대통령 선거(選擧)도 있었다.

김대중 씨가 하도 대중연설을 잘한다고 해서 추위를 무릅쓰고
여의도광장까지 가보기도 했다. 하지만 그때부터는 이미 평화시기
요, 안정시기였다. 그래서 별다른 긴장감이 조성될 수가 없었다. 문
득 해방 전의 지식인들이 부럽다는 생각이 들었다. 그때는 '독립' 하
나면 만사 오케이였다. 목표가 너무나 뚜렷하고 간단했다.

하긴 그 사이에 직장에서의 알력과 골치 아픈 투서사건이 있었
다. 그리고 대학을 떠나 개업을 해야만 하게 된 이벤트가 있었다. 하
지만 그 정도 가지고서 뱃속 깊숙이 스며있는 권태감을 일시에 까뭉
갤 순 없었다.

그때 결혼을 했었더라면 지금 어떻게 되었을까, 하고 그는 생각
했다. 그는 혜리와 1986년 말까지 질깃질깃 교제를 계속하고 있었

다. 5년이 넘는 교제였다. '연애'라는 표현을 쓰기에도 뭔가 쑥스러운, 글자 그대로 '교제'에 불과했다. 그동안 혜리가 잠깐잠깐 바람을 피우기도 하고 그 역시 잠깐씩 바람을 피우기도 했다. 말하자면 시큰둥하기 짝이 없는 연애였다.

물론 시대착오적인 '플라토닉 러브'는 아니었다. 그러나 그녀는 만나서 살을 섞을 때는 자지러지게 흥분하다가도 보통 때는 냉랭한 여자친구로 돌아왔다. 둘이서 토론을 할 때가 그래도 가장 재미있었다. 혜리는 지적(知的) 욕구가 강했다. 그녀의 전공은 심리학이었는데, 그래서 더욱 토론의 쿵짝이 맞아떨어졌다. 그녀는 대학원 석사과정을 마치고 어떤 연구소에서 일하고 있었다. 그때 그녀는 외국으로 유학을 가고 싶어 했다.

그때가 마지막 기회였다. 그가 결혼하자고 애걸복걸하며 붙잡았더라면 그녀가 외국 유학을 안 떠났을지도 몰랐다. 그러나 그녀는 결국 독일로 날아가 버리고 말았다. 그가 붙잡지 않았기 때문이다.

지훈은 혜리와 결혼한다 해도 크게 밑지는 장사는 아니라는 생각이 들었지만, 그래도 선뜻 마음이 내키지를 않았다. 그녀가 마음속에서 그리고 있던 진짜 이상적인 여인상은 못 된다는 결론을 내렸기 때문이다. 그는 토론도 필요 없고 자잘한 대화도 필요 없는 여자를 원하고 있었다. 말하자면 '애완용 강아지' 같은 여자였다. 왜 그런 여성관이 형성됐는지는 몰랐다. 하지만 그것이 비록 병적(病的) 애정관이라 할지라도, 그것을 수정할 생각은 없었다.

처음에 혜리에게 접근할 때는 오로지 그녀의 외모에 끌렸다. 섹스도 그만하면 잘 받아주었다. 계속 만나다 보니 지성미까지 있었다. 우선 대화가 통하기 때문에 만나서도 전혀 심심하지가 않았다. 그래서 그는 그때 이 여자야말로 서로의 정신과 육체가 완벽하게 결합될 수 있는 이상적인 배우자감이 아닐까 하는 생각에 잠깐 빠져들어, 결혼을 통한 가족관계의 형성이 모든 노이로제의 원천이라는 평소의 생각을 수정하게 될 뻔했다.

하지만 역시 그녀는 기가 셌다. 절대로 자기가 먼저 섹스로 공격해 오지는 않았다. 개처럼 포근하게 달려들지를 않았다. 이쪽에서 발동을 걸면 한참 동안 뜸을 들이다가 불같이 흥분하여 꽥꽥 소리를 질러대기까지 했지만, 자기가 먼저 이성을 잃으며 헷갈려대지는 않았던 것이다. 그런 성격이라서 그런지, 그가 끝내 청혼하지 않았는데도 그녀는 별 섭섭한 기색을 보이지 않고 훌쩍 독일로 떠나버리고 말았던 것이다.

혜리 생각을 하고 있으려니까 갑자기 자지가 일어섰다. 한없이 외롭다는 생각이 들기도 하고 처량한 느낌이 들기도 했다.

마침 한 쌍의 젊은 남녀가 걸어 들어오는 게 보였다. 머리를 길게 기른 여자가 남자의 어깨에 뺨을 기댄 채 팔로 남자의 배를 감고 걸어가고 있었다. 남자의 팔 역시 여자의 허리를 감고 있었다. 그가 젊었을 땐 상상하기조차 어려웠던 자세였다.

지훈은 눈을 감았다. 견디기 어려운 욕망의 파도가 그의 온몸을 마치 고압전기에 감전되기라도 한 듯한 느낌으로 휩쓸고 지나갔다. 상투적인 이미지를 가지고 간헐적으로 찾아오는 관능적 상상이 그의 머릿속을 짓눌러 오금이 저리게 만들었다.

……머리를 길게 기른 여자가 그의 자지를 빨아주고 있었다. 여자의 얼굴은 그가 그토록이나 열심히 추적했던 첫사랑의 대상이었다. 섹스와는 아무런 상관없이 오직 순수한 정열의 치기(稚氣)만 갖고서 미칠 듯이 애모했던 그 여자가, 섹스의 화신이 되어 그의 곁에 있었다.

그는 꼼짝도 하지 않고 비스듬히 의자에 기대앉아 있었다. 그는 X자(字) 모양으로 포갠 넓적다리 사이에 성기를 끼워 끄트머리 부분만 빠끔히 머리를 내밀게 하고 있었다. 여자는 불편한 자세로 앉아 그의 넓적다리 밑으로 얼굴을 힘겹게 디밀고서 자지를 빨고 있었다. 그러다가 여자는 무릎을 펴고 일어나 그의 얼굴을 핥고 가슴을 핥고 사타구니를 핥았다.

여자가 키스를 하고 싶어 하는데도 그는 입을 벌려주지 않았다. 그러자 여자는 그의 입술 언저리를 끈질기게 핥아대었다. 그가 포갰던 다리를 풀고 가랑이를 쫙 벌렸다. 그러자 여자는 그의 다리 사이에 무릎을 꿇고 앉아서 자지와 고환을 핥고 빨았다. 여자의 얼굴 표정이 그야말로 무미건조했다. 노동을 하고 있는 표정도 아니었고 그렇다고 사랑에 들떠있는 표정도 아니었다. 밝은 연두색으로 염색된 여자의 긴 머리카락이 그의 숱 많은 음모와 뒤섞여 검푸른 수풀을 만들었다.

한참을 빨고 나서 여자는 그의 곁에 앉았다. 그러고는 그에게 몸을 기댄 채 아무 말이 없었다. 그는 여자의 몸무게가 약간 힘겹게 느껴지고, 또 조금 더 자지를 빨리고도 싶어서, 여자에게 말을 붙였다.

"왜 벌써 그만뒀지?"

그러자 여자가 대답했다. 여자의 목소리가 꼭 녹음기를 틀어놓은 것 같기도 했고, 초등학생이 책을 읽고 있는 것 같기도 했다.

"머리가 자꾸 입에 들어가요."

"머리라니? 무슨 말이야?"

"당신의 자지 털하고 제 머리카락이 자꾸 한데 섞여요. 조금 있다 또 할게요."

여자는 '또 해드릴게요'라고 하지 않고 '또 할게요'라고 말했다. 그는 여자의 말투가 마음에 들었다. 여자의 말은 남자를 위해서 펠라티오를 해주고 있는 게 아니라 자기 스스로가 좋아서 하고 있다는 얘기처럼 들렸다.

"그럼 머리카락을 다 잘라버려."

그는 사실 그녀의 염색한 긴 머리카락을 무척 아름답다고 느끼고 있었지만 한번 시험 삼아 명령해 보았다.

여자는 당장 가위를 가져왔다. 그러고는 머리카락을 대충 다 잘라버렸다. 그는 내심 머리카락이 아까웠지만 은근히 기분이 좋았다. 문득 여자의 머리를 아예 비구니의 머리처럼 박박 밀어버리면 더 멋있을지도 모른다는 생각이 들었다.

그래서 그는 면도기를 가져다가 여자의 머리를 말끔히 밀어버렸다. 그러자 여자는 비구니의 모습이 되었다. 면도 솜씨가 서툴러 머리털의 그루터기들이 삐죽삐죽 남아 있는 여자의 머리통으로 자지를 살금살금 비비게 했다. 까칠까칠한 감촉이 아주 기분 좋게 느껴졌다. 그는 재미가 붙어 이번엔 여자의 눈썹도 밀어버렸다. 여자의 얼굴이 무표정한 기계처럼 변했다.

그는 상상을 더 진전시켰다. 그러자 상상 속의 여자가 사기의 마누라인 것만 같은 생각이 들었다. 결혼이란 도저히 피할 수 없는 통과의례로구나 하고, 그는 상상 속에서도 생각했다.

……그가 그녀에게 해주는 것은 돈을 벌어다가 주는 것 이외에 아무것도 없다. 그녀를 핥아줄 필요도 없고 인터코스로 오르가슴에 도달하게 해줄 의무도 없다. 그녀가 그것은 바라지도 않는다. 말하자면 그녀 쪽에서만 일방적으로 봉사해주는 것이다. 왜 그러느냐고 물어보면 그녀는 언제나 '사랑하니까요.'라고 대답하곤 한다. 아주 무미건조한 음색으로…….

지훈은 몽롱한 상상 속에서나마 아늑하고 행복한 기분에 빠져드는 것을 느꼈다. 어느새 손이 저절로 자지가 있는 쪽으로 갔다. 하지만 그는 손을 멈췄다. 혼자서 쏟아버리기엔 너무 아깝다는 생각이 들었기 때문이다.

돌연한 낭패감이 그를 궁상스럽게 만들었다. 상상의 끝은 언제나 결혼이기 마련이었다. 그것이 그를 창피하게 했다. 그동안 여러 차례 분석을 시도해 봤지만 자기가 왜 이런 식의 성적 판타지에 주기적으로 빠져들게 되는지 알 수가 없었다. 물론 첫사랑이 불발탄으로 끝나버렸기 때문에 미련을 못 버려서 그러는 것일 것이다. 그런데 왜 그가 상상 속에서 여자를 일방적으로 혹사시키고 있는지 알 수가 없었다. 프로이트나 에리히 프롬의 설명대로라면, 그것은 권력을 지나치게 추구하는 사람들이 종종 빠져들게 되는 환상이었다.

누군가가 음식을 입으로 먹여주고 또 옷도 입혀주고 하는 것을 바라는 남성의 심리 밑바닥에는 자궁회귀 욕구가 도사리고 있다. 일종의 유아기로의 퇴행현상이다. 그러한 욕구는 대체로 어려서 어머니의 사랑을 받지 못하고 자란 경우에 두드러지게 드러난다. 부모에 대한 적개심이 권력욕으로 발전하고 권력욕은 황제 망상을 낳아, 자궁 속과 비슷한 호화로운 왕궁 속에서와 같은 안락한 게으름을 맛보고 싶어 하는 것이다.

하지만 그는 어머니를 증오하고 있지 않았다. 그의 모친은 그에게 아낌없는 사랑을 베풀어주었다. 모친의 사랑이 과잉집착이나 욕구불만의 보상심리에서 나온 것 같지는 않았다. 그의 아버지 역시 대한민국의 여느 평범한 부친들처럼 착하고 순한 얼굴을 가지고 있는 모범적인 남편이요 아버지였다.

그런데도 왜 나는 여자들한테 원초적인 적개심을 가지고 있는 것일까. 그는 자신에게 다시금 똑같은 질문을 던졌다. 왜 나는 로봇처럼 철저히 섹스 노동만 베풀어주는 여자를 바라고 있는 것일까. 왜 여자를 하나의 인격적 개체로서 인정하려 들지 않는 것일까, 하고 그는 생각했다. 아무래도 이건 성적(性的) 리비도(Libido)나 가족관계의 문제가 아니라 실존(實存)의 문제인 것 같다…….

존재 자체가 증오스럽다. 프로이트의 시대가 '성적(性的) 좌절'의 시대였다면, 현대는 '실존적 좌절'의 시대다. 실존적 좌절은 권태를 낳고, 권태감은 사람들을 우울증으로 몰아간다. 갱년기에 찾아오는 무력감 때문에 생기는 우울증이나 어이없는 실연(失戀) 따위로 찾아오는 우울증, 또는 극도의 열등감에 기인하는 우울증 등은 차라리 치료하기가 쉽다. 그러나 단조롭게 되풀이되는 일상사와 거기서 누적된 권태감으로 인해서 생겨나는 만성적인 우울증은 오히려 치료하기가 어렵다.

어머니에게 사랑을 못 받고 자라났다거나 궁합이 맞는 여자를 만나지 못해서 고독한 게 아니라, 살아 있다는 것 자체가 고독한 것이다. 그래서 한 생명을 잉태하고 출산하는 주체인 여성을 증오하게 되는 것이다. 여기엔 물론 모친도 포함된다. 남성의 정자(精子) 역시 생명을 잉태시키는 또 하나의 원천인데도 불구하고, 자기 쪽의 책임은 쏙 빼놓고 여자한테만 책임을 전가시키고 있는 셈이다……. 그는 스스로 우선 이런 해답을 내려보았다.

4

그때 갑자기 그의 등 뒤에서 서너 번 밭은기침 소리가 났다. 돌아보니 여자 한 명이 그가 앉아있는 쪽으로 혼자서 천천히 걸어오고 있었다.

흰빛의 바바리코트가 달빛 때문에 특별히 창백한 빛깔로 눈에 들어왔다. 금발로 염색한 부스스한 긴 머리카락과 유난히 하얀 얼굴이 인상적이었다. 여자는 그가 앉아있는 벤치 옆을 통과하여 아까 그가 서 있었던 장소에 가서 멈추어 섰다.

지훈은 여자의 뒷모습을 바라보며 꽤 멋있는 실루엣이라고 생각했다. 요즘은 여자들 사이에 염색과 긴 머리가 유행이라서 그런지 이 여자 역시 머리를 길게 기르고 염색을 하고 있었다. 다만 바바리코트의 길이가 너무 긴 것이 이상했다. 거의 발목까지 덮고 있었으니 말이다. 풍성하게 긴 금빛 머리카락과 길고 헐렁한 코트가 마치 여자를 땅속으로 끌어들이기라도 하고 있는 것 같아 보였다.

저 안에다가는 어떤 치마를 입고 있을까. 초미니일까 아니면 그저 그런 길이의 치마일까. 아니……, 팬티도 치마도 없이 아예 홀딱 벗고 있을지도 모른다…….

그는 부질없는 공상에 빠져들었다. 구두는 낮은 단화 같아 보였다. 그런데도 키가 커 보이는 걸 보니 상당히 장신(長身)인 것 같았다.

그때까지도 지훈은 여자에 대해서 별 생각이 없었다. 혼자 있을 때는 상상 속에서 엄청난 성욕을 느끼면서도, 막상 여자를 대하고 나면 별로 욕구가 일어나지 않고 덤덤하게 돼버리는 최근 몇 년 동안의 습관 때문이기도 했다.

그런데 그때 갑자기 여자가 휘청하며 쓰러졌다. 물론 아주 자빠진 것은 아니었다. 난간을 붙잡고 있었기 때문이다. 그러나 서 있는 모습이 무척이나 위태롭게 보였다. 지훈은 순간적으로 홀연히 긴장되는 자기 자신을 느꼈다.

그래도 그는 벤치에 가만히 앉아있었다. 여자가 다시금 본래의 자세로 돌아갔기 때문이기도 했지만, 술기운을 빌지 않고서는 낯모르는 여자에게 다가가 말을 걸기 어려워하는 그의 수줍은 성격 때문이기도 했다.

그는 여자를 부축해줘 봤자 별 의미가 없었을 거라고 생각하며 스스로를 위로했다. 여자가 고마워하기는커녕 경계하는 눈빛으로 자기를 바라볼 것 같은 생각이 들었던 것이다. 아니, 경계하는 눈빛까진 안 가더라도 냉랭한 표정으로 자기를 대할까 봐 두려웠던 것이다. 여자는 그만큼이나 적어도 뒷모습으로만은 도도하리만치 멋있어 보였다.

어느 한 구석에라도 외모에 자신이 있는 여자는 언제나 건방진 성격이게 마련이다. 게다가 나이까지 젊은 여자라면 더욱 그렇다. 그런데 여자는 잠시 후 또 한 번 휘청거렸다. 그래서 이번에는 의사로서의 본능이 발동했다. 그는 자기도 모르게 여자 곁으로 달려갔다. 그리고 여자의 허리를 감싸 안았다.

"어디 불편하신 데라도 있습니까?"

하고 그가 말했다. 여자의 허리를 감싸 안았을 때 그는 순간적으로 여자의 몸이 무척이나 말라 있다고 느꼈다.

"아니에요. 좀 어지러울 뿐이에요. 고맙습니다."

여자는 깍듯이 인사를 차렸다. 아주 교양 있어 보이는 억양이었다. 그는 그녀의 품위 있는 말투에 조금 안심이 되었다. 더 도와줘도 이쪽에서 무안을 당할 염려는 없을 것 같았다.

"그럼 여기 서 있지 말고 저기 가서 좀 앉아요."

그가 이렇게 말하자 여자는 아무 말 없이 그를 따라와 벤치에 걸터앉았다. 진짜 어지러운 것 같았다. 천천히 발걸음을 떼어놓는 여자의 걸음걸이가 몹시 불안해 보였다.

그는 여자의 몸을 자기한테 기대게 했다. 여자는 한참 동안 눈을 감고 가만히 있었다. 새근새근 숨 쉬는 소리가 가느다랗게 들렸다. 향수 냄새가 코를 찔렀다. 자세히 보니 얼굴에 꽤 짙은 화장을 하고 있었다. 그런데도 여자의 얼굴이 전혀 천해 보이지 않는다는 게 이상했다.

밤인데도 불구하고 여자의 얼굴이 유난히 하얗다는 것을 알 수 있었다. 파운데이션 때문만은 아닌 것 같았다. 코가 상당히 높고 컸다. 입술도 알맞게 두툼하고 너비가 넓었다. 전체적으로 서구적인 느낌이었다.

잠시 후 여자가 눈을 떴을 때 그는 여자의 눈이 코와 입에 비해 작아보인다는 걸 알았다. 하지만 아주 작은 눈은 아니었다. 여자는 작아 보이는 눈을 드러내지 않기 위해 아래위로 아이라인을 두껍게 그리고 긴 인조 속눈썹에다가도 마스카라를 진하게 칠하고 있었다. 전체적으로 보아 귀티 나게 생긴 얼굴이고 푸근한 느낌을 주는 얼굴이었다. 특히 코에 살이 골고루 붙어 있어서 아주 복스러워 보였다.

그렇지만 마치 뻥튀기를 해놓은 것 같은 주먹코는 아니었다. 콧구멍이나 콧방울이 다 적당한 모양새를 갖춘 오뚝한 코였다. 입술 역시 아주 푸짐해 보였다.

여자의 얼굴은 몸매와 마찬가지로 길쭉하니 말라 있었다. 그래서 얼핏 보면 코와 입술이 얼굴 면적에 비해 너무 커 보였다. 그러한 불균형이 오히려 여자의 얼굴을 더 후덕하게 보이게 했다. 코끝이 날카롭지 않고 눈빛이 강하지 않기 때문이기도 했고, 얼굴이 특별히 흰빛이기 때문이기도 했다. 만약에 화장만 짙게 하지 않았더라면 그야말로 온실 속에서 곱게 자란 꽃 같은 여자, 말하자면 부티 나는 귀족의 외동딸처럼 보였을 것이다.

지훈은 여자의 얼굴을 들여다보면서 갑자기 가슴이 두근거리는 것을 느꼈다. 여자의 얼굴은 관능적이면서도 지적(知的)이고 또 어찌 보면 지독하게 퇴폐적으로도 보였다. 이 세 가지 특색이 합쳐져 묘하게 백치미 같은 분위기를 만들어내고 있었다. 어쩐지 그가 첫사랑을 바쳤던 혜리의 얼굴을 연상시켜 주는 것도 같았다.

얼마 있다가 여자는 그의 몸에서 떨어져 자세를 반듯이 하고 앉았다. 그러고는 그에게,

"죄송하지만 담배 한 대 주시겠어요?"

하고 말했다. 그는 담배를 한 대 여자의 손에 들려주고 라이터로 불을 붙여주었다. 여자는 연기를 힘겹게 빨아들였다. 입술에서 담배를 떼어냈을 때 필터 언저리에 묻어 있는 선홍색 립스틱이 희미한 달빛 아래서도 또렷이 보였다. 곁에 외등이 켜져 있기 때문이기도 했다. 담배를 쥔 여자의 손가락이 가늘게 떨리고 있었다.

"술을 마신 것 같지는 않은데 왜 그렇게 어지러워하죠?"

그가 여자에게 물어보았다. 여자는 금방 대답하지 않고 가만히 앉아 있었다. 그러다가 한참 만에 입을 열었다.

"약을 너무 많이 먹었어요."

"약이요? 그럼 죽으려고 했단 말입니까?"

그러자 여자는 빙긋이 웃었다. 웃는 모습이 꼭 섹시하게 생긴 관세음보살 같았다. 길고 두툼한 입술이 좌우로 쫙 펴지면서 살그머니 하얀 이빨이 드러났다. 그는 자기 입이 작은 것이 늘 불만이었기 때문에, 여자의 탐스럽게 넓고 큰 입술을 보며 은근한 질투심을 느꼈다.

"죽긴요. 죽기엔 제 청춘이 너무 아까워요. 아직 진짜 사랑 한번 못 해봤는걸요."

"그럼 무슨 약을 먹었나요? 수면제는 아니겠고……, 혹시 신경안정제 아닌가요?"

"아니에요. 진통제예요. 뭔지 모르겠지만 의사가 주는 약을 먹었어요. 한 봉지를 먹어야 하는데 세 봉지를 한꺼번에 먹었더니 아까부터 갑자기 어지럽고 현기증이 나는군요."

"진통제요? 진통제라면 대개 아세트아미노펜이 들어 있는데……. 그리고 어떤 건 약간의 마약 성분도 있어요. 아프다고 그렇게 한꺼번에 많이 먹으면 큰일 납니다. 왜 약국에서 지어준 감기약 먹고 죽은 사람도 있지 않아요?…… 대체 무슨 약이었는지 궁금하군요."

"한 가지가 아니에요. 여러 알이 섞여서 한 봉지 안에 들어있더군요. 그런데…… 약에 대해서 어떻게 잘 아시죠? 아무래도 아저씬 의사나 약사신가 봐요."

그는 여자가 자기를 아저씨라고 불러준 것이 퍽 상큼하게 들렸다. 어찌 보면 삼류 호스티스를 대하고 있는 기분이었다. 그런데 여자의 얼굴은 아무리 뜯어봐도 삼류 호스티스의 얼굴은 아니었기 때문에, 그것이 오히려 묘한 쾌감을 가져다주는 것이었다.

"맞아요. 전 의삽니다."

"무슨 과 의사 선생님이세요? 혹시 산부인과는 아니겠지요?"

"왜요, 산부인과 의사가 싫어요?"

"반드시 싫은 것만은 아니에요. 하지만 어쩐지 아직도 병원에 있는 것 같은 기분이 들어서요."

그렇다면 이 여자는 산부인과 병원에 입원이라도 했다가 퇴원한 것일까. 산부인과라면 아이를 낳을 때 빼놓고는 입원할 일이 별로 없는데……. 그는 마음속으로 이런 생각을 하며 여자에게 물었다.

"그럼 산부인과에 입원이라도 했었나요?"

"입원까지는 아니에요. 그냥 당일로 치료를 받고 나왔어요. 아이를 지웠죠."

여자가 너무 쉽게 말해 버리는 바람에 그는 졸지에 한 대 얻어맞은 듯한 기분이 들었다. 보기보다 대담한 여자라는 생각이 들었다. 무슨 말로 응수를 해야 할지 몰라 그는 한동안 잠자코 있을 수밖에 없었다.

"아팠어요. 정말 아팠어요. 이렇게 아플 줄은 몰랐어요."

"그래서 약을 한꺼번에 세 봉지나 먹었군요. 그럼 빨리 집에 가서 쉬어야 하지 않겠어요?"

하고 그가 약간 떨떠름한 목소리로 말했다. 아이를 유산시키고 온 여자라고 생각하니까 조금 김이 빠지는 것 같은 기분이었다.

"집에 들어가긴 싫어요."

여자는 이렇게 말하면서 그의 어깨에 얼굴을 기댔다. 좀 어색했지만 기분 나쁘지는 않았다.

"그래……, 지금도 통증이 와요?"

"한결 나아졌어요. 하지만 여전히 현기증이 나는군요."

여자는 희미한 목소리로 대답했다. 그는 어떻게 해야 할지 몰라 담배만 연거푸 빨아들이고 있었다. 병원 밖에 나와서까지 의사 노릇을 하기는 싫었던 것이다.

한참이나 소리가 없길래 여자 쪽으로 얼굴을 돌려보니 여자는 눈을 감고 잠들어 있는 것처럼 보였다. 아무래도 이상한 예감이 들어 지훈은 여자를 흔들어 깨웠다. 여자가 거짓말을 했는지도 모른다는 생각이 들었기 때문이다.

"왜요?…… 제가 또 졸았나요?"

여자는 퍼뜩 정신을 차리고는 다시금 또렷한 목소리로 말했다. 자아의식이 강한 여자 같았다.

"솔직히 말해 봐요. 정말 죽으려고 약을 먹은 건 아니죠?"

여자는 잔잔한 톤으로 깔깔거리며 웃었다. 웃음소리가 흡사 비수와도 같았다. 얼굴과는 전혀 어울리지 않는 음색이었다.

"의심이 많으시군요. 맹세코 아니에요. 죽긴 왜 죽어요? 전 아직 젊은걸요."

여자는 아까와 똑같은 소리로 되풀이했다. 이대로 뒀다간 안 되겠다 싶어, 그는 여자를 부축해 일으키면서 말했다.

"진한 커피를 몇 잔 마시는 게 좋겠어요. 당신 말이 사실이라면 커피를 마실 것도 없이 그냥 푹 자기만 해도 됩니다만……. 어떻게 하겠어요? 커피를 마시겠어요, 아니면 집에 가겠어요? 집에 가겠다면 내가 바래다 드리지요."

여자는 고개를 크게 가로저었다. 그리고 지훈의 품안에 쓰러지듯 안겨오면서 말했다.

"커피를 마시겠어요. 오늘 밤은 달빛이 너무 좋아요. 그냥 잠을 자기엔 너무나 아까워요."

지훈은 여자를 부축해 가지고 절두산 성당을 빠져나왔다. 여자의 몸이 무겁게 느껴져 차를 갖고 나오지 않은 것이 다시 한 번 후회되었다. 그런데 다행스럽게도 여자는 얼마 있다가 다시 정신을 차렸다.

아까 걸어갔던 코스를 되돌아와 '빈터'가 있는 곳에 이르렀다. 그는 '빈터'로 들어갈까 다른 데 들어갈까, 잠시 망설였다. '빈터'로 들어가면 김 마담은 물론 자주 오는 단골손님들이 눈총을 줄 것이 뻔하기 때문이었다.

하지만 가만히 생각해 보니 이 사람 저 사람이 한데 어울리며 떠들썩한 분위기를 만드는 것이 여자를 각성시키는 데 더 나을 것 같다는 생각이 들었다. 그래서 그는 여자를 이끌고 '빈터'로 들어갔다. 들어가기 전에 그는 술집 옆에 있는 약국에 가서 홍삼(紅蔘) 드링크를 세 병 샀다. 여자가 정말 유산을 시킨 거라면 우선 기운을 북돋워 줘야 할 것 같기 때문이었다.

추석 연휴 전날인데도 불구하고 '빈터'엔 손님들이 많이 와 있었다. 스탠드엔 타미도 앉아 있었다. '빈터'는 늦은 시각일수록 사람들이 더 많이 모인다. 다들 외롭기 때문일 것이다. 그래서 아무리 먼 곳에서 일을 끝마치더라도 마지막으로 '빈터'엔 꼭 들르는 것이다. 타미만 해도 그렇다. 그녀의 화랑이 있는 동숭동에도 쌔고 쌘 게 술집인데, 그녀는 악착같이 '빈터'에서 뒤풀이를 하는 모양이었다.

마침 스탠드 바로 앞에 테이블이 하나 비어 있었다. 지훈은 여자를 그 테이블로 안내했다. 그가 여자를 데리고 술집 안에 들어서자, 김 마담을 비롯해서 몇몇 손님들이 아는 체를 했다. 타미는 힐끗 지훈을 쳐다보고 나서 시선을 곧바로 여자 있는 쪽으로 돌렸다. 별로 표정이 변하는 것 같진 않았다.

지훈은 김 마담에게 커피를 한 잔 진하게 타 달라고 부탁했다. 그리고 맥주도 한 병 주문했다. 그런 다음 우선 여자에게 홍삼 드링크를 마시게 했다. 여자는 군말 없이 세 병을 다 받아 마셨다. 술과 커피가 나오자 지훈은 맥주를 마시고 여자는 커피를 마셨다. 여자가 커피잔을 들었을 때 지훈의 시선이 그녀의 손가락에 쏠렸다. 길고 갸름한 손가락이었다. 손가락에 살이 붙어있지 않아 뼈마디가 불툭불툭 튀어나와 있었다. 꽤 긴 손톱에는 매니큐어가 칠해져 있지 않았다. 긴 손가락이 너무 섹시해 보여서, 지훈은 여자가 긴 손톱에 진한색 매니큐어를 칠하면 아주 멋져 보일 거라고 생각했다.

커피를 천천히 마시고 나서 여자가 말했다.

"이제 좀 정신이 나는군요. 커피를 마시길 잘했어요. 홍삼 드링

크도 좋았고요. 정말 고마워요."

그러면서 여자는 덥다는 듯 바바리코트를 벗었다. 정말로 마른 몸매였다. 코와 입술에 소담스럽게 붙어 있는 살집과는 정반대로, 여자의 어깨와 몸통은 너무나 빈약했다. 다리 역시 지독한 말라깽이였다. 그래서 일부러 헐렁하고 긴 코트를 입고 다니는 것 같았다. 하지만 속에다가는 요새 유행대로 짧은 미니스커트와 살에 짝 달라붙으면서 가슴을 깊게 판, 마치 내복처럼 생긴 윗도리를 입고 있었다. 길고 풍성한 머리 때문에 여자는 아주 그로테스크한 가분수 모양으로 보였다.

"왜 자꾸 저를 뚫어져라 보시죠? 맞아요, 제가 너무 말라서 보기 흉하다고 느끼시는 거죠?"

여자는 지훈의 시선을 의식하고서 갑자기 빠른 템포로 히스테릭하게 쏘아붙였다.

여자가 갑자기 신경질을 부리자 그는 문득 여자가 귀찮다는 생각이 들었다. 여자의 몸매가 아까 처음 봤을 때 받은 인상에 비해 너무 말라깽이라서 그런지도 몰랐다.

길을 걸어가다가 뒷모습이 기막히게 멋져 보이는 여자를 보면, 반드시 빠른 걸음으로 걸어가 여자의 얼굴을 정면에서 확인해보는 것이 그의 버릇이었다. 여자의 얼굴이 못생겼다는 사실을 확인해야만 비로소 안심이 되는 것이다. 쓸데없는 미련은 만병(萬病)의 근원이기 때문이었다.

어쨌든 그는 조금 아까까지 여자의 건강 상태에 대해서 가졌던 염려에서 조금은 해방되었다. 아무래도 당장 죽어버릴 여자처럼 보이지는 않았다.

"죄송해요. 갑자기 신경질을 부려서요. 제가 워낙 열등감이 많아서 그래요."

잠시 후 여자가 약간 풀죽은 목소리로 말했다.

외모에서 오는 열등감처럼 무서운 것은 없지, 하고 지훈은 생각했다. 그는 그런 환자를 여러 번 대해보았다. 여자가 많았지만 남자도 더러 있었다. 그는 여자의 입에서 '열등감'이라는 단어가 튀어나오는 순간 다시금 정신과 의사로 되돌아왔다. 여자의 마음을 이해할 수 있을 것도 같았다.

그는 여자의 얼굴을 찬찬히 뜯어보았다. 아무리 봐도 열등감을 느낄 만한 얼굴은 아니었다. 여자는 다만 자기의 가냘픈 몸매에 대해서 억울해 하고 있는 것 같았다. 그는 여자가 너무 욕심쟁이라고 느꼈다.

"그만하면 예쁜 얼굴인데 뭘 그래요? 난 마른 여자가 더 좋아요. 살찐 여자는 둔해 보이거든요."

그는 거짓말을 했다. 살이 펑퍼짐하게 찐 여자는 물론 질색이지만 늘씬하면서도 풍만한 몸매를 가진 여자가 둔해 보일 리는 없었다. 그는 항상 크고 푹신푹신한 여자의 젖가슴 사이에 얼굴을 처박고 있는 자신을 상상해 보는 적이 많았었다.

"얼굴에도 문제가 있어요. 눈이 너무 작아요."

여자는 그가 한 말에 속아 넘어가서, 금세 기분 좋은 표정이 되어

가지고 말했다. 여자의 말투로 봐서 마른 몸매에 비해 작은 눈에 대해서는 열등감을 크게 느끼고 있는 것 같지 않았다.

"아니요, 눈도 그만하면 예뻐요. 코가 커서 눈이 상대적으로 작아 보일 뿐이지."

그가 한 말은 진심이었다. 여자는 갑자기 기분이 좋아졌는지 그에게 몸을 기댔다. 여자의 입술이 너무나 섹시하게 느껴져서 지훈은 얼떨결에 키스를 했다. 여자는 꽤나 진지하게, 그리고 육감적으로 그의 키스를 받아주었다.

"저를 버리지 않으시는 거죠?"

키스가 끝나자 여자가 이렇게 말했다.

별꼴 다 보겠네, 하고 그는 생각했다. 여자가 한 말이 너무나 우스꽝스러웠다. 키스 한번 한 것 가지고서 이토록 황당무계한 말을 할 수 있다니……. 그렇지만 여자가 천박하게 느껴지지는 않았다. 그는 자기도 모르게 여자한테 자꾸 빨려 들어가고 있는 자신을 느꼈다.

"그런데……, 그렇게 아프면서 아깐 왜 절두산 성당까지 갔죠?"

그는 화제를 다른 쪽으로 돌렸다.

"거긴 이제 성당은 아니에요. 절두산 성당은 동교동으로 옮겨갔고, 지금은 기념관으로 되어 있죠."

여자는 그의 어깨에 계속 얼굴을 기대고서 대답했다.

"성당이든 기념관이든, 늦은 시각에 왜 거기까지 갔는지 모르겠군요."

"마지막으로 성모님을 한번 뵙고 싶었어요……. 전 어릴 때 그 성당엘 다녔거든요."

여자가 '마지막'이라는 말을 했기 때문에 그는 다시 의심이 생겼다.

"마지막이라고요? 그럼 중절수술을 했다는 건 거짓말이었군요. 약을 먹었죠? 그렇죠?"

"아니에요. 산부인과에 다녀온 건 사실이에요. 마지막이란 건 그냥 한번 해본 소리였어요……. 아니, 선생님을 안 만났더라면 진짜 죽었을지도 몰라요. 정말 죽고 싶었어요."

여자는 애매한 소리를 했다. 생각해 보니 아이를 떼고 난 충격 때문에 자살 충동을 느꼈을 법도 했다.

"아이 하나 유산시켰다고 해서 자살까지 합니까? 당신답지 않군요."

"왜요, 제가 어때 보이시는데요?"

"아주 생명력이 강한 여자처럼 보이거든요. 아까 당신도 그랬잖아요? 죽기엔 젊음이 너무 아깝다고."

여자는 그가 말하는 동안에 립스틱을 꺼내어 입술을 고쳐 바르고 있었다.

"처음이라서 그랬나 봐요. 불쑥 센티멘털한 기분이 들었어요. 하지만 이젠 아무렇지도 않아요. 그런데 참……, 선생님은 무슨 과(科) 의사 선생님이세요?"

"정신과."

"정신과 의사 선생님……. 아주 훌륭한 분 같아 보여요. 앞으로 여쭤볼 게 많을 것 같아요."

"그런데 정말 괜찮겠어요? 이젠 집에 가서 쉬는 게 좋을 텐데……."

그는 여자가 더 매달릴까 봐 은근히 걱정이 되었다.

"사실은 쉬고 싶어요. 그런데 갈 곳이 없어요."

"아깐 집에서 나왔을 것 아닙니까?"

"아깐 그랬지요. 하지만 지금은 아녜요. 전 집이 없어요."

여자는 고개를 크게 가로저었다.

지훈은 난감한 기분이 들었다. 가끔 만나서 연애하기엔 좋은 여자 같은데, 처음부터 완전히 떠맡기는 싫었다.

"자, 농담 그만하고 빨리 집으로 가요. 부모님이 얼마나 기다리시겠소?"

비로소 그의 말투가 편한 말로 바뀌었다. 처음 만난 여자라서 그런 것도 있지만, 어쩐지 여자가 기품 있어 보여 쉽게 말을 낮출 수가 없었던 것이다.

"아무튼 당장은 못 들어가요. 정말 가기 싫어요."

"집엔 부모님이 계신가?"

"부모님은 고향에 계세요. 전 3년 전에 혼자서 서울로 올라왔어요."

"올라와서는 그럼 무슨 일을 했소?"

"처음엔 엘리베이터 걸로 있었지요. 삼성동의 현대백화점이었어요."

여자는 자기의 과거를 편한 어조로 고백했다. 그는 여자의 말을 듣자, 현대백화점의 엘리베이터 걸들이 다른 백화점들에 비해 유난히 예쁘다는 사실을 상기해냈다. 그는 어쩌다 거기에 들르게 될 때마다, 저런 여자애들은 대체 누구한테 시집을 갈까, 하고 생각하곤 했던 것이나. 나들 예쁘면서도 착해 보여서, 그런 여자를 아내로 맞으면 아주 편할 것 같았다. 누군진 몰라도 저런 여자 중의 하나를 차지하는 녀석은 참으로 복 많은 놈이다……. 대학 나온 년들보다 백배는 낫다……. 그는 이렇게 생각하며 왠지 모를 질투심과 함께 이미 사그라들어버린 자기 자신을 한탄하곤 했었다.

"그 다음엔 그럼 뭘 했소?"

"누가 하라고 해서 모델 일을 했어요. 하지만 별로 빛을 보지 못했어요. 너무 말랐기 때문이었을 거예요. 그러다가 어떤 남자를 만나게 됐어요."

"그 사람을 사랑했나 보군."

'사랑'이라는 말을 쓴다는 게 역시 촌스럽게 느껴졌지만, 달리 쓸 만한 단어가 없었다.

"처음엔 사랑이라고 느꼈죠. 하지만 지내면서 생각해 보니 그건 사랑이 아니었어요. 일도 잘 안 풀리고 또 돈도 궁해지다 보니까 그저 그 사람에게 매달렸을 뿐이었어요."

"어떤 사람이었는데?"

"모델 에이전시에서 일하는 사람이에요. 그 사람이 독신이라 지금까지 죽 같이 지내왔지요."

"말하자면 그 사람과 동거를 한 셈이군."

"그런 셈이죠."

"그래, 그 사람이 아이를 떼라고 시킵디까?"

"임신한 다음부터 저를 구박하기 시작하더군요. 저 역시 아이를 낳고 싶은 생각은 없었어요. 하지만 그 사람이 그렇게 나오니까 오기가 생기더군요. 그래서 한동안 버텨보다가 오늘에야 결단을 내린 거예요."

"그렇다면 그토록 충격을 받을 것까진 없잖소?"

"따지고 보면 그래요. 하지만 저도 별수 없는 평범한 여잔가 봐요. 유산을 시키고 나니까 생각했던 것보다 훨씬 더 괴롭고 착잡한 마음이 들더군요. 마치 큰 죄를 지은 것 같았어요. 그래서 성모님께 용서를 빌려고 절두산에 찾아갔던 거지요."

지훈은 여자의 지나간 스토리가 기대했던 것보다 너무 평범했기 때문에 실망이 되었다. 게다가 약간의 신앙심까지 있는 여자라고 생각하자 더욱 입맛이 썼다. 그는 종교란 결국 인간의 불안이 만들어낸 마조히즘적 환상이요, 허구(虛構)일 뿐이라고 믿고 있었던 것이다.

여자가 다시 얼굴을 찡그렸다. 진통제 기운이 다 떨어져가는 것 같았다. 아무리 봐도 그냥 내버려두고 가기엔 아까운 여자였다. 그러나 여자를 집에까지 데려가긴 싫었다. 다시 또 축 늘어져 있는 여자를 바라보면서, 지훈은 난감한 기분에 빠져들었다.

"아무래도 빨리 쉬어야겠어. 정말 집에 가기가 싫소?"

여자는 대답 대신 고개를 저었다. 그래서 그는 우선 여자를 호텔에라도 데려가는 수밖에 없겠다고 생각했다.

지훈은 여자를 일으켜 세워가지고 '빈터'를 빠져나왔다. 그리고 나서 한참을 걸어 근처의 서교호텔로 향했다.

"어디로 가시는 건가요?"

하고 여자가 물었다.

"서교호텔. 내 집으로 모시지 못해서 미안하군."

"미안해하실 거 없어요. 집엔 사모님이 계실 거 아녜요?"

아픈 중에도 여자는 빙그레 웃음을 흘리면서 말했다.

지훈은 대답하지 않았다. 왠지 혼자 산다는 게 창피하다는 생각이 들었기 때문이다. 그는 여자의 웃는 입매가 정말 매력적이라고 생각했다.

서교호텔엔 마침 룸이 하나 비어 있었다. 여자는 방에 들어서자마자 침대 위에 쓰러지듯 누웠다.

"우선 잠을 푹 자둬요. 달리 방도가 없을 것 같소."

지훈은 이렇게 말하며 여자의 코트를 벗겨주었다. 그리고 이불을 덮어주었는데, 여자는 별 저항 없이 그대로 누워 있었다.

지훈은 불을 껐다. 그러니까 여자가, "불을 끄면 무서워요. 그냥 켜둔 채로 두세요." 하고 말했다.

그는 다시 불을 켰다. 그리고 어떻게 해야 할지 몰라 한참 동안 그대로 서 있었다. 갑자기 싱거운 짓을 하고 있다는 생각이 들어 그는 방문 쪽으로 걸어가며 여자에게 말했다.

"그럼 난 이만 물러가겠소. 잘 자요."

"여기 그냥 있으시면 안 되나요?"

눈을 뜨고 여자가 말했다.

"안 돼."

"그럼 전 어떡해요?"

그는 여자에게 '내가 알 게 뭐야, 이 여자야. 왜 내게 덤터기를 씌우려 드니?'라고 말하고 싶었다. 그렇지만 차마 그런 식으로 말할 수는 없었다.

"내일 아침에 이리로 전화할게. 그러니 걱정 말고 자요."

이렇게 말하고서 그는 호텔방을 빠져나왔다. 어쩐지 기분 좋은 예감이 들기도 했고, 불길한 예감이 들기도 했다. 어쨌든 여자는 그만하면 관능적이었다. 하지만 여자에게 완전히 묶여버리기는 싫었다. 감정의 미묘한 교차를 느끼며, 지훈은 다시금 '빈터'로 가서 술을 마셨다.

5

이튿날 아침, 지훈은 느지막이 잠자리에서 일어났다. 간밤에 늦게까지 마신 술 때문에 머리가 욱신욱신 쑤셔왔다. 술을 많이 마신 후 다음날 아침이 되면 흔히 말하는 대로 '필름이 끊어지는 일'이 요즘 와서 부쩍 잦아졌는데, 이번에도 어젯밤의 일이 마치 까마득한 과거의 일처럼 희미하게 기억나는 것이었다. 여자를 만난 것까지는 생각이 나는데 그 여자가 어떤 여자였는지, 또 그 여자와 어떤 대화를 나누었는지는 잘 기억이 나지 않았다.

한참 동안 정신을 가다듬고 나서야, 비로소 그의 머릿속으로 어제 저녁의 일들이 파노라마처럼 천천히 스치고 지나갔다. 그 여자의 일을 생각하자 공연히 골치가 아파지기도 하고 또 귀찮다는 생각이 들기도 했다.

다시금 사랑에 빠져들기가 싫었다. 아니, 사랑이라기보다는 어떤 대상물에 '집착'한다는 것이 두려웠다. 어젯밤 그는 은연중 그 여자에게 일종의 희망을 품고 있었던 것이다. 그녀와의 만남 자체가 꽤 드라마틱한 것이었기 때문에, 그녀와의 상봉은 그녀의 외모와는 무관하게 그의 마음을 공연히 달뜨게 만들었던 것이다.

그래서 지훈은 서교호텔로 갈까 말까 하고 한참 동안 망설였다. 어쨌든 그 여자에게 기둥서방이 있다는 사실이 그를 꺼림칙하게 만들었다. 전에도 한번 임자 있는 여자에게 걸려들었다가 학교에서 말썽이 난 일이 있었기 때문에, 어쩐지 불길한 예감이 느껴지기도 하는 것이다. 사랑, 아니 섹스를 하는데도 유부녀 미혼녀를 따져봐야 하고, 섹스를 빙자한 도덕적 책임 추궁에 시달릴까 봐 미리부터 걱정을 해야 한다는 것은 참으로 피곤한 일이었다.

그러나 창밖으로 바라보이는, 추석 연휴의 한적하면서도 스산한 거리 분위기가 그를 결국 서교호텔로 가게 했다. 갑자기 미치도록 센티멘털해지고, 또 미치도록 외로운 기분이 들었기 때문이다. 이럴 줄 알았더라면 억지로 때우는 기분으로라도 그냥 고향에 내려가는 편이 더 나았을지도 모른다는 생각도 들었다. 보통 때의 매 일요일에도 괜한 센티멘털리즘과 고적감(孤寂感)에 빠져들어 안절부절못해 참담해하는 것이 보통이었지만, 청명한 가을 날씨의 추석 연휴 첫날 아침에 느끼게 된 비참하고 황폐한 심정과는 비교가 되지 않았다.

지훈은 느지막이 아침을 먹고 12시가 넘어서 아파트를 빠져나왔다. 아파트가 동교동에 있었고, 또 어제 '빈터'에서 술을 마시느라 차를 병원 앞에 그대로 두었기 때문에 그는 차를 끌고 나오지 않았다.

느릿느릿 서교호텔 쪽으로 걸어가면서 그는 여자가 호텔방에서 사라져버렸으면 좋겠다는 생각을 했다. 그러면서도 마음 한구석에서는 여자가 없어져 버렸으면 어쩌나 하는 걱정이 슬금슬금 치밀어 올라왔다. 그런 걱정은 그의 발걸음을 빠르게 만들었다.

호텔의 방문 앞에 다다르자 그는 똑똑똑 세 차례 노크를 했다. 갑자기 가슴이 쿵쿵 뛰어오는 것을 느꼈다. 여자가 없어져 버렸을지도 모른다는 생각을 하니까, 방 안에서 들어오라는 소리가 날 때까지 단 몇 초 동안이 무척이나 지루하게 느껴지는 것이었다.

다행히도 여자는 호텔방 안에 그대로 머물고 있었다. 여자의 대답 소리를 듣자마자 그는 방문을 왈칵 열고 급한 걸음으로 들어갔다.

여자는 계속 침대 위에 누워 있었다. 어젯밤에 보았을 때보다 얼굴빛이 더 창백해 보였다. 밝은 햇빛을 그대로 받고 있는 데다가, 화장을 전혀 하지 않아서 그런지도 몰랐다. 얼굴 가죽 속으로 가느다란 실핏줄이 지나가는 것이 언뜻언뜻 보일 정도였다. 그녀의 손은 얇은 피부 겉으로 굵은 정맥들이 울끈불끈 솟아 있었다. 지훈은 여자에게 다가가 침대 모서리에 걸터앉았다.

"그래, 아침은 먹었소?"

"아니요, 안 먹었어요."

여자는 억양이 전혀 없이 아주 무감동한 어조로 대답했다. 꼭 녹음기를 틀어놓고 있는 것 같았다. 어젯밤엔 흥분을 해서 그런지 약간 호들갑스러운 어조였는데, 오늘은 아예 딴판이었다. 참으로 이상한 여자라는 생각이 들었다.

어젯밤에 그녀는 그가 키스를 보내자, '절 버리지 않으시는 거죠?'라고 마치 연극대사 같은 말을 해서 그를 당황시켰었다. 그런데 오늘은 아주 무표정·무감동인 것이다.

지훈은 약간 낭패스런 기분이 되었다. 그래서 그는 짐짓 퉁명스런 목소리로 말했다.

"이젠 좀 정신이 났소? 그럼 이젠 집으로 가 봐요. 난 당신이 아직도 아플까 봐 걱정이 되어 들렀소."

한참 동안 침묵이 흘렀다. 그러다가 여자는 갑자기 울음을 터뜨렸다. 소리가 나지 않는 울음이었다. 마치 수도꼭지를 세게 틀어놓기라도 한 듯, 굵다란 눈물 줄기가 여자의 눈 밑으로 줄줄 쏟아져 내려왔다. 여자는 눈물을 닦을 생각도 않고 계속 울어댔다. 지훈도 여자의 눈물을 닦아주지 않았다.

울기를 마치고 나자 여자는 입을 열어 가느다란 목소리로 말했다.

"저는 선생님이 오시기만을 기다리고 있었어요."

여자가 하는 말이 꼭 유치한 연극대사같이 들려서 지훈은 갑자기 뱉이 뒤틀렸다.

"당신은 나를 마치 서방님 대하는 듯한 말투로 말하는군. 역겨워. 역겹단 말야. 제발 그 신파조 연극대사 같은 말은 집어치워요. 당신이 하는 말이 나를 얼마나 헷갈리게 하는지 모르오. 왜 갑자기 나한테 기대는 거요?"

지훈이 다그치자 여자는 한참 동안 눈을 감고 있다가 말했다.

"성모님이 제게 선생님을 보내주셨거든요. 어젯밤 절두산 성당에 가서 성모님께 기도를 할 때 저는 정말로 막막하고 허탈한 심정이었어요. 그래서 저를 구해줄 수 있는 남자를 제발 빨리 보내 달라고 기도했었지요. 그런데 그 순간 선생님이 나타나신 거예요."

여자의 말을 듣고 나서 지훈은 '참 잘도 지껄여대는군.' 하고 마음속으로 생각했다. 물론 여자의 말에 전혀 감동받지 않은 것은 아니었다. 그러나 여자를 오직 유물론적(唯物論的) 섹스의 대상으로만 생각하기로 결심한 그에게 있어, 여자가 하는 말은 아무래도 교묘한 거짓말같이 느껴졌다.

"꼭 만화 같은 얘기로군. 나는 그렇게 인자하고 자비심 많은 사람이 못 되오. 내가 오늘 당신을 다시 찾아온 것은 솔직히 말해서 오로지 욕정 때문이었소. 물론 당신은 날 발정한 수캐처럼 만들 만큼 미치도록 섹시한 여자는 못 되는 것 같소. 하지만 그만하면 웬만큼 내 욕구를 충족시켜 줄 수는 있어 보이는군."

지훈은 거친 말투로 내뱉었다. 말을 하면서도 그는, 내가 왜 어찌 보면 진짜 착하고 불쌍한 여자일지도 모를 이 여자한테 이리도 냉소적인 말투로 계속 쏘아붙이고 있는 것일까 하고 생각했다.

"아무래도 좋아요. 제발 오늘 하루만이라도 저를 예뻐해 주세요. 아니, 오늘 하루만이라도 저를 그냥 내버려두지 말아주세요."

여자의 말투는 너무 드라마틱한 '순진 가련형(型)'이었다. 마치 능란한 연극배우가 숙달된 솜씨로 지극히 비현실적이고 낭만적인 대사를 기계적으로 뱉어내고 있는 것 같았다. 그래서 그는 다시금 속이 메슥메슥해지는 것을 느꼈다. 순간적으로 지난 시절의 기억이 떠올라왔다.

대학 예과(豫科) 시절, 첫사랑에 빠졌던 여자한테 그가 자주 쓰곤 했던 말이 바로 그것이었다. 그는 창피함을 무릅쓰고(아니, 그때는 창피하다고 느끼지도 못했다) '제발 나를 버리지 말아 달라.'고 편지로 애원하곤 했던 것이다. 그 당시 그는 아주 자연스런 저자세로 일관했었고 그렇게 하는 것이 과장된 아부라는 생각이 전혀 들지 않았다. 상대방 여자가 그에게 있어서는 그야말로 구원(久遠)의 여신이요, 시인들이 허구한 날 낯간지럽게 울부짖어대곤 하는 영원한 '님'같이 생각됐기 때문이었다.

평생 동안 그렇게 유치한 정열만 갖고 살아나갈 수는 없다. 이 여자도 조만간 나이가 더 들게 되면 보나마나 나처럼 사랑에 대해 시큰둥한 냉소주의자가 돼버리겠지.

지훈은 이렇게 생각하며 여자의 얼굴을 다시 한 번 자세히 들여다보았다. 아무리 뜯어보아도 순진무구하고 착한 얼굴이었다. 뜬금없이 코끝이 찡해오면서 눈에 몇 방울의 눈물이 괴었다. 여자에게 감동해서 흰 눈물이 아니라, 너무나 짧았던 청춘 시절에 대한 회한 섞인 그리움(그놈의 '사랑' 때문이었다!) 때문에 생겨난 눈물이었다.

그때 여자가 상체를 일으켜 세우고 앉아 그의 눈물을 닦아주었다. 사실 닦아줄 눈물도 몇 방울밖에 되지 않았다. 그런데도 여자가 그의 눈에 눈물이 고였다는 것을 알아챈 것은 신기한 일이었다. 그는 나이가 들어갈수록 눈물이 귀해지면서 정서가 메말라만 가는 자기 자신을 생각하며, 왠지 부끄러운 생각이 들었다.

"울지 마세요. 왜 우셨는지는 잘 모르겠지만 제가 선생님을 위로해 드리고 싶어지는군요."

여자는 자기가 조금 전에 흠뻑 울었다는 사실조차 까맣게 잊어버린 듯, 졸지에 동정을 베푸는 입장으로 변해서 말했다. 사정이 아까와는 정반대로 되어버린 것 같았다. 자존심이 약간 상하기도 했지만, 어쨌든 지훈은 여자에게 고마움을 느꼈다.

그동안 쌓이고 쌓였던 원인 모를 울화를 한꺼번에 폭발시켜 풀어버려도 여자가 흔쾌하게 받아줄 것 같은 예감이 들었다. 그래서 그는 여자의 옆자리에 가서 편안하게 누웠다. 그리고 정신없이 여자의 입술을 빨았다. 아니 빨기보다는 홍건하게 핥았다. 그런 다음 그는 여자의 입술을 헤집고 혓바닥을 게걸스레 찔러 넣었다. 여자는 전혀 저항을 보이지 않고 그의 혓바닥을 받아들였다.

한참 동안 키스를 나누고 나서 그는 여자의 깡마른 어깨에 머리를 기대고 누워 담배를 피워 물었다. 어쨌든 편안하고 포근한 기분이 밀려왔다. 문득 여자가 시장할지도 모른다는 생각이 들어 그는 여자에게 물었다.

"참, 아침을 못 먹었다고 했지? 배고프지 않아?"

자연스럽게 반말이 튀어나왔다. 한국말은 그놈의 복잡한 경어법이 문제야. 경어법 때문에 될 일도 안 돼. 특히 남녀관계에 있어선 더욱 그렇지. 여자를 존경하면서 사랑할 순 없는 법이니까. 지훈은 더욱 편안해지는 기분을 느끼며 이렇게 생각했다.

"배가 좀 고프긴 해요."

"그럼 뭘 좀 시켜줄까?"

"아니에요. 지금 이대로가 좋아요. 괜히 사람이 들락거리면 모처럼 편안해진 마음이 흐트러질까 봐 걱정이 되는군요. 이따 호텔을 나가서 먹어도 되니까 안심하시고 마음 편하게 행동하세요."

여자의 말투는 의외로 의젓했다. 지훈의 속마음을 훤하게 읽어내고 있는 것 같았다. 도무지 엘리베이터 걸 출신 같지가 않았다. 줄곧 대학 근처에서만 맴돌았기 때문에 지훈은 은연중 상대방의 교양 수준을 학벌이나 직업으로 판별하려고 드는 버릇을 지니고 있었다.

지훈은 찔끔해지는 기분을 느끼면서도 에라 모르겠다 하고 여자 곁에 착 달라붙어서 얼굴과 목, 그리고 젖가슴을 거세게 핥았다. 유방이 작은 것이 유감이었다. 여자의 기둥서방에 대한 걱정은 어느새 사라져버리고 말았다.

그가 얼굴에 침을 잔뜩 묻혀주었는데도 그녀는 조금도 거부반응을 보이지 않았다. 그것이 그를 기분 좋게 했다. 대부분의 여자들은 침을 처덕처덕 발라가며 핥아대는 키스를 거북해 하며 잘 받아주지 않는 게 보통이기 때문이었다.

지훈은 여자의 옷을 벗겨내고 벌거숭이로 만들었다. 그리고 여자의 몸뚱어리 위에 거꾸로 엎어져 그녀의 보지 깊숙이 코를 박았다. 여자는 마치 시체처럼 꼼짝 않고 누워 있었다. 그는 계속 코를 박고서 그녀의 보지를 음미했다. 마음이 차분하게 진정되면서 기분 좋은 평온감이 찾아왔다. 그는 거기에 코를 박고 한참 동안 엎드려 있었다.

시간이 얼마나 지났는지 알 수가 없었다. 그대로 잠들어버리고 싶은 기분이었다. 한참 동안 그런 자세로 있다가 지훈은 일어났다. 여자는 계속 눈을 감고 누워 있었다. 여자가 너무 수동적으로만 나오는 것이 왠지 짜증이 나서, 그는 여자를 흔들어 눈을 뜨게 했다. 그러고 나서 자신도 모르게 뜬금없이 여자의 뺨을 한 대 때려주었다.

그러자 여자는 갑자기 딴 사람이 되어, 태도를 돌변해가지고 나왔다. 그녀는 우선 그의 옷부터 벗겨나갔다. 그러고는 입가에 요염한 웃음까지 머금어가며 유연하게 달려드는 것이었다.

여자는 입술로 그의 눈을 감긴 뒤 그의 얼굴을 혀로 샅샅이 어루만졌다. 그러고 나서 그녀의 입술은 그의 상체로 내려가 가슴과 배꼽 등을 핥았다. 여자는 다시 더 아래쪽으로 내려가 그의 발치에 무릎을 꿇고 앉았다. 그리고 그의 발가락을 입속에 넣고 전혀 힘이 들어가 있지 않은 혓바닥으로 살금살금 문질러주는 것이었다.

여자의 입술이 서서히 위로 올라와 그의 사타구니를 애무하고 그의 자지를 아이스바를 빨듯이 부드럽게 빨아주었다. 특히 고환 아랫부분을 핥을 때와 고환을 입술로 감쌀 때 여자의 절묘한 기술이 드러났다. 압박감이 전혀 느껴지지 않을 만큼 살풋하고 부드러운 혀 놀림이었다. 지훈은 아늑한 쾌감 속으로 빠져 들어갔다.

여자가 계속 펠라티오를 해주었기 때문에 그는 도저히 더 참을 수가 없었다. 그래서 그는 벌떡 일어나 여자를 눕힌 뒤 여자의 몸 안에 자신의 자지를 황급히 밀어 넣었다. 여자는 금세 신음소리를 내었다. 좋아서 지르는 신음소리가 아니라 아파서 지르는 신음소리였다(아니 그런 것처럼 들렸다). 그 소리가 그를 더욱더 자극시키면서 아릿한 쾌감을 느끼게 했다. 가끔씩 양미간을 찌푸려가면서 질러대는 여자의 신음소리를 들으며 그는 더욱더 기운이 나서 격렬하게 자지를 움직였다.

한참 후 사정(射精)할 순간이 되었을 때 그는 잠시 망설였다. 정말로 여자의 몸 안에다가 정액을 편안하게 배설해버리고 싶었다. 그러나 겁이 나서 도저히 그럴 수가 없었다. 그래서 그는 사정 직전에 용케 자지를 빼내어가지고 그녀의 배 위에다가 질외사정을 했다. 굵다란 정액줄기가 시원하게 쏟아져 나왔지만 역시 보지 속에다 쏟는 것만은 못했다.

여자는 흥건하게 고인 정액을 두 손으로 문질러 그녀의 배 전체에 퍼져나가게 했다. 그리고 정액 묻은 손가락을 자기의 입술로 가져가 천천히 음미하듯 빨아먹었다. 여자의 얼굴은 다시금 마네킹 같은 무표정으로 되돌아가 있었다. 그래서 그런 모습이 천박하게 느껴지지 않고 오히려 우아하게조차 보였다.

그는 다시 침대 위에 벌러덩 드러누웠다. 여자가 허리를 구부리고 그의 오그라든 자지를 입으로 애무해 주었다. 오늘따라 이상하게도 금세 다시 자지가 부풀어 올랐다. 여자가 편안하게 대해주었기 때문인 것 같았다.

여자가 너무 기특해 보여서 지훈은 다시 한 번 여자의 입술에 정식으로 입맞춤을 해주었다. 여자는 입맞춤이 끝나자 다시금 그의 자지를 향해서 달려들었다. 그는 꼼짝 않고 가만히 누워서 30분이 넘도록 여자의 펠라티오 서비스를 받았다. 아까 한 번 사정을 했기 때문인지 오랫동안 끌 수가 있었다.

너무 오랫동안 펠라티오를 시키니까 여자의 타액 때문에 자지의 살갗이 조금 아려왔다. 그래서 그는 여자의 입술을 빠르게 움직이게 하여 여자의 입 안에다 후딱 사정해 버렸다. 두 번째로 사정을 하고 나니까 비로소 온몸의 기운이 다 빠져나가는 듯한 기분이 들면서 전신이 녹작지근해졌다. 아주 기분 좋은 피로감이었다. 여자 역시 피곤한 모양이었다. 그래서 두 사람은 한참 동안 조용히 누워있었다.

시간이 꽤 흘러간 후 지훈은 여자의 머리 밑에 손을 집어넣어 팔베개를 해주면서 여자의 몸뚱어리를 자기 곁으로 끌어당겼다. 그리고 문득 생각이 나서 여자에게 물었다.

"참, 이름이 뭐지?"

"난아예요. 아니……, 그 이름은 그 사람이 붙여준 예명이고 본 이름은 민자예요."

'난아'라고 들었을 때 지훈은 〈찔레꽃〉을 부른 원로 가수 백난아의 이름이 생각나서 꽤 그럴싸한 예명이라고 생각했다. 하지만 제대로 발음하기가 너무 힘든 이름이었다. '난아'라고 발음하기보다는 차라리 '나나'라고 발음하는 것이 더 편할 것 같은 생각이 들었다. '민자'는 정말 너무나 평범한 이름이었다. 요즘도 일본식으로 아들 자(子) 자(字)를 쓰고 있는 여자 이름이 있다는 사실이 놀라웠다. 그녀의 부모가 꽤나 무식한 사람들이라는 생각이 들었다. 하지만 '타미'니 '혜리'니 하는 식으로 억지로 세련미를 부린 여자 이름들이 판을 치는 요즘에, '민자'라는 이름은 왠지 모르게 푸근한 정서를 느끼게 했다.

그러고 보니 '나나'는 에밀 졸라의 소설 『나나』의 여주인공 이름이었다. 고급 창녀로 나오는 여자인데 곁에 있는 '난아'와는 달리 사디스트적인 성격을 가진 요부형의 여자이다. 어쨌든 '나나'라는 이름은 어쩐지 익조틱(exotic)한 느낌을 주어서 예명으로서는 좋은 이름이었다.

"난아는 멋지긴 하지만 발음하기가 어려운 이름이야. 그냥 '나나'라고 부르는 게 낫겠군. 나는 민자라는 이름이 더 마음에 들어. 둔하고 밋밋한 이름이긴 하지만 왠지 착한 여자의 이름같이 느껴지거든."

"성은 안 물어보셔요?"

"참 그렇군. 성은 뭐지?"

"박 씨예요. 박민자, 너무 맹숭맹숭한 이름이에요. 그래서 예명을 지을 때는 아예 성을 넣지 않고 그냥 난아라고 붙였어요."

말을 마치고 나서 그녀는 다시 그의 입술을 향해 접근해 왔다. 관능적 열정을 선천적으로 강하게 타고난 여자 같았다. 사랑해서 키스하는 것이 아니라 키스 자체를 즐기기 위해서 키스를 하는 것처럼 보였다. 그래서 지훈은 키스를 끝내고나서 여자에게 말했다.

"나나는 보기보다 훨씬 더 관능적인 여자군."

여자는 금세 눈치를 채고서 대답했다.

"왜요, 이번 키스가 마음에 들지 않으셨어요?"

"아니, 마음에 안 들었다는 얘기가 아니라 나나가 너무 적극적이어서 놀랐다는 얘기야."

"전 그렇게 적극적인 여자가 못 되요. 지금 키스한 건 선생님이 기분 좋으시라고 그런 거예요. 그럼 제가 잠깐 쉬어도 되겠죠? 사실 좀 입이 아프거든요."

여자의 대답이 그를 감동시켰다. 그래서 그는 약간 머쓱해져가지고 입을 다물고 있을 수밖에 없었다.

담배를 한 대 피워물고 나서 그가 여자에게 물었다.

"내 이름은 안 물어보나?"

그러자 여자는 다시 배시시 웃으면서 말했다.

"그냥 선생님이면 돼요. 선생님이란 말이 참 좋거든요. 전 고등학교 때 영어선생님 한 분을 무척 좋아했어요. 그분이 기혼자라는 사실이 얼마나 절 슬프게 했는지 몰라요. 지금도 그분을 생각하면

가슴이 쿵쿵 뛰어와요."

지훈은 여자의 말을 듣고 나서 괜한 질투심이 났다. 그래서 대꾸를 해주지 않고 가만히 있자, 여자가 황급히 말을 이었다.

"하지만 성함을 알고는 있어야겠지요. 성함이 어떻게 되세요?"

마치 엎드려 절 받는 격이어서 지훈은 기분이 좀 어색해졌다.

"지훈이야. 성은 이가고."

갑자기 호텔방을 떠나고 싶어져서 지훈은 곧바로 말을 이었다.

"자 이젠 밥 먹을 때가 됐지? 어때, 여기서 먹을래, 아니면 나가서 먹을래?"

"밖에 나가서 먹고 싶어요. 오늘은 공휴일이라 거리가 퍽 한산할 거예요. 선생님과 함께 스산한 풍경의 거리를 걸어보고 싶군요."

싸구려 TV 연속극에 나오는 대사 같은 소리를 여자는 아주 진지한 목소리로 잘도 지껄여대고 있었다. 지훈은 그러는 그녀가 왠지 귀엽고 사랑스럽게 느껴졌다. 그러면서 지적(知的) 토론을 즐겨 했던, 그리고 품위 있는 말만 골라 쓰던 혜리와 민자가 비교되었다.

두 사람은 옷을 입고 호텔방을 빠져나왔다.

호텔 밖으로 나오니 한 점 때 묻지 않은 청명한 가을 하늘이 두 사람을 반겨주고 있었다. 여자는 한결 밝은 표정이 되어가지고 지훈의 겨드랑이에 손을 집어넣어 팔짱을 끼는 것이었다.

두 사람은 호텔 오른쪽으로 난 길을 천천히 걸어 올라갔다. 거리가 정말 한산했다. 밥을 먹을 만한 집이 별로 눈에 뜨이지 않았다.

추석 연휴라 문을 닫은 집이 많았기 때문이다.

극동방송국 쪽으로 계속 걸어가자 나무판자에다가 '앤티크(Antique)'라고 불어 달군 인두로 지져서 쓴 고풍스런 간판이 하나 보였다. 전에는 별로 눈에 띄지 않았었는데 오늘따라 그 레스토랑의 이름이 묘한 노스텔지어를 느끼게 해주는 것이었다.

다행히도 '앤티크'는 문을 열어놓고 있었다. 레스토랑이 2층에 있었기 때문에 지훈은 여자를 이끌고 좁은 통로의 계단을 걸어 올라갔다.

갑자기 열이 나는지 여자는 입고 나왔던 바바리코트를 도중에 벗어서 손에 들고 있었기 때문에, 엉덩이 부분을 아슬아슬하게 덮고 있는 그녀의 아주 짧은 초미니스커트가 그의 시각을 자극했다.

여자를 먼저 올라가게 하면서, 그는 그녀의 엉덩이를 찰싹 소리가 나게 한 번 때려보았다.

엉덩이를 한 대 맞고 나서 그녀는 그에게로 몸을 돌려 살짝 미소 지었다. 그녀의 두텁고 긴 입술이 살그머니 가로퍼지는 순간, 그는 왠지 오한(惡寒)이 나는 것 같은 기분을 느꼈다. 백치 같기도 하고 또 한편으로는 너무 똑똑한 어머니 같기도 한 아주 기이한 미소였다.

레스토랑의 문을 열고 들어서자 꽤 품위 있고 고풍스러운 실내장식이 눈에 들어왔다. 벽난로 옆에는 장작들이 쌓여 있었다. 그러나 유감스럽게도 벽난로 안에서는 전기를 이용해서 만든 모형 불꽃이 빨갛게 이글거리고 있었다. 레스토랑 안은 전체적으로 어두웠고 군데군데 촛불이 조명을 대신하고 있었다. 바닥에는 선정적인 자줏빛 카펫이 깔려 있었다. 홍대 앞에 있는 레스토랑들이 대부분 다 고급스러운 실내장식을 하고 있다는 건 익히 알고 있던 사실이었지만 이렇게 멋있는 집이 있는 줄은 몰랐었다.

두 사람은 창가 쪽에 있는 자리에 가서 앉았다. 유리를 통해서 밖이 훤히 내다보였다.

웨이터가 주문을 받으러 왔다. 여자는 메뉴를 훑어보고 나서 곧바로 스파게티를 시켰다.

"아니 왜 스파게티를 시키지? 좀 더 비싼 걸 시켜도 돼."

지훈이 말했다.

"아니에요. 전 조금밖에 못 먹어요. 그리고 원래 스파게티를 좋아하고요."

지훈도 따라서 스파게티를 시켰다. 모처럼 만의 기분 좋은 섹스로 배가 불러서 그런지 별로 식욕이 당기지 않았기 때문이었다. 밥보다는 술 생각이 먼저 나서 그는 맥주를 한 병 먼저 가져다 달라고 주문했다. 맥주가 나오자 그는 한 잔 가득히 따라 마셨다.

맥주를 마시며 지훈은 잠시 홀 안을 둘러보았다. 손님은 지훈과 여자 이외엔 한 명도 없었다. 칸막이 같은 것은 없고 다만 중간중간마다 사람의 키를 넘는 대형 화분이 배치되어 있었다. 북구풍(北歐風)의 오래된 집 다락방이 주는 조금은 썰렁하고 침침한 분위기였다.

그는 건너편에 앉아 있는 여자를 바라보았다. 짧은 치마는 골반 근처까지 바짝 올라가 있었고, 그 아래로 그녀의 가느다란 두 다리가 놓여 있었다. 호텔을 나오기 직전에 흰색 파운데이션으로 두껍게 화장한 그녀의 얼굴이 촛불을 따라 갖가지 색으로 빛나고 있었다.

물기가 채 마르지 않은 금빛 머리카락이 그녀를 더욱 섹시해 보이게 했다. 비썩 마른 두 다리와 가냘픈 가슴이 오히려 병적(病的) 낭만주의의 정서를 느끼게 했다. 지훈은 여자를 물끄러미 바라보며 자신이 결국 허망한 낭만주의자일 뿐이라는 생각이 들었다. 격렬한 사랑도, 거기에 따른 유물적(唯物的) 섹스도, 오직 상상만으로 끝날 수밖에 없는 변덕스런 무지개와도 같은 것이었다. 남는 것은 오직 프로이트적 허무주의와 죽음에의 갈망뿐이었다.

잠시 후 음식이 나왔다. 난아는 배가 고팠던지 제법 빠른 속도로 스파게티를 먹어치웠다. 아까 조금밖에 못 먹는다는 말은 거짓말인 것 같았다. 하지만 어제 낙태수술을 하고 아침도 굶었으니까 허기가 질만도 했다. 지훈은 그녀가 먹는 모습을 바라보느라 별로 먹지를 못하고 있었다.

여자가 원시적으로 식욕을 충족시키고 있는 광경이 그의 성감대를 돌연히 긴장시켰다. 복잡한 상념 속으로 빠져들어 가려고 하는 자기 자신이 싫어서였는지도 몰랐다. 그래서 그는 다급한 목소리로, 그러나 단호한 억양을 만들어내려고 애쓰며 그녀에게 명령해보았다.

"내 옆으로 와."

여자는 별로 당황해 하지 않고, 또 거부감을 내색하지도 않으면서 재빠르고 자연스럽게 그의 왼쪽 옆자리로 와서 앉았다. 여자의 두 다리가 완전히 포개져 있었다.

"다리를 조금만 벌려."

이렇게 그가 말하자 그녀의 벌린 다리는 거꾸로 된 V자를 그렸다. 여자의 두 다리 사이로 그의 왼손이 들어갔다. 손바닥을 여자의 허벅지 사이에 끼워 넣고 다시 다리를 붙이게 했다. 따스한 온기가 그의 손바닥을 거쳐 가슴속까지 전달돼 왔다.

그는 다시 왼손을 그녀의 등 뒤로 돌려 살에 착 달라붙어 있는 윗도리 안에다가 힘겹게 집어넣었다. 팽팽하면서도 수축성 있는 옷감이 묘한 자극을 주었다. 그는 그녀의 등을 위아래로 쓸며 앞가슴께로 움직여갔다. 그러고는 그녀의 젖가슴을 슬금슬금 어루만졌다. 그러는 동안에도 그녀는 계속 스파게티를 먹고 있었다.

지훈은 왼손을 다시 여자의 허벅다리 사이에 밀어 넣고서 오른손으로 스파게티를 먹었다. 그러면서 그의 왼손은 그녀의 무릎과 사타구니 사이를 왔다 갔다 하고 있었다.

두 사람은 식사를 끝내고 나서도 계속 몸을 밀착시킨 상태로 있었다. 홀 안엔 손님이 없어 지훈은 계속 여자의 몸뚱어리를 편하게 더듬을 수 있었다. 프로이트도 융도 생각나지 않았다. 지훈은 모처럼 만에 직업적 강박관념에서 벗어날 수 있었다.

맥주를 두세 병 더 시켜 마시고 나자 다시 또 저녁이 찾아왔다. 지훈은 갑자기 공포를 느꼈다. 이제 또 어디로 가야 하나. 그리고 이 여자를 대체 어떻게 처리해야 할까…….

생각 끝에 그는 우선 어제 저녁의 상태를 재현해 보려고 결심했다. 미래를 생각하기란 골치 아픈 일이다. 차라리 과거로 돌아가는 것이 낫다. 미래를 예측하거나 설계하기란 너무나 어렵다. 그러나 과거를 반추하거나 재구성하기는 쉽다. 아무리 별 볼 일 없는 과거라 할지라도 과거는 언제나 아름다운 추억을 남기는 법. 그는 다시금 어제의 과거로 되돌아가 우연한 첫 만남의 달짝지근한 감회를 재현해 보고 싶었다.

그는 여자를 이끌고 '앤티크'를 빠져나와 어제 저녁 그가 혼자서 걸어갔던 코스를 걸어갔다. 여전히 서녘 하늘에서는 저녁노을의 잔영(殘影)이 바라다 보였다.

절두산 성당 근처까지 왔을 때 그는 '외인묘지'라는 표지판을 보게 되었다. 김광균의 시에 자주 등장하는 외인묘지가 양화진 근처에 있다는 것을 들어서 알고는 있었지만, 이렇게 바로 코앞에 있을 줄은 몰랐었다. 그는 갑자기 외인묘지를 구경하고 싶어졌다. 그래서 그는 여자의 손을 잡고 팻말이 가리키는 방향을 따라 걸어갔다.

저녁 어스름의 외인묘지는 몹시도 스산해 보였다. 그렇지만 네모난 묘석들이 아주 세련된 풍경을 만들어내고 있었다. 절두산 성당과 당인리발전소가 언밸런스한 조화를 이루며 동시에 바라다 보였다. 휴일이라서 그런지 지나가는 차가 별로 없어 한결 조용해서 좋았다. 마치 유럽의 어느 한촌(寒村)에라도 와 있는 것 같은 착각이 들 정도였다.

두 사람은 손을 잡고 묘지 사이에 난 길을 따라 천천히 걸었다.

"이 근처에 이런 곳이 다 있었군요. 근사해요."

하고 여자가 말했다.

"어렸을 때 절두산 성당에 다녔다면서? 그런데도 외인묘지가 여기 있는지 몰랐나 보지?"

"등잔 밑이 어둡다는 말이 있잖아요? 정말 이런 곳이 있을 줄은 몰랐어요. 그리고 성당엘 오래 다니지도 못했고요. 아버지가 사업에 실패해서 금세 시골로 이사를 갔으니까요."

지훈은 한 묘석 앞에 걸터앉았다. 여자도 그를 따라 곁에 앉았다. 복잡한 생각들이 쳐들어올까 봐 겁이 나서 그는 다시 여자의 어깨에 팔을 두르고 짐짓 우악스럽게 키스했다. 그러니까 여자는,

"부탁 말씀을 하나 드려도 될까요? 너무 세게 하지 마시고 조금 부드럽게 해주세요. 이곳의 분위기가 너무 좋아서 그래요. 죄송해요, 선생님."

하고 말했다.

딴은 일리가 있는 말이었다. 그래서 지훈은 두 손으로 여자의 양 볼을 감싸고서 그의 입술로 그녀의 입술을 조심스럽게 찍어 눌러보았다. 아주 센티멘털한 쾌감이 왔다. 그렇지만 어쩐지 사지(四肢)가 간지러워지는 느낌이었다. 그래서 그는 한 손을 내려 그의 바지 단추를 끄르고 자지를 끄집어내었다. 그리고 여자의 손을 잡아 자기의 자지를 쥐게 했다. 여자는 그의 자지를 살금살금 어루만져주었다.

그는 잔디 위에 벌러덩 드러누웠다. 여자도 그를 따라 그의 가슴에 머리를 묻고 누웠다. 한결 편안한 기분이 되었다. 무덤 사이에 누우니 마치 시체가 돼버린 듯한 느낌이었다. 죽기까지의 복잡한 절차만 생략된다면, 정말 고통도 두려움도 없이 부지불식간에 죽어버린다면, 죽음은 진정 편안한 휴식이란 생각이 들었다.

하늘이 유난히 검붉어 보였다. 지훈은 여자의 머리카락을 쓰다듬으면서 말했다.

"민자는 무덤을 보니까 무슨 생각이 나지?"

"아무 생각도 나지 않아요. 그냥 아름다워만 보여요."

"서양식 무덤이라서 그럴 거야. 무덤이라기보다는 공원 같은 느낌을 주거든."

"그럴지도 모르죠."

"죽음이 두렵지 않아?"

"아직은요. 난 젊은걸요. 죽음을 생각할 나이는 되지 않았어요."

"하긴 나도 예전엔 그랬었지. 죽음이 아주 까마득하게 먼 일로만 여겨졌었어. 하지만 이젠 상황이 달라졌어. 마흔이 되어서 그런가 봐. 이젠 죽음이 두렵고 무서워. 죽음에 대한 두려움에 비하면 다른 자잘한 걱정들은 다 새 발의 피라는 생각이 들어. 사랑이니 고독이니 하는 것도 마찬가지고."

"왜 벌써 그렇게 되셨을까요? 제가 보기에 선생님은 아직 젊으신데요."

"아냐 젊지 않아. 난 이제 늙었어. 그래서 민자 보기가 두렵고 창피해."

"왜요?"

"민자는 너무 젊고 나는 너무 늙어버렸으니까. 이 머리를 좀 봐. 살짝 덮어서 그렇지 헤집어놓으면 가운데가 듬성듬성 대머리란 말야."

여자는 대답 대신에 그의 벗겨진 머리 부분에 혀를 대고 부드럽게 핥았다.

"제 침이 약이 돼줄 거예요. 그래서 빠진 머리카락이 금방 다시 돋아날 거예요. ……아니 돋아나지 않아도 상관없어요. 정 그렇게 대머리 되는 게 창피하시다면 제 머리카락을 잘라서 가발을 만들어 드릴게요."

머리카락을 자른다는 말이 아주 관능적인 뉘앙스로 다가왔다. 그와 동시에 지훈은 한편으로 가슴이 저릿저릿해져 오는 것을 느꼈다. 그렇지만 나이 차이가 만들어놓은 벽은 아직도 여전한 채로 있었다. 아니, 꼭 나이 차이 때문만은 아니었다. 민자는 여태껏 상대해 본 적이 없는 좀 별종(別種)의 여자였던 것이다. 갑자기 혜리 생각이 났다. 그리고 타미 생각도 났다. 타미나 혜리보다 민자가 더 대하기 어렵다는 생각이 들었다.

"앞으로 난 어쩌면 좋지?"

그의 입에서 갑자기 이상한 말이 튀어나왔다.

"하실 일이 많으시잖아요? 저 같은 계집애에 비하면 선생님은 정말 훌륭한 일을 하고 계시는 거예요. 저야말로 앞으로 어쩌면 좋지요? 제가 늙어버리면 선생님은 절 거들떠보지도 않으실 거 아니겠어요? 지금도 못생겼는데 그때가 되면 훨씬 더 흉해 보일 테니까요."

대답할 말이 얼른 생각나지 않았다. 현실적이고 구체적인 문제는 아름답고 센티멘털한 분위기의 환상적인 로맨스를 만들어내기엔 적당하지 않은 화세였다. 그의 삼재의식은 여자를 이용하여 소설에나 나옴직한 비현실적이고 드라마틱한 로맨스를 잠깐 동안만이라도 즐겨보고 싶은 것이었다. 그러기엔 외인묘지가 아주 적합한 무대였다. 조금 아까 자기가 이미 늙어버렸다고 제법 구슬픈 어조로 지껄여댄 것도, 어찌 보면 멜랑콜리한 무드를 만들어내기 위한 거짓 대응(對應)이었는지도 몰랐다. 그런데 그가 얼떨결에 내뱉은 말 때문에, 이야기의 화제가 현실적인 쪽으로 돌아가 버렸던 것이다. 그는 떨떠름한 낭패감을 느꼈다. 하지만 어쩔 수 없는 일이었다.

"그래 그 남자하고는 정말 헤어질 생각인가?"

그의 입에서 무심코 이런 말이 새어 나왔다.

"그럼요. 다 끝났어요. 다신 안 들어갈래요."

"그 사람이 민자를 찾아 나서면 어쩌지?"

"아이 낳는 것도 싫어했는데, 절 쫓아다닐 리가 없어요. 아마 시원해 할 거예요."

"그럼 앞으로 대체 뭘 해서 먹고 살래?"

"글쎄요…… 그게 걱정이에요. 고향에 내려가긴 싫거든요. 마땅한 일거리를 찾아봐야겠지요."

"모델 일을 계속하면 안 되나?"

"글쎄요……. 현재로선 별로 비전이 없어 보여요."

"내가 보기엔 몸이 마른 것 같은데, 그게 패션모델 분야에선 더 장점으로 작용할 수 있을 것이고……. 게다가 민자 얼굴은 보면 볼수록 아주 특이한 마스크야. 얼굴만 나오는 CF 모델이나 영화배우를 해도 되겠어."

그의 말은 진심이었다. 처음 봤을 땐 얼굴이 몸매에 비해 너무 가분수로 커 보인다고 생각했는데 자꾸 보니까 그게 아니었다. 그녀의 그러한 결점이 오히려 독특하고 개성적인 분위기를 연출하고 있었던 것이다.

"칭찬해 주셔서 고마워요. 하지만 억지로 제 비위를 맞춰주실 필요는 없어요. 전 얼굴로나 몸매로나 너무나 결함이 많은 여자예요. 선생님이 모델 아가씨들을 많이 만나보지 못하셔서 그래요. 얼굴이 예쁘고 몸매 잘 빠진 여자들이 요즘 얼마나 많다구요."

그는 여자한테 뭐라고 말을 해줘야 할지 몰라 막막한 심정이 되었다. 마땅히 취직시켜 줄 만한 데도 생각나지 않았고, 또 그녀가 진짜로 뭘 원하고 있는지도 알 수 없었다.

"거 참 골치 아픈 문제로군……. 천천히 생각해 보면 무슨 수가 생기겠지. 그건 그렇고…… 민자는 오늘 밤 어디서 잘래?"

"글쎄, 그것도 걱정이에요. ……우선 여관방이라도 하나 정해야겠지요."

"돈은 있나?"

이렇게 말하면서도 지훈은 속으로 은근히 걱정이 되었다. 여자가 돈을 요구해 오면 어떻게 하나 하는 생각이 들었기 때문이다. 여관비 정도쯤이야 얼마든지 줄 수가 있다. 하지만 나중에 전세방 얻을 돈까지 빌려 달라고 하면 어쩌겠는가. 물론 돈이 아까워서만은 아니었다. 돈거래가 개입되는 남녀관계는 왠지 어색하고 피곤할 것 같은 생각이 들었기 때문이다.

지훈의 마음을 눈치 채기라도 했는지, 여자는 이렇게 대답했다.

"돈은 있어요. 물론 조금밖에 안 되지만요."

"그럼 여관방을 잡을 게 아니라 아예 전세나 월세방 같은 걸 알아보지 그래."

그는 여자의 대답에 안도감을 느끼며, 마치 딴사람 얘기라도 하는 것처럼 심드렁한 어조로 말했다.

"그렇게까지 돈이 많진 않아요. 월세방이라고 해도 보증금은 있어야 하니까요. 물론 달동네 같은 데서야 얻을 수 있겠지요. 하지만 너무 비참하게 사는 건 이제 싫거든요."

지훈은 점점 더 난감해지는 기분을 느꼈다. 결국 여자는 그에게 기대고 있는 것이었다. 하긴…… 이 여자에게 방을 얻어주고 아예 첩(妾)처럼 들어앉혀가지고 데리고 사는 것도 꽤 재미있겠다, 하고 지훈은 생각했다. 이 정도 여자라면 남자를 꽤나 편안하게 해줄 것 같으니까……. 그렇다면 아예 내 집으로 데려가서 함께 살아버릴까?…… 하지만 그건 내게 너무 부담스러운 일이다. 여자의 정체를 아직 모르고 있을뿐더러, 오랫동안 혼자서 버티고 살아왔는데 갑자기 여자하고 살림을 차린다는 건 아무래도 불편하고 어색할 게 틀림없다.

이런 생각에 잠겨 있는데, 여자는 그의 가슴으로 한껏 파고들어 오면서 속삭이듯 말했다.

"추워요. 더 이상 못 있겠어요. 어디 따뜻한 데로 가면 안 될까요?"

하긴 그도 조금 아까부터 슬슬 한기(寒氣)를 느끼고 있던 참이었다. 완전히 해가 떨어진 가을밤의 외인묘지는 스산한 냉기로 가득 차 있었다. 그는 여자를 껴안아 일으켰다. 그리고 외인묘지를 빠져나왔다.

어젯밤보다 좀 더 꽉 차게 둥그런 달이 낮게 솟아올라와 있었다. 그는 달을 바라보면서, 문득 여자가 고맙게 느껴졌다. 추야장(秋夜長) 긴긴 밤을 홀로 술이나 마셔가며 지새운다는 것은 아무래도 비참한 일이기 때문이었다.

여자의 손을 잡고 걸어가면서, 지훈의 마음속에서는 은근한 조바심이 일어났다. 여자를 어디로 데려가야 할지 몰랐기 때문이었다. 하루 저녁 데이트라면, 어디 시끌벅적한 나이트클럽에라도 가서 거의 소음에 가까운 하드록 음악에 맞춰 몸을 흔들거나, 보드라운 블루스 곡에 맞춰 몸을 비벼대기라도 하면 그만이다. 그렇지만 이 여자하고의 데이트는 조금 사정이 달랐다. 여자 말이 사실이라면, 어쨌든 이 여자는 현재 오갈 데 없는 신세인 셈이었다. 임시 거처라도 빨리 정해줘야지만 나이트클럽이든 어디든 갈 수가 있을 것 같았다.

그는 마음이 나급해져 오는 것을 느꼈다. 그냥 도망쳐버리고 싶은 생각이 전혀 없는 것도 아니었다. 서교호텔로 다시 데려갈 생각을 해보기도 했지만 장기적으로 투숙하기엔 아무래도 비싼 곳이었다.

그때 그의 머릿속으로 합성동의 '순희빈호텔' 생각이 지나갔다. 레지던트 시절부터 여자와 정사를 벌일 때마다 그가 자주 이용하던 호텔이었다. 말이 호텔이지 실은 고급 모텔이었다. 그래서 숙박료가 훨씬 쌌던 것이다.

그는 여자의 손을 이끌고 '준희빈호텔' 쪽으로 방향을 잡았다. 여자는 아무 말 없이 조곤조곤 그를 따라왔다.

'준희빈호텔'에 도착하자 지훈은 프런트로 가서 한 달쯤 묵을 수 있는 방을 하나 달라고 부탁했다. 다행스럽게도 그럴만한 방이 하나 비어 있었다. 지훈은 숙박료를 미리 선금으로 치렀다. 다행히 카드로 지불이 되었다. 여자는 사양하지 않고 곁에 가만히 서서 그를 지켜보고 있었다.

열쇠를 받아들고 계단을 올라가 4층에 있는 방으로 들어갔다. 큰길 가로 난 방이 아닌 것이 다행이었다. 남쪽 주택가로 창이 나 있는 방이라서 차 소리가 들리지 않았다. 작은 크기의 방이었지만 욕실도 있고 응접세트도 있고 옷장도 있었다. 깜찍하고 아담한 분위기의 방이었기 때문에 여자 혼자 지내기엔 서교호텔보다 나을 것 같았다.

지훈은 침대 옆에 놓여 있는 소파에 걸터앉아 여자를 바라보았다.

여자가 트렁크 하나 들고 있지 않다는 사실이 새삼스럽게 이상하게 느껴졌다. 말 그대로 '무작정 가출'인 게 분명했다. 여자는 계속 우두커니 선 채로 있었다.

"왜 서 있지? 내가 너무 끌고 다녀서 다리가 아팠을 거야. 거기 앉아."

여자는 침대 모서리에 힘없이 걸터앉았다. 흡사 안데르센의 동화에 나오는 '성냥팔이 소녀'가 한겨울의 추위에 오들오들 떨고 있는 것 같은 모습이었다. 여자가 입고 있는 옷이 어제와 똑같아서 그런지 왠지 처량하게 보였다.

"옷이 없어서 야단났네."

"글쎄 말예요. 옷을 안 꾸려가지고 나온 것이 몹시 후회돼요. 선생님도 이젠 이 옷에 싫증이 나셨죠?"

그의 마음을 알아차리기라도 한 듯, 여자가 힘없는 음성으로 대답했다. 지훈은 민자가 상당히 영리한 여자라는 생각이 들었다. 그의 손이 자기도 모르는 사이에 양복 안주머니로 갔다. 그리고 지갑을 꺼낸 다음 지갑에 들어 있는 현찰을 모두 여자에게 주었다.

"우선 이 돈으로 필요한 것들을 사. 겉에 걸칠 옷값까지는 안 되고 아마 실내복 정도는 살 수 있을 거야."

여자는 고맙다는 소리도 하지 않고 그의 돈을 받았다.

이젠 일단 복잡한 절차로부터 해방된 셈이었다. 우선 한 달 동안은 여자에 대한 걱정으로부터 자유로울 수 있게 되었다. 밥값이나 자잘한 용돈쯤은 자기 지갑으로 해결할 수 있겠지……. 지훈은 비로소 기분이 편안해지는 것을 느꼈다.

갑자기 여자가 훌라당 옷을 벗었다. 어디 나이트클럽에라도 가 보고 싶던 참이라서 지훈은 깜짝 놀랐다. 어쩐지 여자가 천해 보이는 느낌이었나.

"왜 갑자기 옷을 벗지?"

지훈은 약간 신경질적인 어조로 물었다.

"선생님을 기쁘게 해드리려고요."

여자는 별 표정 없이 대답했다. 목소리도 마치 초등학생이 책을 읽는 것 같았다.

"나는 민자가 벗는 걸 원하지 않아. 적어도 지금은 그래."

"그래도 벗고 있을래요. 똑같은 옷을 계속 입고 있는 것보다는 벗고 있는 편이 선생님 보시기에 나을 것 같아요."

"그래? 그럼 민자 좋을 대로 해."

이렇게 대답하며 지훈은 밝은 형광등 불빛 아래 노출돼 있는 여자의 나신을 물끄러미 바라다보았다. 밤이라서 그런지 깡마른 몸매가 오히려 더 그로테스크한 느낌을 주었다. 젖가슴만 크게 부풀려 놓으면 아주 기묘하게 섹시한 몸매가 될 수 있을 것 같았다. 그래서 그는,

"유방확대수술을 해야겠어. 그러면 아주 괜찮은 모양새가 되겠어. 왜 수술할 생각을 하지 않았지?"

하고 말해 보았다. 그러자 여자는,

"몸에 칼을 댄다는 게 어쩐지 무서운 생각이 들어서요. 하지만 선생님이 시키시면 할게요."

하고 대답했다. 무조건 복종적인 태도로 나오는 게 어쩐지 수상하다고 생각했지만, 여자의 그런 말투가 과히 싫지는 않았다.

그의 머릿속에서 불현듯 에로틱한 호기심과 흥미가 솟아나왔다. 여자의 가슴뿐만 아니라 온몸 여기저기를 수술시켜 놓고서 그 변화 과정을 지켜보는 것이 퍽이나 흥미로울 것 같은 생각이 들었다.

그는 여자의 얼굴과 몸뚱이를 구석구석 뜯어보았다. 얼굴은 그대로 두는 편이 나을 것 같았다. 눈이 작긴 했지만 그대로 두는 것이 오히려 매력적일 것 같았다. 몸매 역시 너무 마르긴 했지만 그것을 수술로 바꿔놓을 수는 없는 일이었다. 그러니까 가슴만 왕창 크게 부풀려놓으면 연필 같은 몸매와 더불어 언밸런스한 조화를 이룰 수 있을 것 같았다…….

이런 생각을 하면서 그는 마음속으로 의과대학 동창으로 성형외과 의사 노릇을 하고 있는 P를 떠올리고 있었다. 얼마 전 P와 만나 술을 마셨을 때 P가 한 말이 생각났기 때문이었다. P는 한국 여자들이 유방확대수술을 할 때 너무 겁을 많이 먹는다고 말하면서 미국 여자들에 비교해 볼 때 유방을 반 정도밖에 부풀리지 않는다고 말했다. 그는 미국에서 수련의 생활을 했는데, 미국 여자들이 무조건 큰 유방을 선호하는데 비해 한국 여자들은 적당히 보기 좋게 볼록한 유방만을 좋아한다고 말했던 것이다. P가 하는 얘기를 들으며 지훈은 성인 영화에서 많이 보았던 그쪽 여자들의 어마어마하게 큰 유방을 상기하면서 군침을 삼켰었다.

"내가 유방확대수술을 시켜줄게. 내가 아는 좋은 성형외과 의사가 있어."

지훈은 조금 갈라진 목소리로 말했다. 상상만 해도 기분이 좋았다. 누적된 권태감이 일시에 씻겨나가는 것 같은 기분이었다.

나체로 있는 여자와 마주 앉아 있다는 사실이 기분 좋아서, 그는 나이트클럽에 가서 술을 마시려던 계획을 포기했다. 그래서 전화로 룸서비스를 불러 맥주와 안주를 가져오라고 주문했다. 준희빈호텔 지하에는 같은 이름의 레스토랑이 있기 때문에 전화로 룸서비스를 돌리면 곧바로 레스토랑의 카운터로 연결이 되었다.

웨이터가 술과 안주를 가지고 와서 방문을 노크하자 여자는 화장실 안으로 들어가서 숨었다. 그 동작이 썩 민첩하여 지훈은 저절로 웃음이 나왔다. 웨이터가 나가자 여자는 화장실 안에서 잽싸게 튀어나왔다.

두 사람은 안락의자에 마주 앉아 맥주를 마셨다. 아까 섹스를 해서 그런지 여자를 주무르고 싶은 생각은 나지 않았다. 그래서 그냥 잠자코 맥주만 마시고 있는데, 그렇게 점잔을 빼고 있는 그가 보기에 이상했던지 여자가 불쑥 이렇게 묻는 것이었다.

"왜 저를 가만히 두시는 거죠? 아까처럼 명령만 하세요. 뭐든지 시키는 대로 할 테니까요."

여자의 말을 듣고서 그는 왠지 화가 났다.

"민잔 도대체 어떤 여자야? 넌 내가 돈을 주고 산 여자가 아니란 말야. 남자들은 물론 여자를 처음 볼 때 우선 섹스의 대상으로만 보지. 나도 늘 그랬어. 하지만 남자라고 해서 언제나 그런 건 아냐. 이따가 생각나면 시킬게. 아니 부탁할게. 넌 너무 수동적이야. 난 민자가 섹스나 애무에 있어 능동적으로 나오는 걸 보고 싶어."

그의 말을 듣고 나서 여자는 풀죽은 표정이 되었다.

"죄송해요, 선생님. 그렇지만 전 능동적인 여자가 못 돼요. 원래 그렇게 태어났으니까요."

그는 여자가 너무 쉽게 움츠러들자 왠지 미안한 생각이 들었다. 말은 그렇게 했지만 사실 섹스에 너무나 적극적인 여자는 질색이기 때문이었다.

"벌거벗고 있어도 춥지 않아?"

여자를 위로해 줘야겠다는 생각이 들어서 지훈은 한껏 다정한 목소리를 지어내어 그녀에게 물었다.

"아깐 조금 추웠어요. 하지만 술을 마시니까 오한이 사라졌어요."

여자의 목소리가 자꾸 측은하게 들렸다.

"선생님 사모님은 어떤 분이세요?"

여자가 문득 화제를 바꾸었다.

"그저 그런 여자지 뭐. 물론 민자보다 늙었고."

천연덕스럽게 거짓말을 했다. 당분간은 유부남으로 행세하는 게 아무래도 편리할 것 같아서였다.

"선생님 사모님이 부럽게 느껴져요."

"왜 그렇지?"

"선생님 같은 남편을 가지고 있으니까요."

"내가 뭐 별건가?"

"그래도 의사 선생님 아니세요? 의사 남편을 두면 웬만큼 편하게 살아갈 수 있을 거예요."

여자의 대답이 너무 속물스러워서 그는 졸지에 술맛이 달아나는 것 같았다.

"그럼 민자도 의사한테 시집가면 될 거 아냐?"

그의 입에서 퉁명스러운 대답이 흘러나왔다.

"저 정도 가지고 의사한테 시집가기가 어디 그리 쉬운가요. ……엄마로부터 여자 팔자는 뒤웅박 팔자라는 소리를 하도 많이 들어서 저도 한때는 신데렐라가 되는 꿈에 사로잡혀 있었어요. 제가 모델로 성공하길 바랐던 것도 그 때문인지 몰라요. 일류 모델만 되면 집안이나 학벌 같은 건 얼마든지 벌충할 수 있을 거 같아서요. ……그런데 그게 마음먹은 대로 쉽게 돼주질 않더군요."

솔직한 그녀의 말이 지훈을 감동시켰다.

"의사라고 해서 다 돈을 많이 버는 것은 아냐."

그가 한 말은 사실이었다. 사실 그는 개업을 한 후 상당히 피곤한 상태로 있었다. 대학에서 월급 받고 있을 때가 훨씬 더 편했던 것 같았다. 물론 액수로만 따지면 개업 후가 대학에 있을 때보다 조금 더 많이 벌렸다. 하지만 하루 종일 환자 오기만을 우두커니 기다리고 있다는 것이 꼭 구멍가게 장사를 하고 있는 기분이었다.

물론 보람을 느낄 때도 많았다. 하지만 환자가 의사를 대할 때의 태도가 그저 약방 주인을 대하는 것과 비슷한 경우가 더 많았기 때문에 속이 상하게 되는 것이었다. 그러다 보니 오래 전부터 개업을 하고 있는 친구들의 말이 이해될 것도 같았다. 그들 얘기로는 개업하고 있는 의사는 오직 '돈'으로 보람을 찾을 수밖에 없다는 것이었다. 그래서 환자가 찾아오면 우선 '저게 얼마짜리 환자일까.' 하고 생각하게 되는 경우가 보통이라고 했다. 입원실이라도 차려놓고 있는 개업의의 경우라면 환자와 환자 가족을 크게 겁줘가지고 입원부터 시켜놓고 보도록 유도하게 되고, 또 아무래도 돈이 많아 보이는 환자에게 더 관심이 가게 된다는 것이었다.

성형외과 의원을 하고 있는 P 같은 경우라면, 그는 병원의 인테리어부터 마치 호화판 룸살롱처럼 최고급으로 차려놓고 있었다. 원래 성형외과란 게 의료보험 대상이 안 되기 때문에 다른 전문의에 비해 돈을 꽤 많이 벌게 되는데, 그런데도 그는 돈을 더 벌고 싶어서 돈 많은 여자들의 비위를 맞추려고 의료 행위 이외의 문제에 더 세심하게 신경을 쓰는 것이었다.

"아무튼 선생님 사모님이 부러워요."

여자는 같은 말을 되풀이했다. 그러고 나서 연달아 물었다.

"자제분은 몇이나 되세요?"

"호구조사 나왔어?…… 딸 하나야."

엉겁결에 또 거짓말이 튀어나오고 말았다. 그의 잠재적 소망을 반영하고 있는 것인지도 몰랐다. 가끔씩 그는 섹시하게 생긴 딸과 근친상간을 하는 꿈을 꾸곤 했었다.

더 이상 얘기하기가 싫어져서 그는 맥주잔을 들고 침대 쪽으로 갔다. 여자가 너무 세속적 아니 현실적으로 나와서 그런지, 어쩐지 울화가 치밀어 오르는 것 같은 느낌이었다. 여자는 그가 어젯밤 황홀한 달빛 아래서 처음 보았을 때의 이미지가 아니었다. 어젯밤에 그는, 여자가 '고성(古城)을 빠져나온 공주님' 일지도 모른다는 생각을 잠시 해봤던 것이다.

지훈은 바지를 벗고 침대에 비스듬히 기댔다. 그리고 여자에게 자지를 애무하라고 시켰다. 여자는 그가 시키는 대로 계속 열심히 혓바닥 봉사를 했다. 펠라티오만 시키는 게 너무 단조로운 것 같아서 그는 자세를 바꾸어 무릎을 꿇고서 엎드렸다. 그러고는 여자에게 엉덩이와 항문을 핥아 달라고 시켰다. 여자는 잠시 멈칫하긴 했지만 결국 시키는 대로 따라와 주었다. 지훈은 여자가 신통하게 착하다는 생각을 하면서 문득 방귀를 한번 뀌어보고 싶은 충동을 느꼈다. 그가 얼마 전에 치료했던 발기부전증 환자 생각이 났기 때문이었다.

그 환자는 30대 기혼남이었는데, 아내와 성적(性的) 트러블이 생겨 이혼 직전까지 가 있었다. 아내를 싫어하는 것도 아닌데, 최근 들어 도무지 발기가 되지 않는다는 것이었다. 환자와 수차례에 걸쳐 면담을 해 본 결과 발기부전의 원인이 아내의 방귀 때문이었다는 사실이 드러났다. 환자의 아내는 장내(腸內)의 이상발효 증상 때문에 방귀를 자주 뀌곤 했던 것이다. 그래도 성교 직전에 방귀를 뀐 적은 없었는데, 언젠가 성관계를 가질 때 방귀가 서너 번 연달아 터져 나오고 말았다. 남자는 약간의 결벽증 기질을 가지고 있었던 터라 기분이 자연 언짢을 수밖에 없었다.

그래도 그날은 그럭저럭 성행위를 끝마칠 수가 있었다. 그런데 그 다음부터는 자지가 도무지 일어서지 않는 것이었다. 물론 환자 자신은 자신의 발기부전증이 아내의 방귀 때문에 생긴 것이라고는 꿈에도 생각하지 못했다. 그런 식으로 앙앙불락하는 나날이 계속되자 부부 사이는 소원해질 수밖에 없었고 종당 이혼 얘기까지 나오게 되었다.

지훈과의 면담을 통해 자신의 발기부전증이 오직 심리적 원인 때문에 생긴 것이라는 사실을 알고 난 다음부터 그 환자의 증상은 호전되기 시작했다. 지훈은 또 그 남자의 결벽증에 대해서도 면담치료를 해주고 아울러 그의 아내도 내과에 가서 장내(腸內) 이상발효증을 치료받도록 시켰다. 그래서 그 부부는 이혼의 위기를 넘길 수 있게 되었던 것이다.

방귀 한 방 때문에 빚어진 어처구니없는 사건을 생각하니까 지훈의 입에서는 자기도 모르게 웃음소리가 크게 터져 나왔다. 그가 계속 웃어젖히자 여자가 엉덩이와 항문을 핥다가 말고 물었다.

"왜 웃으세요? 뭐가 그렇게 우습죠?"

여자가 이렇게 말하는 사이에 어느새 지훈의 항문에서 뽀옹 하는 소리와 더불어 방귀가 한 방 제법 우렁차게 터져 나왔다. 지훈은 계속 웃어가며 여자 쪽으로 고개를 돌려 물었다.

"맛이 어때?"

"뭐가요?"

여자는 여전히 무덤덤한 음색으로 반문했다.

"방귀 맛 말이야."

"그야, 구리지요."

역시 무덤덤한 어조였다.

6

진료 시간이 거의 끝나갈 쯤에 마지막으로 찾아온 환자는 스물한 살 난 처녀였다. 대학에 다니다가 지금은 휴학을 하고 있었다. 체격은 작은 편이고 얼굴에 주근깨가 많이 돋아나 있었다. 처음에 아버지의 손에 이끌려 왔을 때는 별로 입을 열지 않다가, 이제 혼자 올 수 있게 되자 다행스럽게도 꽤 많은 얘기를 털어놓았다.

처음에 나타났던 증상은 전형적인 우울증이었다. 우울증은 우울한 감정이 뚜렷이 표면에 드러나지 않고 먼저 지속적인 피로와 권태를 느끼는 것으로 시작된다. 체중이 감소하고 혀에 백태가 끼고 잠을 자기 어렵고 또 입맛이 없다. 그러다가 두통도 나고 가슴이 답답해지기도 한다. 이 환자는 처음에 내과 병원에 다니다가 결국 정신과에까지 오게 되었다. 지훈의 병원을 처음 찾았을 때는 완전히 기진맥진한 상태였다.

요즘의 정신과 의사들은 우울증을 일종의 감기 비슷한 것으로 본다. 그만큼 약물요법이 발달해 있기 때문이다. 적당히 항우울제를 처방해 주면 대충 낫게 되는 것이다. 그렇지만 지훈은 될 수 있는 대로 환자가 우울증을 앓게 된 정신적 원인을 찾아내보려고 애쓰는 의사에 속했다. 우울증은 증오심, 분노, 열등감 또는 공격심이 밖으로 표출되지 못하고 자기 자신을 향해서 내공(內攻)할 때 일어나기 때문이다. 이러한 현상이 극도로 심화되면 결국 자살을 하게까지 된다.

그는 평소의 방법대로 항우울제와 함께 한약을 복용하도록 했었다. 환자가 주로 호소하는 증상이 극도의 무기력감에다가 불면과 공포, 그리고 가위눌림이었기 때문에, 한약으로는 우선 보중익기탕(補中益氣湯)을 처방했다. 보중익기탕은 글자 그대로 중(中 : 소화기관 및 간)을 보(補)하여 기운을 돋구어준다는 처방인데, 환자의 겉모습으로 보아 기(氣)가 극도로 허(虛)해져 있는 것 같았기 때문이다.

약을 복용시킨 이후로 환자는 대충 생기를 되찾아가고 있는 것 같았다. 그 뒤부터 환자는 자기의 고민을 조금씩 털어놓기 시작했다.

처음에는 핵심적인 이야기가 나오지 않았다. 학교가 싫다고 하고 특히 교수들이 꼴 보기 싫다고 했다. 또 남학생들이 역겹다는 말도 했다. 그러다가 오늘은 제법 솔직한 말을 털어놓는 것이었다.

환자는 아주 어렸을 때 가족들로부터 얼굴에 주근깨가 많고 코가 못생겼다는 이유로 자주 놀림감이 되었었다는 사실이 드러났다. 언니가 꽤 예쁜 얼굴을 지니고 있었기 때문에, 환자는 어렸을 때 언니와 자기를 비교하여 자기 자신이 못났다고 생각하는 적이 많았다.

그런데 환자는 중학교에 진학한 이후엔 한 번도 그런 생각을 해 본 적이 없었다. 공부를 잘해서 일류 대학에 진학할 수 있었기 때문에 그저 자신만만하기만 했다. 그러다가 뒤늦게 엉뚱한 방향으로 과거의 열등감이 폭발해 나온 것이었다. 대학생활에 적응하기가 어려워서 그랬을지도 모른다. 하지만 따지고 보면 그녀의 외모 콤플렉스가 대학생활에 적응하는 것을 방해했다고 볼 수 있다.

어쨌든 병의 원인이 드러났기 때문에 한결 치료가 용이해진 셈이었다. 지훈은 환자의 얼굴을 자세히 들여다보았다. 결코 못생긴 얼굴이 아니었다. 물론 아주 예쁜 얼굴도 아니었다. 그만한 얼굴을 가지고도 전혀 열등감 같은 것을 느끼지 않고 지내는 여자들이 상당히 많다는 것을 그는 치료 경험을 통해 알고 있었다. 문제는 환자의 언니와 가족들에게 있는 것 같았다.

"언니가 그렇게 예뻐요? 한번 보고 싶군요."

"예뻐요. 적어도 저보다는 훨씬 더 예뻐요."

그녀는 조금 일그러진 표정으로 대답했다.

"하지만 김 양도 아주 못생긴 얼굴은 아닌데……."

말을 하고 나서 지훈은 아차 실수했구나 싶었다. '아주 못생긴 얼굴은 아닌데'라는 표현은 이 환자에겐 치명적인 말이었다.

아니나 다를까 환사는 금세 눈물을 글썽이기 시작했다. 실컷 울게 내버려두는 것이 나을 것 같아 지훈은 위로의 말을 건네지 않고 그대로 한참 동안 잠자코 있었다. 환자가 울기를 마치자 그는 그녀에게 말했다.

"내가 말을 너무 심하게 했지요? 하지만 과히 틀린 말은 아니라고 생각해요. 타고난 미녀가 도대체 몇 명이나 되겠어요?"

이렇게 말하면서 지훈은 조금 아까 자기가 말을 실수한 것이 차라리 잘된 일이라고 생각했다. 우울증 환자를 치료하는 데 있어 적당한 위안이나 적당한 비위 맞춤은 결코 바람직한 방법이 아니기 때문이었다.

말하자면 자신의 실존(實存)을 직시할 수 있도록 유도해 주는 편이 나은 것이다. 이것이 프로이트식의 정신분석요법을 거부하는 실존주의적 정신치료 방법의 특징이라고 할 수 있다.

오스트리아의 정신과 의사 빅터 프랭클에 의해서 창시된 실존요법은, 환자로 하여금 자신의 실존을 체험케 하고 자기실현을 스스로의 방법으로 개발하도록 유도해야 한다고 주장하는 이론이다. 말하자면 참여와 결단의 중요성을 강조하는 것이다. 프로이트와 크게 다른 점은 불안의 근원이 '리비도(성욕)의 억압'에 있지 않고 '실존의 흔들림'에 있다고 보는 점이다.

그러니까 이 환자는 외모 콤플렉스 때문에 자기 자신의 존재 자체를 포기하게 되기에 이르렀고, 그러한 포기가 곧 자살로 이어지긴 어려우므로(다시 말해서 아직까지는 생존에 대한 미련을 갖고 있으므로), 갖가지 신체 증상에 의해 자기 자신의 무기력함을 변명하고 있는 것이라고 볼 수 있었다.

"그럼 전 어떻게 하면 좋아요?"

환자가 손으로 눈물을 닦아내면서 말했다.

"나도 모르겠어요……. 하지만 우선 화장을 해보라고 권하고 싶군요. 또 코가 정 못났다고 생각하면 성형수술을 시도해보는 것도 좋아요."

"그건 너무 바보 같은 짓이잖아요? 그렇게 한다고 해서 완벽하게 아름다워질 순 없을 테니까요. 또 아무리 성형수술이 발달했다고는 하지만 작은 키를 큰 키로 만들 수는 없을 테고요."

환자는 명문 대학 재학생답게 꽤 똑똑한 말을 했다.

"그럼 계속 공부를 열심히 해서 여류 명사가 돼 봐요. 그것도 일종의 화장이니까."

"선생님도 예쁜 여자를 좋아하시죠?"

환자는 이제 대들 듯한 기세로 나왔다. 이만하면 치료가 성공적으로 진행되고 있는 셈이었다. 자살하지 않게 하려면(사실 자살을 방지하는 것이 진짜 바람직한 건지는 아직 잘 모르겠지만), 우선 오기가 발동하게 하는 것이 제일 좋은 방법이기 때문이었다.

"물론 예쁜 여자를 좋아하지요. 하지만 제 눈의 안경이란 말도 있잖아요?"

제 눈의 안경이란 말은 사실 그가 변명처럼 갖다 붙인 말이었다. 제 눈의 안경도 정도 나름이기 때문이다. 하지만 이 환자의 얼굴은 아주 흉한 얼굴은 절대 아니었기 때문에 틀림없이 누군가 그녀를 사랑해 줄 남자가 있을 것 같다는 생각이 들었다. '사랑하면 눈이 먼다.'는 옛말이 있듯이, 성적(性的) 욕구에 기갈(飢渴)이 든 남자라면 아무리 못생긴 여자라도 상대방의 이미지를 마음속에서 한껏 뻥튀기해 가지고 바라볼 수 있기 때문이다.

하지만 그다음에 따라오는 골치 아픈 문제가 있다. 그건 자식의 문제이다. 쇼펜하우어는 남자든 여자든 머리 좋고 잘생긴 상대와 결혼하려고 애쓰는 이유는, 상대방 자체에 반해서라기보다 자기보다 더 잘난 2세를 생산하고 싶은 욕망 때문이라고 말했다. 그러니까 쇼펜하우어도 역시 프로이트처럼 사랑을 '종족보존본능'의 변형에 지나지 않은 것으로 본 셈이었다.

어떤 성(性) 이론가는 사랑이라는 복잡한 현상에서 아름다움이라는 요소를 제거시켜 버려야 한다고 주장하면서, 사랑이란 난소(卵巢)와 성선(性腺) 사이에 일어나는 일종의 자력(磁力)과도 같은 생화학적 반응에 지나지 않는 것이라고 말했다.

인간은 거만하면서도 소심하여 자신의 진짜 위치를 미처 깨닫지 못하고, 어떻게 해서든지 자기가 다른 포유동물과는 다르다고 생각하려 든다는 것이다. 그 과학자는 사랑에 있어서 시적(詩的)인 요소와 감상적(感傷的)인 요소는 모두 다 제법 잘 위장된 본능에 지나지 않는다고 주장하기까지 했다.

하지만 지훈은 그 이론가가 너무 원칙론자라고 생각했다. 위장된 본능이든 원초적 본능이든, 인간의 현실적인 실존이 아름다움의 요소를 필요로 하고 있다면 그런 현상을 일단 시인해놓고 봐야 하는 것이다. 인간이 동물보다 '잘났기' 때문이 아니라, 동물과는 '다르기' 때문이다.

어쨌든 지훈에게 있어서 아름다움이란 요소는 너무나 중요한 것이었다. 그가 아직껏 결혼을 하지 못하고 있는 것도, 어찌 보면 완벽한 미녀를 찾지 못했기 때문인지도 몰랐다.

첫사랑의 추억이나, 혜리와의 긴 교제와 같은 것은 오로지 시적(詩的)이고 감상적인 분위기 때문에 이루어진 것이었지, 상대방의 아름다움 자체에 대해 '관능적 경탄'을 느껴서 이루어진 것은 아니었다. 그래서 그는 지금까지도 결혼을 주저하고 있는 것이다. 아니, 결혼에 대해 미묘한 양가감정(兩價感情)을 지니고 있는 것이다.

특히 자식의 문제가 언제나 그의 사랑을 방해했다. 못생긴 자식(특히 딸의 경우)이 나오면 어쩌나 하는 걱정이 그에겐 일종의 강박관념처럼 작용하고 있었다. 주변의 사람들은 '고슴도치도 제 새끼는 예뻐한다.'는 속담을 들먹이면서 일단 자식을 낳고 나면 어쩔 수 없이 사랑하게 된다고 그에게 충고하곤 했다. 하지만 그로서는 납득이 가지 않는 말이었다. 그것은 그가 모친을 만나볼 때마다 확인하게 되는 감정이었다. 어머니도 역시 여자이기 때문에, 그는 어머니를 볼 때마다 썩 아름답지 못한 얼굴이라는 사실을 절감하며 늘 불만과 억울함에 휩싸이곤 했던 것이다.

그렇지만 이런 생각을 환자에게 솔직히 털어놓을 수는 없는 일이었다. 이러한 심정은 비단 이 환자뿐 아니라 다른 모든 여자 환자들을 대할 때마다 공통적으로 느끼게 되는 감정이었다. 그의 병원에 찾아오는 환자의 60퍼센트 정도가 여자 환자들이고, 또 겉으로 드러내진 않았지만 대부분 다 외모 콤플렉스를 갖고 있었다. 어쨌든 여자에게는 외모가 전부라는 생각이 그의 정신치료를 방해하고 있었다.

하긴 남자들도 상당히 외모 콤플렉스를 느끼고는 있다. 하지만 사회적 관습이 남자의 외모 콤플렉스를 어느 정도 완화시켜 준다. 여성해방론자들은 여자들이 '예쁜 여자' 또는 '섹시한 여자'에 대한 강박관념에서 한시바삐 벗어나야 된다고 역설하고 있지만, 그러한 주장 역시 현실적 실존을 외면한 발언이 될 수밖에 없다.

남자든 여자든 예쁜(또는 잘생긴) 이성이나 섹시한 이성에게 끌리게 마련인 것이 현재의 피치 못할 사회현상이다. 그렇기 때문에 아주 먼 미래에 가서 유전공학의 비약적 발달이 이루어져 모든 사람들이 다 미남 미녀가 되지 않는 한, 현재로서는 그러한 주장이 공허한 원칙론에 머물 수밖에 없는 것이다.

그래서 그는 화장(또는 치장)을 많이 한 여자를 좋아했다. 아니 부러워했다. 남자는 화장을 할 수 없기 때문이다. 아니 할 수 있다고 해도, 아무래도 여자에 비해서는 한계가 있기 때문이다.

그는 환자의 얼굴을 물끄러미 바라다보며 민자의 얼굴을 문득 머릿속에 떠올렸다. 그녀 역시 결코 완벽한 미모는 아니었다. 그런데 짙은 화장과 금발로 염색한 부스스한 헤어스타일이 그녀를 꽤 섹시한 얼굴로 만들어놓고 있는 것 같았다. 그래서 그는 용기를 내어 환자에게 더 적극적인 처방을 제시해 보았다.

"물론 김 양은 키도 작은 편이고, 얼굴도 배우처럼 예쁜 얼굴은 못 돼요. 하지만 한번 노력해 볼 수도 있잖겠어요? 지금까지 공부에만 쏟아 부었던 정성을 화장하고 몸치장하는 데다 쏟아보는 거죠. 키는 높은 구두로 어느 정도 커버될 수 있어요. 그리고 화장을 아주 요란하게 하면, '예쁜 여자'까지는 될 수 없다 하더라도 '섹시한 여자'는 될 수 있어요. 어느 정도 가능성이 있어 보여 하는 얘깁니다. 주근깨 정도는 짙은 파운데이션으로 감출 수 있을 거예요."

그런데 환자는 그의 말을 듣고 나서 아주 기분 나쁜 표정을 했다. 역시 지적(知的)으로 오만한 여자 같았다.

"저는 천한 여자가 되고 싶진 않아요. 선생님은 참 이상한 분이시로군요. 술집 여자 같은 얼굴을 좋아하시니 말이에요."

지훈은 환자의 말을 듣고 나서, '이 여자는 정말 구제 불능이로군.' 하고 속으로 생각했다. 별수 없이 계속 약물요법으로만 밀고 나가야 될 것 같았다. 그래서 그는 열흘치의 약을 처방해 주고 나서 대충 면담을 끝내버렸다.

환자가 시무룩한 표정으로 돌아가고 난 뒤, 그는 비스듬히 의자에 기대앉아 한동안 멍한 기분으로 있었다. 갑자기 나스타샤 킨스키의 얼굴이 떠오르기도 하고 황신혜의 얼굴이 떠오르기도 했다. 머릿속이 얼마나 꽉 차 있는지는 모르겠지만, 어쨌든 빼어난 미모를 가지고 있는 여자는 그런대로 행복할 것 같다는 생각이 들었다.

그러려면 물론 화장을 전혀 안 해도 될 만큼 출중한 미모여야 할 것이다.

그는 자기가 아직까지 그런 여자와 한 번도 교제를 못 해본 것이 무척이나 억울하게 생각되었다. 하긴 그런 여자와 사귄다고 해도, 대화가 안 통한다거나 섹스의 취향이 다르다거나 하는 식으로 어떤 형태로든지 걸림돌이 생길 게 뻔하지만 말이다. 어쨌든 완벽한 사랑, 아니 완벽한 심신의 결합은 불가능할 것 같다는 생각이 그를 다시 우울감에 빠져들게 했다.

그는 다시금 민자 생각을 했다. 일주일 동안 그 여자의 일을 거의 잊어버리고 있었다. 아니 잊어버리려고 노력했다는 말이 더 맞는 말일 것이다. 그 여자와 헤어진 뒤에 생각해보니, 그녀는 그가 전력투구해서 사랑을 바칠 수 있을 만큼 완벽한 여자가 못 되었기 때문이다. 외모가 꽤 매력적인 것은 사실이지만 완벽한 것은 못 되었고, 또 여자가 너무 그에게 기대온다는 것이 아무래도 부담스러웠다. 가끔씩 만나 섹스를 나눌 정도로는 좋지만, 그 여자를 전적으로 떠맡는다는 것은 아무래도 밑지는 장사 같다는 생각이 들었다.

물론 여자가 그에게 베풀어주었던 사근사근한 애무와, 그녀의 몸뚱어리에서 풍겨 나오던 고혹적인 향수 냄새가 그의 뇌리 속에 그대로 남아 있었다.

예전에는 포르노 비디오를 틀어놓고서 하거나 첫사랑이었던 J의 이미지를 드라마틱하게 재구성해 가지고 자위행위를 하는 것이 보통이었다. 그렇지만 J는 역시 너무 먼 기억 속의 여자였고, 비디오

화면에 나오는 여자들 역시 낯선 이방인들이었기 때문에, 별로 실감이 나지 않았었다.

그렇지만 민자는 바로 며칠 전에 살을 섞었던 여자이기 때문인지, 한결 실감나는 상상이 가능했던 것이다.

그녀 이전에도 그가 잠자리를 같이해 본 여자들은 꽤 많았다. 그러나 그런 여자들은 '맛있는 식사'로서가 아니라 '허겁지겁하는 식사'용으로 파트너 역할을 시킨 것이었기 때문에 별로 기억에 남아있질 않았다. 그런데 민자는 어쨌든 그만하면 잘 빠지고 풋풋한 영계였다. 또한 외모도 상당한 매력을 지니고 있어서, 지금까지 만났던 여자들 가운데 가장 괜찮은 얼굴과 몸매를 가진 여자라는 생각이 들었다.

그런데도 그는 준희빈호텔로 당장 발걸음이 떼어지지 않았었다. 곰곰이 생각해 봐도 그 이유를 확실하게 짚어낼 수가 없었다. 여자가 너무 자기에게 기대는 것 같아 부담감을 느꼈고, 또 그녀가 왠지 속물스런 여자 같다는 생각이 들어 꺼림칙한 기분에 사로잡혔기 때문에 그랬다는 것은 뚜렷한 이유가 되지 못했다.

그녀에겐 돈이 아주 많은 졸부(卒富) 후원자가 더 적합할 것 같다는 생각을 언뜻 해본 적도 있었고, 또 자기처럼 복잡하게 머리 굴리기를 좋아하는 사람에게는 잘 맞지 않는 여자라는 생각을 해본 적도 있었다. 지훈은 그런 생각에 빠져들면서, 자기 역시 지적(知的)인 부르주아에 불과하다는 생각을 하고 씁쓰레한 기분에 빠져들었다.

하지만 그러한 생각 역시 그 여자를 왠지 기피하고 있는 그의 복잡다단한 심리를 확연하게 설명해 줄 순 없었다.

민자 생각을 하다 보니, 그녀가 낙태수술을 하고 난 다음 날 그녀와 섹스 행위를 했다는 사실에 기억이 미쳤다. 그녀를 너무 거칠게 다룬 것이 후회되면서, 그녀에게 미안한 짓을 했다는 생각이 들었다. 미역국이라도 먹이며 충분한 안정을 취하게 했어야 하는 건데…….

지훈으로서는 특히 여자에게 잔인하게 구는 자신의 성격이 다시금 풀기 어려운 수수께끼로 다가왔다.

하지만 조금 미심쩍은 데도 있었다. 아무리 젊고 건강한 여자라고 해도, 수술을 받고도 다음 날에 어떻게 그리 멀쩡할 수가 있었을까……. 그녀는 밖에 나가 레스토랑에서 식사를 하고, 외인묘지를 산책하기까지 했다……. 정말로 그를 기쁘게 해주기 위해서 억지로 아픔을 참아가며 봉사해 준 것이라면 그것은 정말 눈물이 날 정도로 감격스러운 것이었다.

그런 생각에 마음의 초점을 모으자 지훈은 마치 한 편의 순애보(純愛譜)를 보는 것 같아 구슬프면서도 감미로운, 그러면서도 안온(安穩)한 센티멘털리즘에 빠져들었다.

하지만 아무래도 미심쩍다는 생각을 아주 떨쳐버릴 수는 없었다. 계속 추리를 해보려니 그만 골치가 아파지면서 짜증이 났다. 사실이야 어찌 됐든 간에 그건 별 상관이 없는 일이었다. 어쨌든 그로서는 그녀 덕분에 한결 풋풋한 식사를 해본 셈이었다. 물론 식사 대금이 조금 비쌌다는 게 흠이라면 흠이지만 말이다.

벌써 6시가 훨씬 넘어있었다. 하루의 노동이 끝난 것이다. 오늘 저녁엔 별다른 약속이 없었다. 어제까지는 이상하게도 그를 찾는 친구들이 많아서 주로 강남에 있는 술집들을 전전해 가며 네댓 날 저녁을 소모했었다. 그래서 피곤이 겹쳐있었는데 오늘 저녁만은 좀 쉴 수 있게 된 것 같았다.

그가 바바리코트를 걸치고 있는데 갑자기 전화벨이 울렸다. 또 의사 친구들의 술 먹자는 전화면 어쩌나 하고 걱정하면서(의사들은 대개 술에 절어서 지내는 게 보통이다. 아픈 사람들만 대하다 보니 스트레스가 더 쌓여서 그럴 것이다) 그는 수화기를 들었다. 수화기를 통해 들려오는 목소리는 남자의 목소리가 아니라 여자의 목소리였다. 여자는 자기 이름도 밝히지 않고서 꽤 활발한 음성으로 지껄이고 있었다.

"저 지금 '빈터'에 와 있어요. 일 다 끝나셨으면 여기로 나오시면 어때요? 그동안 왜 그렇게 안 나타나셨죠? 전 보고 싶었단 말이에요. 다른 약속 같은 건 없으시겠죠?"

여자의 말이 끝나갈 때쯤 돼서야 그는 전화에서 흘러나오는 목소리의 주인공이 타미라는 것을 알았다. 그때 한 번 같이 잔 걸 가지고 꽤나 호들갑스럽게 아는 체를 하고 있었다. 어쨌든 남자가 아닌 여자가 전화를 해왔다는 것은 반가운 일이었다. 그래서 그는 집에 가서 쉬려고 했던 계획을 포기하고 금방 나가겠다고 대답하고 나서 전화를 끊었다.

'빈터'는 의외로 한가로웠다. 때마침 〈고엽(Autumn leaves)〉이 영어 가사로 흘러나오고 있었다.

'Since you went away, The days grow long, and soon I hear old winter song……'

그는 오랜만에 듣는 〈고엽〉이 퍽 감미롭다고 생각했다. 이 계절에 어울리는 노래였다. 이브 몽땅이 부르는 〈고엽〉은 프랑스 말이라서 알아들을 수 없었는데, 누군지는 모르지만 미국 가수가 부르는 〈고엽〉은 내용을 알아들을 수가 있어서 좋았다. 그는 타미가 앉아 있는 테이블을 향해 발걸음을 옮기면서, 마음을 촉촉하게 적셔주는 좋은 가사라고 생각했다.

그녀의 테이블 위엔 와인 한 병이 놓여 있었다. 흔하게 보던 상표의 와인이 아니라 처음 보는 상표의 와인이었다.

"오늘따라 웬 와인이요? 너무 사치스러워 보이는데."

하고 그가 말했다.

"가을이잖아요. 저라고 뭐 무드를 타면 안 되나요?"

전화 목소리완 달리 그녀는 착 가라앉은 음성으로 말했다.

와인의 검붉은 색깔과 그녀의 입술 색깔이 거의 같은 색조로 보였다.

그는 여자의 얼굴을 새삼스레 쳐다보았다. 그만하면 고운 삼십 대였다.

문득 민자의 깡마른 다리가 떠올랐다. 민자의 허벅지도 그의 손바닥을 편하게 받아들였지만 살집의 탄력이 타미만은 못했던 것 같았다. 동변상련의 기분 때문일까. 타미한테서는 아무래도 세대 차이에 의한 이질감 같은 것이 느껴지지 않았다.

그는 계속 타미의 불두덩 부근을 집요하게 어루만졌다. 오늘은 이상하게도 그녀가 얌전히 있어주었다.

"그동안 왜 안 보이셨어요?"

그녀가 말했다.

"그동안이래야 한 일주일 정도밖에 안 됐잖아. 타미 씬 매일 들렀나 보지?"

"네, 거의 매일 왔어요. 달리 갈 데가 있어야죠. 가을은 역시 사람을 멜랑콜리하게 만들더군요."

"왜, 화랑을 하면 술자리에 어울릴 일이 많을 텐데."

"왠지 그런 어수선한 술자리엔 끼기가 싫어서요."

"그러면서 어떻게 화랑을 하지? 타미 씨도 돈 벌긴 틀렸군……. 고향엔 안 갔고? 하긴 서울이 고향일지도 모르지만."

"맞아요. 전 고향이 없어요. 서울을 고향이라고 말할 수는 없죠. 그래서 전 고향에 관한 노래를 들으면 공연히 머리가 지끈지끈 쑤셔와요. 너무 빤한 거짓말 같아서요. 코딱지같이 좁은 나라에서 고향이 있어 봤자 뭐 그리 대단하겠어요. 고속버스 타고 가면 몇 시간 안에 도착할 만한 거릴 텐데요. 뭘."

"그건 나도 그렇게 생각해. 가뜩이나 작은 나라가 두 쪽으로 갈라진 데다가, 교통까지 발달하고 보니 고향이란 개념이 점점 더 희석돼 가는 것 같아. 그러니까 요즘 고향 노래는 거의 해외 동포들이 고국을 그리워하는 내용으로 되어 있더군. 조용필의 〈돌아와요 부산항에〉가 시발이었지. 그쯤 되면 꽤 거리가 먼 셈이니까 고향의 이미지가 한결 더 절실하게 다가올 수 있을 거야. 젠장, 우리나라에선 너무 해외 동포들을 떠받들어. 국내에서만 산 사람들을 아주 쪼다 취급한단 말이야."

지훈은 김 마담이 가져다준 맥주를 따라 마시며, 추석 때 고향에 다녀오지 않았다는 것이 어쩐지 죄스럽게 생각되었다. 아무리 나라가 코딱지만 하게 작고, 교통이 너무 발달해 고향의 이미지가 희석되었다고는 해도, 고향은 역시 언제나 이상한 강박관념으로 다가왔다. 어찌 보면 고향은 우리가 돌아가고 싶어 안달복달하는 어머니의 자궁(子宮)의 상징이 아니라, 절대적 부권(父權)의 상징인지도 몰랐다.

오늘따라 이상하게도 타미는 흡사 3류 시인 같은 표정을 짓고 있었다. 아니나 다를까, 그녀의 입에서는 금세 3류 시인의 언어가 튀어 나왔다. 일류 시인과 3류 시인의 다른 점은 일류 시인은 끊임없이, 정말 싫증도 내지 않고 줄곧 '사랑 타령(또는 성(性) 타령)'만 되풀이 한다는 점이다. 그런데 3류 시인은 사랑 얘기보다는 환경 타령, 이데올로기 타령, 과거에 대한 회한(悔恨) 타령에 더 신경을 쓴다. 이것이 그의 생각이었다.

"예전엔 추석 때가 되면 서울 하늘이 무척이나 맑았잖아요? 그런데 요즘은 안 그런 것 같아요. 안개가 너무 많이 껴요. 아니 안개라기보다는 스모그라는 표현이 더 맞는 말이겠지요. 서울이 마치 죽어가는 도시처럼 보여요. 제가 늙어서 그렇게 느끼는 것일까요? 요즘 젊은 애들은 서울 하늘이 의당 그런 줄로만 알고 있을 거예요. 하지만 예전에 비해 보면 너무너무 달라졌어요. 하긴…… 나이를 먹어갈수록 '지금보다 옛날이 좋았다.'고 입버릇처럼 되뇌게 된다고들 하지만요……."

"타미 씬 아직 늙지 않았어. 아직 30대 아냐? 그런데 왜 벌써 할머니 같은 소릴 하지?"

이렇게 말하면서 그는 타미의 얼굴을 다시 한 번 찬찬히 뜯어보았다. 미술을 해서 그런지 꽤 고급스럽게 세련된 멋이 풍겨 나오고 있었다. 하지만 아무래도 피부가 많이 사그라들어 있었다. 그래서 그녀가 하고 있는 짙은 화장이 안쓰러운 몸부림같이 느껴졌다. 여자는 왜 서른 살이 넘으면 금세 한물가버리게 되는 것일까…….

지훈은 이런 생각을 하며 그녀의 말을 받았다. 어쩐지 그녀에게 미안한 생각이 들어서, 그의 입에서는 그녀가 한 말에 쿵짝을 맞춰주기 위한 얘기들이 거침없이 튀어나왔다. 이러한 '친절 본위'의 화법(話法)은 그가 정신과 의사 노릇을 하면서 익힌 버릇이었다.

"그래…… 서울은 죽어가고 있어. 그래서 사람들도 다 생기가 없지. 차라리 옛날이 더 나았다는 생각이 들 정도야. 사람들은 완전히 활기를 상실해 버렸어. 다들 자본주의적인 삶의 양식에 단단히 맛을 들여버린 거지. 물론 자본주의적인 삶이라고 해서 무조건 나쁘다고만 할 순 없겠지. 하지만 거기엔 적어도 문화라는 요소가 끼어

들어 있어야 해. 그런데 요즘 우리가 사는 세상은 문화는 없고 물질만 있으니 문제란 말이야. 사람들은 그럴듯한 아파트 한 채 장만하고 좋은 자가용 한 대 사고, 그리고 아이들에게 귀족풍의 클래식 레슨을 시켜가지고 소공자(小公子)와 소공녀(小公女) 만드는 데 다들 혈안이 되어 있고."

"오늘따라 아주 근사한 말씀만 하시는군요."

타미가 눈알을 초롱초롱 굴리면서 맞장구를 쳤다. 지훈은 어쩐지 기분이 상승되어 계속 일방적으로 지껄여대었다.

"대가족주의가 무너지는가 싶더니 그보다 더한 핵가족주의가 나와 예전보다 더 지독한 집단 이기주의를 만들어나가고 있어. 지난번 광역의회 선거 때 선거 결과를 봐요. 야당이 예뻐서 하는 소리는 아니지만, 깨져도 너무 비참하게 깨졌어. 국민들이 여당에다 왜 그렇게 표를 몰아줬을까? 물론 국무총리가 대학생들한테 계란 세례를 받은 사건이 여당에 크게 유리하게 작용했기 때문이었지. 하지만 이젠 정말 이데올로기의 시대는 끝났어. 그리고 명분의 시대도 끝났어. 남은 것은 오로지 가족이기주의(家族利己主義)뿐이야. 그렇다고 사람들이 사랑에 정신없이 탐닉하기라도 하면 그래도 비전이 보일 텐데 그것도 아니니 문제지. 여자들은 밍크코트나 외제 호화 가구를 통해 성욕을 대리 배설시키고 있어. 그러다 보니 보수반동의 윤리만이 판을 치면서 사람들의 의식을 점점 더 폐쇄적으로 만들어가고 있는 거고."

"너무 어려운 말씀만 하시는군요. 하지만 다 지당한 말씀이에요.

전 선생님이 정치에 그토록 관심이 많으신 줄은 정말 몰랐어요. 하도 더듬으시길래 그냥 색골인 줄로만 알았죠."

타미는 썩 감동했다는 투로 말했다. 말을 마치고 나서 그녀는 와인 한 잔을 더 따랐다. 지훈은 빈 잔을 채워나가는 와인의 검붉은 색깔을 보며 다시 한 번 더 핏빛을 연상했다. 정치적 권태든 일상적 권태든, 권태감을 극복하는 데는 역시 피가 제일일 것 같다는 생각이 들었다.

러시아 혁명의 와중에서 백군(白軍)과 적군(赤軍)이 내전을 치르는 동안 거의 천만 명에 가까운 사람들이 싸우다 죽거나 굶어 죽었다. 죽은 사람은 억울했겠지만(아니, 억울할 것도 없을 것 같다. 능동적 자살보다 수동적인 피살이 훨씬 더 편안한 죽음이니까 말이다. 하지만 서서히 굶어 죽어간다는 것은 아무래도 괴로웠을 것이다), 그들이 흘린 피 때문에 인류 역사는 그럭저럭 권태롭지 않게 흘러가게 되었다.

소련의 공산주의 체제가 무너지고 동유럽의 여러 나라들도 다들 자유주의 체제로 탈바꿈하고 있는 요즘, 마치 해와 달이나 음(陰)과 양(陽)처럼 아주 당연한 맞수로 여겨지던 좌·우익의 싸움도 이젠 옛말이 돼버린 셈이니 정말 심심한 세상으로 바뀌어버린 것이다.

미국의 청교도주의식 반공 이데올로기도 이젠 적수가 없어져 졸지에 황당해져 버렸을 것이고, 공산주의를 현대의 사탄이라고 몰아붙이던 통일교의 승공(勝共) 이데올로기 역시 자중지란(自中之亂)을 초래하게 될 것이다. 보수적 기독교는 사탄(악마)이 없으면 도저히 존립할 수가 없는, 극단적인 이원론(二元論)에 기초하고 있기 때문이다. 이 세계는 지금 말하자면 음양(陰陽)의 상보성(相補性)이 깨져버리는 과도기에 처해 있는 것이다. 음과 양 어느 한쪽만 존재하는 세계는 권태로운 매너리즘만이 난무하는 세계일 수밖에 없다. 그것은 마치 낮·밤 어느 한쪽만 존재하는 세상과도 같다. 만약 밤이 없는(또는 밤만 있는) 세상을 살아가라고 한다면 얼마나 심심하고 얼마나 황당무계할 것인가.

물론 국수주의적 민족주의가 다시 일어나 새로운 권태 예방책으로 힘을 쓰기 시작할 것이다. 독일에서 나치즘이 다시 고개를 들게 될지도 모르고, 일본에서도 군국주의적 대화(大和) 사상이 성큼 부활할지도 모른다. 그렇게 되면 미국과 일본이 또다시 제2의 태평양전쟁을 일으켜 사생결단으로 싸우게 될지도 모르고, 독일이 유럽을 제패하겠다고 큰소리치며 나서게 될는지도 모르는 일이다. 그러면 다시금 인류의 역사는 피의 소용돌이 속으로 치달아가게 되겠지…….

지훈은 담배를 한 대 피워 물며 다가올 21세기를 마음속에 그려보았다. 그런 생각에 잠겨 있다 보니까 담배 연기가 마치 화약이 터질 때 생기는 초연(硝煙)같이 느껴졌다.

"무슨 생각을 그렇게 골똘히 하세요? 선생님이 너무 무서워 보여요."

타미는 이렇게 말하면서 그의 뺨에다가 살짝 키스했다. 상당히 외로웠던 모양이었다. 그녀의 입술이 아주 뜨겁게 달구어져 있는 것을 느낄 수 있었다.

"타미 씨도 이젠 시집을 가야겠군."

뺨에 묻은 립스틱을 지우면서 그가 말했다.

"왜요? 제가 그렇게 궁상맞은 노처녀처럼 보이나요?"

"궁상맞아 보이진 않고 외로워 보여. 외로우니까 내게 키스했겠지. 안 그래?"

"선생님 말씀이 맞아요. 솔직히 말해서 저도 한번은 결혼해 보고 싶어요. 결혼은 역시 우리 같은 범인(凡人)들에겐 필수적인 통과의례인가 봐요. 금방 이혼하게 되는 한이 있더라도 일단 한번 결혼을 해봐야 진짜 성숙한 어른이 될 것 같은 생각이 들어요."

그녀는 약간 풀죽은 목소리로 대답했다.

"타미 씬 지금 가을을 너무 감상적(感傷的)으로 앓고 있어. 마음이 그렇게 약해서야 앞으로 이 험한 세상을 어떻게 살아나갈 수 있겠어? 결혼이 어디 그리 쉽게 되나? 당신은 눈이 너무 높아서 아마도 결혼하기가 상당히 힘들 거야. 하긴 그건 나도 마찬가지지지만."

"전 눈이 높지 않아요. 저도 이젠 주제 파악을 해야 되니까요. 선생님 정도라면 얼마든지 결혼할 수 있을 것 같아요."

"나 정도라니……. 그럼 내가 별 볼일 없는 놈이지만 한번 봐주는 셈 치고 결혼해 주겠다는 거야?"

지훈은 타미의 말을 반농담조로 받아넘겼다. 왠지 온몸이 오싹해지면서 기분이 나빠졌다. 오랫동안 독신생활을 해오면서 30대 중반의 여성들에게서 흔히 듣게되는 소리였기 때문이다.

요즘 여자들은 결혼을 할 때, 남녀 간의 나이 차이 많아봤자 대여섯 살 정도를 원하고 있는 것 같았다. 그렇지만 최근에 와서 그가 결론 내리게 된 것은 여자는 역시 서른다섯을 넘기면 결혼상대로 곤란할 것 같다는 생각이었다. 물론 그건 완전히 남자 위주의 이기적인 생각인지도 몰랐다. 하지만 그게 현실인 걸 어쩌겠는가. 여자는 서른다섯이 넘으면 대개 다 뻔뻔해지고 억세어지고 능글능글해진다.

지훈은 타미한테 이상한 적개심이 느껴져서 '친절 본위'의 기사도 정신을 무시하고 이렇게 말해 버리고 말았다.

"난 서른다섯 살이 넘은 여자는 죽어도 싫어……. 미안해요. 내가 너무 주제파악을 못해서."

"선생님도 아시긴 아시는군요. 그럼 어디 한번 계속 그렇게 버텨보세요. 어디 눈먼 영계라도 하나 얻어걸릴지 모르니까요. 하긴 그때 데려왔던 여자도 꽤나 영계더군요."

그녀는 역시 30대 중반 여자답게, 별로 무안한 기색을 보이지도 않으면서 높낮이가 없는 억양으로 이렇게 대답했다

"그때라니? 누굴 말하는 거야?"

"왜 추석 전날 밤에 빼빼 마른 여자애를 데려오신 적이 있잖아요? 그만하면 꽤 멋을 부리고 다니는 아가씨던데요?"

그제야 지훈은 생각이 되살아났다. 민자 얘기를 하고 있는 것 같았다. 이상하게도 뱃속 깊은 곳에서부터 뜨거운 불덩어리가 솟구쳐 올라오는 것 같은 느낌이 왔다.

"그 아가씬 그 뒤로도 여기에 몇 번 혼자 오곤 했어요. 왜 연락이

잘 안 됐나 보죠?"

민자가 '빈터'에 몇 번 들렀었다는 얘기가 그의 마음속을 어쩐지 그녀에게 미안한 짓을 한 건지도 모른다는 생각으로 울렁거리게 했다. 남녀관계가 사실 별게 아닌데, 여자가 너무 선수를 치며 공격적으로 나온다고 해서 괜히 지레 겁을 먹었던 것 같아 지훈은 자기 자신이 부끄럽게 생각되었다. 그의 생각을 눈치 채기라도 한 듯 타미가 대뜸 초 치는 소리를 했다.

"꿈 깨세요. 꿈 깨. 그 여자는 아무래도 꽤나 닳고 닳은 계집애 같아 보였어요. 그러니까 선생님이 감당하기엔 벅찬 앨 거예요. 나이만 어리다 뿐이지 얼굴 표정은 아주 늙어 있던데요. 그러니까 저나 그 애나 따지고 보면 마찬가지란 말이죠."

"그 여자는 신데렐라 콤플렉스에 빠져 있는 속물이야. 아니…… 착한 속물이라는 표현이 더 맞는 말이겠지. 나한테 뭔가 너무 기대하고 있는 것 같아서 기분이 찜찜했어."

그는 타미의 비위를 맞춰주기 위해 엉겁결에 이런 말을 약간 과장적인 어조로 내뱉고 말았다.

"변명하지 마세요. 다 알고 있으니까요. 사내들은 모두 다 싱싱하고 먹음직스러운 영계를 좋아하기 마련이죠."

타미가 마치 여권(女權) 운동가 같은 말투로 말했다. 그녀가 너무 건방지게 나오는 것 같아 그는 기분이 언짢아졌다. 하지만 그는 화가 치밀어 오르는 것을 꾹꾹 눌러 참으면서 이렇게 대답했다.

"아니야, 그렇지 않아, ……나도 뭐가 뭔지 잘 모르겠어. 솔직히 발해서 난 이제껏 섹스만 좋아했지 여자 자체를 좋아해본 적은 없거든. 영계든, 중계든, 노계든, 현재로선 여자가 거추장스럽기만 해."

그가 한 말은 어찌 보면 진심이었다. 민자가 신데렐라 콤플렉스에 빠져있는 착한 속물이라는 것도, 또 그에게 너무 기대온다는 것도, 사실은 그다지 큰 이유가 될 수 없었다. 아니 그녀가 '속물'이라는 사실조차 전혀 근거가 없는 말일 수밖에 없었다.

그는 어쩌다 벌써 마흔 살이 된 자기 자신이 정말 어이없게 생각되었다. 사랑은 역시 젊은 시절에 할 것이었다. 후닥닥 사랑하고, 후닥닥 결혼하고, 후닥닥 아이 낳고 사는 것이 정서적으로 안정될 수 있는 최선의 길이라는 것을, 그는 여러 환자들을 대해 오면서 점점 더 절감할 수밖에 없었던 것이다.

D. H. 로렌스가 그토록 성(性)을 예찬하면서도 결국은 일부일처제를 지지했던 것도 다 이유가 있었던 것이다. 로렌스는 『채털리 부인의 사랑』 서문에서, 대책 없는 성개방주의를 비웃으며 당분간은 일부일처제를 통해 성의 기쁨을 향유할 수밖에 없다고 주장하고 있다.

지훈은 로렌스의 소설들을 읽으면서 그의 성이론이 너무 가족중심주의의 테두리 안에서 맴도는 것 같아 적지 않은 불만을 느꼈었다. 그런데 차츰 현실에 부대끼고 성욕에 부대끼며 경험을 쌓아나가다 보니, 아직은 그 길밖에 없다는 쪽으로 생각이 자꾸 치달려가는 것이었다.

자식이 문제이긴 하지만 아무래도 그건 차후의 문제였다. 자식은 안 낳아도 되는 것이기 때문이다. 그런데도 아직까지 결혼할 생각을 하지 못하고 있었던 것은 확실한 이론적 토대에 근거한 것이 아니라 이상한 오기 때문이었다. 아니 지나친 완벽주의가 그 원인인지도 모른다. 유한(有限)한 실존 그 자체에서 느끼는 불안감이 가족관계에서 비롯되는 갖가지 콤플렉스보다 훨씬 더 강도가 높다고 그가 믿고 있는 것도, 어찌 보면 스스로의 고집을 자위하기 위한 방편인지도 몰랐다.

그가 계속 시무룩한 얼굴을 하고 있자 타미도 그만 흥이 깨져버렸는지 별말을 하지 않고 담배 연기만 뿜어대고 있었다. 지훈은 와인 몇 잔을 계속해서 들이켜 보았다. 앞서 마신 맥주와 짬뽕이 돼서 그런지 술기운이 제법 전신을 얼근하게 마비시켰다. 갑자기 성욕이 솟구쳐 오르면서 어쩐지 그 여자의 혓바닥 생각이 간절하게 났다.

그때 입구의 문이 열리면서 그 여자가 들어왔다. 지훈은 그녀를 보는 순간 불현듯 이십 년 전의 앳된 청춘시절로 돌아간 듯한 느낌을 받았다. 여자는 전번과는 다른 옷을 걸치고 있었다. 니트로 된 원피스가 아주 우아해보였다. 옷 색깔이 까만색이라서 그런지도 몰랐다.

여자는 그가 타미와 같이 앉아있는 것을 보지 못한 듯했다. 여자는 그녀 특유의 무표정한 얼굴을 바꾸지 않고 그대로 스탠드로 가서 앉았다. 맥주를 달라고 주문하는 그녀의 목소리가 가느다랗게 들려왔다.

"보세요, 저 아가씨가 또 왔어요. 정말 행복하시겠어요. 빨리 가

보시죠."

타미가 아주 태연한 목소리로 말했다. 하지만 지훈은 금세 일어나지지가 않았다. 일주일이라는 기간이 그와 그녀 사이를 아주 멀어지게 만들어놓고 있었다. 그는 여자를 마치 처음 본 것 같은 느낌을 받았다. 졸려서 흐느적거리던 그날 밤의 모습이 아니었다. 또 아픔을 무릅쓰고 그에게 봉사해 주던 그 이튿날의 모습도 아니었다.

그는 맥주를 마시며 물끄러미 그녀의 옆모습을 바라보았다. 객관적으로 그녀의 겉모습을 점검해보고 싶었다. 그는 여자가 이왕이면 아주 형편없이 못생겨 보였으면 좋겠다고 생각했다. 그래야만 그가 여자에게 보다 더 당당해질 수 있기 때문이었다. 하지만 몽롱한 취기(醉氣) 때문이라 그런지 여자가 몹시도 우아해 보이기만 했다. 그래서 그녀가 다리를 꼬고 앉아 한층 더 치켜 올라간 옷 때문에 고스란히 노출된 가느다란 다리가 오히려 기품 있게 보였다.

낙태수술(그녀가 말한 것이 사실이라면)의 후유증이 가라앉아서 그런지 여자의 옆얼굴이 한결 생기가 있어 보였다. 그녀는 허리를 곧게 펴고 앉아 아주 안정된 자세로 술을 마시고 있었다. 담배를 꺼내어 불을 붙이는 동작도 아주 침착해 보였다. 그가 계속 여자를 바라보고 있자 타미가 약간 짜증스런 목소리로 말했다.

"왜 안 가시는 거죠? 저 때문에 그러세요? 전 괜찮아요. 제 걱정일랑 마세요."

지훈은 뭐라고 대꾸할 수가 없었다.

그때 그의 머릿속을 스쳐간 생각은 맹랑한 것이었다. 두 여자를 한꺼번에 데리고 어디 호텔방 같은 데로 가서 다 같이 홀라당 벗고 술을 마셨으면 좋겠다는 생각이었다.

뭣 때문에 사람들은 애써 짝을 맞추려고 드는 것일까? 어느 모임엘 가 봐도 남녀가 한데 엉켜 흐드러지게 어울리는 법이 없다. 부부동반의 동창회 같은 데에 참석할 때마다 그는 늘 혼자일 수밖에 없었다. 친구들은 자기 마누라하고 둘이서만 얘기하거나, 아니면 남자 친구와 얘기하거나 둘 중의 하나였다. 설사 친구의 마누라와 이야기를 나눈다쳐도 그것은 잠깐 동안뿐이었다. 그가 어느 커플 사이에 끼어들어 허심탄회하게 대화를 나눌 수 있었던 적은 한 번도 없었다. 특히 친구 마누라와 단둘이서 아무런 거북함을 느끼지 않고 대화를 나눌 수는 없었다.

이런 생각을 하며 스탠드 쪽을 물끄러미 응시하고 있는데 여자가 문득 뒤를 돌아보는 것이 보였다. 그의 눈에 여자의 눈동자가 들어와 박히자, 그는 더 이상 그대로 앉아 있을 수가 없었다. 그래서 그는 타미에게

"잠깐 다녀올게."

하고 말하고 나서 스탠드의 여자 옆자리로 갔다.

"아, 선생님이시로군요."

여자가 그를 쳐다보며 말했다.

마치 아주 오래 전에 조금 알고 지냈던 사람을 오랜만에 만난 것

과도 같은 말투였다. 그는 어쩐지 한 방 얻어맞은 것 같은 기분이 들었다.

그는 컵을 하나 달라고 해서 여자 앞에 놓여 있는 맥주를 따라 마셨다. 그리고 짐짓 차분한 목소리를 만들어내려고 애쓰면서 여자에게 말했다. 금방 반말이 나오지가 않았다.

"그래, 그동안 쭉 그 호텔에 있었소?"

"네."

여자가 대답했다. 아주 명료한 음색이었다.

"많이 아팠겠군,"

"네. 생각보다 오래가더군요."

"난 그날 정신이 나갔었어. 당신을 너무 부려먹었으니 말이야. 나도 내가 왜 그랬는지 도무지 모르겠어."

"괜찮아요. 제가 원해서 한 것인데요. 뭘."

"그런데…… 그날 정말 낙태수술을 하긴 한 거야?"

그가 여자에게 이렇게 묻자 여자는 갑자기 짜증스러운 목소리를 냈다.

"물론 했지요. 아, 저도 잘 모르겠어요. 했는지 안했는지 기억이 너무 희미해요. 아주 오래 전에 일어난 일 같이 느껴져서요. 그게 왜 그리 중요하죠?…… 선생님은 너무 따지고 드는 버릇이 있어요."

살아 있는 마네킹처럼만 보이던 여자의 입에서 이런 소리가 튀어나왔기 때문에 그는 조금 움찔할 수밖에 없었다. 여자가 이젠 본래의 제정신으로 돌아온 것 같았다. 그는 명색이 의사인데도 불구하고 이 여자한테 냉정하고 객관적인 시선을 보내지 못했던 자신이 부끄러워졌다.

"미안해요. 어쨌든 다시 만나서 반가워. 우리 그런 의미에서 건배라도 한번 하지."

지훈은 이렇게 말하면서 술잔을 치켜들었다. 여자도 그를 따라 술잔을 들어 올렸다. 아주 느린 동작이었다.

"당신의 건강을 위해서!"

드라마틱한 음색을 만들어내려고 애쓰면서 그가 말했다. 그러나 여자는 아무 말도 하지 않고 술잔만 마주쳤다. 여자는 맥주를 마시고 난 뒤에 그제야 생각났다는 듯 입을 열었다.

"아, 참, 제가 선생님의 건강을 빌어 드리는 걸 빼먹었군요. 죄송해요. 우리 다시 한 번 건배해요."

맥주가 바닥이 나 있어서 그가 두 병을 더 주문했다. 여자가 지훈의 술잔에 맥주를 따라주었다. 그러고 나서 곧이어 자기 술잔에다가 맥주를 부었다.

"선생님의 건강을 위해서!"

여자가 약간 옥타브를 높여가지고 말했다. 지훈은 자기가 지금까지 너무 점잔만 뺐다는 생각이 들었다. 그래서,

"당신의 혓바닥을 위해서! 제발 계속 씩씩하고 건강하기를……."

하고 여자의 말을 받았다.

여자는 그의 말을 듣고 나서 빙그레 웃었다. 그녀의 두텁고 긴 입술이 슬그머니 가로퍼지면서 멋진 곡선을 만들어냈다. 지훈은 여

자의 입모양을 바라보며 입 속으로 들어가고 싶은 충동을 느꼈다. 그곳은 아주아주 따뜻하고 무지무지 보드라워 굉장히 행복할 수 있을 것 같았다.

"그래, 일자리는 구했어?"

담배 한 개비를 끝까지 다 피우고 나서 그가 여자에게 물었다.

"아직 못 구했어요. 저녁 때 여기에 잠깐씩 들른 것만 빼고는 쭉 방안에 누워서만 지냈으니까요."

"옷이 바뀌어 있는데?"

"이 동네에서 한 벌 샀지요."

"하긴……. 당신이 건강하게 돌아다닐 수 있다고 해도 일자리가 금세 나서진 않겠지."

"선생님이 어떻게 좀 해주시면 안 되나요?"

여자의 목소리 톤이 또 올라갔다.

"내가 어디 아는 데가 있어야 말이지……. 대관절 뭘 하고 싶은데?"

"아무거나 좋아요. 백화점 일만 빼놓고요."

"말은 아무거나 라고 하지만 막상 일을 하다 보면 적은 봉급 때문에 결국 뛰쳐나오게 될 걸. 대학 나온 여자애들도 취직을 못해서 쩔쩔매는 판인데. 민자 씨 학력 가지고는 갈 만한 데가 정말 마땅치가 않지. ……모델 일이 정 싫다면 차라리 룸살롱 같은 델 나가보면 어때? 마음만 굳게 먹으면 남자들과 잠자리를 같이 하지 않아도 수입이 꽤 보장되니까. 이건 절대 민자를 우습게 봐서 하는 소리가 아냐."

"절 무시해서 하신 말씀이 아니란 건 저도 알아요. 하지만 그런 데는 싫어요."

여자는 별로 억양을 높이지 않으면서 말했다. 그러고 나서 한참 있다가 다음과 같이 덧붙였다.

"선생님 병원에서 일하면 안 되나요?"

"내 병원?…… 민자는 간호사도 아니잖아?"

"병원에선 간호사만 필요한가요? 경리나 비서 같은 건 필요 없으세요?"

"개인 병원이 뭐 그리 크다고 비서까지 두겠어?"

두 사람 사이에 한동안 침묵이 흘렀다. 지훈은 여자가 정말 처치 곤란이란 생각이 들어 마음이 답답해졌다.

그때 불현듯 그의 머릿속으로 스쳐가는 생각이 있었다. 그의 병원에는 성적(性的) 결벽증이나 발기부전 등으로 찾아오는 남자 환자들이 꽤 많았는데, 이 여자가 곁에 있으면 환자를 치료하는 데 많은 도움이 될 것 같았다. 지금까지는 주로 치료용 포르노 비디오를 보게 하는 것이 고작이었는데, 민자 정도의 관능적인 여자가 치료에 직접 가담한다면 치료 방법에 획기적인 전환이 올 게 틀림없었다.

지금까지는 그런 일을 해줄 만한 여자를 구할 수가 없었다. 아니, 한국같이 보수적인 사회에서 그런 여자를 구할 엄두조차 내지 못했던 것이다. 그런 쪽으로 생각이 미치자 그는 기분이 좋아졌다.

그래서 그는

"병원에서 일하고 싶다고 했지? 무슨 일이든 내가 시키는 대로 해줄 수 있겠어?" 하고 여자에게 말했다.

"그럼요. 뭐든지 시키시는 대로 할게요. 선생님 곁에 하루 종일 있으면 참 행복할 것 같아요."

여자의 눈빛이 좀 전보다 훨씬 더 반짝거렸다.

7

정신과에서 하는 성치료의 대상이 되는 것은 주로 '정신성 성기능 장애'이다. 정신성 성기능 장애는 남성의 경우 발기불능이나 발기부전, 그리고 조루증이 가장 많다. 가끔 지루증(遲漏症)이 있기도 한데 아무래도 드문 경우이다. 여성에겐 불감증이 가장 많고 심한 경우에는 '기능성 질경련(膣痙攣)' 증상을 보이는 수도 있다.

지훈은 여태껏 성적(性的) 트러블 때문에 찾아오는 환자에게 주로 정신치료로 임하는 수밖에 없었다. 부부가 같이 찾아오는 경우에는, 남자에게 문제가 있든 여자에게 문제가 있든 치료하기가 한결 수월했다. 의사가 직접 행동치료를 시키지는 못 한다고 해도, 두 사람이 집에 돌아가 의사가 지시해 준 대로 성훈련을 해볼 수 있기 때문이다. 그런데 문제는 미혼 여자나 미혼 남자가 찾아오는 경우였다.

하지만 우리나라에서는 미혼 여자가 자신의 성기능 장애를 자각하는 일은 드물기 때문에, 성기능 장애 증세로 고민하다가 찾아오는 것은 주로 미혼 남성들이었다. 특히 결혼을 하고 싶어 하는 총각일 경우, 자신이 발기불능이나 발기부전 또는 조루(早漏)라는 것을 알고 고민하는 사람들이 많았다.

이럴 경우 성기능 장애의 정신적 원인을 제거하기보다는 우선 '증상'을 제거해 줘야 하는데, 그러려면 상담치료만 가지고서는 불가능하다. 물론 행동치료로서 '성훈련 기법'을 사용한다 하더라도 상담에 의한 정신치료를 겸하기는 해야 한다. 성기능 장애의 근본 원인은 역시 환자가 갖고 있는 무의식적 갈등에 있기 때문이다. 하지만 무의식적 갈등을 완전히 없애준다는 것은 사실 불가능한 일일 뿐더러, 또 아주 장기간의 치료를 요하는 것이다. 그래서 실제적인 성치료는 성훈련 기법에 의한 증상의 호전에 우선 중점을 두고, 부차적으로 정신치료를 겸해서 실시하는 것이 정석으로 되어 있다.

특히 기혼자의 성기능 장애는 병적(病的)인 부부관계가 원인일 때가 많은데, 의사가 부부간의 성격갈등에 너무 깊이 파고들다보면 오히려 이혼을 은근히 조장하는 결과를 초래하기 쉽다. 그러므로 우선 될 수 있는 한 단기간의 치료를 통하여 성기능을 호전시켜주고 나서, 보다 근본적인 심리적 갈등요인의 해결은 당사자들에게 맡겨 두는 편이 나은 것이다. 그렇게 되면 오히려 더 좋은 결과를 가져올 수도 있는 것이, 부부간의 성생활이 원만해짐으로 해서 성격적 갈등이 자연적으로 해소될 수도 있기 때문이다. 정신이 육체에 영향을 미치기도 하지만, 육체가 정신에 영향을 미칠 때도 많다.

성치료를 행동치료 중심으로 하고, 행동치료의 방법으로 '성훈련 기법'을 창시한 사람은 매스터스(Masters)와 존슨(Johnson)이었다. 매스터스와 존슨은 성(性) 생리에 대한 그들의 연구를 토대로 처음으로 행동요법적 성치료 방법을 고안하여 1970년에 발표하였다. 그래서 성치료가 보다 적극적으로 이루어지게 되었는데, 그 이전까지는 의사들이 성치료를 할 때 주로 정신치료만 실시하여 확실한 효과를 기대하기 어려웠던 것이다. 의사들이 그렇게밖에 할 수 없었던 것은, 행동치료를 하려면 환자를 벌거벗겨놓고 성훈련을 시켜야 하기 때문이었다. 그렇게 되면 환자건 의사건 불필요한 성적 감정을 노출시킬 가능성이 있고, 또 환자에게 오해를 살 우려도 많았다.

1950년대의 급진적인 성 이론가이자 정신과 의사였던 빌헬름 라이히는, 여성 환자의 신경증을 제대로 치료하려면 환자가 의사를 사랑하게 되더라도 그것을 묵인해야 한다고 주장하여 큰 물의를 빚은 바 있다. 그는 모든 신경증의 원인이 성적 오르가슴을 경험하지 못한 데서 온 것이라고 주장하였다. 말하자면 프로이트가 여성 환자를 치료할 때 극력 금기시(禁忌視)한 '전이(轉移) 현상(환자가 본래 자기의 부모에게 느끼고 있는 사랑이나 증오의 감정을 의사에게 전이시키는 것. 여성 환자의 경우 주로 남자 의사를 사랑하게 되는 수가 많다)'을 오히려 적극적으로 수용해 버린 셈이었다. 그래서 그는 실제로 여성 환자와 성행위를 갖기까지 했는데, 당시 미국의 청교도적 분위기로 보아 라이히의 급진적 치료방법은 오해를 불러일으킬 수 밖에 없었다. 그래서 그는 보건당국에 의해 구차스런 죄목으로 체포되어 복역 중에 옥사하고 말았다.

매스터스와 존슨이 고안한 방법은 물론 환자와 성행위를 갖는 것을 용인하는 정도의 극단적인 것은 아니었다. 그들은 어디까지나 '부부간의 성장애 치료'에만 중점을 두어 세인들의 오해를 불식시키려고 했는데, 어쨌든 의사 입회하에 환자들을 벌거벗겨놓고 성훈련 기법을 실시하는 것 자체만 가지고서도 그것은 가히 혁명적인 것이었다. 1950년대의 미국 사회와 1970년대의 미국 사회가 그만큼 달라져있기 때문인지도 몰랐다. 1970년대의 미국 사회는 허버트 마르쿠제 등 급진적 성이론가들의 주장이 크게 수용되던 성해방주의의 전성시대였다. 히피, 마리화나, 동성연애 등의 단어가 사람들의 입에 거침없이 오르내리던 시대가 바로 1970년대였던 것이다.

어쨌든 그 이후로 행동적인 성치료를 전문으로 하는 섹스 클리닉이 많이 생기게 되었고, 정신적 성기능 장애의 치료에 획기적인 진전을 보게 되었다. 그래서 부부 중심의 치료에서 독신자의 치료로까지 발전하게 되었는데, 독신자일 경우에는 배우자 대신에 '대리배우자(surrogate partner)'가 치료를 도와주도록 되어 있다.

그런데 우리나라에서는 행동요법적 성치료가 지금 막 도입된 상태였으므로 대리배우자를 구하기가 지극히 어려웠던 것이다. 아니, 구할 엄두도 못 내고 있다는 것이 더 정확한 표현일 것이다.

지훈의 병원에 성기능 장애를 호소하는 환자들이 점점 더 많이 찾아오고 있는 까닭도, 실은 그가 솔직하고 대담하게 스스로의 성관(性觀)을 피력하기 때문이었다. 아무리 정신과 의사라고 해도 성치료만큼은 아무나 할 수 있는 게 아니었다. 폐쇄적이고 봉건적인 윤리관을 가지고 있는 의사는 성에 대한 얘기를 입에 올리는 것 자체만 가지고서도 왠지 어색해 하는 경우가 많고, 때에 따라서는 성에 대해 환자보다 더 심한 무지와 편견에 빠져 있는 경우도 있기 때문에, 오히려 증상을 악화시키는 수도 많았다.

게다가 성문제를 가지고 남자 환자는 비뇨기과 의사한테 가서 의논하고, 여자 환자는 산부인과 의사한테 가서 의논하는 일이 많기 때문에, 문제가 더 복잡하게 비비 꼬이게 되는 것이었다. 비뇨기과나 산부인과에서는 환자를 붙들고 늘어져 치료해 주는 척하면서, 경직된 성윤리를 의사의 권위를 빙자하여 훈계조로 되풀이하여 환자를 더 주눅 들게 만드는 경우가 꽤 많다. 그러다 보니 지훈의 병원은 자연 '신경정신과 의원'으로서보다도 '섹스 클리닉'으로 소문이 날 수밖에 없었던 것이다.

하지만 아무래도 여기가 한국인 이상, 여성 환자를 성치료할 때 '대리배우자'를 쓸 수는 없었다. 그러나 남성 환자를 치료할 때는 대리배우자를 쓸 수도 있을 것 같았다. 아니, 쓰고 싶었다. 물론 대리배우자 역할을 하는 여자가 아주 흔쾌하게 성치료의 보조자로 봉사해 준다는 전제하에 말이다. 그러나 그런 생각은 역시 잠깐 스쳐 지나간 생각에 불과했고, 굳이 애써가며 그런 여자를 구할 생각을 해본 적은 없었다. 그런데 민자가 무엇이든 그가 시키는 대로 하겠다고 대답했을 때, 지훈은 그녀가 성치료의 보조 역할을 하는 대리배우자로서 아주 적합한 여자일 것 같은 예감을 느꼈다. 그러고는 왠지 모르게 온몸에 의학적 호기심과 의욕이 흘러넘치는 것이었다.

지금까지 독신 남성 환자를 치료할 때 대리배우자 역할을 해준 것은 밤거리의 직업여성들이나 기타 여러 종류의 서비스 업소에서 일하는 아가씨들이었다. 그러나 그런 여자들을 치료보조자로 간주할 수는 없었던 것이, 그가 직접 지시하는 대로 환자의 성훈련을 도와준 것이 아니라, 환자 스스로 그런 여자들을 찾아가 이러이러한 방법으로 훈련을 해보라고 권한 것에 불과했기 때문이었다. 그렇기 때문에 치료 성적이 지극히 불투명할 수밖에 없었는데, 그 까닭은 환자가 그런 곳에 찾아간다는 것 자체가 큰 용기를 필요로 할뿐더러, 설사 찾아간다 해도 성기능에 장애가 있는 남자를 그가 일러준 방법대로 친절하고 성의 있게 훈련시켜 줄 수 있는 여자가 드물기 때문이었다.

단순한 성적 결벽증 같은 것에 의한 발기불능을 치료하는 데는 그런 여자들도 꽤 도움이 되었다. 그가 얼마 전에 치료한 환자는 서른 살의 시골 노총각이었는데, 그는 정말 섹스에 깜깜이었다. 어렸을 때부터 일만 하고 자랐고, 윤리적으로도 완벽하게 보수적인 가정환경인 데다가 또 성에 대한 정보가 부족한 농촌에서만 성장한 관계로, 남성으로서의 기능을 완전히 망각해 버린 채 그 나이가 되도록 절치부심(切齒腐心), 돈을 벌어보겠다는 일념으로 일에만 몰두하고 있었다.

그러다가 웬만큼 기반을 닦게 되자 이젠 장가를 가야겠다고 생각하게 되었는데, 섹스에 도무지 자신이 없는 것이었다. 그 환자는 그 나이가 되도록 자위행위 한번 해본 적이 없는 아주 특수한 사내여서, 만약에 비구승이나 신부(神父)가 된다면 독신생활을 별 괴로움 없이 버텨나갈 수 있을 법했다.

지훈은 어찌어찌하다가 자신한테까지 찾아온 그 시골 청년을 보고 섹스에 대한 무지(無知)와 그 순진한 성품에 놀라, 자신의 호색적(好色的)인 성품이 부끄럽게 느껴지기까지 했다. 환자의 표면적인 증상은 발기불능이었는데, 대화에 의해 억압된 성욕을 되살려주고 또 치료용 비디오까지 수차 보여줬는데도 자지가 끄떡도 하질 않았다. 그래서 여자와 직접 상대해 봐야만 치료가 될 것 같아, 접객업소를 찾아가 어떤 형태로든 서비스를 받도록 시켰다.

환자는 머뭇머뭇하면서도 순진한 청년답게 그가 지시하는 대로 열심히 따라주었는데, 그런 식의 간단한 치료방법만 가지고서도 단기간에 효과를 볼 수 있었던 것이다. 사실 그건 치료라고 부를 수도 없는 것이었다.

그렇지만 서울에 사는 인텔리 계층 독신 남성의 경우에는 퇴폐업소의 여자들을 싫어하는(성병에 대한 공포심도 무시할 수 없다) 눈이 높은 미식가(美食家)들이 많기 때문에 그런 식의 간단하면서도 원시적인 치료방식만 가지고서는 곤란했다. 그들은 다들 섹스에 대해서는 알 만큼 안다고 자부하여 의사의 말을 시큰둥하게 여길 뿐만 아니라, 신경이 복잡하게 꼬여있는 사람들이었다.

각종 매스컴이 발달한 현대의 도시 문화는 모든 남자들의 눈을 턱없이 높아지게 만들어 그들을 더 심한 열등감과 소외감에 빠져들게 한다. 텔레비전을 봐도 예쁘고 싱싱한 '영계'들이 판을 치고(특히 쇼 프로그램이 그렇다), 잡지마다에는 섹시한 의상을 걸쳐 입은 늘씬하게 쭉 빠진 몸매의 모델들이 줄줄이 늘어서 있다. 게다가 요즘엔 인형처럼 예쁜 서양 여자들까지 대거 한국으로 몰려와 모델 일을 하거나 나이트클럽 댄서 노릇을 하고 있다. 워커힐의 나이트클럽 같은데 가서 반라(半裸)의 몸을 흔들어대는 서양 여자애들을 보면 아무리 민족주의자라 해도 은근히 기가 죽어버린다.

미국 영화나 『플레이보이』 『펜트하우스』 같은 성인잡지에 나오는 글래머 여성들 역시 한국 남성들을 위축시키고 있다. 에로틱한 분위기의 영화는 더 말할 것도 없다. 거기에 등장하는 여성들의 탱크처럼 풍만한 젖가슴도 문제지만 상대역을 하는 사내들의 우람한 체격은 더욱 문제다.

아무튼 그래서 대부분의 한국 남성들은 모두 서서히 관음증(觀淫症) 환자들이 되어가고 있었다. 직접적인 성생활에서 쾌감을 얻기보다는 남이 하는 성행동을 훔쳐보면서 대리 쾌감을 맛보는 것이 관음증이다. 그런데 적당한 관음증은 적당한 알콜이 성행위 전에 좋은 것처럼 성적 기능을 어느 정도 상승시켜 주지만, 지나친 관음증은 성적 기능을 퇴화시켜 버린다. 말하자면 시각(視覺)의 요소가 성행동에 너무 크게 작용하여, 성행동의 기본 바탕이 되는 촉각(觸覺)의 요소를 마비시켜 버리는 것이다.

물론 남성의 발기불능 증세가 꼭 관음증적 문화 환경에서만 비롯되는 것은 아니다. 환자가 자신의 어머니에게 갖고 있는 오이디푸스 콤플렉스는 모든 여성을 다 어머니로 동일시(同一視)하게 만들어, 거기서 비롯되는 잠재적인 죄의식이 정상적인 성행동을 방해할 수도 있다. 프로이트는 정상적인 성교 이외의 방법에 의하여 쾌감을 느끼는 것을 도착성욕(倒錯性慾)이라고 규정하고, 모든 도착성욕은 다 신경증에 기인하는 것이라고 주장했다.

그러나 프로이트가 살던 시대에는 요즘처럼 시각적인 성의 정보가 흔하지 않았고 또 매스컴도 발달하지 않았기 때문에, 프로이트는 미처 관음증적 문화가 인간의 성행동에 미치는 영향을 심각하게 고려해 볼 여유가 없었다.

프로이트가 규정한 관음증의 정의는 이성의 나신이나 타인의 성행동을 '몰래 엿보는 것'인데, 요즘은 그런 광경을 구태여 몰래 엿보지 않더라도 얼마든지 당당하고 자연스럽게 바라볼 수가 있다. 이러한 사실 한 가지만 보더라도 성기능 이상의 원인이 꼭 오이디푸스 콤플렉스 등의 잠재심리에만 있는 것은 아니라는 결론이 나온다.

그러니까 발기불능이나 발기부전 증세라면 우선 환자를 진짜로 '흥분'시켜 줄 수 있어야 한다는 것이 치료에 있어 가장 중요한 열쇠가 되는 것이다. 여기서 '진짜로 흥분한다'는 말은, 관음(觀淫) 행위나 상상 행위에 의해서 흥분하는 것이 아니라 오직 실제 여성과의 육체접촉에 의해서 흥분하는 것을 가리킨다. 특히 요즘엔 비디오로 에로티시즘 영화 같은 것을 보면서 자위행위를 하는 남자들이 많아져, 그것이 실제 여자와 관계를 가질 때 발기부전증이나 조루증 같은 것으로 나타나고 있다.

발기부전증은 포르노 비디오를 보면서 느꼈던 관능적 흥분의 요소를 상대방 여자한테서 발견하지 못하여 찾아오는 것이고, 조루증은 상대방 여성과의 촉각적인 접촉에 몸을 자연스럽게 맡겨두지 않고 계속 일방적인 에로틱 판타지 쪽으로만 달려가기 때문에 찾아오는 것이다. 그래서 그런 환자를 치료하려면 끈질기게 그리고 성심성의껏 살갗접촉의 애무를 해줄 수 있는 관능적 외모의 여자가 필요하다.

그러나 우리나라에서는 비록 돈 받고 몸을 파는 여자들이라 할지라도 긴 시간 동안의 페팅(petting)을 기꺼이 해주는 여자가 아주 드물고, 또 대개가 못생겼거나 천박하게 생겼다. 그네들은 대부분 그저 생식적 섹스 위주의 단순노동만 해줄 뿐이다. 그러다 보니 그런 식의 성적 교섭의 최종목표는 오직 신경질적인 '사정(射精)'에만 있게 마련이어서 남자의 조루증을 더욱 가속화시키는 것이다.

지훈은 호텔방 침대 위에 비스듬히 누워 민자에게 성치료의 기본 개념과 '대리배우자'의 역할에 대해서 설명해주고 있었다. 어떤 식으로든 서로의 관계가 동업자 비슷한 것으로 되어가고 있다고 생각하니 한결 마음이 푸근해졌다. 민자는 그가 하는 얘기를 아주 재미있다는 듯이 경청하고 있었다. 얘기 도중 그녀는 그가 시키지 않았는데도 옷을 벗고 그의 곁에 누웠다. 그런 다음 그녀는 그의 어깨에 머리를 파묻고 그의 온몸을 가볍게 어루만져주고 있었다.

손바닥보다는 손가락 끝으로 쓰다듬을 때가 많았기 때문에 그는 차츰 짜릿하면서도 포근한 느낌 속으로 빠져 들어갔다. 하지만 오늘은 그녀가 하는 짓이 전혀 천박해 보이지 않고 그저 자연스럽게 보일 뿐이었다. 그동안 내가 왜 이 호텔로 찾아오질 못했을까, 진작 찾아왔더라면 좋았을 걸……, 하고 그는 마음속으로 생각했다. 일주일 전하고는 너무나 다르게, 두 사람 사이가 아주 편안해진 것을 느낄 수 있었다. 마치 아주 오랫동안 같이 살아온 사이와도 같았다.

"참, 아까 그 여잔 누구죠?"

그가 얘기를 잠시 멈추고 담배를 피우고 있는 사이에 민자가 물었다.

"강타미라고 미술을 하는 여자야. '빈터'의 단골손님이지. 지금 작은 화랑을 하나 하고 있어. 민자도 '빈터'에 들를 때 몇 번 봤을걸."

"어쩐지 세련된 여자라고 느꼈어요. 미술을 해서 그렇군요."

"그만하면 세련된 멋쟁이지."

"왜요, 선생님은 성에 차지 않으시나 보죠?"

"난 서른다섯 이상의 여잔 무조건 싫어."

"그래도 선생님하고 아주 어울려 보이던데요."

"아냐……. 난 그저 그래. 세련되긴 했지만 나이가 나이인지라 아무래도 건방진 구석이 있어."

그는 이렇게 대답하고 나서 문득 짚이는 게 있어 민자의 얼굴을 쳐다보았다. 혹시 질투 같은 걸 하는 건 아닌가 하는 생각이 들어서였다. 그러나 그녀의 얼굴은 여전히 무표정 그 자체였다. 아니, 그냥 무표정이라고만 하기엔 좀 뭣하고, '따뜻한 무표정'이라고 하는 것이 더 적절한 표현일 것 같았다. 그는 여자의 그러한 얼굴 표정에 새삼 경탄했다. 성치료를 위한 대리배우자 역할을 하기엔 안성맞춤이었다. 그때 그녀가 시무룩한 얼굴로 그에게 말했다.

"저도 서른다섯 살이 넘으면 발길로 뻥 차버리시겠네요."

"아냐, 민자는 서른다섯 살이 넘어도 타미 같은 얼굴은 안 될 거야."

지훈은 좀 머쓱해져 가지고 이렇게 대답했다.

"상관없어요. 전 서른다섯 살이 되기 전에 죽어버릴 거니까요."

지훈은 대꾸할 말이 생각나지 않았다. 모처럼 밝아졌던 기분이 다시 침울하게 될까 봐 두려웠다. 그래서 그는 얼른 화제를 돌려버렸다.

"민자는 얼굴 표정이 좋아. 그 무표정이 너무나 매력적이야. 대리배우자로서 성치료를 도와줄 때 아주 적합하겠어. 감정 표현이 얼굴에 드러나면 환자가 거북해 할 테니까 말야."

"글쎄요……. 과연 제가 실제로 성치료를 할 때도 지금처럼 담담한 표정을 지을 수 있을지 모르겠어요. 하지만 노력해 볼게요. ……그런데 제가 하게 되는 일은 구체적으로 어떤 거죠?"

"먼저 '성감(性感) 집중훈련'을 실시하게 되지. 성적 장애가 있는 남자는 성행위가 잘 안 될 거라는 '기대불안' 심리를 갖고 있기 때문에, 우선 성교를 뺀 애무만을 반복연습시킴으로써 긴장과 불안에서 벗어나게 하는 게 목적이야. 먼저 남자를 침대 위에 엎드리게 한 다음, 천천히 부드럽게 애무해 주는 거야. 그런 다음 남자를 반듯이 눕히고 같은 동작을 되풀이해 줘야 해. 이때 주의할 점은 자지를 건드리면 안 된다는 거야. 그런 다음에 남자 대신 여자가 눕고 남자가 여자를 같은 방식으로 애무해 보도록 시키지. 그러고 나서 마지막 단계에 가면 서로가 자유롭게 애무하는 거야. 이때도 물론 자지는 건드리면 안 돼."

"생각보다 너무 간단하군요. 너무 싱거운데요. 그 정도 갖고도 치료가 되나요?"

그녀는 실망했다는 듯 조금 시큰둥한 어조로 말했다.

"얼핏 보기엔 단순한 기법 같지만 반응효과는 의외로 커. 물론 민자가 아주 멋지게 꾸미고 진지하게 행동해 준다는 것을 전제로 하고서 하는 얘기야. 우선 환자는 산뜻하게 섹시한 민자를 보고 새로운 활력을 되찾게 되지. 그리고 오직 살갗접촉과 애무에 의해서 쾌감을 서서히 상승시켜 주기 때문에 자연스럽게 발기를 유도할 수 있어. 그리고 당장 발기시켜야 한다는 의무감에서 해방될 수 있고. 발기불능이든 조루든 심리적 원인으로 작용하는 것은 성행위에 대한 불안감이거든. 그렇기 때문에 일단 불안감을 제거해 주면 다른 것은 대충 해결될 수 있지. 이것은 여성의 불감증에도 해당돼. 살갗접촉에 의해서만 성적 쾌감을 서서히 느낄 수 있도록 만들면 불감증이 치료되는 거야."

"그러다가 환자가 저를 진짜로 사랑하게 되면 어쩌지요?"

민자가 이렇게 묻자 그는 갑자기 말문이 막혔다. 그것은 참으로 골치 아픈 문제였다. 그래서 그는 한참 동안 잠자코 생각에 잠겨 있을 수밖에 없었다. 하지만 그렇다고 해서 치료를 단념할 수는 없다는 쪽으로 생각이 모아졌다. 그런 경우는 성훈련을 시키든 안 시키든 환자와 치료자 사이에서 늘 발생할 수 있는 케이스였기 때문이다. 그래서 그는 한껏 태연한 음성을 지어내려고 애쓰며 여자에게 이렇게 대답해 주었다.

"그래도 할 수 없지. 그건 민자의 선택에 달렸어. 하지만 치료를 할 때 될 수 있는 한 냉정한 표정을 유지하도록 해야 해."

잠시 침묵이 흘렀다. 조금 있다가 여자는 아주 명랑한 목소리로 말했다.

"어쨌든 재미있겠어요. ……그런데 ……자지를 애무해선 절대로 안 되나요?"

여자의 말을 듣고서 지훈은 조금은 질투가 나면서 불안해졌다. 그렇지만 그는 애써 침착한 목소리로 대답했다.

"적어도 첫 번째 치료과정에서는 그래. 그러다가 환자가 그런 훈련에 숙달이 되면 두 번째 과정으로 넘어가는 거야."

"숙달된다는 게 무슨 뜻이죠?"

여자는 꽤 꼬치꼬치 캐물어왔다. 하지만 그는 그녀가 그렇게 나오는 것이 차라리 마음에 들었다. 이왕에 대리배우자 역할을 하려면 뭐든지 확실히 알아둘 필요가 있기 때문이었다.

"민자는 아주 열성적인 공부파군. 실제로 행동치료를 해보면 더 확실히 알게 되겠지만 우선 설명하자면 이런 거지. 조루증 환자의 경우, 그런 식의 지속적인 애무에도 사정을 하지 않을 정도까지 가게 되면 숙달됐다고 할 수 있어. 그리고 발기불능 환자라면, 어느 정도 발기가 이루어지면 숙달됐다고 볼 수 있겠지."

"그럼 두 번째 과정은 어떤 건가요?"

"두 번째 과정은 첫 번째 과정과 똑같은 순서로 하되, 서로가 상대방의 성기를 애무할 수 있도록 허락해 주는 거야."

"그럼 환자가 제 것도 만지겠군요?"

민자가 조금 놀란 듯한 표정으로 말했다.

"아니, 그런 것도 예상 못 했어? 민자는 뭐든지 잘 해줄 수 있는 여자로 보였는데……."

지훈은 약간의 낭패감을 느끼면 조금 신경질적인 어조로 대답했다.

"물론 예상이야 했지요. 하지만 막상 자세한 설명을 듣고 보니까 좀 어색하고 찝찝한 느낌이 들었어요. ……하지만 전 괜찮아요. 열심히 해볼 테니까 너무 걱정하지 마세요."

다시금 차분한 음색으로 돌아온 민자의 얼굴이 몹시도 사랑스럽게 느껴졌다. 결코 만만하게 볼 여자가 아닌 것 같았다. 마치 도스토예프스키의 소설 『죄와 벌』에 나오는 성스러운(아니, 기품 있는) 창녀 '소나'를 보는 것 같은 기분이었다. 달콤한 긴장감을 느끼게 해주는 여자였다.

지훈은 그런 생각을 하면서, 자기가 지금 이 여자에게 성치료의 보조자 역할을 해달라고 부탁하면서 꽤나 들뜬 마음으로 야릇한 만족감을 맛보고 있다는 것이 조금은 죄스럽게도 생각되었다. 그러한 만족감이 새 치료방법에 대한 의사로서의 호기심과 기대감 때문에 생긴 것이 아니라, 그가 권태감으로부터 탈출하기 위해 교묘하게 만들어낸 '포장된 일탈행위(逸脫行爲)'에 대한 기대감 때문에 생긴 것일지도 모른다는 생각이 들었기 때문이다. 그렇지만 어쨌든 여자에게 정당한 이유를 붙여가며 다른 남자와 애무하라고 당당하게 시킬 수 있다는 사실은, 그에게 무척이나 짜릿한 의사로서의 성취감을 느끼게 해주었다. 그래서 그 여자의 귀에다가 입맞춤을 해주고 나서 말을 이었다.

"두 번째 과정은 아무래도 좀 더 생각해 봐야겠어. 우리나라 남자들의 성의식으로 보아 역효과를 낼 수도 있으니까. 그러니까 너무 미리부터 겁먹지는 마. ……'성감 집중훈련'과 더불어 또 하나의 중요한 것은 '정지시작법(停止始作法)'에 의한 훈련이야. 영어로는 '스톱 스타트 법(stop-start method)'이라고 하기도 해. 이것 역시 조루증이나 발기장애 등에 고르게 응용될 수 있는 방법인데, 글자 그대로 여자가 남자의 자지를 쥐었다 풀었다 하는 동작을 되풀이하는 거야. 말하자면 여자가 손으로 남자를 자위행위시켜 주는 셈이지. 조루증은 성적 흥분이 고조에 달했을 때 사정충동을 억제하지 못해서 일어나는 것이기 때문에, 여자가 손으로 남자의 자지를 만져가지고 발기시킨 다음, 사정(射精) 직전에 발기를 중단시키는 방식으로 치료하는 거야. 남자의 사정충동이 일단 소실되면 다시 성기 애무를 계속해서 이런 식으로 네 번쯤 반복하다가 한 번은 사정시켜 줘야 해. 사정을 중단시키는 방법으로는 발기된 자지의 귀두 바로 아래 밑을 손가락으로 꽉 누르는 방법이 권장되고 있어. 이것을 '스퀴즈(squeeze)법' 즉 '압축법'이라고 부르지. 이런 식으로 계속 훈련하면서 환자는 발기 또는 발기 유지에 어느 정도 자신을 갖게 되는데, 그 다음 단계는 여성과 직접 성적 접촉을 갖게 하는 거야. 여성상위 자세로 하다가 사정 직전에 여자가 다시 압축법을 사용하여 사정충동을 억제시키는 방법을 쓰지. 이 과정이 성공적으로 끝나면 그 다음엔 남성상위 자세로 똑같은 훈련을 반복시켜야 해. 하지만 대리배우자에게 성교까지 부탁할 순 없겠지. 이건 기혼자의 성기능장애 치료 시에 부부가 함께 성훈련을 받을 수 있을 경우에만 사용할 수 있어."

"왜요, 대리배우자가 이것저것 별걸 다 하면서, 성교를 해선 왜 안 되죠?"

여자가 또랑또랑한 목소리로 물어왔다.

"……절대로 안 된다는 말은 아냐. 여기가 한국이니까 그런 거지. 하긴 서양에서도 대리배우자가 성훈련에 그 정도까지 가담하는 데 대해서는 아직도 논란이 많다고 하더군. 그런 형편인데 어떻게 우리나라에서 그렇게 시키겠어?"

"째고 쨴 게 돈 받고 몸 파는 여자들인데 그까짓 게 뭐 그리 문제가 되겠어요?"

"그래도 이건 매춘행위가 아니라 치료행위니까 문제가 될 가능성이 충분히 있어."

"그럼 성교훈련만 빼면 나머지는 다 무사통과라는 말씀이로군요?"

여자는 아주 똑똑한 소리를 했다. 민자의 말을 듣고 나서 지훈은 갑자기 풀이 죽어버리고 있는 자기 자신을 느꼈다. 하지만 이대로 물러설 수는 없는 노릇이었다. 그래서 그는 잠시 후 그녀에게 조금 언성을 높여가지고 말했다.

"그래서…… 민자는 대체 어떻게 하겠단 얘기야? 해주겠다는 거야. 못 해주겠다는 거야?"

"아니에요. 전 뭐든지 다 해드릴 수 있어요. ……다만 선생님이 걱정돼서 하는 소리예요. ……간호사에게도 잘 납득을 시켜야 할 거고, 또 환자도 잘 선택해서 치료하셔야 할 거예요."

여자가 자기를 진심으로 걱정해 주는 것 같아 그는 문득 콧날이 시큰해지는 것을 느꼈다.

8

일단 민자를 치료보조원으로 쓰기로 결심하고 나니까, 지훈은 어쩐지 자신의 몸 안에서 활기가 용솟음치는 것을 느꼈다. 역시 음양의 법칙은 만고불변의 진리인 것 같았다. 남자는 어떤 형태로든 여자와 합쳐질 때 기력을 회복할 수 있다. 여태껏 그는 너무나 음(陰)이 결핍된 생활을 해왔던 것이다.

그러한 활기는 물론 의사로서의 의욕이나 야심과도 관련이 있기는 있는 것이었다. 하지만 그보다는 역시 한 여자와 공동으로 보조를 취해가며 살아간다는 데 대한 기대감 때문에 생긴 것이라고 보는 것이 옳았다. 그가 '결혼'에 대해서 갖고 있던 부정적인 생각, 아니 뿌리 깊은 애증병존의 양가감정(兩價感情)을, 그런대로 그럴듯하게 무마시켜 줄 수 있는 기가 막힌 방법이 바로 그가 그녀를 치료보조자로 거둬들인 방법이었던 것이다.

민자는 간호사나 기타 고용원들처럼 단순히 돈을 주고 고용한 여자라고 볼 수는 없었다. 물론 돈을 지불하긴 하겠지만, 돈의 수수관계로서 맺어진 사이라기보다는 정부(情夫)와 정부(情婦)의 관계로 맺어졌다는 편이 더 적절한 설명이 될 것이었다. 그렇다고 해서 한집에서 동서생활(同棲生活)을 하는 동거인의 관계는 아니기 때문에 그로서는 훨씬 자유로울 수 있었다.

그와 그녀 사이를 애인 사이로 볼 수도 없었다. 물론 굳이 애인이라는 말을 붙이자면 붙일 수도 있겠지만, 적어도 각자 직업을 가지고, 따로따로 살면서 가끔이든 자주든 시간을 정해서 만나는 그런 애인 사이는 아니었다. 어디까지나 그녀는 그의 감독과 관할 하에 그에게 묶여 있었고, 그는 언제 어느 때라도 그녀를 만날 수 있고 육체적으로 소유할 수 있었다. 물론 법적으로 묶여진 사이가 아니니만큼 어느 때라도 여자가 그에게서 도망칠 가능성은 있었다. 하지만 그러한 가능성은 또한 그가 그녀를 해고할 수 있는(아니, 버릴 수 있는) 가능성 역시 포함하고 있었다.

말하자면 그녀는 섹스 파트너로서의 역할까지 하도록 고용된 여비서라고도 볼 수 있는데, 여느 비서들과 다른 점이 있다면 여자가 하루 종일 곁에 붙어 있지는 않는다는 점이고, 또 상호간의 합의하에 여자가 다른 남자와 '육체적 교제'를 할 수도 있다는 점이었다.

지훈은 그녀의 남편은 아니었으므로, 그녀가 다른 사내와 만나는 것을 묵인해 줄 심산으로 있었다. 그렇게 되면 자기 역시 다른 여자와 자유롭게 교제할 수도 있을 것이기 때문이었다. 서로가 질투심을 얼마나 억제할 수 있느냐가 가장 문제가 되는데, 지금으로서는 그게 충분히 가능할 것 같았다. 이러한 여러 가지 특이성 때문에 그는 일상적인 부부관계나 애인 사이에 흔히 찾아오는 매너리즘과 같은 권태감으로부터 벗어날 수 있을 것이었다.

사실 그는 예전부터 여비서이면서 동시에 애인이기도 한 여자를 곁에다 데리고 있고 싶어 했었다. 헌신적인 열정과 마조히스틱한 매너로 남자의 일을 도와주면서 동시에 적당히 관능적이기도 한 여자, 그런 여자가 바로 그가 꿈속에 그리던 이상형의 파트너였던 것이다. 사실 외국에는 그런 예가 많았기 때문에, 그가 그런 희망을 가져볼 만도 했다.

도스토예프스키는 첫째 부인과 사별한 후 속기사로 고용하고 있는 젊은 여자와 재혼했는데, 그 여자는 그가 수많은 걸작들을 생산해 내는 데 결정적인 공헌을 했다. 헤르만 헤세 역시 비슷한 경우였다. 그는 처음엔 낭만주의 소설가답게 '낭만적인 오기'를 부려, 자기보다 훨씬 연상의 지성녀(知性女)와 결혼했지만 결국 실패로 끝났다. 두 번째 결혼도 역시 실패였다. 그러다가 그는 만년에 이르러 그의 문학세계를 진심으로 경모(敬慕)하는 젊은 여비서와 결혼하여 말년을 행복하고 편안하게 보낼 수 있었다. 그 여자는 헤세가 사망한 후 그의 유작들을 정리하여 출판하는 데 총력을 기울였다.

T. S. 엘리어트도 말년에 젊은 여비서와 결혼했고, 비서인지 아닌지는 모르지만 피카소나 헨리 밀러도 말년에 20대의 젊은 여자와 결혼했다. 특히 헨리 밀러의 마지막 마누라는 일본 여자였는데, 그가 결국 일본 여성을 택한 이유는 역시 일본 여인들 특유의 마조히스틱한 '복종심'이 마음에 들어서였을 것이다.

하지만 한국의 작가나 예술가들한테서는 그런 예를 찾아보기 힘들다. 물론 연하의 여자와 결혼한 예는 많지만, 아무리 나이 차이가 많다 하더라도 한국 여자들은 결혼과 동시에 기가 드세지기 마련이고, 결혼까지 가든 안 가든 우리나라에서 '여비서'라는 존재는 다루기 힘든 존재인 것이다.

지훈은 대학에 있을 때 연구논문을 꽤 많이 쓴 편이어서 학교에서 배정해 주는 재학 조교 이외에도 연구 보조원 겸 여비서를 사적(私的)으로 고용해 본 일이 있었다. 그런데 일을 잘하긴 한다 하더라도 '관능적인 매너'와는 거리가 멀었다. 관능적인 매너는커녕 무뚝뚝하기 짝이 없고 또 다들 그저 그렇게 생겼었다.

한국에서는 얼굴이 예쁜 여자가 드물어서 그런지 조금 얼굴이 잘생겼거나 스타일이 좋으면 다들 얼굴값·몸값을 해가지고 들입다 '똥폼'을 잡는다. 회사 같은 데서도 웬만큼 잘 빠진 여비서나 여사원이 있으면 다들 금세 모델이나 탤런트로 빠져나가버리거나 좋은 혼처로 냉큼 시집을 가버리는 게 예사다. 특히 요즘 여자들은 나이 많은 남자를 극도로 싫어하기 때문에, 예쁘고 어린 나이의 여자와 연애하려면 선물 공세·돈 공세를 연속적으로 펴지 않으면 안 된다. 나이가 어리다는 게 무슨 큰 자랑이라도 되는지, 다들 시건방질 대로 시건방져 가지고 큰소리치며 위세(威勢)를 부리는 것이다.

이제 남은 문제는 민자를 어디다 두느냐 하는 것이었다. 이왕에 성치료 보조원으로 쓰려면 호텔에 계속 머물게 해서는 안 될 것 같았다. 호텔비를 감당할 수도 없을뿐더러 아무래도 행동이 부자유스러울 것 같기 때문이었다. 그건 민자뿐만 아니라 환자들에게도 마찬가지로 적용되는 문제였다. 이왕이면 화사하면서도 산뜻한 인테리어로 꾸며진 치료실을 마련하고 싶었고, 또 그 치료실이 민자가 계속 거주할 수 있는 집 구실도 해줘야 했다.

병원 건물에 있는 사무실을 하나 더 빌려서는 안 될 것 같고 아무래도 아파트나 오피스텔이 적당할 것 같다는 생각이 들었다. 호젓하고 은밀하면서 주변이 세련된 곳이라야 했다. 오피스텔도 좋기는 한데 방이 하나뿐이고 주방기구들이 들어차 있어 궁색한 느낌이 들었다. 그래서 한참 망설이며 고민하고 있는데 때마침 괜찮은 장소 하나가 나타났다.

그곳은 그의 병원 맞은편에 있는 아담한 빌딩의 4층이었다. 건물의 외양이 홍익대 앞 건물답게 헌 벽돌을 붙여 운치 있는 고풍(古風)을 하고 있었고, 빌딩 4층이 아파트 구조로 설계되어 있었다. 건물주인이 집을 지을 때 거기서 거주하려고 아예 미리부터 그렇게 만들어놓은 것이었다. 그러다가 다른 아파트로 이사를 하기 위해 집을 내놓은 것이었는데, 월세 입주자를 환영하긴 했지만 보증금이 너무 비쌌다. 그래서 그는 보증금을 깎는 대신에 월세를 더 주고 그 집을 빌리기로 했다.

그 건물의 1층과 지하층엔 레스토랑과 카페가 들어서 있었고, 2층과 3층은 서너 개의 화실로 사용되고 있었다. 그 정도면 건물에 들락날락거릴 때의 기분이 아파트나 오피스텔과는 천양지차로 다를 것이 틀림없었다. 또 카페나 화실에 모여드는 사람들이 대부분 젊고 세련된 대학생들이라서, 건물 전체의 분위기가 전혀 궁상맞지 않고 싱싱해서 좋았다.

내부를 수리하고 개조하는 데도 돈이 꽤 많이 들어갔다. 응접실은 환자 대기실 겸 상담실로 쓰고 방 하나는 성치료실로, 그리고 다른 하나는 민자의 침실로 만들기로 했다.

민자는 마치 자기 집이라도 생긴 듯 아주 기분 좋아 가지고 어쩔 줄 몰라 했다.

그는 응접실과 치료실을 어떻게 꾸미는 게 좋을까 하고 고심했다. 교과서대로 하자면 치료실이든 응접실이든 환자에게 편안하고 푸근한 느낌을 주면서도 어디까지나 병원답게 정갈하고 근엄한 분위기를 풍겨주어야 했다. 특히 성치료실이 너무 화려하고 에로틱한 분위기로 꾸며져 있으면 아무래도 환자들에게 거부감을 주고 또 오해를 불러일으킬 소지가 있었다. 하지만 그는 한번 모험을 해보고 싶었다. 보다 나은 치료를 위한 것이기도 하지만 그가 평소에 꿈꾸고 있던 대로 아주 세련되게 고혹적(蠱惑的)인 분위기의 방을 꾸며보고 싶었던 것이다. 하긴 요즘엔 모든 개인 병원들이 실내 인테리어를 화려하게 꾸미는 것이 유행이기 때문에, 특별히 이상할 것도 없었다.

그래서 그는 민자와 의논해 가면서 경제력이 허락하는 한도 안에서 실내를 꾸며보았다. 벽지는 핑크색으로 하고, 바닥에도 빨간색 카펫을 깔았다. 침대는 제일 큰 크기의 더블베드 중에서도 될 수 있는 대로 화려한 장식이 있는 걸로 골랐다. 커튼도 따뜻한 색으로 하고, 천박하지 않게 그로테스크한 관능미를 풍기는 그림들을 구해서 벽에다 걸어놓았다. 응접실도 마찬가지로 될 수 있는 대로 화사하게 꾸미고 예술적으로 에로틱한 내용의 그림들로 벽면을 장식했다. 요컨대 사람들이 섹스에 대해서 갖고 있는 잠재적인 죄의식과 거북살스러운 감정들을 자연스럽게 풀어버리게 하고, 에로틱한 분위기에 편안하게 젖어들게 하는 것이 목적이었다.

성 치료실 옆에 의사가 성 치료하는 광경을 들여다볼 수 있는 공간을 따로 만드는 것이 힘들었다. 성 치료실 면적이 좁아지기 때문이다. 또 출입구도 따로 만들어야 했다. 치료실에서는 의사의 방을 볼 수 없고, 의사의 방에서만 치료실을 볼 수 있게 만들어진 특수유리였다.

민자의 방도 그녀가 원하는 대로 꾸며주었는데, 그녀는 그를 기쁘게 하려고 그러는지 성 치료실보다도 한층 더 화사하고 아늑한 분위기의 방을 만들어냈다. 생각했던 것보다 미적(美的) 센스와 관능적 센스가 발달한 여자 같았다.

그녀와 같이 돈 걱정을 해가면서 물건을 구입하러 다니다 보니까, 마치 신혼부부가 신접살림을 차리기 위해서 쇼핑을 하고 있는 것만 같은 착각마저 들었다. 낮에는 그가 환자를 봐야 했기 때문에 자질구레한 것은 민자보고 사거나 주문하도록 하고, 주로 저녁에만 둘이서 같이 붙어 다녔는데, 그는 항상 이런 기분으로 결혼생활을 해나갈 수만 있다면 결혼이란 것도 한번 해볼 만한 것인지도 모르겠다고 생각했다.

그가 집에 치장할 물건들을 사러 다닐 때 골똘하게 생각해가며 물건을 꼼꼼하게 고르는 모습을 보고서, 그녀가 한번은 이런 말을 했다. 쇼핑을 마치고 나서 근처 카페에 들러 맥주를 한잔 마시고 있을 때였다.

"선생님 사모님은 정말 행복하겠어요."

"왜?"

"선생님은 뭣에든지 꼼꼼하고 자상하시니까요."

그때 지훈은 자기가 거짓말로 기혼자 행세를 하고 있는 것이 왠지 거북하고 죄를 짓고 있는 것 같아서, 여자에게 자기가 독신이라는 말을 해버릴까 하고 망설이고 있던 중이었다. 그런데 그녀의 입에서 또다시 '사모님'이라는 단어가 튀어나오자 솔직하게 털어놓으려던 마음이 다시금 쏙 기어들어가 버리고 마는 것이었다. 아무래도 당분간은 그녀로부터 조금은 더 자유로울 필요가 있다는 생각이 아직도 그의 의식을 지배하고 있었기 때문이다. 그래서 그는 전에 하던 식으로 태연스레 시치미를 떼면서 여자의 말을 받았다.

"자상한 게 뭐 좋아? 남자가 너무 좀스럽게 꼼꼼하면 여잔 그저 피곤할 뿐이야."

"아녜요. 선생님 식으로 꼼꼼하면 참 좋을 것 같아요. 선생님은 적어도 돈을 가지고 까다롭고 쩨쩨하게 굴지는 않으시니까요. 남자는 돈에만 까다롭지 않으면 돼요. 선생님은 저에게 돈을 주며 물건을 사오라고 하실 때 뒤에 가서 절대로 따지지를 않으셨어요. 그래서 전 속으로 얼마나 감탄했는지 몰라요."

민자의 말을 듣고 보니 어쩐지 어깨가 으쓱 올라가는 기분이었다. 그래서 그는,

"그까짓 돈 떼어먹어봤자 몇 푼이나 된다고. 이거 괜히 아부하지 마. 나는 아부하는 사람이 제일 겁나더라. 뒤에 가서 꼭 뒤통수를 한 대 얻어맞을 것만 같은 불길한 예감이 들어서 말야."

하고 계면쩍은 마음을 적당히 얼버무려버렸다.

"아녜요. 전 남자가 여자한테 돈 문제만 빼고 이것저것 시시콜콜 간섭해 주는 걸 예전부터 좋아했어요, 특히 외모나 옷차림에 대해서 이것저것 참견하고 충고해 주면 참 기분이 좋아요."

"이상한 취미도 다 있군. 내가 만났던 여자들은 다 그런 걸 제일 싫어하던데. 그저 예쁘다고 치켜세워 줘야만 좋아했어."

"사모님도 그러시나요?"

지훈은 다시금 말문이 막혔다. 이번에도 대충 얼버무려둘 수밖에 없었다.

"응…… 아무래도 그런 편이지."

이렇게 대답하면서 그는 문득 혜리의 얼굴을 마음속에 떠올렸다. 혜리는 그가 여자의 외모에 대한 얘기를 화제로 삼는 것을 극도로 싫어했던 것이다.

“선생님은 제 얼굴이나 몸매 가운데 어디가 제일 마음에 안 드시죠? 물론 잘난 데가 하나도 없는 몸매지만요.”

그녀가 전혀 복선(伏線)이 깔리지 않은 듯한 어조로 담담하게 물어왔기 때문에, 그는 그녀의 물음에 솔직하게 대답하고 싶은 생각이 났다. 그래서,

“정말 솔직하게 말해도 돼?”

하고 여자에게 되물어 보았다. 그러니까 그녀는 고개를 끄덕이면서,

“그럼요. 어서 빨리 말씀해 주세요. 우선은 물론 눈이겠죠?”

하고 대답했다.

“맞아. 눈이야. 눈이 너무 작은 것 같아. 물론 다른 데 비해 상대적으로 작아 보인다는 얘기지 절대적으로 작다는 얘기는 아냐.”

“그 다음은요?”

“유방이지. 하지만 우리나라 여자들 치고 젖가슴이 큰 여자가 얼마나 되겠어? 그래도 민자는 젖꼭지가 뾰딱 예쁘게 튀어나온 편이거든.”

“다리도 너무 가늘죠?”

“처음엔 나도 그렇게 생각했어. 하지만 자꾸 봐서 그런지 이젠 그게 오히려 더 매력적으로 보이는데. 이건 정말 진심이야. 뚱뚱한

다리보다는 마른 다리가 훨씬 나으니까."

그러자 그녀는 기다렸다는 듯이 마치 어린애가 응석을 부리며 아빠를 졸라대는 말투로 나왔다.

"딴 건 몰라도 눈하고 가슴만은 성형수술을 받고 싶어요. 여태껏 여러 가지 사정으로 미뤄왔는데 아무래도 결단을 내려야할 것 같아요. 선생님 제발 수술을 시켜 주세요, 네?"

뭐라고 딱 부러지게 대답을 할 수가 없어서, 그는 한참 동안 잠자코 있을 수밖에 없었다. 성형수술을 시켜주고도 싶었다. 그러나 수술 후가 더 나빠질까 봐 걱정이 되었다. 눈을 크게 하려면 쌍꺼풀 수술과 지방제거 수술을 함께 해야 한다. 제일 간단한 수술이 쌍꺼풀 수술이라고는 하지만, 그것도 잘못하면 칼로 고랑을 파놓은 것처럼 아주 흉하고 어색하게 보일 우려가 있었다. 또 유방확대 수술도 결혼 후에 하는 게 훨씬 더 안전하다는 것을 그는 친구 성형외과 의사 P를 통해서 들을 수 있었던 것이다. 결혼 전에 수술을 한 여성이 결혼을 하고 나서 아이를 낳으면, 유선(乳腺)이 팽창하여 유방을 확대하기 위해 주입한 삽입물을 압박하게 된다. 수유(授乳)에는 아무런 지장이 없지만 아무래도 피부에는 부담이 가게 마련인 것이다.

그가 민자에게 이런 얘기를 해줬는데도, 그녀는 한사코 수술을 받게 해달라고 보채대는 것이었다.

"쌍꺼풀 수술을 하고 나서 몰라보게 예뻐진 여자들이 얼마나 많다구요. 그리고 전 아이를 절대로 안 낳을 거니까 얼마든지 가슴 수술을 받아도 된다구요. 저를 예쁘고 섹시하게 만들어놓아야만 치료가 너 잘 되지 않겠어요?"

하긴 그녀의 말에도 일리는 있었다. 특히 그녀의 가슴을 왕창 크게 부풀려놓는다는 것은 생각만 해봐도 벌써부터 구미가 당기는 일이었다. P의 말로는 삽입물인 실리콘백을 나중에 제거할 수도 있고, 또 유방확대 수술하고 유방암(乳房癌)은 별 상관이 없다고 하니, 못 이기는 체 수술을 허락해 줘도 그녀한테 크게 미안한 짓을 하는 건 아니라는 생각이 들었다. 그래서 지훈은,

"그래, 민자가 정 원한다면 천천히 한번 생각해 볼게. 물론 나도 예쁘고 섹시한 게 좋아. 하지만 수술 전보다 수술 후가 더 못해질까 봐 그게 걱정돼서 그랬어."

"화장은 어때요? 더 진하게 할까요? 제발 좀 더 자세하게 코치해 주세요. 선생님은 머리가 좋으시니까요. 옷이나 액세서리 문제도 그렇고요."

그녀는 마치 갓 시집가는 새색시처럼 기분이 들떠가지고 그에게 계속 캐물어왔다.

"차차 얘기해 줄게. 대체 민잔 누구에게 예쁘게 보일려고 그러는 거지? 나야, 환자들이야?…… 너무 기대를 갖지 말았으면 좋겠어. 병원엔 별별 이상한 남자들이 다 찾아오니까. ……물론 내가 사람 됨됨이를 봐가지고 골라가며 민자에게 일을 부탁하겠지만……."

"환자들 때문이 아녜요. 그 일은 선생님이 시키시니까 그저 따라 할 뿐이지 크게 호기심이 가지도 않고 그렇다고 겁이 나지도 않아요. 전 다만 선생님께 더 예쁘게 보이고 싶어서 그러는 거예요."

지훈은 여자가 다시금 '순진한 복종형'으로 나오자 또다시 어색하면서도 얼떨떨한 기분이 되었다. 하지만 이렇게 말하는 그녀의 모습이 무척 대견스러워 보이는 게 사실이었다. 이제 그는 드디어 소원대로 '살아서 움직이는 인형'을 하나 갖게 된 셈이었다.

하지만 아무래도 돈이 많이 들어갈 것 같아 은근히 걱정이 되었다. 하지만 여자가 계속 착하게 이 식으로만 나와준다면, 번 돈을 몽땅 이 여자를 섹시하고 사치스럽게 꾸미는 데 소비한다 해도 아까울 것 같지가 않았다.

다만 그녀가 지금은 저렇게 나오지만, 어찌 보면 수치스럽고 단조롭기 짝이 없는 단순노동을 과연 잘 참아줄지 그게 걱정이었다. 또 대리배우자에 의한 성훈련 치료에 대해 거부반응을 일으키는 환자들이 생각보다 많을 경우에는, 그녀가 하루 종일 집 안에 갇혀 지내는 것을 너무 무료해 하지나 않을까 하는 점도 걱정이 되었다. 그래서 그는,

"하루 종일 갇혀서 지내야 하고, 또 보기 싫은 남자들을 상대할 때가 더 많을 텐데, 그래도 괜찮겠어? 솔직히 말해서 난 민자가 갑자기 도망을 칠까 봐 그게 은근히 걱정되는군."

하고 그녀에게 말해 주었다.

"정말 걱정하지 마시라니까요. 전 예전부터 이런 생활이 소원이었어요. 아니…… '이런 생활'이란 말에 오해가 있으실지도 모르겠군요. 제가 '이런 생활'이라고 한 것은 많은 남자들을 번갈아 상대한다는 뜻으로 한 말이 아니에요. 선생님 같은 분을 만나, 별 복잡한

생각할 것 없이 그저 시키는 대로 따르면서 멍청한 정신 상태로 살아가는 것을 말한 거지요. 전 혼자 지내는 데 익숙해 있으니까 저녁마다 의무적으로 절 찾아주지 않으셔도 돼요. ……돈도 많이 쓰지 않을게요. 아까 옷이나 액세서리에 대해서 자상하게 참견해 달라고 부탁드린 것은, 여러 벌의 옷이나 액세서리를 가지고 매일 갈아입고 싶다는 뜻은 아니었어요. 저한테 딱 어울리는 옷이나 액세서리라면 계속 싫증내지 않고 걸칠 수 있을 것 같아서 그랬던 거예요."

여자의 말을 듣고 나서 지훈은 점점 더 그녀에게 빠져 들어가는 자신을 느꼈다.

9

민자를 치료보조원으로 채용하고 나서 제일 처음 그녀에게 '대리배우자' 역할을 맡긴 환자는 T교수였다. 그는 서른아홉 살 된 어느 대학의 철학교수인데, 결혼에 실패한 후 삼 년째 독신생활을 해오고 있었다. 직업이 대학 선생인 데다가 얼굴도 꽤 잘 생기고 또 지성적인 마스크여서, 지훈은 그 정도 수준의 환자라면 민자도 별 거부감 없이 행동치료에 임할 수 있을 것 같다는 생각이 들었다. 처음 상대하는 환자가 얼굴이 너무 못생겼거나 교양이 없어 보이는 사람이라면, 아무리 민자라 하더라도 불쾌한 기분을 느낄지도 모르기 때문이다. 또 그것은 환자 쪽도 마찬가지여서, 어느 정도 지성을 갖춘 사람이라야 괜한 오해나 치졸한 호기심 같은 것 없이 협조적인 태도로 나올 것이었다.

T교수는 지훈이 성 치료실을 따로 준비하기 이전부터 그에게 심리 치료를 받고 있었다. T교수는 처음에 비뇨기과 의사의 소개로 지훈의 병원을 찾아왔다. 환자가 호소하는 주된 증상은 하복부의 불쾌감과 고환의 하수감(下垂感), 그리고 하초(下焦) 전체가 당기는 듯 아픈 것이었다. 심할 때는 고환 근처가 켕기고 저려 일어서서 강의할 수조차 없다고 했다. 그리고 소변을 봐도 뒤끝이 깨끗하지가 않고 항상 요도(尿道) 언저리가 저린 듯한 느낌을 받는다고도 했다. 또 그런 증세가 계속될 때는 새벽에조차 발기가 안 되고, 간혹 신경질적으로 자위행위라도 하고 나면 고환과 불두덩 근처가 당기고 아픈 것이 더 심해진다는 것이었다.

그래서 그는 아무래도 비뇨기계에 이상이 있는가 싶어 비뇨기과에 가서 검사를 받았다. 그런데 의사의 진단결과는 요도염도 전립선염도 아니라는 것이었다. 그리고 혹시 척추신경에 이상이 있어 그럴지도 모르니 신경과에 가서 검사를 받아보라고 했는데, 거기서도 별 이상이 없다는 진단이 나오자 다시 비뇨기과 의사의 소개를 받아 지훈의 병원을 찾아오게 된 것이었다.

환자와 이야기를 나눠보니 정신적인 이유로 그런 고통에 시달리고 있는 게 분명했다. 먼저 아내와 이혼하게 된 것도 근본 이유를 따져보면 결국 발기부전 때문이었는데, 발기부전이나 하복부의 통증이나 다 같이 잠재의식에 축적된 죄의식이 원인으로 작용하여 일어나는 것 같았다.

환자는 편모슬하에서 자라났기 때문인지 어머니에 대한 강한 애증병존 심리를 보여주고 있었다. 그러니까 상대하는 여자를 무의식적으로 어머니와 동일시하기 때문에 발기부전이 된 것이고, 그것이 이혼으로까지 이어지자 그 충격 때문에 성기 부근의 원인 모를 고통에 시달리게 된 것 같았다.

지훈은 우선 환자의 고통을 덜어주려는 목적으로 한방치료부터 시작했다. 한방의학에서는 남자의 하초가 당기고 아프면서 그 통증이 아랫배에서 허벅지까지 미치는 것을 통틀어 '산증(疝症)'이라는 말로 표현한다. 산증에는 여러 가지가 있어 허냉(虛冷)에서 오는 것도 있고 장하수(腸下垂)나 탈장(脫腸)에서 오는 것도 있고, 고환염(睾丸炎)에서 오는 것도 있다.

그런데 환자의 수소(愁訴)를 들어보니 아무래도 냉(冷) 때문에 생긴 일종의 신경성 질환인 것 같았다. 그래서 지훈은 일단 '한산(寒疝)'으로 진단하고, 환자가 깡마른 체격과 신경과민의 얼굴을 하고 있고, 추위를 몹시 타는 데다가 늘 소화가 안 된다는 것으로 미루어 사상의학적(四象醫學的)으로 볼 때 소음인(少陰人)인 것이 확실하므로, 소음인의 한산증(寒疝症)에 잘 듣는다는 사상방(四象方) '이중탕(理中湯)'을 처방해 보았다. '이중탕'은 중(中), 즉 복부(腹部)를 따뜻하게 다스려 중초(中焦) 이하 부분의 기능 부조(不調)를 회복시켜 주는 처방인데, 전통적 이중탕과 사상방 이중탕의 다른 점은 사상방 이중탕엔 인삼이 두 배로 들어간다는 것이다. 효과를 강하게 하기 위해 대열(大熱)한 약성(藥性)을 가진 강장제인 '부자(附子)'를 가미할까 말까 고심하다가 아무래도 약성(藥性)이 너무 독해질 것 같아서 그만두었다.

이중탕을 보름 동안 복용하고 나자 환자는 한결 괴로움이 가신 것 같다고 좋아했다. 그래서 지훈은 전신을 더 보(補)해 주면 좋을 것 같아 사상방(四象方) 십전대보탕(十全大補湯)을 그중 인삼(人蔘)과 황기(黃耆)를 두 배 분량으로 하여 복용하게 했다. 인삼과 황기는 둘 다 기(氣)를 보(補)해 주는 역할을 하고, 또 황기는 하수(下垂)된 장(腸)을 위로 끌어올려주는 역할도 하므로 그렇게 처방해 본 것이었다. 정신적인 원인이 병을 만들었다 하더라도, 일단 육체상태를 호전시켜 주면 대충 잡증(雜症)은 사라지게 마련이었다. 그것이 바로 한방치료의 매력인데, 특히 서양의학적으로 뚜렷한 병명이 없이 괴로워하는 환자들을 치료할 때마다 신통한 효력을 발휘할 때가 많았다.

하지만 급한 불을 끄고 난 뒤에도 환자는 여전히 발기부전과 성교공포증으로 고민하고 있었다. 소음인은 원래 선천적으로 색(色)을 좋아하는 체질인데, 그게 마음대로 돼주지를 않으니 문제였다. 환자는 연애할 엄두도 나지 않는다며 낭패스런 표정을 지었다. 그래서 지훈은 심리치료와 행동치료를 병행해 보기로 마음먹게 된 것이었다.

T교수에게 행동치료를 받으라고 권하자 그는 대학 선생답게 깐깐한 태도로 나왔다.

"선생님이 말씀하시는 성행동치료라는 것이 무슨 의미가 있죠? 돈을 주고 여자를 사서 하는 것과 특별히 다를 게 없을 것 같은데요."

"물론 따지고 보면 다를 게 없습니다. 하지만 행동치료는 선생님의 고충을 이해하는 훈련된 대리배우자가 선생님을 편안하게 해드리면서 정해진 순서에 따라 애무하여 T선생 마음속에 있는 기대불안 심리를 서서히 완화시켜 나간다는 점이 다르지요. 아무리 돈을 주고 산 직업여성이라 해도 일방적으로 봉사해 주는 여자는 드물지 않겠어요? 그건 설사 애인이래도 마찬가지겠죠."

지훈이 이렇게 대답하자 T교수가 다시 질문했다.

"그럼 행동치료로 제 잠재의식에 쌓여 있는 죄의식을 없앨 수도 있단 말입니까?"

"물론 완전히 없앨 수는 없겠지요. 그건 별개의 문제니까요. T선생도 제가 처방한 한약 덕을 보시지 않았어요? 한방치료와 양방치료의 다른 점은 한방치료에서는 병의 원인 규명에는 별로 신경을 쓰지 않는다는 거죠. 그것이 심리적 원인이든 기질적(器質的) 원인이든 우선 증상을 낫게만 하면 그만이기 때문에, 경험의학에 토대를 두어 여러 가지 처방들이 만들어진 겁니다. 마찬가지로 정신분석학적으로 죄의식이 원인이라는 것이 밝혀지긴 했다 해도 죄의식 자체를 완전히 없애버린다는 것은 사실상 불가능해요. 심리치료를 통해 적당히 완화시킬 뿐이죠. 그래서 T선생 같은 심인성(心因性) 발기부전증은 우선 행동치료를 통해서 육체의 기능을 정상적으로 되찾아주면, 죄의식이 완전히 없어졌건 안 없어졌건 그럭저럭 정상적인 성생활을 할 수가 있어요. 사실 따지고 보면 잠재의식에 콤플렉스를 갖고 있지 않는 사람이 이 세상에 얼마나 되겠습니까? 그런데 그게 표면에 드러나고 안 드러나고에 따라 신경증에 걸리기도 하고 안 걸리기도 하는 거죠. 이건 마치 감기와도 비교될 수 있습니다. 감기 바이러스가 몸 안에 들어가도 면역기능이 충실한 사람은 감기에 걸리지 않으니까요."

"저는 사실 프로이트의 학설에 회의를 많이 품고 있습니다. 잠재의식이라는 것 자체가 과학적으로 아직 규명되지 않은 상태 아닙니까?"

"그건 저도 마찬가집니다. 특히 프로이드가 가정한 '수퍼에고(Super-ego)'의 개념은 불투명한 데가 많지요. 나는 사실 프로이트가 강조한 '수퍼에고' 즉 초자아(超自我) 또는 도덕적 자아나 '에고(Ego)', 즉 사회적 자아의 중요성보다는 '이드(Id)' 즉 본능적 자아의 역할만을 인정하고 싶어요. 이럴 경우 '이드'는 프로이트처럼 불건강하고 변태적인 탐욕으로만 가득 차 있는 것은 아니죠. 프로이트는 '이드'와 '수퍼에고' 사이의 투쟁이 문명 발달의 원동력이라고 봤지만 아무래도 그건 무리인 것 같습니다. '수퍼에고'의 간섭 없이도, 또는 '에고'의 중재(仲裁) 없이도, '이드' 자체 만으로의 독립된 조절기능이 가능하다고 보는 거죠. 빌헬름 라이히 같은 심리학자도 '이드'에 중점을 두어 이드가 발달한 사람은 '선한 성격구조'를 갖게 된다고 하면서 이런 성격을 '생식적 성격'이라고 이름 붙였습니다. 그리고 '수퍼에고'가 발달한 사람을 '악한 성격구조' 또는 '신경증적 성격구조'라고 이름 붙였죠."

"그러니까 제가 성행동치료를 통해서 '이드'의 잠재력을 회복시키고 나면 죄의식이나 기타의 콤플렉스 따위는 별로 문제가 안 된다고 보시는 거로군요."

"맞습니다. 말하자면 선생님과 철저하게 속궁합이 들어맞는 진짜 임자를 만나시게 되면 행동치료도 필요 없고 심리치료도 필요 없다고 봐요. 하지만 그게 현재로서는 불가능한 것 같기 때문에 두 가지 치료를 병행시켜 가지고 진짜 임자를 만나시는 데 도움을 드리고 싶은 거죠."

"선생님은 그럼 진짜 임자를 만나셨나요?"

T교수가 빙그레 웃으며 물었다.

"저도 아직 못 만났습니다. 하지만 희망은 버리지 않고 있어요."

지훈도 역시 빙그레 미소를 지으며 대답했다. 하지만 그는 마음속으로 자기가 거짓말을 억세게 잘도 하고 있구나 하고 생각했다. 의사는 다 도둑놈이라고들 하는데 어찌 보면 그 말은 맞는 말이었다. 환자에게 억지희망을 안겨주면서 돈을 챙기는 것이 자기라는 생각이 들었기 때문이다. 사실 따지고 보면 절망보다 희망이 더 무서운 것이다. 희망 또는 기대가 무너질 때 사람들은 더 큰 절망, 더 치명적인 절망 속에 빠져 들어가게 되기 때문이다.

민자는 첫 환자를 상대하게 됐을 때 별로 긴장하거나 당황하는 빛을 보이지 않았다. 오히려 뻣뻣하게 긴장한 쪽은 T교수였다. 그는 여자를 좋아하는 체질인 소음인의 성격을 타고나긴 했어도, 전공이 철학이라서 그런지 아니면 억압된 성의식 때문인지, 여자에 대해 결벽증적인 태도를 보였다.

민자는 마치 마네킹과 같이 무표정한 얼굴로 어색해 하는 환자의 옷을 하나씩 벗겨주었다. 정성껏 매니큐어를 칠한 그녀의 길고 뾰족한 손톱 끝이 살에 스쳐 닿을 때마다 환자는 움찔움찔 어색한 반응을 보였다. 철학적 사고의 깊이를 더하려고 해도 관능적 감수성이 반드시 필요한 법인데, 이 환자는 관념적인 교설(巧說)로만 가득 차 있는 형이상학 위주의 철학 공부에만 빠져 있던 탓인지, 그동안 관능적 감수성을 너무 사장(死藏)시켜 두고 있었던 것 같았다.

그러다가 환자는 결국 편안한 자세로 드러누워 눈을 감았다. 지훈은 차단된 특수유리를 통해 성치료실 안의 광경을 엿보며, T교수가 눈을 감기 전에 짙게 화장한 민자의 얼굴과 벌거벗은 나신을 보며 다소 곤혹스러운 눈빛을 하던 것을 놓치지 않았다. 그래서 다음부터는 민자에게 T교수가 눈을 꼭 뜨고 있도록 시켜야겠다고 생각했다. 시각 역시 촉각만큼이나 중요한 것이기 때문이었다.

민자는 지훈에게서 배운 대로 가볍게 살갗접촉을 해나갔다. 애무가 한동안 계속됐는데도 환자의 성기는 축 늘어진 채로 있었다. 제1단계 치료에서는 성기에 손을 대거나 입술을 대지 않는 것이 원칙이기 때문에 민자는 계속해서 이삼십 분 동안 성기 이외의 부분만을 애무했다.

그 다음 단계로 넘어가 민자가 전신(全身)뿐만 아니라 성기까지 손과 입으로 애무해 주기 시작하자 환자는 조금씩 반응을 보이기 시작했다. 그렇지만 손이나 입을 떼어내면 금세 다시 축 늘어지는 것이었다. 상당히 오랫동안 행동치료를 해야 할 것 같은 생각이 들었다. 하지만 오늘은 시작이라서 아무래도 T교수가 온몸의 근육을 완전히 릴랙스(relax)시키지 못했기 때문에 그랬을지도 모른다. 다음 치료부터는 의외로 탄력적인 발전이 이루어질 수도 있다…….

지훈은 민자가 성치료를 하는 광경을 옆방에서 지켜보며 이렇게 생각하는 것과 동시에 공연히 후끈 달아오르고 있는 자신의 육체를 느꼈다. 잠시 후 그는 마음을 진정시키면서 민자가 저 정도로 행동치료를 성심성의껏 잘 한다면 다음부터는 옆방에서 지켜볼 필요도 없을 것 같다는 생각이 들어 행동치료 광경을 관찰하지 않기로 마음먹었다.

행동치료가 끝나자 환자가 옷을 입고 응접실로 나왔다. 민자는 그냥 치료실에 남아 있기로 되어 있었다. 환자는 입가에 약간 냉소적인 미소를 흘리고 있었다.

"기분이 어떠셨습니까?"

하고 지훈이 T교수에게 물었다.

"아무래도 쑥스럽더군요. 그런데 행동치료를 해주는 아가씨가 간호사인가요? 참 마음에 들었어요. 아주 성심성의껏 해주더군요. 저런 간호사를 어떻게 구하셨는지 선생님은 참 재주도 좋으십니다."

환자의 어투에는 확실히 질투심 비슷한 것이 섞여 있었다. 그리고 지훈과 민자가 도대체 어떤 관계인지 궁금해 하는 것 같았다.

첫 번째 환자부터 그런 태도로 나오자 지훈은 조금은 아차 싶었다. 하지만 일단 시작한 일이고 보니 그냥 밀고 나갈 수밖에 없을 것 같다는 생각이 들었다.

"저 아가씨는 그냥 치료보조원일 뿐입니다. 이상하게 생각하시면 안 됩니다. 그냥 잘 훈련된 애무용(用) 기계라고 생각하시면 돼요. 선생님의 머릿속에서 관념적인 성관(性觀)을 다 뽑아내고 오로지 육체적인 반사신경에만 의지하여 반응할 수 있을 때, 거기서 유물적(唯物的) 의미로서의 원초적 성 기능이 되살아날 수 있어요."

지훈은 환자와 조금 더 이야기를 나누고 나서 주말마다 한 번씩 행동치료를 받으러 오도록 지시하고 그를 돌려보냈다.

지훈이 성치료실로 들어가자 민자는 아직도 아까 그대로 벌거벗은 채로 있었다.

"처음으로 행동치료에 참여해 본 기분이 어때?"

민자는 지훈의 호주머니에서 담배갑과 라이터를 꺼내어 담배 한 개비를 뽑아 입에 물고, 불을 붙이고 나서 대답했다.

"이건 치료가 아니었어요. 그냥 육체적 노동이었을 뿐이죠."

"그건 맞아. 이건 단지 육체적 노동일뿐이야. 하지만 그래도 내 딴에는 환자를 골라서 민자한테 보낸 건데……."

"몰라요. 전 환자가 선생님이라고 상상해 가면서 노동을 했으니까요. 그렇게 하니까 별로 어색하지가 않더군요."

"어쨌든 미안해. 하지만 민자가 원해서 시작한 일이니까 계속 열심히 해줄 줄 믿어."

"월급이나 많이 주세요."

배시시 웃으면서 그녀가 말했다. 담뱃재가 필터 바로 윗부분까지 타들어가 떨어질락 말락 아슬아슬한 곡선을 그리고 있었다. 지훈은 담뱃재가 떨어지는 것을 보기가 갑자기 두려워서(그것은 그에게 있어 늘 '급격한 몰락'의 상징처럼 느껴지기 때문이었다), 한쪽 손바닥을 뻗어 담뱃재를 털어내었다. 그러고 보니 치료실엔 재떨이가 준비되어 있지 않았다.

그녀는 담배를 다 피운 뒤 그의 손가락 사이에 꽁초를 끼워 넣었다. 밖에 나가 버리고 오라는 뜻인 것 같았다. 그는 응접실로 나가서 재떨이에 꽁초와 담뱃재를 털어버리고 난 뒤, 재떨이를 들고 민자가 있는 방으로 다시 들어갔다. 그러는 중에 그는 자기가 지금 여자에게 어떤 의도로든 '마조히스틱한 봉사'라고도 할 수 있는 행동을 하면서, 미묘한 쾌감을 느끼고 있다는 사실을 깨달았다.

방에 들어가서 지훈은 침대 위에 사지를 쭉 뻗고 벌러덩 드러누웠다. 그리고 민자에게,

"이젠 나를 치료해 줄 차례야."

하고 말했다.

"뭘 치료해 드려요? 선생님은 멀쩡하시잖아요?"

이렇게 말하면서 여자는 그의 곁으로 다가와 누웠다. 그리고 머

리를 그의 어깨에 기댔다. 배릿한 향수냄새가 났다. 하지만 예전보다는 덜 독한 것 같았다.

"나라고 다 멀쩡할 리가 없지. 우리들은 다 환자야. 어딘지 모르게 다들 병들어 있어……. 그런데 왜 향수를 약하게 뿌렸지? 난 더 독한 게 좋던데."

"환자가 싫어할까 봐 그랬어요. 그럼 더 많이 뿌릴까요?"

"온몸에다가 왕창왕창 뿌려. 아주 역하게 느껴질 만큼."

여자는 시키는 대로 했다. 다시 그의 곁으로 다가와 누운 여자의 온 몸뚱어리에서는 지독하게 강해서 속이 메슥거리고 머리가 어지러워질 정도의 향수냄새가 풍겼다.

"어지럽지 않으세요? 저는 코에 항상 향수냄새가 배어 있어서 그런지 지금도 그저 그런 정도지만, 선생님은 아마 역겨우실 거예요. 향수를 뿌리다 보면 자꾸만 더 향이 강한 향수를 쓰게 되고, 또 양도 점점 더 많이 뿌리게 되죠. 코에 면역이 생겨 향수냄새에 중독돼 버리기 때문인가 봐요. 저는 향수 뿌리기를 꽤나 좋아해서, 주변 사람들이 저보고 냄새 때문에 골치가 아프다고 불평하는 소리를 많이 들었어요."

"그럼 난 좀 별종인가 봐. 독한 향수냄새에 취하다 보면 정신이 멍해지는 것 같아서 오히려 편안한 마음이 되거든. 인생이란 결국 '고난으로부터의 도피'가 최고의 섭세(涉世) 처방이 될 수밖에 없지. 적극적으로 우울이나 고난을 헤쳐 나가기보다는 고난으로부터 피하는 쪽이 더 나은 방법이라고 생각해. 술도 마취적 도피상태를 유발하고 담배도 조금은 그렇지. 섹스 또한 그렇고. 그런데 그 섹스조차 귀찮아질 때가 있어. 그럴 땐 이렇게 아주 진한 향수냄새도 어느 정도는 마취적인 도피를 가능하게 해주지."

"선생님도 역시 저처럼 불쌍한 환자시로군요."

여자는 그의 뺨에 부드럽게 혀를 갖다 대면서 말했다.

"그래, 난 환자야. 그런데 민자가 보기엔 내가 대체 무슨 병에 걸린 것 같아?"

"호강병이요. 선생님 정도로 안정된 위치에 있는 분이 왜 그런 비관적인 말씀만 하세요? 저한테는 일부러 엄살을 떨고 계신 것 같아 보여요. 꼭 싸구려 멜로 영화의 대사를 듣고 있는 것 같았어요."

민자는 이제 자기도 어엿한 직업을 가졌고, 또 그녀가 하는 일이 그의 일을 도와주는 것이라는 것을 의식해서 그런지, 전번과는 판이하게 꽤 당당한(어찌 보면 건방진) 말투로 나왔다. 지훈은 속으로, '맞아……, 영원히 순하고 부드럽게 복종적인 여자는 없지……. 여자는 결국 남자에게 기어오르게 마련이야…….' 하고 생각했다. 하지만 여자가 아주 밉지는 않았다. 오히려 조금 아까부터 그녀가 보여주는 작은 행동의 변화가 불쾌하지 않은 긴장감을 느끼게 해주는 것이었다.

"아냐. 넌 아직 몰라서 그래. 누구나 다 불쌍한 존재란 말야. 잘 살든 못 살든 다 괴롭지. 특히 고독이 문제야. 사랑이 유일한 탈출구이긴 한데 그것마저 마음대로 안 돼주니까."

"맞아요. 아까 제가 한 말은 농담이었어요. 선생님은 '호강병'이 아니라 '고독병'에 걸려 있어요. 그건 저도 마찬가지구요. …… 혹시 선생님 가정에 무슨 문제라도 있는 것 아니에요?"

여자는 태도를 바꾸어, 다시 공손한 태도가 되어 이렇게 물어왔다.

"난 가정 따윈 없어. 지금까지 민자에게 유부남 행세를 한 것은 내가 너한테 싫증을 느꼈을 때 쉽게 헤어지기 위한 방편으로 그랬던 거야. ……미안해, 거짓말을 해서……."

지훈의 말을 듣고서도 여자는 별로 이렇다 할 반응을 보이지 않았다. 그저 계속해서 열심히 그의 목과 가슴, 그리고 젖꼭지 언저리를 핥고 있을 뿐이었다.

"내가 독신으로 지낸다는 게 민자한테는 아무렇지도 않나?"

여자가 너무 무덤덤한 반응을 보이는 게 이상해서 지훈은 참지 못하고 이렇게 물었다.

"저한테는 다 그게 그거예요. 어차피 선생님은 저 같은 여자하고 결혼하지는 않으실 테니까요. 하지만 사모님이 안 계시다는 게 한결 안심이 되긴 하죠. 혹시라도 사모님이 나를 때리고 야단칠까 봐 은근히 겁이 났었으니까요."

민자가 '사모님'한테 매 맞을 것을 두려워했다는 얘기를 들으니까 지훈은 저절로 웃음이 나왔다. 아무리 봐도 민자는 귀엽게 멍청한 여자였다.

웃음기를 거두고 나서 그가 다시 여자에게 물었다.

"그런데도 왜 내 곁에 있으려고 그랬지?"

"그게 제일 안전한 생활대책이 될 것 같아서요. 선생님 정도의 동반자라면 세끼 밥 굶지 않고 또 웬만큼 호강도 하면서 살아갈 수 있을 것 같았어요."

"나를 사랑해서가 아니로군."

"왜요, 선생님을 사랑…… 아니 좋아하기 때문이죠. 그래서 제가 지금껏 선생님께 매달린 것이 아니겠어요? 하지만 저는 예전부터 '사랑'이란 말을 함부로 쓰기가 싫었어요. 그런 게 과연 진짜 있을까 궁금해서요. 선생님도 마찬가지 아니에요?"

"그럼 우리 둘은 죽이 척척 잘 들어맞는 셈이군. 정말 귀여운 한 쌍의 바퀴벌레야. …… 일만 열심히 해줘. 그러면 나도 민자에게 잘 해줄게. 나하고 같이 일을 시작한 기념으로 민자한테 뭘 선물하고 싶은데 뭐가 좋겠어?"

"이제 조금 있으면 12월이에요. 겨울철엔 밍크코트가 어울릴 것 같아요. 전 예전부터 밍크코트를 꼭 갖고 싶었어요."

"전에 민자는 내게 사치 같은 건 별로 좋아하지 않는다고 했잖아?"

"그건 선생님께 잘 보이려고 그냥 해본 소리였어요. 사치를 싫어하는 여자가 이 세상에 어디 있겠어요?"

점점 더 솔직하게 나오는 여자의 말이 은근히 감동적으로 들렸다. 하지만 밍크코트는 너무 천한 인상을 줄 것 같은 느낌이 들었다.

얼마 전 학회 참석차 일본 동경에 갔을 때, 지훈은 동경 술집에 나오는 아가씨들이 하나같이 다들 밍크코트를 걸치고 있는 것을 본 적이 있었다. 그때 지훈은 밍크코트가 왠지 너무 흔하고 천한 것 같은 인상을 받았던 것이다. 서울에서는 아직 밍크코트가 아주 보편화되지 않은 것 같았다. 하지만 어쩐지 너무나 획일적인 스타일이고 또 일부러 부티를 내려고 위세를 부리는 것 같아 보여, 어쩌다 밍크코트를 입은 여자를 보면 왠지 역겨운 생각이 들었던 것이다. 사실 요즘 밍크코트 값이 많이 내려서, 누구든 마음만 먹으면 아주 최고급품은 못 되더라도 중품(中品) 정도는 사 입을 수 있는 옷이기 때문에 더욱 그랬다. 말하자면 진짜 귀족적인 사치가 아니라 안쓰럽기 짝이 없는 싸구려 사치에 불과하기 때문에, 다른 옷들에 비해 특별한 변별성(辨別性)을 갖기 어려운 것이다.

"밍크코트는 너무 흔하디흔한 것이고, 또 너무 눈에 띄어서 난 별로 좋은 줄 모르겠던데. 디자인도 획일적이고 말이야. 하지만 민자가 입고 싶다면 사주지. 하지만 너무 비싼 것은 안 돼. 요즘은 이 집을 새로 꾸미느라고 저금통장이 거의 바닥나버렸거든."

"저는 예전부터 밍크코트를 입고 싶었어요. 홀라당 발가벗고 밍크코트 하나만 입고 다니면 기분이 좋아질 것 같았거든요. 제가 그렇게 하고 다니면 아마 선생님도 틀림없이 좋아하실 거예요. 어쨌든 저는 안쓰럽게라도 귀부인 흉내를 내보고 싶었던 거죠. ……정말 사주시는 거죠?"

"그럼, 사주고말고."

지훈은 이렇게 대답하면서 여자가 말한 내용을 마음속에 상상해 보았다. 역시 이 여자를 곁에 데리고 있기를 잘했다는 생각이 들었다. 벌거벗은 채로 밍크코트 하나만 걸치고 있다는 설정은 너무나 흔해빠진 에로티시즘의 소재지만, 그래도 실제로 그런 여자를 데리고 놀기란 현실적으로 어려운 것이 사실이었다.

여자는 좋아서 어쩔 줄을 모르며 그의 입술에 진한 키스를 보내왔다. 지훈도 공연히 기분이 좋아져서 그녀의 입술에 묻은 붉은 빛 립스틱을 혀로 샅샅이 핥아먹었다. 조금 아까 립스틱을 새로 칠해서 그런지 메슥메슥하면서도 달콤한 맛이 나는 입술연지가, 그의 침에 섞여 목구멍 깊숙한 곳으로 넘어갔다.

"자 민자, 빨리 나를 치료해 줘. 키스만 하지 말고."

키스를 끝내고 나서 그가 여자에게 한 말이었다.

"어떻게요? 원하시는 대로 할게요."

"너도 알잖아. 내가 펠라티오(fellatio) 중독자라는 것을 말이야. 아무 말 하지 말고, 잠시도 쉬지 말고 30분만 계속 빨아줘."

여자는 아무 말 없이 그의 발꿈치 쪽으로 가서 무릎을 꿇고 엎드려 그의 자지에 입을 가져다 댔다. 지훈은 온몸의 힘을 빼고서 자신의 육체를 솜사탕처럼 가볍게 만들려고 노력했다. 그래서 그녀의 혀를 통해서 전해지는 애틋하고 아리아리한 촉감을 샅샅이 음미해보려고 하는 것이었다.

서서히 온몸이 탈진상태(脫盡狀態)가 되어갔다……. 그는 눈을 뜬 채 어떤 백일몽(白日夢)을 꿈꾸고 있었다. 그것은 수십 명의 여인들이 전라의 몸으로 입을 벌리고서 자기의 자지를 향해서 달려드는 꿈이었다. 그는 달짝지근하고 에로틱한 환상 중에 왠지 모를 공포감이 자신을 엄습해 오고 있는 것을 느꼈다.

10

자동차는 저녁녘의 삼각지 로터리를 통과하여 천천히 미끄러져 갔다. 눈이 내려 모든 소음들을 덮어 씌워주고 있는 것 같았다. 한결 조용해 보이는 거리가 해지기 직전의 가냘픈 햇빛이 남은 희뿌연 남쪽 하늘과 어우러져, 우울한 회색빛 도시를 한결 운치 있게 만들어 주고 있었다.

국방부 건물을 지나 미군부대 사이로 나 있는 도로를 통과할 때, 길 양쪽에 서 있는 늙디늙은 플라타너스들이 내리는 눈을 맞으며 을씨년스런 추위에 노쇠한 신음소리를 토해내고 있는 것 같았다. 빨간 벽돌로 지어진 고색창연한 미8군 영내 건물들이 마치 유럽의 오래된 도시를 연상케 했다.

미군부대 사이를 빠져나가자 멀리서 반짝이는 이태원 거리의 울긋불긋한 네온사인들이, 내리는 눈송이 사이로 언뜻언뜻 바라보였다. 마치 봄날 꽃샘추위에 힘겹게 피어난 꽃 이파리들이 나른한 아지랑이의 물결 사이에서 피곤하게 흔들리고 있는 것 같아 보였다.

눈 내리는 저녁나절의 이태원 거리는 흡사 위트릴로의 유화를 보는 듯 한결 담백하고 청징(淸澄)한 풍경을 만들어내고 있었다. 거리의 담채색(淡彩色) 정조(情調)를 깨뜨리며 붉은 빛으로 서 있는 비바백화점 건물이 멀리 바라보였다. 백화점 외벽에 붙어 있는 꽃분홍색 타일들이 내리는 눈발 속에서 조금은 촌스럽게 선정적인 빛을 발하고 있었다. 그것은 얼핏 천박하리만큼 짙은 화장을 한 밤거리 여인의 얼굴을 연상시켰다. 길 좌우의 영어로 쓰인 간판들은 어설픈 익조티시즘(exoticism)과 노스탤지어를 불러일으키며 빛바랜 그림엽서처럼 칙칙한 빛을 쏟아내고 있었다.

버스, 자동차, 그리고 소음. 지저분한 노점상들과 노점상에 걸려 있는 국적불명의 울긋불긋한 옷들, 액세서리들, 그리고 코 큰 백인과 시커먼 흑인들과 희한한 옷차림의 청춘 남녀들로 가득 차 있는 이태원 거리……. 예전에 이 이태원 거리를 거닐 때면 정체 모를 이국취향(異國趣向)에 빠져 바다 건너 미국을 동경하고 또 미국보다 더 먼 곳에 있는 것처럼 느껴졌던 유럽의 세련된 문화를 한없이 동경하게 되곤 했었다.

지훈은 문득 길 오른편으로 눈을 돌려 '웨스팅 하우스'가 아직도 그대로 있는 것을 목격했다. 대학시절에 데이트를 할 때 자주 들렀던 햄버거 집이었다. 그때 처음 먹어본 미국식 햄버거와 감자튀김은 너무나도 맛이 있었다. 퀴퀴한 냄새가 나는 김치찌개나 된장찌개보다 한결 더 우아하고 깨끗한 음식으로 보였다. 그런데 이제는 햄버거 따윈 별맛이 없고 오히려 김치찌개가 더 맛있게 느껴지니 이상한 일이었다. 한국의 경제가 이제 웬만큼 성장했기 때문일까. 아니면 사람이 나이를 먹으면 결국은 입맛이 본래의 향토음식으로 돌아가게 마련이기 때문일까. 그는 힐끗 스쳐 지나간 '웨스팅 하우스' 간판의 잔영을 다시금 반추해 보며 이십년 전의 추억 속으로 빨려 들어갔다.

그토록 그가 사랑했던(아니 사랑한다고 착각했던) J는 지금 어떻게 되었을까. 지금쯤 중년의 나이가 되어 살도 퉁퉁 찌고 얼굴에 개기름이 줄줄 흐를지도 모른다. 제발 그렇게 되지 않았기를 바라지만, 십중팔구는 우리나라 중년여성 특유의 허세와 수다 속에 파묻혀 살아가며 속절없이 늙어가는 자기 자신을 처량한 눈빛으로 바라보고 있겠지……. 그런 생각에 빠져들다 보니 지훈은 자기 옆에 앉아 있는 민자가 더 귀엽고 소중한 보물덩어리처럼 느껴졌다. 어쨌든 자기는 지금 '그만하면 풋풋하고 예쁜' 영계 한 마리를 소유하고 있는 것이었다.

'에이트리움(Atrium)'이 들어서 있는 건물은 여전히 그 자리에 고즈넉한 자세로 서 있었다. 꼭 1년 만에 와보는 곳이었다. 이태원 중심지에서 훨씬 떨어진 한남동 입구에 있어서 그런지, 에이트리움은 이태원의 다른 디스코텍들과는 달리 어딘지 모르게 고급스러운 운치가 있었다. 에이트리움은 '시티 뱅크(City Bank)' 건물 지하에 있었는데, 지하로 내려가는 계단 옆에 세워진 가로등이 내리는 눈발 사이로 희미한 빛을 힘겹게 내뿜어 입구까지 가는 길을 밝혀주고 있었다.

유리로 된 회전문을 밀고 들어가자 하나도 달라진 게 없는 에이트리움의 실내가 드러났다. 이른 시간이라서 그런지 손님이 별로 없어 한산했다. 품위 있게 만들어진 갈색·검정색의 소파들이 한가롭게 누워 게으름을 피우고 있었다. 그가 어디에 앉을까 두리번거리고 있을 때 키가 작고 통통한 얼굴을 한 중년의 웨이터가 다가와 그를 안내했다.

"정말 오래간만에 오셨군요. 그동안 왜 안 들르시나 했습니다."

웨이터는 용케도 그를 알아보았다. 그는 전에 이 집에 자주 들르곤 했던 것이다.

실내장식이 여느 호텔 나이트클럽 못지않게 고급스럽고, 또 정식으로 식사를 할 수 있는 데다가, 밤 8시부터는 디스코와 블루스 음악을 틀어주어서 춤도 출 수 있었다. 말이 디스코텍이지 사실은 고급 레스토랑에다가 디스코텍의 요소를 겸비했다는 것이 옳았다.

그런데 그가 여기서 어떤 이상한 여자를 만나 스토킹 비슷한 걸 3개월 동안 당하게 된 다음부터는, 이 집에 그만 정나미가 떨어져가지고 쭈욱 발을 끊고 지내왔던 것이다. 오늘은 민자가 갑자기 춤을 추고 싶다고 하여 달리 생각나는 곳도 없고 해서 이리로 데리고 온 것이었다.

웨이터는 남쪽 구석자리로 두 사람을 안내했다. 기억력이 좋은 사내였다. 그는 여기에 올 때마다 항상 어두컴컴한 남쪽 자리에 앉곤 했던 것이다. 그래야만 데리고 온 여자의 몸뚱어리를 여기저기 마음대로 더듬을 수 있기 때문이었다.

"뭘 드시겠습니까? 식사 전이시면 우선 식사 주문부터 하시죠."

웨이터는 민자에게 전혀 눈길을 보내지 않고 지훈에게 이렇게 말했다. 아주 세련된 매너를 지니고 있는 사내였다. 지훈은 메뉴판을 받아 민자에게 먼저 고르라고 시켰다. 여자는 한참 동안 고민고민하다가 연어 요리를 시켰다. 지훈은 별로 밥 생각이 없어 그냥 같은 것을 먹겠다고 했다.

"식사하시기 전에 우선 맥주를 드셔야죠? 선생님은 늘 맥주만 드셨어요. 어때요, 제 기억이 맞죠? 칼스버그 괜찮겠습니까?"

지훈이 고개를 끄덕거리자 웨이터는 민자에게는 더 묻지를 않고 그냥 가버리려고 했다. 그게 여자의 비위를 상하게 한 것 같았다. 보통 때는 아무 술이나 잘 마셨던 것 같은데 오늘따라 그녀는 유난히 멋을 부리는 것 같았다. 여자는 웨이터를 불러 세웠다.

"이 집 분위기가 참 좋군요. 눈도 오고 그래서 오늘은 좀 특별한 걸로 마시고 싶어요. 칵테일은 어떤 게 되죠?"

웨이터는 움찔 되돌아서서 메뉴판을 다시 펼쳐 보였다. 칵테일 이름들이 여러 개 적혀 있는 페이지가 나왔다. 지훈은 그녀가 대관절 뭘 시키려고 그러는지 궁금해졌다. 전에는 칵테일을 주문한 적이

한 번도 없었기 때문이다. 그녀가 칵테일 이름이나 제대로 알고 있는지 걱정이 되었다.

"이게 재미있어 보이네요. 러스티 네일(Rusty nail), 칵테일 이름에 손톱이라는 말이 들어가 있다는 게 신기해요. 그런데 '러스티'라는 말이 무슨 뜻이죠?"

"녹슬었다는 뜻입니다."

웨이터가 무미건조한 어조로 대답했다.

"녹슨 손톱이라……. 도대체 무슨 뜻일까요? 칵테일엔 별 희한한 것도 다 있군요."

이렇게 말하면서 여자는 자기의 손톱을 바라보았다. 길게 뻗어나간 손톱에는 추운 계절에 어울리게 꽃분홍색의 네일 에나멜이 발라져 있었다.

"녹 색깔이 대개 붉은 색이죠……. 그러니까 녹슨 손톱이란 말도 일리는 있겠군요."

하고 여자가 말했다.

"이건 손톱이란 뜻이 아닌데요. 제가 알기로는 '녹슨 못'이란 뜻입니다."

웨이터는 약간 거드름을 피우면 말했다. 지훈도 칵테일에 대해서는 잘 모르고 있었다. 그래서 'nail'을 손톱의 뜻으로 해석하여 은근히 섹시한 이름을 가진 칵테일이라고 생각하고 있었다. 그런데 알고 보니 '녹슨 손톱'이 아니라 '녹슨 못'이었다.

웨이터는 이제야 비로소 민자의 얼굴과 몸매를 흘끔흘끔 들여다

보고 있었다. 밍크코트를 걸치고 짙은 화장에다가 긴 손톱을 한 그녀의 모습은 얼핏 이태원 거리의 세련된 양공주 아가씨를 연상시켰다. 민자가 조금 창피해 하는 것 같아서 지훈이 말을 거들었다.

"녹슨 못이든, 녹슨 손톱이든, 아무러면 어때. 둘 다 뾰족한 것은 마찬가지니까. 녹슨 못인지 녹슨 손톱인지, 아무튼 그걸로 한 잔 가져와요."

웨이터가 정중하게 고개를 숙이고 물러갔다.

잠시 후 맥주 두 병과 칵테일이 나왔다. 지훈은 잔에다 맥주를 따라 들고 여자의 잔에다 갖다 댔다.

"우리 건배하지."

"무엇을 위해서요?"

여자가 말했다.

"글세……. 뭐가 좋을까……. 그래, 이게 좋겠군. 당신의 머리카락과 손톱을 위해서! 계속 무럭무럭 자라나기를!"

"저는 다가올 새해를 위해서 하겠어요. 새해엔 돈을 더 많이많이 버세요!"

두 사람은 잔을 들어 동시에 부딪쳤다. 잔이 부딪치면서 나는 쨍그렁 소리가 꽤나 명랑(明亮)하게 들렸다.

지훈은 계속 맥주를 마시고 여자는 찔끔찔끔 칵테일을 마셨다. 칵테일 잔이 너무 작아서 여자가 감질나하는 것 같았다.

"한 잔 더 시킬까?"

"아녜요. 그냥 한번 멋을 부려보고 싶었을 뿐이에요. 저도 맥주를 마시면 돼요. '녹슨 못'이라고 해봤댔자 맛은 다 그게 그거네요."

식사가 나오려면 시간이 걸릴 것 같아서 지훈은 여자의 밍크코트 앞섶 사이로 손을 넣어 코트 안에 숨겨져 있는 그녀의 알몸뚱이를 만져보았다. 작은 유방이지만 그런대로 소담스럽게 느껴지는 여자의 앞가슴이 따뜻하고 매끄러운 감촉으로 손끝에 전해져 왔다. 그동안 여자의 머리카락이 꽤 많이 자라 있었다. 지훈은 여자의 배꼽 근처를 손바닥으로 훑어 내리면서 말했다.

"자꾸 다짐을 줘서 미안해. 정말 머리카락 안 자르는 거지? 난 네 머리카락이 발꿈치까지 자란 걸 보고 싶어. 그리고 손톱도 아주 긴 걸 보고 싶고."

"걱정하지 마시라니까요. 절대로 안 자르겠어요. 자랄 때까지 자라도록 내버려둘게요. 그 정도 소원이야 제가 못 들어 드리겠어요? 다만 손톱은 좀 불안해요. 자꾸 부러지거든요. 이봐요. 벌써 새끼손톱 하나가 금이 갔어요."

"그래도 그냥 내버려둬야 해. 손톱 길이를 맞추려고 하다 보면 기껏 길게 자란 손톱까지도 잘라내야 하니까. 들쭉날쭉해서 보기 흉하더라도 그냥 내버려 둬. 알았지?"

"알았어요, 알았어. 이젠 그만 보채세요. 선생님은 절 못 믿으시나봐."

"못 믿어서가 아니야. 내가 긴 머리카락과 긴 손톱을 너무 좋아해서 그래."

"그럼 제가 손톱과 머리카락을 짧게 잘라버리면 도망가 버리시겠네요?"

"아마 그럴 거야."

"처음엔 머리카락하고 손톱 얘길 별로 안 하셨잖아요?"

"그땐 그랬지. 하지만 민자를 자꾸 보다 보니까 이젠 얼굴이나 몸매에 만성이 되어버렸어. 화장을 바꾸고 옷을 갈아입는다 해도 다 그게 그거란 말이야. 하지만 머리카락과 손톱은 자꾸 자라는 게 보기에도 좋고 또 신기하게 느껴지거든. 말하자면 변화가 있단 얘기지."

"솔직하셔서 좋아요. 무슨 말씀이고 마음대로 말하세요. 전 남자가 뭘 감추고 뜸들이며 얘기하는 게 제일 싫거든요."

처음 만났을 때와 비교해 보면 한결 당당하고 건방져진 음색이었다. 그래도 지훈은 여자가 자기의 괴팍스런 취향을 용납해 준다는 것이 고마웠다.

그동안 그녀는 정말 치료보조원으로서의 역할을 충실히 잘 수행해 주었다. T교수도 몇 번의 행동치료만으로 증세를 한결 호전시킬 수 있었고, 이제 T교수 같은 지식계급의 환자만이 아니라 어떤 부류의 환자라도 민자에게 안심하고 맡길 수 있는 상황이 되었다. 병원의 수입이 늘어난 것은 물론이었다.

"오늘이 크리스마스 이브니까 이제 며칠만 있으면 한 해가 벌써 후딱 가버리겠네요."

"정말 그렇군. 민자 정도의 나이면 크리스마스가 꽤 특별한 의미로 다가올 거야."

"나이 때문이 아니라 제가 어렸을 때 성당에 나갔기 때문이에요.

크리스마스 이브의 자정 미사는 정말 근사하거든요. 전 늘 성가대원들이 부러웠어요."

"그럼 다시 성당엘 나가보지 그래?"

"이제 다시 성당엘 나가긴 싫어요. 왠지 제가 너무 타락한 것 같은 느낌이 들어서요."

"그럼 민자는 지금 생활이 타락한 생활로 느껴진단 말이야?"

"아니 꼭 그런 뜻만은 아니에요. 다만 거기 모이는 사람들에 비해 제가 좀 초라하게 느껴진단 말이죠. 성당엔 유식한 사람들이 많이 오거든요. 성당엔 안 나가도 돼요. 혼자서 기도드리면 되니까요. 선생님은 종교를 가져보신 적이 있으세요?"

"없어. 종교는 일종의 마취제일 뿐이야. 하긴 그런 종류의 마취제도 이 험한 세상살이엔 그런대로 중요한 구실을 해주지만……."

지훈은 담배를 피워 물며 옆에 앉아 있는 이 여자의 신앙심이란 대체 어떤 종류의 것일까 하고 생각했다. 기도라도 할 수 있을 만큼 마음의 여유가 있다면 그건 확실히 행복한 일이다. 일종의 정신적 사치를 즐기고 있는 셈이니까 말이다. 그렇다면 이 여자는 정말 예수가 말한 대로 '마음이 가난한 사람'인지도 모르지……. 마음이 단순한 사람, 마음이 가난한 사람만이 종교든 철학이든 정신적 사치를 누릴 수 있을 테니까.

웨이터가 음식을 가져왔다. 연어 요리는 별로 맛이 없었다. 차라리 얼큰한 생선 매운탕을 먹는 게 더 맛있을 것 같았다. 그런데도 여자는 양손에 포크와 나이프를 쥐고 그럴듯한 솜씨로 손을 놀려대고 있었다. 왼손에 든 포크로 음식을 찍어 먹는 솜씨가 아주 자연스러웠다. 지훈은 포크를 오른손에 쥐고 음식을 집어 먹으면서 여자에게 물었다.

"어쩌면 그렇게 왼손으로 잘 먹을 수가 있지? 양식을 많이 먹어본 솜씨 같은데."

"아니에요. 많이 먹어보지 못했어요. 하지만 원래 여자란 동물은 이런 식의 세련되고 고급스런 식사법에 거의 본능적인 순발력을 가지고 있답니다. 무슨 행동을 하든지 자기가 귀족적으로 보이기를 마음속 깊이 갈망하고 있는 게 여자들이니까요."

지훈은 여자가 계속 우아한 매너로 음식을 먹는 것을 거의 경탄에 가까운 표정으로 지켜보며 식사를 했다.

식사를 마치고 나서 술을 몇 잔 더 마시고 나자 실내가 시끄러워지며 춤곡이 흘러나왔다. 실내는 어느새 손님들로 꽉 차 있었다. 처음엔 디스코 음악이었다. 지훈은 디스코는 젊은 사람들의 춤이라고 생각하여 이젠 디스코를 안 추기로 작정하고 있었다. 그런데 여자는 자꾸 무대로 나가자고 그를 꼬드기는 것이었다.

"난 디스코를 못 춰. 아니 잘 출 자신이 없어. 그런데 민자는 밍크코트를 입고 디스코를 출 작정이야? 블루스는 괜찮겠지만 디스코엔 그런 옷차림이 안 어울릴 것 같은데……."

"뭐가 어때서요? 남 눈치 볼 필요는 없어요. 정 추기 싫으시면 저 혼자 나가서 출게요. 혼자 계셔도 심심하지 않으시겠죠?"

여자는 말을 마치고 나서 무대로 나갔다. 아무리 속이 벌거벗은 알몸뚱이라고 하지만 무릎 아래까지 내려오는 밍크코트는 무겁고 투박해 보였다. 그런데도 여자는 몸을 잘 흔들어대고 있었다. 주위에서 춤을 추던 사람들이 여자를 바라보았다. 여자는 얼굴을 지훈이 앉은 쪽을 향해 고정시켜 놓고서 춤을 추었다. 지훈은 맥주를 마시며 여자가 춤을 추는 광경을 느긋한 기분으로 바라보았다.

디스코 음악이 끝나자 블루스 곡이 흘러나왔다. 여자가 그를 향해 손짓을 하며 나오라는 표시를 했다.

그가 무대로 나가자 여자가 그의 목에 두 손을 걸고서 살며시 몸을 기대어왔다. 그의 손은 여자의 허리를 감싸 안고 있다가 이내 아래로 미끄러져 내려가 그녀의 엉덩이를 감싸고 있었다. 여자의 젖가슴이 그의 가슴에 느껴지는 순간 왠지 모를 흥분이 왔다. 속이 알몸이라는 사실이 연상됐기 때문인지도 몰랐다.

그녀의 입김이 지훈의 목에 와 닿았다. 여자는 그를 바라보며 그의 목에 감은 팔을 잡아당겨 그의 얼굴을 자기 얼굴에 바짝 갖다 댔다. 그가 여자의 이마에 입술과 혀를 가져갔다. 그리고 그다음은 그녀의 관자놀이, 뺨, 귓불, 그리고 눈두덩 순서로 입술을 부딪쳤다. 여자가 그의 입술에 자신의 입술을 포갰다. 그는 자신의 혓바닥이 여자의 앞 이빨에 부딪치는 것을 느끼며 그녀의 혓바닥에 엉켜들었다.

여자는 그의 엉덩이를 당겨 그의 불두덩과 그녀의 불두덩이 밀착되도록 했다. 두 사람은 잠시 동안 스텝을 멈추고 서서 춤을 추는 사람들 사이에 파묻혀 서로의 성기를 느끼고 있었다. 여자는 긴 손가락을 그의 머리카락 사이로 미끄러뜨려 그의 머리를 잡고서 그의 입술을 탐닉하고 있었고, 그의 한손은 그녀의 코트 앞자락 사이로 미끄러져 들어가 여자의 등을 어루만지고 있었다.

갑자기 여자가 밍크코트 앞자락을 펼쳤다. 그리고 그 안으로 그를 끌어당겼다. 어느새 무대가 사람들로 발 디딜 틈도 없이 꽉 차 있고 조명 또한 어두워서, 두 사람의 몸이 밍크코트 안에서 밀착되어 있다는 사실에 특별히 신경 쓰는 사람은 없는 것 같았다. 여자는 그의 바지 앞단추 쪽으로 손을 내려 발기된 그의 자지를 바지째 감싸쥐었다. 그러고는 바지 단추를 풀고 자지를 바지 밖으로 끄집어내었다. 여자가 자지를 주무르고 있는 동안, 그는 온몸의 힘이란 힘이 모두 빠져나가는 듯한 기분을 느꼈다.

이상하게 용기가 솟아나 그는 여자의 목과 어깨 언저리를 미칠 듯이 혀로 핥았다. 그리고 오른손을 내려 그녀의 보지를 세차게 어루만졌다. 그러다가 자지를 힘 있게 삽입했다. 속이 후련해지면서 이루 말할 수 없이 짜릿한 쾌감이 왔다. 어렸을 때 만화가게에 가서 주인 몰래 만화책을 한 권 훔쳐가지고 나올 때 느꼈던 것과 비슷한 쾌감이었다.

오랫동안 강한 오르가슴이 그의 전신을 강타하고 지나간 후 그는 퍼뜩 정신이 들었다. 그래서 자지와 몸뚱어리를 서서히 여자의 코트 안에서 빼낸 후, 여자의 코트 앞섶을 여며주었다. 여자는 계속 기분 좋은 미소를 짓고 있었다.

"민자는 정말 굉장한 여자야. 어쩌면 그렇게 대담할 수가 있지?"

"저도 몰라요. 오늘은 상당히 기분이 좋아요. 이제 닷새 정도만 있으면 올해도 다 가는군요. 올 한해도 선생님 덕분에 그만하면 재미있게 때워나갈 수 있었어요. 정말 감사드리고 싶어요."

이렇게 말하면서 여자는 다시금 그녀의 입술을 그의 입술에 갖다 대었다.

두 사람이 키스를 하고 있는 동안 음악이 바뀌어 팻 분(Pat Boone)이 부르는 〈화이트 크리스마스〉가 흘러나왔다. 춤을 추던 사람들이 다들 환호성을 질렀다. 오늘이 정말 글자 그대로 진짜 화이트 크리스마스였기 때문이었다.

예전에 한국이 형편없이 못살 때와 비교해 볼 때 요즘의 크리스마스는 사실 별다른 경탄과 흥분을 불러일으키지 못하는 명절이었다. 그만큼 국력이 조금이나마 신장되고, 민족의식이 고양돼서 그런지도 몰랐다. 그렇지만 지훈은 경제 형편이 나쁠 때 어린 시절을 보내서 그런지, 기독교에는 취미가 없으면서도 크리스마스에 대해서만은 뭔지 모를 애틋한 향수를 느끼고 있었다. 그때는 서양 것이라면 무조건 동경할 수밖에 없던 시절이었기 때문이다.

"크리스마스 캐럴이 나오니까 사람들이 다들 좋아하는군."

지훈이 춤을 추면서 말했다.

"그럴 수밖에 없어요. 게다가 오늘은 정말 신통방통하게도 화이트 크리스마스가 아녜요? 선생님도 기분 좋으시죠?"

"솔직히 말해서 그래. 예전엔 나도 크리스마스 때가 되면 공연히 마음이 설레곤 했었지."

"오늘밤이 바로 구세주 예수가 태어나신 밤이라고 생각하면 정말 가슴이 떨리고 흥분돼요."

"뭐 그럴 필요까지 있을까? 예수가 이 세상에 와서 해준 게 도대체 뭔데? 끝없는 종교전쟁과 종파간의 다툼, 그리고 내세(來世)를 위해 현세를 포기하거나 저주해대는 광신도들의 추태……. 이런 것들이 바로 예수가 우리에게 선물해 준 거야. 세상은 여전히 어둡고 사악해. 또 사람들은 다들 빵과 사랑에 몹시도 굶주려있어. 예수가 구세주였다면 어째서 이런 일이 여태껏 계속돼야 해?"

"그래도 저는 예수님의 사랑이 결국은 이 세상을 구원해 주시리라고 믿어요."

여자는 계속 바보 같은 소리를 지껄여대고 있었다.

지훈은 문득 신경질이 치밀어 오르는 것을 느꼈다. 그래서 그는 여자의 코트 앞섶을 다시금 젖히고 그 안으로 파고들었다. 여자는 재빨리 코트를 벌려 그의 몸을 감싸 안았다. 그는 여자의 몸뚱어리 여기저기를 마치 육체에 허기진 사람처럼 혀와 손으로 이리저리 거칠게 쓰다듬고 어루만졌다.

그는 그의 자지를 다시금 그녀의 보지에 깊숙이 집어넣었다. 여자는 아무런 동요 없이 그의 자지를 받아들였다. 아까보다 삽입과 피스톤 운동이 훨씬 원활하게 이루어졌다. 배경음악이 있어서 더 그런 것 같았다. 지훈은 시원스런 쾌감이 가슴속 깊은 곳에까지 파도처럼 밀려오는 것을 느끼면서 여자에게 말했다.

"이게 바로 진짜 구원이고 진짜 사랑이야. 그밖에 다른 것은 아무것도 없어."

11

해가 바뀌고 나서 한 달쯤 지난 후, 지훈은 민자의 간청에 못 이겨 그녀가 성형수술 받는 것을 허락해 주었다. 사실 간청이라기보다는 '닦달'이라는 말이 더 맞는 표현일 것이다. 민자는 점점 더 옷 탐을 많이 냈고 자신의 외모가 갖고 있는 결점에 대해서 더 안달복달해 댔다.

외모에 대한 안달복달은 처음 만날 때부터 그래왔던 것이지만, 옷 탐을 비롯한 사치 욕구는 처음과는 백팔십도가 다르게 딴판으로 변해 버린 셈이었다. 언젠가 그녀는 '옷을 새로 살 때가 제일 행복해요.'라고 말한 적도 있었다. 그래서 지훈은,

"그럼 다른 땐 행복하지 않고?"

하고 민자에게 물어보았다. 그랬더니 그녀는,

"다른 땐 불행하다는 얘기가 아니라, 모든 게 다 그저 그렇고 시큰둥해 보인다는 얘기예요. 따지고 보면 선생님도 마찬가지 아니세요? 선생님도 내 머리카락을 만지거나 손톱을 만지작거릴 때, 그리고 내가 오럴 섹스를 해줄 때만 조금 행복해 하잖아요?"

하고 대답하는 것이었다.

지훈은 그녀의 말에 일리가 있다고 생각하면서도 내심 꺼림칙한 기분을 느끼지 않을 수 없었다. 그건 그녀가 조금씩 건방져져 가고 있기 때문이었다.

전에는 그녀가 자기를 가리켜 말할 때 '나'라는 표현을 쓴 적이 없었다. 그런데 그녀가 어느새 '저' 대신 '나'라는 표현을 쓰게 된 것이었다. 또 그녀는 전 같았으면 '오럴 섹스를 해줄 때'라고 말하지 않고 '오럴 섹스를 해드릴 때'라고 말했을 것이었다. 아직은 지훈을 가리켜 '선생님'이라고 부르고 있지만, 그것도 언제 어떻게 변할지 모르는 일이었다.

하지만 그녀는 여느 건방진 인텔리 여자들과는 달리 남자의 자존심을 정면으로 건드리지는 않았다. 그녀는 남자의 마음을 자주자주 기분 좋게 헷갈리게 하는 면이 있었다. 어떤 때는 완전히 무식하고 교양 없는 여자처럼 행동하기도 하고, 어떤 때는 고상한 교양미가 풍풍 풍기는 귀부인처럼 행동하기도 했다. 그리고 일단 남자와 애무를 나눌 때는 완전한 노예근성의 헌신적인 봉사자, 이를테면 철저한 마조히스트로서의 면모를 보여주는 것이었다.

그녀의 변화무쌍한 행동 패턴에는 일정한 주기(週期)나 법칙 같은 것이 없었다. 모든 게 그때그때의 상황이나 기분에 따라 즉흥적으로 튀어나오는 것이었다. 그래서 그가 민자에게 진정 뼛속 깊이 혐오감을 느꼈다거나 그녀가 정말로 귀찮게 여겨졌다거나 한 적은 없었다. 오히려 민자의 그런 태도가 그를 더욱 복잡 미묘한 감정 속으로 휘몰아가고 있을 뿐이었다.

그녀는 옷을 사 입어도 아주 헷갈리게 사 입었다. 어떤 때는 아주 점잖게 부티 나는 정장 숙녀복을 사기도 하고, 어떤 때는 천(賤)티가 뚝뚝 흐를 정도의 극단적으로 야한 옷을 사기도 했다. 언젠가는 까만색 그물 스타킹을 사 신어 그가 역시 그물 스타킹은 야하다고 칭찬을 해줬더니, 다음번엔 흰색 그물 스타킹을 사 신고 들어와 '흰색 스타킹이 아무래도 더 고상해 보이죠?'라고 말해 그를 어리둥절하게 만든 적도 있었다. 그가 보기에 흰색 그물 스타킹은 다리를 더 뚱뚱해 보이도록 만들기만 했지 고상한 느낌과는 전혀 거리가 멀었던 것이다.

무슨 특별한 의도가 있거나 미적(美的) 센스가 전혀 없이 머리가 텅 빈 멍청이라서 그런 식의 헷갈리는 취향으로 옷을 입는 것 같지는 않았다. 그저 순간순간 마음 내키는 대로 옷을 차려입는 것인데, 그런 식의 변덕스런 옷 착용습관이 이상하게도 그의 마음속에 야릇한 긴장감과 성욕(性慾)을 심어주는 것이었다.

그녀가 꽤 많은 숫자의 남자 환자들을 상대하며 어떤 형태로든 일종의 곤욕을 치르고 있다는 사실이 그녀로 하여금 약간 건방진 태도, 말하자면 '공치사' 같은 것을 드러내 보이게 만들었다고 생각될 때도 있었다.

또한 그가 독신이란 사실을 알고 난 이후부터 그녀가 그를 대하는 태도가 편해지고 느긋해지고 장난스러워졌다는 사실이, 그녀의 태도 변화의 원인을 설명해 줄 수도 있었다.

예를 들면 저녁 늦은 시각이 돼도 특별히 다른 약속이 없는 한 그가 그녀 곁에서 도망칠 핑계가 없어졌고(아니, 도망치기는커녕 아예 민자의 방에서 밤을 넘기는 경우가 많았다), 결혼 경험이 없는 남자들이 흔히 보여주는 어딘지 모르게 어리광스럽고 아이 같은 태도를 그가 슬슬 드러내 보여주기 시작했기 때문이다.

하지만 민자는 매사에 시큰둥해 하고 약간 건방져 보이게 변하기는 했지만, 환자를 상대하는 것을 꺼려한 적은 한 번도 없었고, 환자에게 불손하게 군적도 없었다. 또한 그를 마치 자신의 법적 소유물, 즉 남편처럼 생각하여 그에게 맘 놓고 들러붙어 극단적으로 시건방진 오두방정을 떤 적은 한 번도 없었다. 말하자면 그녀는 항상 경계수위(水位) 직전에서 교묘하게 후퇴하는 셈이었다.

그러니까 그녀의 태도 변화의 심리적인 원인은, 결국 그녀가 예전보다 돈을 비교적 풍부하게 쓸 수 있게 되어 그녀의 마음이 명랑해졌다는 사실로밖에 설명될 수 없었다. 민자는 돈 문제에 있어서만은 그녀의 성장 환경에 걸맞게 무척이나 영민(英敏)한 센스와 눈치를 유감없이 발휘하여, 자기가 지훈의 병원 수입을 올리는 데 꽤나 큰 기여를 하고 있다는 사실을 간파하고 나서부터, 이런저런 핑계로 그에게서 계속 돈을 귀엽게 울궈내는 것이었다.

대부분의 구실은 옷이나 액세서리 등을 사고 싶다는 핑계였는데, 지훈은 환자를 위해서도 그렇고 자신을 위해서도 그렇고 그녀의 사치벽(癖)에 신세를 져야 하는 형편인지라 그녀에게 지출되는 돈이 크게 아까울 수가 없었다. 말이 '사치'지, 사실 그녀가 사고 싶어 하는 옷이나 엑세서리 가운데 지난번 밍크코트를 제외하고는 어마어마하게 비싼 것은 하나도 없었다. 말하자면 그녀는 질(質)보다는 양(量)을 더 중시했던 것이다.

지훈은 의과대학 동기인 P에게 부탁하여 민자의 눈과 젖가슴을 성형수술하도록 했다. 실제로도 겨울철이 성형수술에는 가장 적기(適期)였다. 여름에는 날씨가 무덥고 땀이 많이 나게 마련이어서 상처가 아무는 동안 아무래도 애를 먹게 되기 때문이다.

쌍꺼풀 수술은 사나흘 정도 있다가 실을 풀게 되고 젖가슴 수술은 일주일쯤 있다가 실을 풀게 된다. 쌍꺼풀 수술은 실을 풀고 난 뒤에도 일주일쯤 있어야 부기가 빠지게 되고, 다시 한 달쯤 지난 뒤에야 비로소 자연스런 모습을 갖추게 된다. 젖가슴 수술은 양쪽 겨드랑이를 5~6센티미터쯤 째고서 거기에다 실리콘백을 삽입하기 때문에 꿰맨 자국이 금세 드러나진 않는다. 하지만 운동을 한다든가 하여 과격하게 팔을 놀리면 안 되고, 한 달쯤 얌전하게 안정하고 있어야 한다.

그러니까 민자를 성형수술 시키면 적어도 열흘 정도는 성행동

치료를 중단해야 했다. 그 이후에도 젖가슴을 과격하게 놀리는 행동 치료는 사실 무리였다. 하지만 너무 오랫동안 환자를 기다리게 하면 손님이 아주 끊어져버릴 염려가 있으므로, 지훈은 젖가슴을 쓰지 않는 범위에서 민자에게 계속 성치료를 해달라고 부탁했다. 민자는 성형수술 받는 것만 가지고도 감지덕지하고 있었으므로 그의 주문에 흔쾌히 수락해주었다.

오히려 그녀는 열흘 정도씩이나 환자를 못 보는 것만 가지고서도 아주 미안스러워하는 것이었다. 지훈은 어차피 민자에게 휴식기간을 주려던 참이었으므로 그 기간이 그렇게 미치도록 아깝게 생각되지는 않았다. 생각 같아선 한 달을 완전히 놀게 하고도 싶었다. 그리고 둘이 어디 해외여행이라도 다녀오고 싶었다. 하지만 아직은 성행동 치료의 초기단계여서 아무래도 불안했다. 그래서 그는 민자의 어색한 눈은 짙은 색 선글라스로 커버하기로 하고 젖가슴은 되도록 사용하지 않도록 하면서, 대리배우자로서의 치료행위를 계속 시키기로 결정한 것이었다.

지훈은 P와 의논하여, 이왕에 성형수술을 시킬 바엔 아주 대담하게 해보기로 합의를 보았다. 눈은 눈두덩의 지방을 최대한 긁어내어 눈두덩이 움푹 들어가게 한 다음 쌍꺼풀을 깊고 넓게 만들어보기로 했고, 젖가슴도 서양여자들이 하는 식으로 체격과 상관없이 최대한도로 부풀려보기로 하였다. 이러한 결정에 민자의 의견이 십분 반영된 것은 물론이었다.

성형수술에 대해서만은 왠지 회의적이었던 지훈도, 막상 그녀가 어떤 형태로든 야한 인조미인(人造美人)으로 변신한다고 생각하니 수술 후의 결과에 대해 부쩍 호기심이 생기고 또 크게 기대가 되었다. 다만 수술이 잘못되면 어떻게 하나 하는 것이 큰 걱정이었는데, 민자의 눈이나 젖가슴이 수술받기에 아주 좋은 조건을 갖추고 있다고 P가 설명해 주어 안심이 되었다.

민자가 수술을 받고 있는 동안 지훈은 수술실 곁에 붙어있는 대기실 소파에 앉아, 마치 아내의 출산을 지켜보고 있는 남편의 심정과도 비슷한 기분을 느꼈다. 그리고 역시 자기는 여자에 대해서 극도로 이기적인 성격의 남자라는 사실을 절감했다. 만약 민자가 지금 아이를 낳고 있는 중이라면, 자기가 이토록 호기심 넘치는 기대감을 품지도 못했을 것이고, 또 민자의 수술이 잘못될까 봐 걱정하지도 않았을 것 같다는 생각이 들었기 때문이다.

지훈은 이제껏 자식에 대한 기대감 같은 것을 느껴본 적이 한 번도 없었다. 그래서 자기가 어쩌다 결혼해서 자식이 생긴다 하더라도 그게 아들이건 딸이건 별 상관이 없을 것 같았고, 오히려 자식이 귀찮은 애물덩어리로만 생각될 것 같은 예감이 들었다. 자식이 혹 기막히게 예쁜 외모를 가진 딸이라면 또 몰랐다. 하지만 그래도 귀찮기는 마찬가지일 것 같았다. 근친상간의 유혹을 견뎌내기가 힘겨울 테니 말이다.

하지만 지금 민자는 나르시시즘도 물론 있겠지만 어떤 형태로든 현재의 파트너인 자기에게 더 예쁘고 섹시하게 보이기 위해 수술을 받고 있는 것이므로, 자식을 낳고 있는 것과는 상황이 달랐다. 자식은 결국 아내를 남편으로부터 빼앗아가는 물건이고, 부모의 세대를 한물간 세대, 다시 말해서 자식을 위해 노예처럼 봉사하는 존재로 전락시키는 물건에 불과하니까 말이다. 그런 생각에 빠져들다 보니 지훈은 자기 자신이 아직껏 결혼을 한 번도 안 한 진짜 독신이라는 사실이 새삼 다행스럽고 자랑스럽게 느껴지는 것이었다. 그리고 동시에 자식뻘까지는 되지 않지만(아주 옛날 같으면 그것도 가능하긴 하지만) 자기보다 한결 어린 나이인 민자가 더욱더 대견스럽게 느껴지는 것이었다.

드디어 수술이 끝났다. 생각보다 짧은 시간이었다. P는 수술이 썩 잘 됐다고 말했다. 지훈은 P의 말을 듣고 나서 비로소 안심이 되었다. 만에 하나라도 실수를 해서 그녀가 보기 흉하게 되면 낭패이기 때문이었다.

지훈은 민자를 차에 태우고 돌아와 그녀의 방에 누인 뒤 우선 안정하도록 했다. 그녀는 실을 풀 때까지 며칠 동안은 혼자 있고 싶다고 했다. 당장은 어색하게 변해 있는 자기 모습을 보여주기가 싫은 모양이었다.

그래서 지훈은 그녀 곁을 떠나 병원으로 돌아왔다. 왠지 마음이 안정되지가 않았다. 빵빵하게 부풀어 있을 그녀의 먹음직스런 젖가슴을 한시라도 빨리 만져보고 싶기 때문인지도 몰랐다.

그래서 지훈은 일을 대충 마무리 짓고 밖으로 나가 이른 시간이지만 오랜만에 '빈터'에 가서 술을 한잔 마셔보기로 했다. 민자가 혹시 마음을 바꿔 자기를 찾을지도 몰라서(어떤 수술이라도 수술 후엔 아무래도 마음이 불안해지기 마련이므로), 간호사에게 '빈터'로 간다고 일러두었다.

참으로 오랜만에 가져보는 혼자만의 시간이었다. 매일 저녁마다 민자 곁에 붙어서 지낸 건 아니었지만, 그래도 그동안 상당히 많은 저녁 시간을 그녀와 함께 보냈었다. 그러다 보니 혼자서 술을 마신다는 게 아주 어색하고 궁상맞게 느껴져서, 병원이나 집에서 혼자 찔끔찔끔 술 마시던 버릇이 어느새 없어져 버렸던 것이다. 그건 '빈터'에서도 마찬가지였다. 또 '빈터'는 예전에 민자와 만나는 것을 타미한테 들켰던 적도 있고 해서, 그 뒤로 민자와도 함께 간 적이 없었다.

'빈터'는 여전히 예전 그대로 축 늘어진 분위기를 유지하고 있었다. 술 마시기엔 이른 시간인데도 노처녀들과 늙어버린 무명 예술가들이 여기저기 듬성듬성 앉아 차가운 겨울 날씨 때문에 더욱 을씨년스럽게 찾아온 우수(憂愁)를 달래고 있었다.

혹시 타미가 와 있지 않을까 해서 둘러봤지만 없었다. 그래서 맥주를 시켜 혼자 마시고 있는데, 맥주 한 병을 다 비웠을 때쯤 해서 출입문이 열리며 이방숙이 들어왔다. 지난해 11월에 약을 타간 후로는 더 이상 병원을 찾지 않던 환자였는데, '빈터'에서 만나게 되니 뜻밖이었다.

"어머, 정말 여기 계셨군요. 이런 데서 선생님을 만나 뵈니까 기분이 이상해요."

이방숙은 그를 보고 환하게 웃으면서, 빠른 걸음으로 걸어와 이렇게 말했다.

"왜요, 이런 데 있으면 안 되나요?"

그녀를 보니 왠지 반가운 마음이 들어서 지훈은 빙그레 웃으면서 대답했다.

"그런 뜻이 아니라, 만날 병원에서만 뵙다가 이런 곳에서 만나 뵈니 새로운 느낌이 든단 말씀이었어요."

이렇게 말하면서 방숙은 지훈의 테이블 맞은편 자리에 앉았다. 그러고는 담배부터 한 대 꺼내어 불을 붙였다. 담뱃불을 붙이는 솜씨가 상당히 노련해 보였다.

"아니 언제부터 담배를 피우셨어요? 예전엔 피우지 않더니……."

지훈이 놀라는 표정을 하며 방숙에게 물었다.

"왜 언젠가 선생님이 저에게 울화를 푸는 덴 담배와 술이 제일이라는 말씀을 얼핏 비치신 적이 있잖아요? 그래서 한 달 전부터 시작했는데 의외로 입맛에 맞더라고요."

"내가 그런 말을 한 적이 있었던가요? 솔직히 말해서 기억이 나지 않는데요. 어쨌든 담배 피우는 모습이 아주 그럴듯해서 마음에 들어요. 한 달밖에 안 됐는데 진도가 퍽 빠르시군요."

그가 한 말은 사실이었다. 하지만 가만히 생각해 보니 그런 충고를 해줬을 법도 했다. 그녀는 어머니에게 묶여 너무 얌전하게만 살아온 여자였기 때문에, 그녀의 아이덴티티, 즉 자아정체감(自我正體感)을 일깨워주기 위해서 적당한 일탈이 필요하다는 투의 조언을 해줬을 게 분명했다.

"보면 볼수록 담배 피우는 동작이 정말 세련돼 보입니다. 아주 멋있어요. ……그런데 담배까지 피우시게 된 걸 보니 이젠 구토 증세가 없어진 모양이지요? 아닌 게 아니라 그 뒤로 병원에 들르시질 않아서 궁금해 하고 있던 참이었어요."

궁금해 하고 있었다는 말은 거짓말이었다. 지훈은 이방숙이 전이(轉移) 증세를 보여 자기에게 치근치근 매달릴까 봐 은근히 겁을 먹고 있던 중이었기 때문에, 그녀가 병원에 나타나지 않자 내심 안심하고 있던 참이었다.

"선생님께서 처방해 주신 약 덕분에 많이 좋아졌어요. 그래서 병원에 가지 않았던 거죠. 선생님께서도 그 약을 처방하는 이외엔 더 이상 상담 치료를 할 필요가 없다고 말씀하셨으니까요."

이렇게 말하는 이방숙이 상당히 예뻐 보였다. 원래 예쁜 얼굴이기도 하지만 오늘은 특별히 화려한 옷차림을 하고 있어서 더 그래 보이는 것 같았다. 화장도 짙었고 장신구도 화려했다. 도무지 스물아홉 살 난 유부녀 같지가 않았다. 한 스물두 살쯤 된 젊고 야한 여대생을 만나보고 있는 것 같았다.

"왜 이렇게 갑자기 달라지셨죠? 전엔 늘 얌전하고 조신한 차림이었는데……. 도무지 같은 사람이라고는 믿어지지가 않는군요."

"선생님 때문이에요. 선생님께서 저보고 홀로 서보라고 말씀하셨잖아요? 그리고 야해져 보라고도 말씀하셨고요. 곰곰이 생각해 보니 선생님 말씀이 맞는 것 같아서 새해를 맞아 일대 변신을 시도

해 보기로 했어요. 근데 그게 의외로 쉽게 되더군요. 아무래도 제가 원래 끼가 있는 여잔가 봐요. 그래서 지금은 재미없게 지내버린 청춘이 억울하게 생각될 정도예요."

"아직도 청춘이 구만리 같은데 뭘 그러세요."

지훈은 자기 잔에 맥주를 부어 방숙에게 건넸다. 그녀는 맥주를 단숨에 들이켜고 나서 맛있다는 표정을 했다.

"그런데……, 오늘은 무슨 일로 날 찾아오셨지요?"

그녀가 따라주는 술을 받으며 그가 말했다.

"겉은 이렇게 변했지만 속은 여전히 예전 그대로라서요. 아니, 선생님 덕분에 속도 많이 변한 게 사실이지만, 제가 처해 있는 상황이 저를 계속 답답한 상태로 몰아가고 있어요……. 그래서 한 번 더 선생님께 상의를 드려보고 싶어서 병원에 찾아갔던 거죠. 그런데 다행히도 간호사 아가씨가 퇴근하지 않고 있다가 선생님이 여기 있을 거라고 알려주더군요."

방숙을 병원 치료실에서만 만나다가 술집에서 마주 대하고 앉아 있으려니까 이젠 그녀가 '환자'가 아니라 '여자'로 보였다. 지훈은 방숙의 몸매에서 풍겨 나오는 우아한 관능미에 새삼 감탄하면서, 이런 여자가 어째서 그동안 성적 결벽증과 성교 공포증에 시달려야 했으며, 또 객관적으로 볼 때 별로 탐탁지도 않은 남자와 결혼해야만 했을까 하는 생각이 들었다. 그러면서 가족이라는 천형(天刑)의 굴레에 대한 한 맺힌 적개심이 새삼스레 고개를 쳐드는 것이었다. 비정상적인 가족관계, 특히 잘못된 부모의 영향 때문에 생긴 콤플렉스로 고생하는 사람은 아무래도 남자보다 여자들 중에 더 많고, 이방숙 역시 그러한 예(例) 중의 하나였다.

지훈은 이제 이방숙에서 전이(轉移) 현상 따위를 걱정할 단계는 지나갔다고 생각했다. 아닌 게 아니라 민자를 치료보조원으로 삼아 성행동 치료를 시작한 다음부터, 지훈은 프로이트 식의 고답적 이론보다는 라이히(Reich) 식의 급진적 이론에 한 발자국 더 가까이 가 있는 자기 자신을 실감하고 있었다. 라이히는 프로이트의 '전이' 이론을 부정하고 여자 환자와 육체관계를 갖기까지 했다는데 이 정도 가지고 뭐 어떻겠는가, 하는 생각이 들어 그는 방숙 옆으로 자리를 옮겨 앉았다. 그리고 손을 뻗쳐 그녀의 무릎을 부드럽게 어루만졌다.

순간 방숙은 가벼운 동요를 보였다. 그러나 금방 편안한 자세로 되돌아와 그의 손을 살그머니 잡았다.

"그래…… 내게 상의할 게 뭐죠?"

짧은 스커트 아래 허옇게 노출돼 있는 여자의 허벅지를 손바닥으로 계속 쓰다듬으면서 그가 물었다.

"저의 불감증은 이젠 거의 다 치료됐어요. 한데 남편과의 관계가 너무나 싫어지는 거예요. 섹스가 싫기 때문이 아니라 남편이 싫기 때문이죠. 대체 제 마음이 왜 이렇게 변했을까요?"

"그건 아버지에 대해서 품었던 적개심이 방숙 씨 남편에게 전이되고 있기 때문이죠. 처음에 결혼할 때 남편 되시는 분이 마음에 들었던 건 아버지에 대한 적개심을 아버지의 대리인이라고 할 수 있는 남편에게 쏟아 부어 복수하고 싶어 하는 잠재의식이 위장적으로 발동했기 때문이었어요. 물론 방숙 씨가 아버지한테 적개심을 느끼게 된 원인은 어머니의 세뇌교육 때문이라고 볼 수 있지만, 어쨌든 결과가 그렇게 나타나버린 겁니다. 그런데 막상 결벽증과 불감증이 치료되고 또 어느 정도의 아이덴티티가 방숙 씨 마음속에 형성되고 나니까, 남자보는 눈이 정상으로 돌아와 버린 거지요. 남편 되시는 분은 당신이 복수하고 싶어 했던 대상이지 사랑하고 싶어 했던 대상은 아니었거든요."

지훈은 비교적 솔직하게 자기의 견해를 얘기해 주었다.

"그럼 전 어쩌면 좋지요? 이혼해야 하나요?"

"이혼하는 게 낫지요. 게다가 아이도 없지 않습니까?"

이상하게도 대뜸 극한적인 처방이 그의 입에서 튀어나왔다.

"근데 문제는 남편이 절 너무나 좋아하고 있다는 거예요. 요즘 제가 좀 화려하게 차리고 다니니까 남편은 아주 신이 났어요. 그래서 더 자주 저를 원하고 있지요."

"그래도 이혼하는 게 나아요. 더 이상 미적거리다가 아이라도 생기고 나면 정말 빼도 박도 못하게 되니까요. 또 방숙 씬 아직 젊지 않습니까?"

그의 입에서는 계속 과격하고 단호한 처방(아니 충고)이 거침없이 흘러나오고 있었다.

그의 말을 다 듣고 나서 방숙은 입을 다문 채 한참 동안 말이 없었다. 그래서 지훈은 자기가 좀 너무했구나 하는 생각이 들었다. 이럴 땐 그저 적당히 말을 빙빙 돌려가며 대충 얼버무려두는 게 제일 좋았을 텐데……, 하고 그는 마음속으로 중얼거렸다. 민자가 늘 곁에 있어줘서 그런 것일까? 확실히 한 여자를 소유하고 있다는 사실은 남자의 배포를 크게 만들어주는 것 같았다.

방숙은 아무 말 없이 술을 몇 병 더 시켰다. 맥주가 오자 그녀는 자기가 직접 술을 따라 꿀꺽꿀꺽 빠른 속도로 들이켰다. 어지간히 가슴이 답답한 모양이었다.

"이혼하면 선생님이 절 책임져주실래요?"

술을 마시고 나서도 한참 더 있다가 아주 낮은 목소리로 그녀가 말했다. 지훈은 속으로 뜨끔했지만 금세 표정을 회복할 수 있었다. 충분히 예상했던 질문이었기 때문이다. 그래서 그는 계속 담담하게 나갔다.

"내가 왜 방숙 씰 책임집니까? 이혼은 그저 이혼일 뿐이에요. 이혼 후에 대한 걱정은 그다음에 가서 할 일이고요."

"하지만 제가 이혼까지 생각하게 된 건 사실 선생님 때문이거든요."

지훈은 빨리 조치를 취해야 했다.

"방숙 씬 아직도 잠재적으로는 부모에게 의존적인 것 같아요. 그러니 어서 빨리 홀로서기를 해야 합니다. …… 사랑이란 어찌 보면 실체가 없는 허깨비인지도 몰라요. 남녀가 서로 사랑하는 감정 없이도 얼마든지 키스하고 애무하고 섹스할 수 있어요. 다른 남자와 결혼할 생각으로 남편과 이혼한다면 그런 이혼은 안 하는 편이 낫지요. 내가 방숙 씨에게 이혼을 권한 건 이혼한 뒤에 혼자만의 시간을 가져보라는 이유에서였어요. 성적(性的)인 면에 국한해서 말한다면, 극단적으로 말해서 프리섹스를 즐겨도 좋단 얘깁니다. 그러다 보면 뚜렷한 성관(性觀)이나 결혼관도 생기게 되고, 또 자신감도 따라붙게 되니까요."

방숙은 지훈의 말을 듣고 나서 약간 실망했다는 표정이 되었다.

"선생님은 너무 이상주의자세요. 제 나이가 내년이면 벌써 서른인데, 언제 그렇게 느긋한 방황을 즐길 여유가 있겠어요? 또 경제적으로 독립한다는 것도 쉬운 일이 아닐 거고요."

"글쎄……. 내 생각 같아선 마음먹기에 따라 얼마든지 가능할 수 있을 것도 같은데요."

말은 이렇게 했지만 내심으로 그는 그녀의 말에도 일리는 있다고 생각하고 있었다. 그렇지만 아무리 생각해 봐도 그녀가 역시 양다리 걸치기 식(式) 욕심을 부리고 있다는 생각이 들었다. 그래서 그는 다시 단호한 어조로 말했다.

"아이가 없다는 게 중요해요. 그러니까 기회는 오직 지금뿐입니다. 설마 산 입에 거미줄 치겠습니까? 아직 나이도 적은 편이고요."

"선생님이 모르셔서 그렇지 여잔 서른이 넘으면 점점 추해지게 마련이랍니다."

방숙은 꽤나 똑똑한 소리를 하고 있었다. 지훈은 문득 자기가 언젠가 민자에게, '서른다섯 이상의 여자는 무조건 싫어'라고 말한 적이 있다는 사실을 상기했다. 그러니까 방숙은 지훈을 여자의 나이 같은 건 별로 따지지 않는 그저 착하고 순한 남자로 오해하고 있는 것 같았다.

어쨌거나 그녀가 자신을 '상품'으로만 취급하고 있다는 건 안타까운 일이었다. 그래서 그는 방숙에게,

"서른이 넘어 남자가 안 생기면 어때요? 싫은 사람과 사는 것보다는 차라리 혼자 사는 게 낫다고 봅니다."

하고 말해 주었다. 방숙은 계속 곤혹스런 얼굴빛을 하고서 그의 얼굴을 올려다보고 있었다. 그녀의 눈빛이 그를 간절히 원하고 있는 것 같았다. 아마 술기운 탓인 것일 것이다. 지훈은 왠지 뭉큰뭉큰 성욕이 솟아오르는 것을 느꼈다. 하지만 유부녀란 역시 감당하기 어려운 존재였다. 그래서 그는 방숙의 허벅지 위에 놓여 있던 손을 거둬들이면서 이렇게 말했다.

"너무 늦으면 바깥양반이 걱정하실 겁니다. 그러니까 오늘은 이만 얘기하고 다음에 다시 의논해 보기로 하지요."

"언제…… 그리고 어디서요……?"

그녀가 멍한 음성으로 물었다.

"병원으로 전화하셔서 간호사와 약속시간을 정하세요."

대답하고 나니 일단 홀가분한 마음이 들었다.

12

민자는 침대 위에 편한 자세로 누워 있었다. 가운의 앞섶 사이로 팽팽하게 부풀어 있는 젖가슴이 드러나 보였다. 지훈은 그녀의 젖가슴을 보는 순간 아찔하니 현기증을 느꼈다. 생각했던 것보다 훨씬 크고 우람한 유방이었다. 마치 미국의 예전 컨트리 가수 '돌리 파튼'의 유방을 보고 있는 것 같았다. 돌리 파튼은 엄청나게 큰 유방뿐 아니라 긴 손톱 때문에 별로 예쁘지 않은 얼굴임에도 불구하고 그의 마음을 늘 사로잡았던 것이다.

아무래도 P가 그에게 장난기 어린 야유를 보낸 것 같았다. 그와 민자가 될 수 있는 대로 유방을 크게 만들어 달라고 P에게 부탁했기 때문인지, 그는 이것 보라는 듯 정말로 엄청나게 큰 유방을 만들어놓았다. 민자의 유방은 그녀의 좁고 가냘픈 몸매에 비해 터무니없이 커서 우스꽝스러워 보일 정도였다. 누가 봐도 성형수술을 받은 유방이라는 걸 금세 알 수 있을 것 같았다. 하지만 보면 볼수록 탐스럽고 관능적인 유방이었고 또 먹음직스러운 유방이었다.

그는 민자의 유방 한가운데 코를 박고 엎드렸다. 그리고 킁킁 냄새를 맡아보기도 하고 혀로 핥아보기도 했다.

"너무 세게 건드리지는 마세요. 아직은 좀 불안해요."

하고 민자가 말했다. 그래서 그는 얼굴을 유방에서 떼어내어 그냥 지그시 바라보기만 했다. 그러다가 도저히 바라보고만 있을 수가 없어 손끝으로 살짝 유방 언저리를 퉁겨보았다. 손가락 끝이 닿을 때마다 그녀의 젖퉁이에선 마치 물장구칠 때 나는 소리 비슷한 것이 났다.

"어젯밤에 어디 계셨나요? 또 그저께 밤에는요?"

다시 여자가 물었다.

"어제도 그제도 '빈터'에 가서 술을 마셨지."

여자가 지훈의 호주머니에서 담뱃갑을 끄집어내어 담배를 입에 물었다. 그녀는 옆에 자기 담배가 있어도 그의 호주머니를 뒤져 담배를 빼어 피우는 것을 재미있어하는 버릇이 있었다.

"어제는 혼자였어. 그저께는 여자랑 잠깐 같이 있었지."

그가 여자에게 담뱃불을 붙여주면서 말했다.

"어떤 여잔데요?"

"옛날에 단골로 찾아오던 환자야."

"근데 어떻게 선생님이 거기 계신 걸 알고서 찾아갔죠? 둘이서 약속한 거 아니에요?"

"아냐. 난 그날 민자가 날 금세 다시 찾을지도 몰라서 간호사에게 '빈터'에 가 있겠다고 말해 뒀거든. 근데 그 여자가 병원에 왔다가 간호사 말을 듣고 그리로 찾아온 거야."

"거짓말 마세요. 내가 며칠 동안 혼자 있고 싶다고 하니까 신바람이 나가지고 불러낸 거겠지요. 뭐."

"아냐, 아냐. 그 여자는 유부녀인 데다가 지금 나이가 스물아홉 살이라 난 별로 취미가 없어."

"왜 내게 전화하지 않으셨어요? 어제도 전 하루 종일 전화를 기다렸단 말이에요."

여자는 화제를 돌리면서 그에게 원망스러운 시선을 보냈다. 그녀의 눈이 한결 크게 부풀어 있었다. 눈두덩의 지방을 너무 많이 빼내서 그런지 얼핏 보면 아주 늙은 여자의 움푹 들어간 눈을 보고 있는 것 같았다. 하지만 아이섀도를 짙게 칠하면 오히려 그녀의 퇴폐미를 한층 더 빛나게 할 게 분명했다.

"그래서 내가 오늘 이렇게 찾아왔잖아. 원래 오늘까지 정도는 민자가 혼자 있고 싶다고 말했는데도 말이야. 난 민자 전화를 너무나 기다렸어."

갑자기 그녀가 그의 머리를 얼싸안고 끌어당겨 자기의 젖가슴에다 대고 살살 비볐다. 그리고 다시 남자의 머리를 끌어올려 그녀의 뺨에다 갖다 댔다. 자연스럽게 입술과 입술이 마주쳤다. 두 사람은 아주 오랫동안 키스했다.

“제 가슴이 어때요? 너무 크지 않아요? 그리고 눈은요?”

“너무너무 좋아. 나는 원래 뜨뜻미지근한 걸 싫어하거든. 아주 썩 잘 됐어. 아까 민자를 보는 순간 아찔한 현기증 비슷한 것이 왔지.”

“그럼 앞으로는 성치료를 받는 환자들도 나를 보면 아찔한 현기증 같은 걸 느끼겠군요?”

“사람에 따라 다르겠지. 지금 민자의 유방이 비정상적으로 큰 게 사실이니까. 하지만 대개는 다 좋아할 거야. 남자들은 누구나 푸근한 엄마의 젖가슴을 그리워하고 있으니까. 이거 라이벌이 너무나 많이 생길 것 같은데……. 은근히 걱정이 되는군.”

“나한텐 당신밖에 없어요. 너무 걱정 마세요.”

여자는 어느새 그를 보고 ‘당신’이라는 호칭을 쓰고 있었다. 성형수술이 성공적으로 끝나 의기양양한 기분이 들어서였을까. 아니면 그동안 같이 붙어서 지내다 보니 친숙한 마음이 들어서였을까. 여자의 입에서 ‘당신’이라는 말이 튀어나오는 순간 그는 왠지 온몸에 전율이 찾아오면서 소름이 돋아나는 것을 느꼈다. 여자가 뭔지 모르게 점점 달라지고 있기 때문이었다. 하지만 여자는 눈치 빠르게도 계속해서 ‘당신’이라는 호칭만을 쓰지는 않았다. 그녀는 말을 이어가면서 다시금 ‘선생님’이라는 호칭을 썼다.

“아무튼 다 선생님 덕분이에요. 성형수술을 받고나니까 한결 자신감이 붙었어요. 다음엔 양악 수술까지 해보고 싶어질 정도예요.”

여자는 장래의 포부를 거창하게 피력했다. 그러는 그녀가 왠지 측은하게 보이고 사랑스럽게도 보였다.

"왜, 민자 얼굴이 어때서? 다른 덴 별로 손댈 데가 없을 것 같은데……."

지훈은 짐짓 시치미를 떼고 말했다. 그가 한 말은 어느 정도 사실이었다.

"제 얼굴이 아무래도 좀 넓적하고 크거든요. 가능하면 좀 더 좁게 만들고 싶어요."

"내 보기엔 지금도 괜찮아. 그건 너무 위험한 수술이야."

"어쨌든 한번 고려해 주세요. 생각보다 간단할지도 모르니까요."

지훈은 담배를 한 대 피워 물고 여자 곁에 누웠다. 여자는 그의 자지 위에 손을 올려놓았다. 지훈은 바지와 윗도리를 벗고 와이셔츠 바람이 되었다. 그는 여자의 손을 통해서 전해져 오는 따스한 온기를 느꼈다.

여자는 뾰족한 손톱 끝으로 그의 자지를 긁작거렸다. 온몸의 힘이 빠져 달아나면서 무척이나 행복하다는 느낌이 왔다. 그는 계속되는 그녀의 손가락 애무를 받으며, 이방숙을 이 정도까지 자연스럽게 야하게 훈련시키려면 시간이 얼마나 걸릴까, 하고 생각했다. 아니 도대체 그게 가능하기나 할까, 하는 생각도 들었다.

아무래도 이방숙은 예전의 혜리와 비슷한 점이 많은 여자 같았다. 겉으로 야하게 꾸미는 척하긴 했지만 여전히 우아한 지성미를 고집하고 있었기 때문이다. 두 여자와 민자를 비교해보니 행복한 느낌이 물밀 듯 밀려들어와서, 그는 여자의 손을 들어 올려 손가락 하나하나마다 키스를 했다. 그러고 나서 그는 여자에게,

"사랑해, 민자."

하고 말했다. 말을 하고 나서는 조금 쑥스러웠다.

"왜요? 제가 성형수술을 해서 그러시나요? 선생님 입에서 '사랑해.'라는 말이 나온다는 것이 이상스럽게 느껴져요."

여자가 아주 느긋한 어조로 말했다.

"이상하게 생각할 것 없어. 나는 널 사랑하니까."

"그럼 사랑하는 표시로 선물을 해주세요."

여자가 선물 얘기를 꺼내자 지훈은 순간적으로는 기분이 나빠졌다. 또 선물 타령이로구나……, 하는 생각이 스쳐갔지만 이상하게도 그런 느낌이 그리 오래가진 않았다. 어찌 보면 선물을 해주는 것이 당연할지도 모른다는 생각까지 들었다.

"선물? 이번엔 대체 뭘 갖고 싶은데?"

"자동차를 갖고 싶어요."

하긴 그녀의 성격으로 봐서 당연히 해봄직한 요청이었다. 요즘 허영끼 있는 여자들은 누구나 자동차를 갖고 싶어 하기 때문이었다. 또 그런 허영끼를 나무랄 수만도 없었다. 그는 민자의 말을 듣고 처음엔 순간적으로 무턱대고 '응, 그래 사주지.' 하고 대답하려고 했다. 그런데 본능적으로 '우선멈춤' 장치로 잠깐 제동을 걸고 나서 다시 생각해 보니, 자동차가 두 대씩이나 필요하진 않을 것 같다는 생각이 들었다. 들어가는 비용도 비용이지만 현재 같아선 자기가 달리

혼자서 자동차를 따로 쓸 일이 별로 없기 때문이었다. 그래서 지훈은 여자에게 이렇게 대답했다.

“자동차는 왜? 민자는 특별히 여러 군데 나다닐 데도 없을 텐데…….”

“그래도 그냥 갖고 싶어서요. 하다못해 혼자서 시장을 보러가거나 옷을 사러 갈 때라도 차를 몰고 가면 행복한 기분이 들 것 같아요.”

“그럼 따로 차를 살 것도 없이 내 차를 쓰도록 해. 난 술을 좋아하기 때문에 사실 자동차 운전하는 게 거북하고 불안했거든. 민자가 운전을 해주면 내가 정말 편해질 거야.”

“그럼 나보고 선생님 운전기사가 되라는 말씀인가요?”

여자는 금세 토라진 목소리가 되어 물었다.

“그런 건 아냐. 내 차를 아주 민자에게 양도하겠다는 얘기지. 그러니까 나는 네 차를 얻어 타게 되는 거야. 어차피 많은 시간을 같이 뭉쳐 지낼 텐데, 그러는 편이 나한테도 좋을 것 같아.”

“그럼 정말 선생님 차를 저한테 주시는 거죠? 나중에 딴말하시면 안 돼요.”

“그럼그럼. 절대로 딴말하지 않을게. 그러니까 우선 운전면허부터 빨리 따도록 해.”

“조금 쓰다가 차를 바꿔도 되겠죠?”

“그야 물론 민자 맘대로지. 그런데 왜 벌써부터 차를 바꿀 생각을 하지?”

"이왕이면 새 차를 갖고 싶어서요."

"하여튼 모든 게 네 맘이야."

"내 맘은 내 맘이지만 선생님이 도와줘야 하니까 문제지요. 돈을 보태야 할 테니까요."

은근히 얄미운 생각이 들었지만 일단 승락을 한 이상 어쩔 수가 없었다.

"돈이 없으면 몰라도 돈이 있는 한 얼마든지 도와줄게. 미리부터 너무 걱정하지 마."

그가 이렇게 말하니까 여자는 아주 행복한 표정이 되었다. 여자가 기분 좋아하는 것을 보니까 그도 왠지 덩달아 기분이 좋아졌다. 그래 맞아, 이런 기분이 바로 '행복한 기분'일지도 몰라……, 하고 그는 생각했다.

"그런데 술은 어디 있지? 술이 마시고 싶어."

문득 술 생각이 나서 그가 여자에게 말했다.

"부엌 냉장고 안에 있어요. 제가 가져다 드릴게요. 앉아 계세요."

여자는 밖으로 나가 맥주병과 술잔을 가져다 침대 옆 나이트 탁자 위에 놓았다. 여자가 걸어 다니는 동안 그녀의 가슴에 붙어 있는 젖뭉치가 묵직한 양감(量感)으로 출렁거리는 것이 보였다. 여자의 그런 모습을 보니까 다시금 관능적 욕구가 솟구쳐 올라왔다. 그래서 그는 여자가 다시 침대로 돌아와 비스듬히 기댄 자세로 앉자, 그녀의 가운을 벗겨 내리고 맥주를 여자의 젖가슴 위에 부었다.

"침대 위로 술이 흘러내려요. 갑자기 왜 이러시는 거죠?"

여자가 짐짓 정색을 하는 체하며 말했다.

"몰라서 물어? 핥아먹으려는 거지."

"유치한 놀이예요."

"유치하다는 건 나도 알아. 하지만 그러고 싶은 걸 어떡해."

그는 먼저 여자의 젖꼭지를 빨고 나서 젖가슴 언저리에 묻은 맥주를 천천히 핥았다. 특별히 에로틱한 느낌은 들지 않았지만 그런대로 재미가 있었다.

"살살 하세요. 아직 실을 풀지 않았단 말예요."

"이 정도는 괜찮을 거야. 너무 걱정하지 마."

그는 계속 여자의 젖가슴을 핥아 내려갔다. 그녀의 배꼽을 거쳐 음모(陰毛)에까지 닿았다. 그는 음모에 묻어 있는 맥주를 쪽쪽 소리 내어 빨아먹었다. 그의 혓바닥이 여자의 음순(陰脣)에 다다랐을 때, 갑자기 여자가 이런 소리를 했다.

"전 당신이 나를 사랑하지 않는다는 걸 알아요."

'저'와 '나'가 엇갈리고, 이번엔 '선생님'이 다시 '당신'으로 변해 있었다.

"갑자기 그게 무슨 소리야?"

지훈이 음순 사이에 박았던 혓바닥을 빼내며 여자에게 물었다.

"당신은 제 젖가슴만 좋아하시죠?"

여자의 목소리가 꽤나 구슬픈 어조로 들렸다.

"무슨 뚱딴지같은 소리야? 민자 젖가슴은 원래 납작했잖아? 난 네 젖가슴만 좋아한 건 아니었어."

"그럼 제가 수정할게요. 당신은 제 육체만 좋아하시죠?"

여자의 말을 들으니 문득 화가 치밀었다. 여자는 너무나 뻔한 투정조의 얘기를 새삼스럽게 꺼내고 있는 것이었다.

"그걸 왜 이제 와서 물어? 그럼 내가 민자의 육체를 좋아했지 달리 뭘 좋아했단 말야? 그건 민자가 이미 다 아는 사실 아냐?"

여자는 한동안 아무 말이 없었다. 그는 괜히 신경질이 복받쳐 올라 여자의 음순을 헤치고 클리토리스를 이빨 끝으로 세게 긁어내렸다. 여자는 아픈 표정도 짓지 않고 가만히 있었다. 그러다가 얼마 후 높낮이가 없는 목소리로 이렇게 말했다.

"……하지만 당신은 절 사랑하게 될 거예요."

그 소리는 이상하게도 그의 귀에 마치 저주(詛呪)의 소리처럼 들렸다. 그녀가 한 말의 내용 때문이 아니라 유현(幽玄)하게 착 가라앉은 음색 때문이었다. 그는 그가 느낀 불쾌감과 공포감을 내색하지 않으려고 일부러 큰 소리를 지어내가지고 여자에게 말했다.

"좋아, 난 당신을 사랑하게 될 거야. 그럼 우리 그것을 위해 건배하자고."

그는 여자 사타구니에 박았던 얼굴을 빼낸 다음 여자 곁으로 다가가 앉았다. 여자가 그의 술잔에 맥주를 가득 넘치게 따르고 자기의 잔에다가는 조금만 따랐다. 그러고는,

"수술 끝이라 술을 마시면 안 돼요."

하고 말했다. 그가 술잔을 부딪치려는데 뜬금없이 여자가 노래 한 소절을 불렀다.

자아 우리의 젊음을 위하여
잔을 들어라아

듣고 나서 생각해 보니 최백호가 부른 가요 〈입영전야(入營前夜)〉의 마지막 대목이었다.

"어떻게 그 노래를 알지? 그건 꽤 오래된 노래고 또 주로 남자들이 부르는 건데……."

"전에 직장생활을 할 때 남자 사원들이 술자리에서 권주가(勸酒歌)로 부르더군요. 그래서 배웠어요."

"그 노랜 너무 슬퍼. 애인과의 이별을 노래한 거니까."

짧은 한 소절에 불과했지만 여자의 노래를 듣고 나니 어쩐지 옛날 생각이 나서 지훈은 괜히 마음이 울적해졌다. 따지고 보면 크게 드라마틱한 사건도 없었던, 말하자면 별 볼일 없는 옛날이었지만, 그때는 치기(稚氣) 어린 젊음이나마 그래도 '젊음'이란 것이 있었기 때문이다.

"그렇게 들으셨다면 미안해요. 전 당신을 기쁘게 해드리려고 부른 거예요."

"그렇다면 고마워. 내가 괜한 소리를 했어. 자 그럼 우리 건배하지."

그가 여자의 잔에다 자기 잔을 갖다 댔다.

"우리의 사랑을 위해서!"

"저도요."

잔을 떼어낸 후 두 사람은 각자 술을 마셨다(여자는 술잔을 입술에 갖다 대고 마시는 척만 했다). 술을 마시면서 지훈은 마음속으로, '이건 너무 연극 같군.' 하고 생각 했다.

술잔을 비우고 나서 그는 자기 코앞에서 어른거리는 여자의 눈을 자세히 들여다보았다. 정말 연극배우가 교묘하게 분장을 한 것처럼 눈의 표정이 완전히 달라져 있었다. 수술하기 전에 보았던 백치미 어린 여린 눈빛이 아니라 산전수전 다 겪은 여자의 퀭한 눈빛이었다. 물론 지금의 익조틱(exotic)한 퇴폐미가 백치미보다 낫다는 생각도 들었지만 어쩐지 슬픈 느낌이 왔다.

"어젯밤엔 꿈을 꿨어요."

여자가 천천히 넓은 입술을 움직이며 말했다.

"무슨 꿈인데? 꿈은 매일 꾸는 거 아냐?"

"물론 매일 꾸죠. 하지만 어제 꿈은 좀 특이했어요."

꿈이라……. 하고 그는 생각했다.

방금 여자에게 '꿈은 매일 꾸는 거 아냐?'라고 말했지만 막상 자신의 경우를 생각해 보니 요즘엔 별로 꿈을 꾸지 못하고 있기 때문이었다. 하긴 정신분석학적으로 봐도 남자보다는 여자가 꿈이 많고, 나이 많은 사람보다는 젊은 사람이 꿈이 많다. 꿈은 예시적(豫示的) 기능을 수행하기도 하지만 일상(日常) 속에서 축적된 본능적 감정의 찌꺼기들을 세척하여 카타르시스 시켜주는 역할도 한다. 그렇다면 나는 왜 꿈이 없어진 것일까? 물론 잠을 깨고 난 뒤에 꿈을 기억하지 못한다고 해서 꿈을 전혀 꾸지 않았다고 할 수 없다. 하지만 꾸어진 꿈이 아니라 기억되는 꿈이 없다고 하더라도 어쨌든 결과는 매한가지다. 잠재의식 속의 본능적 자아가 완전히 막혔을 때, 말하자면 그것을 배출시켜 보려는 의도나 노력조차 억압돼 있을 때, 꿈을 별로 꾸지 않거나 꾸더라도 기억되지 않는 것이다.

"……꿈속에서 권총으로 머리를 쏘아 자살하려고 하고 있었어요. 그런데 아무리 방아쇠를 당겨도 총알이 나가지 않는 거예요. 너무 신경질이 나서 정말 미칠 지경이었어요."

"총알이 나갔어야 하는 건데. 시원한 꿈은 못 되는군."

특이한 꿈이 아니라 그저 그런 꿈이라고 생각하며 그가 말했다. 그러고 나서 문득 어떤 생각이 떠올라 이렇게 덧붙였다.

"그런데…… 꿈속에서 자살에 대한 공포감을 느끼진 않았나?"

"그게 이상해요. 하나도 무섭지 않았어요. 그저 총알이 안 나간다는 사실에 울화통이 터지기만 했지요."

"그렇다면 아주 나쁜 꿈은 아니야. 꿈 해석에서는 꿈속에서 경험한 사건이 어떤 것이냐 하는 것도 중요하지만 꿈속에서 어떤 감정을 느꼈느냐가 더 중요하지. 꿈속에서 공포감이나 불쾌감을 느꼈다면 그게 설사 돼지꿈이나 똥꿈이라고 할지라도 별로 좋은 꿈이 못 돼."

"그 다음이 더 재밌어요. 아무리 애를 써도 총이 말을 들어주지 않아서 전 그걸로 자위행위를 해보려고 했거든요."

자살에 관한 꿈이 우스꽝스럽게도 섹스에 관한 꿈으로 변한 것이었다.

"그건 아주 좋은 꿈인데. 어떤 형태로든 욕망을 배설시키는 건 좋은 일이니까 말이야."

"근데 그것도 잘 안 돼 주었으니까 문제죠. 총부리가 너무 커서 도무지 들어가 주지를 않는 거예요."

"안됐군. 결론적으로 답답한 꿈이 돼버렸군."

"그래서 지금까지도 기분이 참 찝찝해요. 어떻게 하면 좋죠?"

"별수 있나. 그냥 잊어버리는 수밖에……."

"그래도 무슨 액땜 비슷한 방법이 있을 거 아네요."

"민간(民間) 요법에선 그럴 때 창문을 열고서 집 밖에다 대고 '흉몽대길(凶夢大吉)'이라고 세 번 소리 내어 외치도록 돼 있지. 하지만 그것도 꿈에서 깨어난 직후라야 효력이 있다고 되어 있어."

"지금이라도 해보면 안 될까요?"

"밑져야 본전이니까 해서 나쁠 건 없겠지."

"그럼 선생님도 같이 해주세요."

그러고 나서 여자는 창문 쪽으로 걸어가 창문을 열고 제법 큰 소리로 외쳤다.

"흉몽대길, 흉몽대길, 흉몽대길."

그도 여자를 좇아가 중간쯤부터 따라서 외쳤다.

"흉몽대길, 흉몽대길, 흉몽대길."

13

성형수술을 한 지 한 달 남짓 지나자 민자의 눈과 가슴은 그런대로 자리가 잡혔다. 처음엔 아무래도 어색하게 느껴졌었는데 자리가 잡힌 뒤에 보니까 훨씬 이국적인 얼굴과 섹시한 몸매가 되어 있었다. 다만 눈화장을 항상 아주 짙게 해야 한다는 것이 마음에 걸렸는데, 나중에 버릇이 들다 보니까 오히려 그게 더 멋있어 보이는 것이었다.

그녀의 눈을 아주 가까이서 들여다보면 아무래도 이질감이 느껴졌다. 한 이삼 미터쯤 되는 거리에서 봐야 멋있게 보였고, 그래서 더욱 눈화장을 짙게 해야 했다. 하지만 그렇기 때문에 그녀가 더 쓸만하게 느껴지는지도 몰랐다. 남녀 간의 만남은 언제나 약간의 거리를 둬야만 그럭저럭 권태감을 예방할 수 있기 때문이다.

민자는 화장이 지워질까 봐 겁을 냈고, 그래서 지훈은 눈 이외의 부분이라 하더라도 함부로 만지거나 쓰다듬을 수가 없었다. 그래서 지훈은 민자의 코가 낮지 않은 것이 천만 다행이라고 생각했다. 쌍꺼풀 수술까진 괜찮지만 코 수술만은 아무래도 어색할 것 같기 때문이었다. 콧구멍은 작으면서도 가로로 퍼진 장방형인데 그 위에 살덩어리를 억지로 붙여놓은 것 같아 보이는 성형미인들의 코 모양은, 이삼 미터가 아니라 십 미터 이상 되는 거리에서 봐야만 그런대로 봐줄만하기 때문이었다. 그건 권태감을 예방한다기보다 아예 정이 떨어지게 하는 거리였다.

성형수술 후의 민자는 전보다도 더 발악적으로 멋을 내고 아주 야하고 선정적인 옷만 골라 입었다. 이젠 전처럼 어정쩡하게 고상한 옷은 절대로 입지 않았고 무조건 튀는 옷만 입었다. 이젠 그녀도 제대로 주제파악을 해가고 있는 것 같았다. 두세 달 전과 비교해보면 진도가 썩 빠른 편이었다. 대리배우자로서 여러 명의 남성들을 접하며 성치료 행위를 하고 있는 것도, 그녀의 화장과 옷차림을 오직 에로틱한 쪽으로만 몰아가는 데 큰 역할을 해주고 있는 것 같았다.

민자가 옷차림을 무조건 선정적인 쪽으로만 밀고 나가니까 지훈도 그게 보기 좋아졌다. 그래서 이젠 저녁마다 둘이서 밖으로 외출을 하는 일이 많아지게 되었다. 민자가 대리배우자 일을 시작했을 때는 그저 방 안에서만 뭉그적거리면서, 그녀를 발가벗겨놓고 오럴 섹스 등의 헤비 페팅을 즐기는 게 낙이었다. 그런데 차츰 시간이 지나면서부터 그런 일도 슬슬 시들해지게 되고, 또 페팅만 하든 삽입까지 가든 그가 육체적으로 어느 정도 부담감을 느끼게 됐기 때문이었다. 오럴 섹스만 시킨다고 해도 대개는 결국 사정(射精)을 하게 되는데, 거의 매일같이 그 일을 되풀이하다 보니 은근히 힘에 부친다는 것을 알게 되었다.

또 민자도 처음엔 그저 수동적인 복종형으로 나왔지만 육체 접촉을 계속할수록 섹스의 맛이 어떤 것이라는 걸 차츰 알아가고 있는 것 같았다. 첫 번째 남자와 동거생활을 할 때까지는 미처 자각하고 있지 못했던 그녀의 본능이, 어느 정도 여유 있는 삶과 많은 남자들과의 부담감 없는 접촉으로 인해 이제 서서히 고개를 들기 시작하고 있는 것이었다. 그래서 예전 같으면 지훈의 자지가 크게 부풀어 있든지 작게 부풀어 있든지 그런 것에는 별 관심을 나타내지 않았는데, 요즘 들어와서 그녀는 '어머, 오늘은 정말 크고 딱딱하게 부풀었어요.'라는 투의 말을 스스럼없이 내뱉곤 하는 것이었다.

그래서 그런지 지훈은 요즘 들어 자신의 나이를 생각해 보게 될 때가 많아졌다. 예전에는 여자관계를 해도 그런 걸 별로 생각해 본 적이 없었다. 여자관계라고 해봤자 아무리 자주 한다고 해도 횟수(回數)가 간헐적일 수밖에 없었기 때문이다. 그런데 민자와 거의 동거 비슷한 형태로 붙어 지내기 시작한 다음부터는, 가끔씩 자신의 성기능이 나이와 비례하여 점차 스러져가고 있다는 것을 느끼지 않을 수 없었다. 그건 잦은 횟수와도 관계가 있지만 민자가 점점 자신의 아이덴티티를 자각해 가고 있는 것과도 관계가 있었다.

성격심리학에서는 여성을 일반적으로 두 유형으로 분류하는데, 하나는 '창녀형'이고 하나는 '현모양처형'이다. 그런데 아무래도 민자는 '창녀형'에 가까웠다. 그녀는 많은 남성 환자를 접하게 되면서 은근히 '당당한 창녀'로서의 자신감이 붙어가고 있는 것 같아 보였다. 남자의 몸은 섹스를 할수록 점점 위축돼 가고, 여자의 몸은 섹스를 하면 할수록 점차 광(光)을 내게 된다는 사실을 지훈은 재삼 확인할 수 있었다.

두 사람은 그래서 저녁마다 화려한 호텔 나이트클럽 같은 곳으로 놀러나갈 때가 많았다. 민자 자신도 점점 더 세련되게 야해져 가는 자기의 옷차림을 지훈에게만 보여주기가 아까운 모양이었다. 또 지훈도 정력이 낭비되는 것이 아까워서가 아니라 둘만 있는 것이 심심하기도 하고 또 남들에게 민자를 자랑하고도 싶었기 때문에, 그녀를 데리고 사람들이 버글거리는 장소에 나타나는 것에 재미를 붙여가고 있었다. 말하자면 '엿보기' 위주의 관음증적(觀淫症的) 쾌감에 그도 슬슬 빠져들고 있는 셈이었다. 사람들이 많은 곳엘 가면 민자를 마음대로 주무를 수도 없고 또 바로 코앞에서 그녀의 성기를 찬찬히 들여다볼 수도 없기 때문이었다. 아무래도 다른 사람들 시선을 의식해야 하므로, 그는 민자를 다만 힐끔힐끔 엿볼 수밖에 없었다.

민자의 옷차림은 세련되게 야하다기보다는 음란하면서 관능적이었다. 그녀는 무조건 노출이 심한 옷만 입었고, 헤어스타일이나 화장도 눈에 튀는 쪽으로만 했다. 그동안 머리카락이 훨씬 더 길어져 있어서, 그녀는 헤어스타일을 마치 뭉게구름이나 안개꽃 다발처럼 잔뜩 부풀린 모양으로만 했다. 그리고 밝은 백금색으로 염색을 하고 보라색이나 연두색 등으로 부분 염색을 해서 금방 사람들 눈에 뜨이도록 만들었다.

장신구도 고대 이집트의 궁중여인을 연상시키는 투박하고 커다란 것으로만 했고, 유행이 어떻게 돌아가든지 간에 15센티 정도의 아주 높은 스틸레토 하이힐만을 신었다. 긴 손톱이 눈에 뜨이는 건 물론이었다. 젖가슴 수술을 한 뒤부터 그녀는 브래지어를 안 한 상태에서 어깨와 팔, 그리고 젖가슴 바로 윗부분이 그대로 드러나는 '탱크톱' 스타일의 옷을 입길 좋아했다. 유방이 커졌기 때문에 탱크톱으로 된 옷을 입어도 밑으로 흘러내릴 염려가 없었다.

그리고 아직은 추운 날씨인데도 불구하고 배꼽을 드러낼 때도 있었고, 아주 좁은 팬티 하나만 걸치고 시폰이나 실크로 된 속이 훤히 비치는 '시스루룩(see through look)' 스타일로 된, 밑단이 들쭉날쭉 톱니바퀴처럼 찢어진 초미니를 자주 애용했다. 그러니 어딜 가든 그녀가 사람들 눈에 금방 확 뜨일 것은 자명한 이치였다.

그들은 하얏트 호텔 나이트클럽에도 갔고 롯데 호텔 나이트클럽에도 갔다. 그리고 이태원의 디스코텍 '에이트리움'이나 힐튼호텔 나이트클럽에도 갔다. 그러나 화려한 호텔이라 봐야 좁은 서울 바닥에서 몇 군데 되지가 않았다. 그래서 두서너 번씩 겹쳐서 가게 되는 곳이 많았는데, 그중에서도 롯데 호텔 꼭대기의 '아나벨스'가 제일 마음에 들었다. 37층에 위치해 있기 때문에 서울 시내의 야경이 잘 내려다보였고, 또 소파도 마치 응접실 소파처럼 드문드문 배치 돼 있어서 소파에 푹 파묻혀 진한 애무를 나눌 수도 있었다. 오는 손님들이 강남의 호텔에 비해 약간 후지다는 게 흠이라면 흠이었지만, 오히려 그 점이 민자를 더욱 돋보이게 했다. 항상 손님이 많지 않아서 플로어도 한산한 편이라 그녀가 마음껏 몸을 흔들어댈 수 있었다.

그런 식으로 다시 또 한 달이 지나갔다. 날씨는 이제 본격적인 봄소식을 알려주고 있었다. 목련꽃이 피고 진달래가 피었다. 항상 되풀이되어 찾아오는 봄이지만, 그래도 지훈에게는 봄이 온다는 것이 언제나 기적처럼 느껴졌다. 반복되는 일상에 슬슬 짜증스러워져 갈 무렵에 봄을 다시 맞이하게 됐다는 것은, 지훈에게 있어 어떤 새로운 전기(轉機)를 기대하게 했다. 아무리 곁에 여자가 있다 하더라고 인생은 역시 단조롭게 마련이기 때문이었다.

거의가 다 판에 박은 듯한 중세로 찾아오는 환자들을 대하는 것도 고역이었고, 특히 돈을 벌기 위해서 치료행위를 한다는 것이 그를 은근히 짜증나게 했다. 대체 다른 개업의들은 무슨 재미로 살아가고들 있는 것일까. 대개는 그저 돈 버는 재미 하나로만 살아가고 있는 것 같다. 그래서 땅 사고 빌딩 사고 해가며 재산이 늘어나는 것을 보면서 흐뭇해하고, 또 자식에 대한 투자를 아낌없이 할 수 있다는 것으로도 흐뭇해한다. 하지만 자식이 무슨 소용이란 말인가? 자식이 어정쩡한 '보람'을 안겨줄 수 있을지는 모르지만 진짜 '쾌감'을 안겨 줄 수는 없다. 지훈은 자식도 없고, 늙어빠진 마누라도 없고, 오직 야하게 멋 내고 야하게 서비스해 주는 섹스 로봇 같은 민자가 곁에 있다는 사실이 새삼 다행스럽게 생각되었다.

매일 비슷비슷한 환자들만 대해오던 그에게 조금 새로운 타입의 환자 하나가 나타났다. 그래서 그는 오랜만에 의사로서의 호기심을 충족시킬 수 있는 기회를 갖게 되었다.

환자는 스물세 살 된 '이성기'라는 이름의 남자 대학생이었다. 병을 치료하러 왔다기보다는 소문을 듣고 상담을 하러 왔다는 편이 맞을 것이었다. 이성기는 묘한 증세 때문에 괴로워하고 있었다. 아니 묘한 '증세'라기보다는 묘한 '취향'이라고 하는 편이 나을 것 같았다. 그는 동성애도 아니고 복장도착(服裝倒錯)도 아닌, 그저 '여성동경'이랄까 하는 정도의 특수한 성 취향 때문에 도무지 공부가 안 된다고 하소연했다. 가정환경은 꽤 부유한 편이고 얼굴도 그만하면 잘생긴 편이었다.

"그러니까…… 남자와 관계를 갖고 싶은 욕구는 전혀 안 일어난단 말이죠?"

"네. 다만 제가 마스터베이션을 할 때 그와 비슷한 상상을 하긴 하죠. 상상 속에서 저는 엄청나게 섹시한 외모에다가 또 한껏 화려하게 치장한 여자로 변합니다. 그래서 남자를 기쁘게 해주고 또 나도 기뻐하는 것이죠."

"자위행위는 하루에 몇 번씩 합니까?"

"하루에 세 번씩 해요. 너무 많지요?"

"젊은 나이에 그럴 수도 있겠지만 아무래도 너무 자주 하는 것 같군요."

"하고 나면 아주 비참한 기분에 빠져버려요. 그러니까 즐거운 행위가 아니라 지겨운 노동일 뿐이에요."

환자의 말을 듣고 나서 지훈은 그의 모습을 다시 한 번 훑어보았다. 요즘엔 젊은 남자들도 꽤 화려하게 옷을 입고 또 장신구를 하거나 머리를 화사한 형태로 다듬기도 하는데 이 환자는 전혀 그런 티를 내지 않고 있었다. 전형적인 모범생 차림이었다. 눈빛이 침울하고 눈동자를 불안하게 굴리는 것으로 보아 강박적(强迫的) 집착 증세를 갖고 있다는 것을 알 수 있었다.

"그렇게 여자처럼 되고 싶으면서 그럼 왜 좀 더 화사하게 꾸미고 다니지 않습니까?"

"그렇게 꾸며봤자 여자처럼 될 수는 없으니까요. 전 아주 예쁘고 늘씬한 여자가 섹시하게 꾸미고 다니는 것을 미치도록 부러워하고 또 동경하고 있어요. 그런데 남자가 여자처럼 꾸미면 아무리 예쁘게 생긴 남자라고 하더라고 흉하고 어색하게 마련이거든요."

"아마 여기가 한국이라서 그럴 거예요. 미국에서는 이제 복장도착증 정도는 변태 축에 끼지도 않죠. 동성연애를 목적으로 여장(女裝)을 하고 다니는 이른바 '게이(gay)'라는 사람들도 있지만, 오로지 순수하게 여성적 아름다움을 동경해서 동성연애와 무관하게 여자처럼 꾸미고 다니는 사람들이 많아요. 그런 남자들을 미국에선 '게이'와 구별하여 '드래그 퀸(Drag Queen)'이라고 부릅니다."

"그런 정도는 저도 잘 알고 있어요. 하지만 제가 지금 몹시 괴로운 건 여자처럼 되고 싶다는 충동이 거의 강박관념처럼 항상 저를 누르고 있기 때문입니다. 그래서 하루 종일 그런 상상에 빠져들 때가 많아요. 상상의 재료를 확보하기 위해서 여성의 옷이나 화장, 장신구 등에 관한 책을 닥치는 대로 수집해 놓았을 정도예요. 그래서 오늘은 이런 헤어스타일을 상상해 보기도 하고 내일은 저런 헤어스타일을 상상해 보기도 하는 둥 하루 24시간을 온통 그런 생각에만 골몰하게 됩니다. 그러다 보면 강의도 귀에 들어오지 않고 혼자 있어도 전혀 공부가 되지 않아요."

"원래 여성은 남성을 동경하고 남성은 여성을 동경하게 돼 있어요. 학생 같은 경우는 겉으로 드러난 경우고, 사실 모든 남성들의 마음속엔 여성을 동경하는 심리가 깔려 있습니다. 그래서 가톨릭에서도 성모 마리아를 그토록 떠받드는 것이고, 불교에서도 관세음보살의 이미지를 화려한 여성의 이미지로 만들어놓고 숭배하는 거지요. 그런데 요즘 여성운동가들은 이러한 원리원칙도 모르고, 여자가 화장을 하는 것이 오로지 남자에게 잘 보여 자기를 비싼 상품으로 팔아먹기 위해서 그러는 거라고만 떠들고 있죠. 이 군의 말에 나도 전적으로 동감해요. 나는 그런 상상에 빠져본 적은 없지만 여자를 부러워하고 있는 것만은 틀림없어요. 그래서 여자가 화장하고 꾸밀 수 있는 권리를 최대한으로 이용하여 한껏 화려하고 선정적인 모습으로 꾸미고 다니는 걸 곁에서 지켜보길 좋아하죠."

지훈의 말을 듣고 나서도 이성기는 계속 침울한 표정을 짓고 있었다. 그러고는 약간 실망스럽다는 투로 말을 이었다.

"원리원칙을 설명해 달라고 찾아온 게 아니에요. 선생님께서는 다른 정신과 의사들과는 달리 구체적이고 실제적인 처방을 내려주시고 또 직접 행동치료까지 해주신다고 해서 찾아온 거죠. 전 지금 아주 괴롭거든요. 강박관념이란 게 얼마나 무서운 것인가를 이젠 알게 됐어요."

"글쎄요…… 처방이란 게 있다면 두 가지 정도가 있을 수 있겠죠. 하나는 어떤 형태로든 성기 군이 여자처럼 꾸미고 다녀보는 겁니다. 내가 대학에 다닐 때만 해도 장발단속이다 뭐다 해서 남자들이 멋 내는 걸 정부 당국에서 몹시 탄압했어요. 그런데 요즘엔 머리를 아주 길게 기르고 다니는 남자들도 꽤 많잖습니까? 사람들이 이상하게 볼진 몰라도 적어도 법의 제재를 받지는 않죠. 결혼식엘 가봐도 신랑이 화장을 하고 등장하는 경우가 많아요. 목걸이나 팔찌, 그리고 피어싱을 하고 다니는 남자들도 많구요. 그러니까 우선 머리스타일부터 바꿔보는 게 어떨까요? 남이 뭐라고 하던 간에 머리를 길게 기르고 파마까지 해보는 겁니다. 나도 대학시절에 머리를 약간 길러본 적이 있는데 자꾸만 거울을 보게 되고 거울을 보다 보면 묘한 나르시시즘을 느끼게 되더군요. 머리 손질을 자주 하게 되는 건 물론이구요. 그러니까 성기 군도 우선 머리에서 시작하여 여자처럼 멋을 내보다가 그러면서 차츰차츰 옷을 여성적인 디자인으로 된 걸로 입기나 화장도 약간씩 해보는 식으로 발전시켜 나가는 겁니다."

"그래 봤자 제가 진짜 멋지고 세련된 여자처럼 될 수는 도저히 없지 않습니까? 저한테는 그게 문제예요. 저는 아주 최고 수준의 여자 모델 같은 외모를 원하거든요."

이렇게 말하면서 환자는 몹시도 안타깝다는 표정을 지었다.

"그럼 성기 군의 고민은 여성 동경이나 복장도착증 같은 것이 아니라 일종의 유미주의 내지는 미적(美的) 완벽주의와 관련이 있는 것 같군요. 그건 성기 군이 여자처럼 되고 싶어 하지 않고 그냥 남자로 머물면서 완벽한 남성미를 추구한다고 해도 도저히 실현 불가능한 것이에요. 완벽한 아름다움이란 역시 상상을 통해서 충족시킬 수밖에 없는 것이니까요. 아니면 작가나 영화감독이 되어가지고 자기가 바라는 이미지를 가진 인물을 문학작품이나 영화 속에 창조해 놓아도 되고요."

이성기는 지훈의 조언이 아무래도 성에 차지 않는 모양이었다. 그는 시무룩한 표정으로 한참 동안 마무 말없이 눈을 내리깔고 있다가 문득 생각이 났다는 듯 물었다.

"……그럼 나머지 두 번째 방법은 뭡니까?"

"두 번째 방법이라 봐야 뭐 기막히게 신통한 것도 아닙니다. 자기가 해보고 싶어도 못해보는 것을, 다른 사람을 통해 대리만족시켜 보는 거죠. 성기 군은 완벽하게 섹시한 여자를 꿈꾸고 있으니까 어떤 수단을 쓰더라도 그런 여잘 하나 구해 가지고 그 여자와 한번 연애를 해보는 거예요. 그리고 성기 군이 해보고 싶었던 헤어스타일이나 화장, 장신구, 옷 같은 것들을 그 여자에게 하도록 시키는 겁니다. 그러면 대충 마음이 가라앉을 것 같습니다만……."

"두 번째 방법이 저한테는 그래도 제일 효과적일 것 같은 생각이 드는군요. 하지만 그런 여자를 어디 그리 쉽게 찾을 수 있겠어요?"

"왜요. 성기 군은 아직 젊고 또 얼굴도 꽤 미남인데 왜 그런 여자가 없겠어요. 참, 가정 형편은 어떻습니까? 용돈을 풍족하게 쓸 수 있나요?"

"그만하면 풍족하게 쓰는 편입니다. 그래서 오늘도 제 차를 몰고 왔죠."

요즘 학생들이 자가용을 많이 굴리고 다닌다는 얘기를 듣긴 했지만, 막상 환자 입에서 자가용 얘기가 나오자 지훈은 약간의 거부감을 느꼈다. 아무래도 이 환자의 증상은 부모의 과보호와도 관련이 있는 것 같았다.

"자가용까지 굴리고 다닌다면 그런 여자를 구하기가 더 쉽지 않겠어요? 내가 듣기론 요즘 압구정동 등지에서 노는 예쁘고 섹시하게 생긴 아가씨들이 차를 가진 젊은 남자들한테 깜빡 죽는다고 하던데요."

"그런 여자애들을 몇 명 만나보긴 했어요. 하지만 역시 성에 차지가 않았죠. 얼굴이 조금만 예뻐도 시건방지게 나오고, 시건방진 성격이다 보면 남자가 이래라 저래라 외모에 간섭하는 걸 아주 싫어하더라고요. 또 저 역시 부모에게 돈을 타서 쓰는 처지라 내 돈으로 여자를 완벽하고 사치스럽게 꾸며줄 능력도 못 되고요."

괜히 눈만 높고 능력은 따라가지 못하는 젊은이의 전형인 것 같았다. 하지만 그 이유가 어디에 있든지 간에 환자의 수소(愁訴)는 그 나름대로의 당위성을 가지고 있다고 봐야 하기 때문에, 의사가 이래라 저래라 도덕적 훈계를 해줄 수는 없었다. 하지만 역시 의사도 인간인지라 약간 비아냥거리는 쪼의 얘기가 튀어나가고 말았다.

"그럼 결국 보통 우리나라 남자들이 하는 식으로, 성기 군이 이다음에 돈을 많이 벌어가지고 돈으로 여자를 사는 수밖에 없겠군요. 여자를 산다는 말은 매춘부를 데리고 논다는 뜻이 아니라 섹시한 외모와 좋은 신체 조건을 가진 여자와 결혼하여 그 여자를 마음껏 화려하게 꾸며준다는 뜻입니다."

지훈이 이렇게까지 말했는데도 환자는 통 눈치를 채지 못하고 계속 진지한 어조로 자기의 생각을 털어놓고 있었다. 상당히 편집광적인 성격을 가지고 있는 게 분명했다.

"그건 너무 오래 걸리지 않습니까? 그리고 그런 식으로 하는 것은 좀 치사한 짓이라는 생각이 들기도 하고요. 가정이 부유한 여자가 자기 돈으로 알아서 꾸미고 다니고 전 그저 그걸 곁에서 바라보고 하는 정도가 제일 좋을 것 같군요. 그래 봤자 제가 요즘 고민하고 있는 여성 동경의 강박 증세가 완벽하게 해소되진 못하겠지만요."

정신분석학적으로 따져볼 때 이성기는 복장도착증에다가 나르시시즘, 그리고 관음증적 취향을 함께 가지고 있는 남자라고 볼 수 있었다. 그리고 여성의 몸뚱어리 전체를 하나의 미적(美的) 숭배 대상으로서의 물신적(物神的) 우상으로 보는 페티시즘(fetishism) 심리가 마음 밑바탕에 깔려 있었다. 지훈은 이성기를 보며, 어쩌면 자기도 이 환자와 비슷한 패턴의 인간인지도 모른다고 생각했다. 하지만 조금 다른 점이 있다면 자기에게는 동성애 심리가 전혀 없고, 또 복장도착 증세나 여성 동경의 심리가 아주 심하지는 않다는 것이었다.

차라리 평범한 동성애자라면 치료하기가 쉬웠다. 동성애자를 정상적인 성취향으로 돌려놓는 것은 거의 불가능한 일이지만 동성애 자체를 인정해 주고, 더 이상 자기가 동성애자라는 사실에 대해 열등감이나 죄의식을 느끼지 않도록 해주는 것이 그가 동성애자를 상대할 때 쓰는 치료법이라면 치료법이었다.

지훈은 솔직히 말해서 동성애 심리를 도저히 이해할 수 없었다. 남자가 남자를 좋아한다는 것, 그리고 남자들끼리 항문 성교를 한다는 것은 그로서는 도무지 납득이 가지 않는 일이었다. 그러나 그 원인이 어떻든 간에 현재의 증상, 아니 취향은 중요한 것이므로 그는 동성애의 심리에 당위성을 부여해 주는 쪽으로 치료를 이끌어나갔던 것이다.

아직까지도 정신의학자들이나 심리학자들은 동성애 심리의 발생 원인을 제대로 규명하지 못하고 있다. 그만큼이나 동성애라는 것은 유독 인간들만이 갖고 있는 기묘한 성취향인 것이다. 물론 동물들 간에도 가끔씩 동성애적 징후를 보이기는 한다. 하지만 그것은 대체로 이성(異性)이 없을 때 할 수 없이 하게 되는 대상적(代償的)

동성애일 경우가 많다. 인간들 간에도 대상적 동성애가 자주 이루어지는데, 감옥 안에 있는 죄수들이나 군대 안의 군인, 또는 여자들만 있는 기숙사 등 이성(異性)이 없는 경우, 할 수 없이 동성이라도 성 대상으로 취하게 되는 경우이다.

그런데 인간 사회에는 대상적 동성애만이 아니라 이성이 곁에 있어도 이성을 혐오하고 동성(同性)을 더 좋아하는 절대적 동성애자가 꽤 많다. 동성애 가운데는 또 동성하고도 섹스를 하고 이성하고도 섹스를 하는 이른바 양성애(兩性愛)라는 것도 포함돼 있는데, 그러고 보면 이성기는 양성애적 취향까지 겸비하고 있는 사람이라고 볼 수 있었다.

지훈은 환자를 물끄러미 바라보며 한국이란 나라가 특수한 성취향을 가진 사람들에겐 정말 지옥 같은 곳이 될 수밖에 없겠다는 생각을 했다. 동성애 같으면 지금 서구에선 그리 큰 문제가 될 수 없고 (AIDS 때문에 다소 구박을 받도 있긴 하지만 에이즈의 원인이 백퍼센트 남성들 간의 동성애에서만 온다고 볼 수 없다), 복장도착은 복장도착자들끼리 서로를 TV(Transverstite, 복장도착자의 약자, 속칭 shemale)라고 부르며, 단체를 결성해 가지고 사회적 입지 확보를 위해 투쟁하기도 하고 또 전문잡지까지 내는 형편이기 때문이다. 이성기는 자기가 복장도착자는 아니라고 우기지만, 만약에 그가 서양에서 태어났다면 반드시 적극적인 복장도착자가 됐을 게 틀림없었다.

이성기가 당장 무슨 방법을 강구해 달라고 애타게 요청하는 걸로 봐서 그가 꽤 심각한 강박증에 빠져 있는 것만은 틀림없었다. 어떤 형태로든 적당히 카타르시스를 시켜줘야 하지, 그렇지 않으면 자폐증(自閉症)에 빠져들 염려가 있었다.

그래서 지훈은 이성기에게 민자를 붙여주어 치료를 해보면 어떨까 하는 생각을 했다. 지금까지 민자는 주로 발기부전증 환자만을 상대로 단조롭게 반복되는 행동치료만 맡아왔는데, 이성기 같은 환자라면 그녀에게도 색다른 경험이 될 것 같았다. 또 요즘 민자의 화장이나 옷차림이 지훈이 보기에도 극단적으로 야한 경지에 들어가 있어서(남자 동성애자들이나 복장도착자들은 웬만큼 야하게 차리는 것만으로는 성에 차지 않아 극도로 야한 옷차림을 좋아한다) 이성기에게 대리만족감을 느끼게 해줄 만큼의 가치를 지니고 있다고 봤기 때문이었다.

다만 혹시나 이성기가 민자에게 진짜로 집착하게 되면 어쩌나 하고 걱정이 되기도 했다. 하지만 현재의 상태로 봐서 이성기는 아무래도 절대적 동성애자로서의 면모를 잠재의식 속에 지니고 있는 것 같아 보였기 때문에 별 문제는 없을 것 같다는 생각이 들었다. 또 설사 문제가 생긴다고 해도 그로서는 어쩔 수 없는 일이었다. 그건 그가 전에 민자에게 말해 주었다시피, 오직 그녀 개인한테 달린 문제였다.

14

민자와 함께 이성기를 치료해보기로 결심하고 나서 지훈은 그 치료방법에 대해 고심하지 않을 수 없었다. 어떤 정신의학 교과서에도 이런 종류의 케이스에 대한 언급이 없었을 뿐더러, 또 잘못하면 환자에게 맛만 잠깐 보이고 마는 식이 되어 오히려 환자를 더 약 오르게 만들 우려가 있기 때문이었다. 그렇기 때문에 환자에게 확실한 카타르시스를 줄 수 있는 상황이 마련되지 않으면 안 되었다. 그래서 그는 여러 가지로 생각해 본 끝에 일종의 '연극 요법'을 응용해 보기로 하였다.

연극 요법은 자발성(自發性)과 역할이론에 바탕을 두는 심리치료 방법인데, 환자로 하여금 공상적인 역할을 해보도록 함으로써 스스로 문제점을 발견한 수 있도록 유도하는 방법이다. 이를테면 황제 망상증을 가진 환자에게 연극 행위를 통해 자신의 욕망을 즉흥적으로 표출시켜 보게 함으로써 병의 원인을 파악해 보는 동시에, 본인 스스로도 카타르시스 효과, 즉 억압된 욕구를 외부로 발산시켜 정신적 평정을 되찾는 효과를 맛보도록 해주는 것이다. 연극 요법에서는 정신과 의사가 연출가 역할을 하고 치료보조원이 상대역을 맡은 배우 역할을 하여 환자의 자기표현을 도와주게 된다.

그렇다면 이제 남은 문제는 어떤 상황의 드라마를 연출해야 되는가 하는 것이었다. 드라마라고 했지만 기승전결의 스토리를 가진 보통 드라마라기보다는 어떤 특수한 상황을 제시해 주기만 하는 드라마였다. 그러니까 드라마라기보다는 일종의 퍼포먼스(perfomance, 행위예술)라고 할 수 있었다.

이리저리 머리를 굴려본 결과, 지훈은 이성기가 아무래도 마조히스틱한 기질을 가지고 있는 남자라고 판단되어 거기에 맞는 상황을 만들어보기로 했다. 여성 숭배의 심리에는 '탐미적 마조히즘'의 심리가 밑바탕에 깔려 있는 경우가 많기 때문이다. 그래서 지훈은 한껏 고혹적으로 차려입은 민자가 환자한테 사디스틱한 애무를 베풀어주면, 환자의 감질나는 욕구가 순간적으로나마 완전히 해소될 수 있을 것 같다는 생각을 했다. 물론 이성기 본인이 마조히스트적 취향을 가지고 있다고 고백한 적은 없었다. 하지만 일단 환자의 동의를 구한 다음에 환자가 허락하면 그 방법을 한 번쯤 시험해 보고 싶었다.

이성기에게 처음으로 행동치료를 실시하기로 한 날, 지훈은 성 치료실 옆에 붙어 있는 방에 앉아 특수유리를 통해서 치료실 안을 바라보고 있었다. 보통 환자들은 민자에게 맡겨두고 있었지만, 이번만은 곁에서 끝까지 지켜봐야 할 것 같고 또 지켜보고 싶었기 때문이었다. 민자에게는 미리 설명을 하여 과장적이고 도발적인 차림을 하도록 했고 환자에게도 치료의 내용을 미리 설명해 주었다.

드디어 이성기가 치료실 안으로 들어섰다. 그는 민자를 보자마자 마치 얼어붙기라도 한 듯 여자한테서 시선을 떼지 못했다. 민자는 방 한가운데 서 있었는데, 부드럽게 물결치며 흘러내린 긴 은빛 머리카락과 보라색조의 짙은 눈화장, 인도 여인들처럼 코에 부착돼 있는 커다란 코걸이(코걸이는 금빛 체인에 의해 귀걸이와 연결되어 있었다), 그리고 톱니 모양의 팔찌와 발찌를 하고 있었다. 무엇보다도 핏물이 스며있는 듯한 검은빛을 띤 붉은색의 길고 날카로운 15센티 길이의 모조손톱과, 금방이라고 부러질 것 같은 15센티가 넘는 하이힐 뒷굽에서 풍겨 나오는 그로테스크한 아름다움이 그녀를 돋보이게 했다. 그녀가 입고 있는 옷은 속이 투명하게 들여다보이는 검은색 실크 가운이었다.

얼어붙듯 서 있는 이성기를 보고 민자가 두 손을 모아 앞으로 내밀라고 명령했다. 이성기는 얌전히 두 손을 모아 앞으로 내밀었다. 민자는 환자의 두 손을 비단 벨트로 묶고 나서 딱딱한 의자 위에 앉혔다. 그리고 묶여진 두 손을 뒤로 하여 의자에 비끄러맨 다음, 두 발도 역시 의자 다리에 벨트로 꽉 묶어 고정시켰다. 그러고 나서 천천히 그의 혁대를 풀고 바지를 벗겨 내린 다음 그 허벅지 위에 다리를 벌리고 걸터앉았다. 그러고 나서 여자는 비수처럼 날카로운 손톱으로 그의 얼굴과 목을 꽤 세게 훑어 내렸다. 그녀의 손톱이 춤을 출 때마다 남자의 얼굴에는 붉은 핏줄이 생겨났고 그의 입에서는 괴상한 신음소리가 낮고 음험하게 흘러나왔다.

여자는 남자의 상의를 천천히 벗겨 내려갔다. 옷을 벗길 때마다 일부러 남자의 피부를 긴 손톱으로 꼭꼭 찔러 눌렀다. 남자의 옷을 다 벗긴 다음 여자는 남자의 목과 어깨 그리고 젖꼭지 등에다가 부드럽게 입을 맞춰주었다. 그런 다음 남자의 입술로 다가가 격정적인 키스를 보냈다.

환자는 웅얼웅얼 한숨 소리 비슷한 것을 내며 흥분하기 시작했다. 그의 자지가 무섭게 팽창하고 있었다. 여자는 그의 자지가 팽창한 것을 확인한 순간 남자의 몸뚱어리에서 떨어져 나와 침대 위로 가 비스듬히 기대고 누웠다. 남자는 마스터베이션이 하고 싶어 미칠 지경인 듯한 눈치였지만 손이 묶여 있어 어쩔 수가 없었다.

민자는 다시 침대에서 일어나 옆에 쌓아둔 옷들을 하나씩 입어 보기 시작했다. 하나같이 고혹적이면서도 그로테스크한 멋을 풍겨주는 옷들이었다. 그녀는 옷을 갈아입을 때마다 목걸이나 팔찌 등 장신구도 있는 대로 계속 갈아 끼웠다. 한 열 벌쯤 옷을 갈아입고 나자 환자의 자지에서 정액이 분출되기 시작했다.

정액이 나오기 시작하는 것을 확인하고 나서, 여자는 환자의 등 뒤로 가 미리 준비했던 채찍으로 남자의 등을 살짝살짝 내리쳤다.

그러고 나서 앞으로 돌아와 남자의 허벅지를 채찍으로 때렸다. 채찍질은 하고 난 다음 여자는 다시 남자의 온몸을 혓바닥으로 핥아 주면서 동시에 긴 손톱으로 그의 살갗을 계속 할퀴어주었다.

사정(射精)을 한 번 하고 났는데도 남자의 자지가 다시금 부풀어 오르고 있었다. 여자는 굵게 발기된 자지를 긴 손톱으로 잠시 긁작거리다가 입 안으로 가져가고, 다시 손톱으로 깔짝거리다가 입 안으로 가져가기를 되풀이했다. 그런 다음 톱니바퀴 모양의 팔찌를 가지고 자지를 돌려가며 긁고 나서 다시 입 안으로 가져갔다. 이런 식의 동작을 대여섯 번 되풀이하자 남자의 자지에서는 다시금 정액이 흘러나왔다. 여자는 그것을 한 방울도 남기지 않고 받아 마셨다.

남자의 자지가 완전히 기진맥진해질 때까지 여자는 때리고, 핥고, 긁고, 할퀴고, 빨고의 과정을 되풀이했다. 다섯 번쯤 사정을 하고 나자 환자는 완전히 기진맥진한 상태가 되었다. 이제 첫 번째 행동치료가 비로소 끝난 것이었다.

지훈은 그 과정을 옆방에서 계속 지켜보면서 민자의 대담하면서도 냉정한 행동에 감탄하지 않을 수 없었다. 그리고 몇 번씩이나 자신의 자지가 마치 바지를 뚫고 나오기라도 할 듯 빳빳하게 발기하는 것을 느낄 수가 있었다.

치료가 끝나자 민자는 묶었던 환자의 손과 발을 풀어주었다. 그러고 나서 환자를 부축해 침대 위에 눕혔다. 생각 같아선 뒷마무리를 위해 여자가 환자 곁에 누워 후희(後戲) 삼아 부드럽게 토닥거려주게라도 하고 싶었다. 하지만 그렇게 하면 아무래도 환자가 민자에게 계속 들러붙어 집착을 보일 우려가 있었다. 민자가 당초 지훈이 시킨 대로 환자를 침대에 눕힌 후 곧바로 방을 빠져나가는 것을 보면서, 지훈의 입에선 원인 모를 안도의 한숨이 흘러나왔다.

환자가 잠시 휴식을 취하는 동안 민자와 지훈은 바깥 응접실에 앉아 있었다. 지훈은 민자가 대담한 행동을 조금의 어색함도 없이 끝까지 해준 것을 칭찬했고, 민자는 민자대로 환자가 지훈이 예상했던 대로의 반응을 순차적으로 보여준 것을 신기해했다. 그녀는 환자가 갑자기 소리를 지르면서 화를 낸다거나 갑자기 그녀를 깨물어 뜯는다거나 하는 등 난폭한 행동을 보일까 봐 은근히 겁이 났다는 것이다. 지훈이 예상한 대로 이성기의 잠재의식 가운데는 확실히 마조히스트적인 속성이 내재해 있는 게 분명했다. 그래서 지훈은 매우 흡족한 기분을 느꼈다.

이제 남은 문제는 환자가 이런 식의 치료를 어떻게 받아들였느냐 하는 것이었다. 지훈은 조금 뜸을 들이고 난 후에 환자가 누워 있는 방으로 들어갔다. 환자는 계속 눈을 감은 채로 누워 있었다.

"왜 눈을 감고 있지요?"

"너무 어지러워서요."

환자는 기운 빠진 목소리로 대답했다.

"상황설정이 다소 유치하긴 했어요. 하지만 내 딴에는 한참 머리를 써서 연출해 본거니까 이해해 주기 바랍니다."

"아니에요. 하나도 유치하게 느껴지지 않았습니다. 선생님은 참 희한한 의사세요. 어떻게 그런 아이디어를 내셨죠?"

"희한한 의사니까 이 군이 날 찾아왔던 거겠죠. 그래, 지금 기분은 어때요? 뭔가 좀 후련하고 시원한 기분이 들지 않아요?"

"글쎄…… 저도 잘 모르겠어요. 하지만 오늘처럼 시원하게 사정(射精)해본 적은 없는 것 같아요. 자위행위를 할 땐 늘 뒷맛이 찝찝했거든요. ……그런데 ……그런 여자는 대체 어디서 어떻게 구하셨어요?"

지훈은 속으로 아차 싶었다. 아무래도 환자가 민자한테 애착을 보이고 있는 것 같았기 때문이다.

"여자라고 생각하면 안 됩니다. 저 사람은 내 치료행위를 도와주는 보조원이니까요. 그런데…… 저 여자가 당신이 마음속에 그리고 있던 여자의 이미지와 흡사하다는 생각이 들긴 들던가요?"

이성기는 대답을 않고 고개만 끄덕거렸다.

"오늘 미스 박이 걸친 옷이나 장신구들은 다 내가 연출한 거예요. 그러니까 성기 군도 앞으로 참한 여자를 하나 만나가지고 자신이 코디네이터가 되어 멋진 토털 패션을 연출해 보면 될 거예요."

"미스 박은 애인이 있나요?"

예상했던 일이긴 했었지만 환자가 생각보다 너무 빨리 달아오르고 있는 것 같았다. 그래서 지훈은 다시 한 번 낭패감 비슷한 것을 느꼈다. 하지만 행동치료를 반복해서 거듭해 갈수록 환자가 민자를 보는 태도가 사적(私的)인 것에서 공적(公的)인 것으로 전환될 수 있으리라 믿어 마음을 가라앉혔다.

"나도 잘 몰라요. 난 다만 미스 박을 고용했을 뿐이니까."

엉겁결에 어정쩡한 대답이 튀어나오고 말았다.

"아무튼 조금씩 변화를 줘가면서 이런 식의 행동치료를 계속해 보기로 합시다. 그럼 우선 아쉬운 대로 하루 종일 망상에 빠져 있는 증상은 차츰 치료될 수 있을 겁니다."

지훈은 이렇게 말하고 나서 환자를 돌려보냈다.

환자가 돌아가고 난 뒤, 지훈은 민자와 함께 침대에 나란히 드러누워 얘기를 나눴다. 오늘따라 기분이 묘하게 상기되고 있는 것을 느꼈다. 이성기만큼 젊은 나이의 환자를 행동치료해 보기는 처음이기 때문인지도 몰랐다. 민자의 얼굴을 보니 과장적으로 그로테스크한 화장이 그런대로 썩 어울려 보였다. 그래서 그는 왠지 이상한 불안감을 느꼈다.

"남자를 채찍으로 때려보니 기분이 어때?"

여자는 별다른 표정을 짓지 않고 무표정한 얼굴로 대답했다.

"참 재미있었어요. 선생님도 한번 맞아보실래요?"

"아냐 난 맞기는 싫어. 오히려 내가 너를 때려보고 싶지. 한번 맞아볼래?"

"글쎄요. ……그런 생각도 들긴 하지만 어쩐지 오늘만은 싫군요. 아까 남자를 신나게 때려봤기 때문인가 봐요. 기회를 봐서 이다음에 맞아드릴게요."

여자는 이렇게 말하면서 그의 얼굴을 장난스레 긴 손톱으로 할퀴었다. 기분이 묘하게 달아오르면서 관능적 충동이 울끈불끈 솟아올랐다.

"모조손톱을 붙이길 잘했어. 그게 아주 기막히게 사디스틱해 보이더군. 원래 손톱도 길긴 하지만 아무래도 괴기스럽게 보이진 않았거든. 빨리 머리카락과 손톱이 더 무지무지하게 길게 자라났으면 좋겠어."

"손톱이 이 정도로 자라려면 한 6개월은 걸릴걸요?"

이렇게 말하면서 여자는 15센티미터의 모조손톱을 그의 목에다 찌르듯 갖다 댔다.

"아무래도 아까 그 환자가 너한테 반한 것 같은데 어쩌지?"

"그걸 예상 못하셨나요? 난 몰라요. 선생님이 알아서 처리하세요."

"그 친구가 마음에 들진 않았나?"

"어머…… 지금 질투하시는 거예요?"

"아니…… 그냥 한번 해본 소리야. 하지만 네가 좋다고 한다면야 내가 굳이 말릴 도리가 없겠지."

"나한텐 너무 애송이로만 보였어요. 저도 선생님하고 같이 지내다보니까 겉늙어버렸나 봐요. 내 나이 또래의 남자들이 아주 젖비린내 나는 애기로만 보이니까요."

더 이상 그걸 가지고 화제로 삼는다는 게 치사스러운 것 같아서 지훈은 입을 다물었다.

여자가 하고 있는 옷치장이나 화장 그리고 특히 긴 모조손톱을 그냥 썩히기엔 아까운 생각이 들어서, 여자와 함께 어디론가 외출을 해봐야겠다는 생각이 들었다. 때마침 저녁 먹을 시간이 가까워져오고 있었다. 그래서 그는 여자의 어깨를 툭툭 치며 이렇게 말했다.

"자, 그 얘긴 이제 그만두고 이제 우리 어디 가서 저녁을 겸해 술이나 먹기로 하지. 화장을 더 야하게 해봐. 그리고 모조손톱도 한 번 더 점검해 보고. 어디 갔다가 그게 떨어지면 창피하니까 말야."

여자는 아무 말 없이 그가 시키는 대로 했다.

여자가 화장을 고치는 것을 바라보면서 지훈은 다시 한 번 민자의 화장 테크닉이 엄청나게 빠른 속도로 발전해 가고 있는 것을 느꼈다.

민자는 무엇을 입을까 망설이다가 결국 얼기설기 그물 모양으로 된 까만색 윗도리와 속이 훤히 비치는 천으로 된 마이크로 미니스커트를 걸쳤다. 무슨 생각을 했는지 속에다 브래지어도 팬티도 하지 않았다. 그러고 나서 그 위에 금색으로 된 헐렁한 망토를 하나 둘렀다. 망토의 앞섶을 열어놓아서 그녀가 움직일 때마다 커다란 유방이 살짝살짝 드러나 보였다.

너무 대담한 옷차림이라 약간 창피한 생각도 들어서 어디로 데리고 갈지 망설여졌다. 그러나 이제는 지훈도 그런 방면에는 꽤 낯이 두꺼워져서 금세 불안한 마음을 진정시킬 수 있었다. 여자가 야하게 입으면 입을수록 주위에서 그녀를 지켜보는 사람들이 짓궂게 놀려대거나 별 해코지를 안 한다는 것을 알게 됐기 때문이었다.

두 사람은 밖으로 나와 차에 올랐다. 얼마 전부터 민자가 운전을 하고 있었다. 운전면허 시험에 한 번 떨어졌지만 여자는 운전하는 것을 아주 즐거워했다. 이제 얼마 안 있어 있을 면허시험에 합격하기 위해서라도 연습을 많이 해둬야 한다는 것이었다.

어디로 갈까 망설이다가 이번엔 사람이 제일 많이 몰려 있는 곳으로 가보기로 했다. 롯데호텔의 '아나벨스'도 좋지만 거기는 손님이 너무 적어 여자가 광(光)을 내기에는 아무래도 미흡하다는 생각이 들었기 때문이다. 그래서 그는 플로어가 춤추기에 좁긴 하지만 사람들이 언제나 바글거리는 하얏트호텔 지하 나이트클럽으로 방향을 잡았다.

나이트클럽에 도착하여 그들은 우선 식사 겸 안주로 양이 많은 이태리 음식을 시켰다. 술을 곁들여 음식을 먹으면서 그는 객관적인 눈으로 다시 한 번 여자의 전신을 훑어보았다. 어디 은하계 먼 곳에 있는 야한 별나라에서 날아온 여자 우주인이 앉아 있는 것 같아 보였다.

"지금 무슨 생각을 하고 있지?"

여자가 무슨 생각에 골똘히 잠겨 있는 것 같아서 그가 물었다.

"선생님이 너무 자신만만하다는 생각을 하고 있어요. 오늘 제가 상대한 환자가 여성에게 동경심을 느끼는 남자라서 그런지도 몰라요. 왜 지난번에도 말씀드린 적이 있죠? 전 선생님이 저를 사랑해 주길 바라고 있어요. 아니…… 그저 단순한 사랑이 아니라, 너 없이는 살 수 없다고 울고 불며 매달리는 식의 사랑을 베풀어주기를 바라고 있어요. 저는 나 없인 살아갈 수 없는 사람이 필요한 거예요. 하지만 당신은 나 없이도 얼마든지 살아갈 수 있어 보이거든요? 저하고 비슷한 여자를 또 하나 골라내가지고 훈련을 시키면 될 테니까요."

'당신'이란 말까지 나오는 걸 보니 여자가 꽤나 자존심을 세우고 있는 것 같았다. 지훈은 갑자기 골치가 아파오는 것을 느꼈다. 역시 모든 여자들은 날카로운 비수를 가슴속에 하나씩 품어두고 있구나……, 남자에게 완전히 종속되는 것이 싫어 언제라도 남자가 조금의 틈이라도 보이면 감춰진 비수를 내보이는 구나…… 하고 그는 생각했다.

"오늘따라 왜 그래? 아무래도 아까 그 젊은 환자 때문에 민자가 주제 파악을 못하고 졸지에 건방을 떨고 있는 것 같군. 젊은 애들은 다 바보 같은 순정파지. 나한텐 그런 치기가 없어. 또 그게 그립거나 아쉽지도 않고."

"전 당신의 나이를 따지는 게 아니란 말예요. 여자를 냉혈인간 같은 태도로 대하는 당신에 대해서 말하는 거예요."

뭐라고 대답할 말이 생각나지 않아 지훈은 잠자코 술만 마셨다. 역시 여자와는 섹스만 나눠야지 대화를 하면 안 돼. 자꾸 여자랑 얘기를 나누다 보면 여자가 건방을 떨게 마련이니까……. 지훈은 이렇게 생각하며 문득 여자의 눈을 바라보았다. 수술하기 전보다 훨씬 더 자긍심(自矜心)이 드러나 보이는 눈이었다. 성형수술은 사람의 관상을 변형시켜 성격이나 운명까지도 바꿔놓는다는데, 이 여자가 아무래도 전과는 너무나 달라진 것 같다……, 하고 그는 생각했다.

잠시 침묵이 흘렀다. 여자는 음식을 계속 입 안에다 야무지게 집어넣고 있었다. 그는 다시 여자의 젖가슴을 바라보았다. 브래지어를 하지 않았기 때문인지 그녀의 큰 젖가슴이 더욱더 두드러져 보였다. 그는 여자의 젖가슴을 계속 응시하며 자기가 어쩔 수 없이 여자에게 빠져들어 가고 있다는 것을 알았다.

"……나는 너를 사랑하고 있어, 민자."

여자는 조금도 감동한 빛을 보이지 않으면서 그의 말을 받았다.

"네. 사랑이야 하고 있죠. 내 젖가슴만을요."

지훈은 갑자기 울화가 치밀어 올랐다. 그래서 큰소리로 여자에게 말했다.

"그래 내가 네 젖가슴을 계속 보고 있던 건 사실이야. 하지만 그럼 도대체 뭘 바라는 거야? 내가 네 앞에 꿇어앉아 사랑을 구걸하기라도 바라는 거야?"

"그런 걸 바라는 것은 아녜요. 전 당신이 제 마음을 사랑해 주길 바라요."

"마음? 지난번에도 한 번 했던 얘기를 또 지겹게 되풀이하는군. 마음이 도대체 어디 있어? 네 심장에 있어, 아니면 대갈통 속에 있어? 마음은 겉으로 드러나는 거야. 네 눈에, 네 코에, 네 젖가슴에 네 마음이 드러나고 있어."

"당신하곤 말이 통하지 않아요. 오늘은 이만 끝내기로 하죠."

"끝내다니? 그럼 어디로 가버리겠다는 거야?"

"가버리긴요? 말로 싸우는 걸 그만두자는 거죠. 제가 가긴 어디로 가요? 지금 전 그만하면 아주 편하게 지내고 있는 셈인데요."

말을 마치고 나서 여자는 그의 옆으로 바짝 다가와 앉았다. 그리고 그녀의 머리를 그의 어깨에 기댔다.

잠시 후 그녀는 테이블 위에 있던 냅킨을 집어다가 그의 사타구니 근처에 펴서 올려놓은 후, 냅킨 안으로 손을 집어넣어 그의 바지 지퍼를 열고 그의 자지를 꺼냈다. 그러고 나서 손으로 조물락조물락 만져주기도 하고 가끔 손톱 끝으로 살짝 할퀴어주기도 했다. 자기도 모르게 자지가 부풀어 오르는 것을 느끼며, 지훈은 코끝에 스며드는 여자의 짙은 향수 냄새가 무척이나 퇴폐적이라고 생각했다.

15

이성기가 계속 귀찮게 나왔다. 그는 첫 치료를 받은 다음 날 병원에 찾아와가지고 민자와 데이트를 하고 싶다며 지훈을 졸라대는 것이었다. 지훈이 계속 연극 요법적인 행동치료를 더 시도해 보자고 설득해 봤지만 들은 체 만 체였다.

"물론 그런 식의 치료를 더 받아보는 것도 좋겠지요. 하지만 집에 가서 생각해 보니까 아무래도 역시 감질만 나는 것 같았어요. 그리고 치료비도 너무 많이 먹히고요. 그러니까 선생님, 젊은 놈 하나 살려주는 셈 치고 저한테 무료 치료의 혜택을 베풀어 주실 순 없을까요? 그러니까 미스 박의 일과가 끝나는 대로 저하고 데이트 할 수 있도록 허락해 주시는 겁니다. 물론 데이트 비용은 제 부담이지요.

정히 치료비를 청구하신다면 치료비를 낼 용의도 있어요. 하지만 선생님께서 그런 정도의 배려를 해주시면서 치사하게 치료비를 내라고 하실 것 같진 않군요."

아주 뻔뻔스런 젊은이였다. 대부분의 요즘 대학생들이 뻔뻔스럽고 이기적이라는 건 벌써부터 알고 있었지만, 막상 그런 친구와 직접 맞닥뜨리고 보니 기가 막혀서 말도 제대로 나오지 않았다. 세대 차이 때문일까, 아니면 이성기가 워낙 낯짝이 두꺼운 친구라서 그럴까. 지훈은 마음속으로 이런 생각을 했다.

얘기를 나눌 기분조차 들지 않아 대답을 하지 않고 그냥 침묵을 지키고 있었다. 그랬더니 이성기는 눈치도 없이 계속해서 민자와 데이트를 하게 해 달라고 집요하게 졸라대는 것이었다. 지훈은 무조건 침묵을 지키고만 있을 수도 없어 약간 신경질적인 어조로(사실 정신과 의사라면 어떤 환자한테도 절대로 신경질을 부려서는 안 되지만) 이렇게 말했다.

"이 군은 왜 자꾸 나한테 그런 얘길 하는 거요? 그러지 말고 미스 박한테 직접 데이트 신청을 해보면 되지 않소? 치료고 나발이고, 이젠 그런 핑계 대지 말고 그 여자를 그냥 꼬셔보면 될 거 아니냐 이 말입니다."

그랬더니 이성기는 비시시 징그러운 웃음을 흘리면서 이렇게 대답했다.

"물론 그래도 되겠지요. 하지만 제가 보기에 미스 박과 선생님의 관계가 아무래도 보통 사이가 아닌 것 같아서 그러는 겁니다. 아무리 봐도 의사와 간호사 사이가 아닌 것 같아요. 말씀드리긴 좀 뭣합니다만, 아무래도 미스 박이 선생님의 애인이나 정부 같이 생각되거든요……. 그렇지 않고서야 어떻게 그런 일을 마음 놓고 시킬 수 있겠습니까?"

솔직한 것까진 좋았지만 아무래도 무례한 언사였다. 그래서 지훈은 화가 머리끝까지 올라 당장 그를 내쫓아버리고 싶었다. 하지만 그랬다간 무슨 난리를 피울지 몰라 지훈은 화를 꾹꾹 눌러가며 이렇게 말했다.

"왜요? 마누라 같아 보이진 않습디까?"

"자기 와이프한테 그런 일을 시킬 사람이 어디 있겠어요? 보나마나 사모님 되시는 분은 미스 박과는 정반대로 아주 기품 있고 교양 있는 분이시겠지요."

'기품 있고 교양 있는 분'이라는 말에서 약간 비꼬는 듯한 뉘앙스가 풍겼다. 민자가 그의 마누라도 아니고 또 자기도 아직 독신이라고 말하고 싶었지만, 그런 말을 해봤자 아무 소용이 없을 것 같아 이성기가 자기 멋대로 추측하는 대로 그냥 내버려두기로 했다.

"……그러니까 이 군이 내게서 미스 박한테 프러포즈해도 괜찮다는 허락을 받고 싶단 말이로군."

화가 치미니까 말투가 어느새 슬슬 반말로 되었다.

"바로 그렇습니다. 선생님께 미리 말씀을 안 드리고 미스 박한테 접근했다간 아무래도 나중에 오해가 생길까 봐서요. 또 어디까지나 전 선생님께 치료를 받으러 온 환자이기도 하니까요."

치료를 더 받지 않겠다고 해놓고선 자기가 환자라고 하며 선처를 호소하고 있었다. 보면 볼수록 간교한 친구였다. 더 시간을 끌어봤자 아무 이익이 없을 것 같아 지훈은 우선 이성기의 부탁을 들어주기로 했다. 그를 당장 방 밖으로 내쫓아버리고 싶었기 때문이다.

"그럼 이 군 생각대로 해봐요. 비슷한 또래의 남녀가 연애 행위를 하겠다는데 제3자인 내가 뭐라고 이러쿵저러쿵 말을 하겠소."

"정말 감사합니다. 선생님."

이성기는 인사를 깍듯이 차리고 잽싸게 물러났다.

이성기가 돌아가고 난 뒤 지훈은 담배를 한 대 피워 물고 생각에 잠겼다. 당초에 예상했던 대로 귀찮은 일이 터지고 만 것이었다. 그동안 아무 일도 없었던 것이 오히려 이상한 것이었다. 하긴 민자가 그동안 상대한 환자들은 모두 중년 전후의 나이들인지라 민자처럼 요란하게 야한 여자를 별로 좋아하지 않는 사람들이었다. 아니, 좋아하지 않는 게 아니라 무서워하고 있는지도 몰랐다. 그런데 공연히 젊은 환자를 민자한테 붙여줬다가 골치 아픈 일을 당하게 된 것이었다.

하지만 민자가 뻔뻔스럽게 건방진 성격을 가진 이성기의 구애를 쉽게 받아들일 것 같지는 않아 보여 조금은 안심이 되었다. 민자가 이성기와 데이트를 하느냐 안 하느냐 하는 것은 사실 큰 문제가 못 되었다. 정작 걱정이 되는 것은, 민자가 이성기의 프러포즈를 허락하고 안 하는 것과는 별도로, 편집광적 징후를 보이는 이성기의 성격으로 보아 그가 두고두고 치졸한 야료를 부리는 등 지훈과 민자의 골치를 썩일지도 모른다는 것이다.

정신과 의사 노릇, 아니 개업의 노릇을 한다는 것이 새삼 역겹게 생각되고, 민자를 성행동치료의 보조원으로 삼은 것이 후회되었다. 말하자면 '꿩 먹고 알 먹고' 식의 욕심 때문에 그랬던 것인데, 지금 와서 생각해 보니 어느 정도 마음에 드는 여자라면 그녀를 일단 개인적 소유물로 삼아야지 '공개적 소유물'로 삼아서는 안 된다는 생각이 들었다. 권태감이 찾아와 여자를 버릴 때 버리게 되더라도, 여자를 우선 '비밀스런 재산'으로 간주해 버려야 뒤탈이 없을 것 같았다.

퇴근을 한 뒤에 지훈은 민자의 방에 들렀다. 오늘은 행동치료를 해준 환자가 한 명밖에 없었기 때문에 민자는 침대 위에서 한가롭게 뒹굴며 잡지책을 보고 있었다.

"마침 잘 오셨네요. 그렇잖아도 조금 있다가 외출하려던 참이었어요. 그래서 안 오시면 어쩌나 했지요."

"그냥 나가도 되잖아? 내게 일일이 보고할 필요는 없지. 그냥 메모만 남겨도 되고."

여자의 말이 고맙게 생각됐음에도 불구하고 입에서는 이상하게도 퉁명스런 어조의 말이 튀어 나갔다.

"그래도 퇴근 후에 들르셨다가 제가 없으면 서운해 하시곤 했잖아요? 이젠 퇴근할 무렵에 전화를 꼭 주세요. 그냥 기다리려면 아무래도 불안하니까요. 하긴 거의 매일 들르시는 편이지만 그래도 가끔

다른 일로 안 오실 땐 답답하더라고요. 선생님은 전화하기를 참 싫어하시는 것 같아요."

"전화 하나로 모든 일을 해치우려고 드는 치들이 하도 많아져서 그래. 특히 안부 전화가 그렇지. 자기 이름을 잊어버리기라도 할까 봐 간지럽게 수시로 안부 전화를 해오는 사람들이 있어. 그렇게 걱정을 할 바엔 아예 직접 찾아와 술이라도 한잔 사야 하는 게 원칙인데도 말이야. 아주 얄미운 녀석들이지. 그런 놈들은 전화 목소리까지도 간사하기 짝이 없어."

여자가 무심코 전화 얘기를 꺼냈는데도 불구하고, 오늘따라 그는 시시콜콜 예까지 들어가며 흥분하고 있었다.

"오늘따라 이상하시네요. 무슨 기분 나쁜 일이라도 있으셨어요?"

"외출하려고 했다고? 대체 어딜 가려고 했는데?"

그는 여자가 묻는 말에 대답을 해주지 않고 투박스런 억양으로 여자의 외출 문제를 따지고 들었다.

"옷을 하나 살까 하고요. 벌써 날씨가 꽤 더워지고 있거든요. 그래서 노출이 많은 여름옷을 남보다 먼저 입으면 야해 보일 것 같아서, 새 디자인으로 된 그런 옷이 없나 나가보려고 했어요."

"여름이 오려면 아직도 멀었어. 넌 옷을 너무 자주 사는 것 같아."

"오늘 정말 왜 이러세요? 예전엔 내가 옷을 자주 사는 걸 좋아하며 오히려 부추겨 주셨잖아요?"

여자는 그가 계속 시비조로 나오자 결국 여자로서의 본색을 드러내어 히스테리컬한 음색을 섞어 이렇게 말했다.

지훈은 여자가 공격자세로 나오자 갑자기 풀이 죽어드는 자기 자신을 느꼈다. 그 순간 그의 시선이 무심코 여자의 손으로 갔다. 모조 손톱을 전보다 더 긴 것으로 붙이고 있는 그녀의 긴 손가락들이 너무나 퇴폐적으로 보였다. 그는 불현듯 온몸이 흥분되는 것을 느꼈다. 그래서 그는 그 정도에서 엉거주춤 퇴각(退却)해 버릴 수박에 없었다.

"……미안해. 내가 오늘 좀 짜증나는 일이 있어서 그랬어……. 그럼 같이 나가서 옷을 골라보기로 하지."

"저녁은 나가서 드실 거예요?"

여자는 금세 유연성을 발휘하여 목소리를 부드럽게 바꿔서 말했다.

"물론 나가서 먹어야지. 그 손톱 갖고 어떻게 요리를 하겠어."

"아녜요. 이젠 긴 손톱에 습관이 돼서 모조손톱을 붙였다고 크게 더 불편하진 않아요. 원하시면 제가 저녁을 만들어 드릴게요. 아까 마침 스파게티 재료를 사뒀거든요."

지훈은 스파게티 요리를 아주 좋아했다. 양이 적어 위장에 부담을 안 줄 뿐더러 일품요리라 먹기에도 편하기 때문이었다. 그녀가 자기 생각을 해서 스파게티 감을 사뒀다는 얘기를 하자 그는 문득 코끝이 찡해오면서 왠지 모르게 센티멘털한 감동 비슷한 걸 느꼈다.

"그럼 집에서 먹도록 할까? 오늘은 무슨 스파게티지?"

"미트볼 대신 대합조개를 넣은 스파게티예요. 괜찮겠죠?"

"그럼. 내가 조개를 얼마나 좋아하는데. 벌써부터 군침이 넘어가는군."

그가 한 말은 사실이었다. 이젠 그도 나이를 먹어 그런지 쇠고기, 돼지고기보다는 어패류를 훨씬 더 좋아하게 되었다.

여자는 요리를 하기 시작했다. 스파게티는 생각보다 공정(工程)이 간단한 요리라 시간이 오래 걸리지 않았다. 지훈은 여자가 음식을 만드는 것을 바라보면서 어쩐지 흐뭇한 기분에 빠져들었다. 결혼이라는 제도를 혐오하고 있긴 하지만, 어쨌든 여자가 남자를 위해 음식을 준비하는 모습을 바라볼 수 있다는 것은 기분 좋은 일이었다. 불현듯 그는 자신이 어느 단란한 가정의 가장이라도 된 듯한 착각에 빠져들었다.

음식이 만들어지자 두 사람은 서로 마주 보고 식탁에 앉았다. 오늘 따라 식탁 한가운데엔 예쁜 꽃까지 놓여 있었다. 꽃 모양이 몹시도 관능적으로 보였다.

"이게 무슨 꽃이지? 아주 섹시해 보이는데……. 꽃가지가 축 늘어져 있는 게 어쩐지 나이를 먹어 한물간 음탕한 요부라도 보는 것 같군."

하고 그가 말했다.

"양귀비꽃이래요. 개량종이라서 아편은 안 나온다고 하더군요. 하긴 그러니까 화원에서 팔겠지요. 뭐 좀 특별한 꽃이 없냐고 물어보니까 이걸 권하더군요. 봉오리로 있을 땐 축 늘어져 있지만 꽃이 피면 줄기가 빳빳이 선대요. 참 재미있지 않아요?…… 그러니까 늙은 요부가 아니라 나이 어린 요부인 셈이에요. 꽃이 핀다는 건 성

(性)과도 통하는 거니까, 섹스를 알기 전까진 축 늘어져 있다가 그 맛을 알고 난 뒤에 가서야 비로소 당당한 자신감을 얻게 된다는 의미로 해석하면 어린 요부라야 맞지요."

설명을 듣고 보니 그도 그럴듯했다.

하지만 그의 입에선 불쑥 부정적인 대답이 튀어 나가고 말았다.

"하지만 그래 봤자 금세 시들고 말걸."

"그래도 꽤 오래 간다고 해서 샀어요. ……하긴 오래 가봤자 결국은 시들어버릴 거지만요."

"그래서 난 꽃이 싫어. 추하게 시들어가는 꼴이 보기 싫어서 말야."

그가 이렇게 말하는 데도 여자는 언짢은 기색을 보이지 않았다. 그리고 금세 화제를 다른 쪽으로 돌렸다.

"제가 먹여드릴까요?"

오늘따라 여자는 이상하게도 아주 기민한 서비스 정신으로 나왔다.

"응."

하고 그가 대답하자 여자는 의자를 들고 그의 옆으로 와서 앉았다. 그리고 포크로 스파게티를 집어 그것을 스푼에 대고 능숙한 솜씨로 빙빙 돌려 감았다. 그러자 한 입에 쏙 들어갈 만큼의 스파게티 다발이 만들어졌다. 여자는 그것을 자기의 입에 넣었다가 지훈의 입에 입으로 넣어주었다. 그런 다음 대합조개를 검지의 뾰족한 손톱으로 찍어 그의 입에 넣어주었다.

지훈은 여자가 먹여주는 음식을 받아먹으며 어쩐지 거북하고 미안한 생각이 들었다. 예전에는 그런 기분을 느껴본 적이 별로 없었는데 참 이상한 일이었다. 아마도 지금의 그녀가 처음 만났을 때와 달리 당당한 자긍심을 가진 여자로 급성장한 것처럼 보이기 때문인지도 몰랐다. 그래서 그는 어색한 표정을 들키기 싫어 여자에게 말을 건넸다.

"오늘 웬일이지? 아깐 짜증을 내더니……. 민자가 너무 잘해주니까 어쩐지 오늘따라 쑥스러운 느낌이 드는군."

"갑자기 미안한 생각이 들어서요. 제가 어저께 선생님께 바가지를 너무 긁었거든요."

여자의 목소리가 무척이나 겸손한 억양으로 변해 있었다.

"아깐 내가 먼저 신경질을 부렸는데 뭘. 민자가 나를 위해 기껏 꽃을 사다 꽂아놨는데, 꽃이 시드는 꼴이 보기 싫다 어쩐다 토를 단 것도 그렇고……. 아무튼 미안했어, 민자. ……혹시 앞으로 둘이 크게 다투게 되는 일이 있더라도 나한테서 도망가진 말아줘. 부탁이야."

"도망가긴요……. 뛰어봤자 벼룩인데 제가 어딜 가겠어요. 선생님 오늘 아무래도 이상해요. 무슨 일이 있으셨어요?"

못 털어놓을 것도 없다 싶어 지훈은 민자에게 이성기가 병원에 다녀간 얘기를 해주었다. 그러고 나서 말끝에

"얄밉긴 하지만 그래도 어찌 보면 이성기한테는 솔직한 구석이 있어. ……민자, 혹시 그동안 행동치료를 받은 환자 중에 민자보고

개인적으로 만나자고 청해온 사람은 없었나?"

하고 물어보았다. 그러자 여자는 이렇게 대답했다.

"……저도 참 이상하다고 생각해요. 제가 처음 이 일을 하기 시작 했을 땐 솔직히 말해서 은근히 겁도 나고 걱정도 했어요. 괜히 추근대는 남자들이 많을까 봐서요. 그런데 아직까지 한 번도 그런 일이 없었거든요. 솔직히 말해서 섭섭한 생각이 들 정도였지요."

"섭섭했다고? 그건 왜지?"

"모든 여자들은 다 많은 남자들이 자기 앞에 무릎 꿇고 사랑을 애걸해 주기를 마음속으로 바라고 있거든요. 설사 아주 흉악하게 못생긴 남자라 할지라도 끊임없이 저자세로 애걸복걸해 오면 공연히 감동하게 되는 게 여자들의 심리에요. 그래서 '열 번 찍어 안 넘어가는 나무 없다'는 말이 나왔는지도 모르죠."

"요즘은 그것도 도끼 나름이라고들 하던데."

그는 여자의 말에 비위를 맞춰줄 겸해서, 흔해빠진 농담 하나를 여자의 얘기 사이에 끼워 넣어 보았다.

"어쨌든 대부분의 여자들은 사랑과 동정을 구별하지 못하는 속성을 지니고 있어요. 그래서 어제도 제가 선생님한테 공연한 투정을 부렸는지도 몰라요. 전 여태까지 선생님한테 동정심 같은 걸 느껴본 적이 한 번도 없었거든요."

말하는 동안에도 여자는 계속 그에게 음식을 먹여주고 있었다. 그리고 다른 한 손으로는 그의 자지를 애무하고 있었다.

"난 내가 굉장히 불쌍한 놈이라고 생각하고 있었는데……. 이건 정말 진심으로 하는 말이야."

"사람들은 다 자기가 이 세상에서 제일 불쌍한 사람이라고 생각하고 있죠. 이기심 때문에 그래요. 남하고 자기를 비교해보다 보면 언제나 자기가 뭔가 조금이라도 밑지고 있다는 생각에 빠져들게 되니까요. 내가 보기에 선생님은 전혀 불쌍한 사람이 아니에요."

"그럼 내가 민자에게 사랑을 받긴 다 틀렸네."

"아니에요. 동정심에서 우러나온 사랑은 아주 표피적(表皮的)인 사랑에 불과하니까요. 여자들의 마음속 깊은 곳에는 자기보다 훨씬 강한 남자를 우러러보며 사랑하고 싶어 하는 본성이 잠재해 있어요. 그래서 동정심에서 우러나온 사랑이 오래가긴 어렵죠."

이런 식으로 얘기를 주고받다 보니까 어느새 이성기 얘기가 흐지부지되어 버렸다.

지훈이 스파게티 요리를 다 먹자 여자는 바닥에 꿇어앉아 열심히 그의 불두덩과 자지를 입과 혀로 애무해 주었다.

여자는 한참 동안 애무를 했다. 그가 그만해도 좋다고 하자, 여자는 일어나 식탁으로 가서 자기 앞에 놓인 음식을 먹기 시작했다. 지훈은 그녀가 식사를 하는 모습을 지켜보면서 왠지 여자보다 점점 더 왜소해져 가고 있는 자기 자신을 느꼈다. 그녀는 말을 너무 잘했고 또 말의 내용에도 조리가 있었다. 여자의 그런 완벽성이 그를 약간 주눅 들게 했다.

여자가 식사를 마치자 그는 화제를 다시 이성기의 얘기로 돌릴까 말까 망설였다. 민자가 그 말을 그냥 흘려듣고 끝내려는 것이었는지 아닌지를 잘 모르겠기 때문이었다. 하지만 아무래도 이왕에 말을 꺼낸 이상에는 마무리를 지어둬야 할 것 같았다.

"……그래서, 민자는 이성기를 만나고 싶다는 거야. 만나고 싶지 않다는 거야?"

"글쎄요……. 선생님이 시키는 대로 할게요."

절대로 만나기 싫다는 대답이 나오기를 기대했었는데 여자의 입에서는 이런 식의 어정쩡한 대답이 새어 나왔다. 여자의 대답을 듣고 나서 지훈은 왠지 모를 실망감에 빠져들지 않을 수 없었다.

"나는 민자의 판단에 맡겨두려고 했었는데……. 너에게 병원 일을 시키기 시작했을 때 얘기한 대로, 민자는 어디까지나 나한테 종속된 사람이 아니라 독립된 사람이란 말이야."

지훈의 말을 듣고 나서 여자는 잠시 생각에 잠겨 있는 것처럼 보였다. 여자가 당장 결정을 하지 않고 생각에 잠겨 있는 모습을 곁에서 지켜보려니까 지훈은 속으로 울화가 치밀어 올랐다. 그러다 보니 신경질적인 어조가 어쩔 수 없이 튀어나왔다.

"뭘 그리 골똘히 생각하고 있어? 기면 기고 아니면 아닌 거지."

"제가 미적거린다고 너무 섭섭하게 생각하지 말아주세요. 제가 그 사람과 만나는 것이 선생님과 나 사이를 더 밀접하게 연결시켜 줄지도 모른다는 생각이 들어서 그러는 거니까요. 지금은 선생님이 저한테 슬슬 권태를 느끼고 계실지도 모르잖아요?"

여자가 한 말을 어떻게 해석해야 좋을지 몰라 지훈은 잠시 주춤

거릴 수밖에 없었다. 하지만 좀 더 생각해 보니 민자가 한 말에도 그런대로 일리가 있는 것 같았다. 그래서 그는 여자에게 변명 삼아 이렇게 말했다.

"그 친구가 정상적인 심리상태를 가진 남자라면 내가 이렇게 복잡하게 머리를 굴릴 필요가 없을 거야. 그런데 아무리 봐도 이성기는 편집광적인 성격을 가진 친구라서, 혹시라도 나중에 너한테 해를 끼칠지도 몰라서 그러는 거지."

"사실 솔직히 말씀드려서 저로서는 그 남자가 나를 경탄의 눈빛으로 바라보는 게 싫지만은 않았어요. 다른 환자들 중엔 그런 사람이 없었기 때문인지도 모르죠."

"다른 환자들은 대개가 서른다섯 살 이상의 나이들이라서 그랬을 거야. 우리나라에선 서른다섯 살을 전후해서 모든 남자들이 다 보수주의자가 되고 말지……. 그러니까 넌 내게 감사해야 돼. 나이가 많다는 것만 빼고는 나만한 남자를 만나기도 어려우니까 말이야. 너처럼 야한 취향을 가진 여자를 좋아할 남자는 나 말고 우리나라엔 없어. ……그런데 그 이성기란 이름의 젊은 친구가 나한테 도전을 해왔단 말야. ……하지만 자기가 아무리 야한 여자를 좋아한다 해도 나한텐 못 미칠걸. 그 친구한테선 비열한 남자 마조히스트의 냄새가 났어. 그리고 게이와 흡사한 심리구조를 갖고 있었고……. 그럼 어디 한번 그 친구를 만나봐……. 어쩌면 그것도 일종의 보시(布施)가 될지도 모르지."

말은 이렇게 했지만 정작 마음속으로는 찜찜했다. 아무리 생각해봐도 지훈은 자기가 '마조흐(Masoch)'만큼은 되지 못한다고 생각했기 때문이다.

마조흐는 '마조히즘'이란 말을 만들어낸 장본인인데, 19세기 말엽의 오스트리아 작가이다. 그는 여자에게 학대당할 때 쾌감을 느끼는 이상(異常) 성욕을 가지고 있었다. 그래서 그는 아내를 시켜 일부러 혼외정사를 갖게 하곤 했다. 그의 아내는 정숙한 여자였던지라 집안에서 남편을 채찍으로 때리는 것까지는 남편이 시키는 대로 했지만, 남편이 자기보고 바람을 피우라고 하는 것만큼은 들어줄 수가 없었다.

그런데 남편이 하도 애걸복걸하자 할 수 없이 바람을 피우곤 했는데, 바람피울 대상까지도 남편이 골라 주선해 주었다. 그녀가 외간 남자와 데이트를 하러 나갈 때마다 마조흐는 자기의 아내를 가장 예쁘고 섹시하게 꾸미려고 노력하면서 관능적인 쾌감을 맛보곤 했다. 그리고 그녀가 데이트를 하는 동안 혼자서 마음속으로 질투의 불길을 태우며 야릇한 긴장감과 마조히스틱한 쾌감에 빠져들었던 것이다. 하지만 마조흐의 아내는 남편의 이상(異常) 성욕을 참지 못해 결국 아이를 데리고 집을 뛰쳐나가고 만다.

마조흐의 경우를 다시 한 번 곰곰이 반추해 보려니까, 민자가 절개(?)만 지켜준다면 다른 사내와 데이트를 하는 것이 답답한 일상에 어쩌면 좋은 자극제 역할을 해줄지도 모른다는 생각이 들었다. 하긴 처음에 민자에게 성치료에서의 대리배우자 역할을 부탁했을 때만 해도, 그의 마음속에는 이런 일이 일어나리라는 예감이 일종의 즐거운 기대감 비슷하게 몰려왔던 것이 사실이었다.

두 사람은 저녁을 먹고 나서 외출을 했다. 민자는 어제보다도 더 야한 차림새였다. 둘은 민자가 잘 가는 압구정의 옷가게로 가서 옷을 샀다. 그 가게는 그녀의 취향에 맞게 대담한 디자인으로 된 옷만을 팔고 있었다.

옷을 사고 나서 두 사람은 차를 몰아 남산으로 갔다. 어제 나이트클럽을 갔기 때문에 또 그런 곳에 가긴 싫어서였다. 장충동에 있는 국립극장 옆을 지나 남산 순환도로 중간쯤에 차를 멈췄다. 지훈은 남산에 오길 잘했다고 생각했다. 더 먼 곳에 갈까 하고도 생각해봤지만, 오늘따라 왠지 남산에 오르고 싶었던 것이다.

대학시절 그가 지겨울 정도로 자주 찾았던 곳이 바로 남산이었다. 남산 바로 아래 명동(明洞)이 자리 잡고 있었기 때문인지도 몰랐다. 그때는 명동이 요즘의 '대학로'나 '신촌'의 역할을 해줬었다.

남산은 여전히 아담하고 싱그러운 자태를 드러내고 있었다. 예전보다는 많이 훼손됐지만 그래도 서울 시내 한복판에 남산만한 곳이 존재할 수 있다는 사실이 새삼 기적처럼 생각되었다. 순환도로 주변에는 여러 가지 꽃들이 피어 있었고, 오가는 사람들의 발길도 드물었다. 그는 사가지고 온 캔맥주를 민자와 함께 마셨다. 서울 장안이 마치 사막의 하늘 위에 떠 있는 화려한 신기루처럼 허망한 모습으로 내려다보였다.

그는 자동차 뒷좌석으로 가 여자를 품에 끼고 비스듬히 기대앉았다. 두 사람은 오랫동안 키스했다. 차 안에서 나누는 애무는 그런대로 각별한 맛이 있었다.

"지금 내가 민자에게 느끼고 있는 감정을 솔직히 말해 줄게……. 넌 너무 똑똑해져 버렸어. 난 네가 이렇게 변할 줄은 몰랐어."

잠시 후 그녀가 대답했다.

"선생님이 아직도 여자가 어떤 거라는 걸 모르고 계셔서 그래요. 아니면 여자한테 너무나 많은 희망을 걸고 있었기 때문인지도 모르구요. 여자들은 누구나 다 생리적으로 방어본능을 가지고 있어요. 그런데 남자들은 그 방어본능을 가리켜 '똑똑하다'는 말로 표현하곤 하지요. 여자들한테 방어본능이 발달해 있는 이유는 그동안 남자한테 너무나 억눌려 지내왔기 때문인지도 몰라요. 그러니까 이 세상에 똑똑하지 않은 여자는 단 한 명도 없어요."

여자는 그의 뺨에 입술을 갖다 대면서 말했다.

지훈은 민자의 말을 듣고 나서, 모든 남녀관계라는 것이 어쩌면 다 피 튀기는 머리싸움일지도 모른다는 생각이 들었다. 새콤달콤한 내용의 연애소설에나 나오는 포근하면서도 안온한 느낌을 주는 사랑. 진정 편안한 사랑이란 결국 잠깐 떴다 사라지는 무지개 같은 것이었다.

그래…… 맞다……. 그래서 사람들은 다 진심으로 사랑을 원하고 있으면서도 한편으로는 사랑을 두려워하고 있다. 그러다 보니 가장 안전한 사랑은 '박제(剝製)된 사랑'일 수밖에 없다. 박제된 독수리가 움직일 수 없듯이, 박제된 사랑 역시 움직일 수도 날카로운 발톱을 드러낼 수도 없기 때문이다……. 그러면서도 박제된 사랑은 박제된 독수리가 여전히 늠름한 자태를 간직하고 있듯이, 겉보기만으로는 한껏 야하고 아름다운 모양새를 갖추고 있다…….

그는 여자의 긴 손톱을 손으로 만지작거려보았다. 딱딱한 각질(角質)의 모조손톱이 꼭 박제된 독수리처럼 느껴져서 그는 순간 왠지모를 전율을 느꼈다.

16

"참 재미있었어요."

하고 여자가 이야기를 시작했다.

"성기 씨는 나를 진짜로 자랑스러워했어요. 난 그런 남잔 처음 봤어요. 특히 그 나이 또래의 젊은 남자들 가운데서는요. 그는 조금도 부끄러워하거나 어색해 하는 기색 없이 사람들한테 나를 여러 가지 방법으로 과시했어요. 내가 일부러 약간 천박하게 꾸미고 나갔는데도요."

"뭘 입고 나갔는데?"

그가 여자에게 물었다.

"속에는 노브라 노팬티로 하고 몸에 착 달라붙는 반투명의 짧은 빨간색 미니 원피스를 입었어요. 그리고 겉에다가는 미친 척하고 밍크코트를 걸치고 나갔죠."

"요새 밍크코트를 걸치는 건 아무래도 천박해 보이지……. 그래 그러고서 어딜 갔었어?"

"인터컨티넨탈호텔 지하에 있는 디스코텍에 갔죠. 거긴 전부 영계들투성이더군요. 아주 착하게 잘생긴 남자 아이들이 많았어요."

"여자애들은 어떻든? 너보다 섹시하게 생긴 애는 없었겠지?"

그는 생각했던 것보다 쉽게 여자의 말에 빨려 들어가고 있었다.

"부티 나는 애들은 많았지만 아주 예쁘게 생기거나 아니면 퇴폐적으로 섹시하게 생긴 애들은 별로 없더군요. 다들 압순이 타입이었어요."

"압순이? 압구정동에서 노는 애들을 말하는 건가?"

"잘 아시네요. 다들 늘씬하게 잘빠지긴 했는데 얼굴에 너무 부티가 흐르는 게 흠이죠. 여자는 젊으면서도 약간 냉소적인 퇴폐미가 우러나올 때 제일 멋져 보이거든요. 고생을 하지 않고 자란 애들한테서는 절대로 그런 멋이 풍겨 나오지 않죠."

"이성기가 너를 많이 만지든?"

이런 질문을 던지는 순간에도 지훈의 마음은 아주 덤덤한 채로 있었다.

"아뇨. 나도 놀랐어요. 내 몸뚱어리를 전혀 만지지 않는 거예요. 블루스를 출 때 내가 그 사람을 꽉 끌어안고 매달리자 몸을 파르르 떨기까지 하던데요. 키스할 때도 마찬가지였어요. 물론 내가 먼저 키스를 했는데, 성기 씬 오로지 입술만 가지고 키스를 받더군요."

"생각보단 너무 순진한데. 난 그 친구가 그렇게 나오리라곤 예상 못했어. 이거 정신과 의사 노릇을 그만둬야겠군. 환자 하나 제대로 볼 줄 모르니 말이야."

"모든 사람을 전부 다 선생님 위주로만 생각해서 그래요. 이 세상엔 예외가 참 많거든요."

여자가 의기양양한 목소리로 말했다.

"마조히스트라서 그랬을 거야. 자기를 때려 달라거나 아니면 다른 방법으로 학대해 달라고 부탁하진 않던가?"

"글쎄요……. 처음 만남이라서 그런지 그런 얘기까진 꺼내지 않던데요. 아무튼 눈을 똑바로 뜨고 나를 쳐다보지 못했어요. 그리고 말도 제대로 하지 못했죠. 아주 나를 우러러보는 눈빛이었어요."

"거 참 이상한데……. 그런 친구가 나한테 찾아와가지고서는 어떻게 그런 뻔뻔스런 부탁을 당돌하게 할 수 있었을까?"

"자기 딴엔 한번 큰맘 먹고 용기를 내본 거겠죠 뭐. ……아마도 그 사람은 내가 무척이나 불쌍해 보였을 거예요. 그래서 기사도 정신을 발휘해 가지고 나를 선생님으로부터 구원해 주려고 마음먹었던 거겠죠……. 어쨌든 전 그 사람 때문에 한껏 건방져질 수 있어서 좋았어요. 따지고 보면 다 선생님 덕분이에요. 제가 이만큼 야해질 수 있도록 코치해 주시고 또 경제적으로도 도와주셨기 때문에 이런 결과가 나온 것 아니겠어요?"

"아냐, 그것만 갖고서는 설명이 되지 않아. 별로 재미있는 작업은 아니었지만 그래도 성치료를 해주면서 여러 남자들과 살갗접촉을 시도해 볼 수 있었다는 것이 민자한테 많은 도움을 줬을 거야. 좋든 싫든 간에 남자에 대한 자신감, 아니 면역이 생기게 해줬을 테니까."

"그 사람이 저보고 제발 자주 만나 달라고 애걸하던데, 어쩌죠?"

"그야 물론 네 맘이지. 하지만 일주일에 한 번 이상은 안 돼. 더 자주 만나면 내가 질투를 느끼게 될지도 모르니까……."

지훈은 자기 입에서 이런 투의 얘기가 편한 어조로 나가고 있는 사실이 신기하게 생각되었다. 정신과 의사로서의 호기심 때문이었을까, 아니면 자기와 이 여자 사이에 뭔가 탄력 있는 긴장감을 조성해야만 할 필요성을 느꼈기 때문이었을까. 그 자신도 자기의 속마음을 잘 알 수 없었다.

어쨌든 민자는 이성기를 만나고 와서 아주 신선하고 생생한 표정이 되어 있었다. 그것은 마치 수분이 모자라 시들어가던 화분에 물을 줬을 때 나타나는 반응과도 비슷한 것이었다.

여자는 기분이 좋아져 가지고 예전엔 하기 싫어하던 서비스를 베풀어 주었다. 자기의 손발을 묶게 하고 때리도록 허락해 준 것이었다.

여자의 등은 채찍 자국으로 금방 시뻘겋게 부풀어 올랐다. 아파서 못 견디겠다고 하면서도 여자는 채찍질을 그치라는 소리는 하지 않았다. 지훈은 더 때렸다가는 혹시……, 하는 공포감이 문득 엄습하여 때리기를 그만두었다.

그러고 나서 생각해 보니 자기가 무척 소심하고 비겁한 남자라는 생각이 들어 중단한 것이 후회가 되었다.

채찍 자국으로 범벅이 된 여자의 벌거벗은 몸뚱어리에서는 보통 때보다도 훨씬 뜨거우면서도 포근한 열기가 느껴졌다. 여자는 괴로워하는 표정 가운데 뭔가 시원하다는 표정을 얼굴에 담고 있었다.

그는 어떤 형태로든 간에 성희(性戲)를 다양하게 연출해 주고 또 사디스틱한 행동을 해줘야만 그와 민자 사이의 애정관계가 안정될 수 있을 것 같은 예감을 느꼈다. 그것은 즐거운 예감이 아니라 우울한 예감이었다.

이 여자의 내면 깊숙한 곳에 골수 마조히스트로서의 속성이 숨어있는지도 모르는 일이었다. 그러면서도 그녀는 겉으론 이성기 같은 탐미적 페미니스트를 원하고 있는 것이다. 아주 복잡한 심성을 가진 여자라는 생각이 들어, 그는 무언가 정체 모를 불안감 같은 것을 느꼈다.

일주일 뒤, 민자는 두 번째로 이성기를 만나고 돌아왔다. 이번에는 시외로 빠져나가 어느 러브호텔로 갔는데, 꽤 몸을 더듬더라는 것이었다. 여자의 경과보고를 듣고 지훈은 속으로 '그러면 그렇지' 하고 생각했다. 하지만 역시 페티시스트(fetishist)답게 직접적인 육체관계는 별로 원하지 않더라고 했다. 그 대신 그는 몇 시간 동안 민자의 긴 손톱과 머리카락을 가지고 놀았는데, 머리를 수십 개의 가닥으로 땋아보라고 시키니까 그렇게 신이 나 할 수가 없더라는 것이었다. 그러고 나서 민자의 얼굴을 화장해 보도록 시켰는데, 처음엔 서툴렀지만 금방 기술이 늘더라고 했다.

"그 친구가 내 걱정은 하지 않던?"

그가 여자에게 물어보았다.

"무슨 걱정이요?"

여자가 말뜻을 잘 못 알아듣겠다는 표정을 하며 되물었다.

"걱정이라는 말은 좀 이상하고…… 그러니까…… 그 친구가 나한테 미안한 마음을 느끼거나, 아니면 민자더러 나한테서 도망쳐 나오라는 식의 얘기를 건네진 않더냐 말이야."

"그런 얘긴 없던데요. 물론 미안해하지도 않구요."

여자는 무표정한 얼굴로 대답했다.

"그럼 민자 넌 어땠어?"

지훈은 마음속으로 모욕감, 아니 소외감 비슷한 것을 느꼈지만 겉으로는 내색을 하지 않고 여자에게 이렇게 물었다.

"저 역시 그저 그랬어요. ……아니, 선생님께 조금은 미안한 마음이 들었어요."

여자는 말 중간에 가서 앞에서 한 말을 황급히 정정했다.

그가 말을 더 계속하지 않고 좀 우울한 표정을 짓고 있으니까, 여자가 그의 품안으로 몸을 밀착해 오면서 말했다.

"왜요? 제가 한 말 때문에 서운하셨나요? 사실 전 선생님께 미안한 생각이 들지 않았어요. 선생님이 허락해 주신 일이니까요. 아니, 어찌 보면 시키신 일이라고도 볼 수 있지요. ……아녜요, 아녜요. 그것보다 더 구체적인 이유가 막 생겨났어요. 난 성기 씨를 사랑하지 않으니까요. 전 그저 그 사람을 잠시 이용하고 싶었을 뿐이었으니까요."

"어디에다 이용하지?"

"나의 나르시시즘을 만족시키는 데 이용하죠. 그러니까 그 사람은 저한테 마치 거울과도 같은 역할을 해준 거예요."

그는 여자의 말솜씨가 참 많이 늘었다고 생각했다. 그녀는 이제 웬만한 정신의학 용어(用語)들까지도 알고 있었다. 왠지 여자가 대견스럽다는 생각이 들었다.

"그 친구가 너한테 성관계를 요구해 오면 어떻게 할래?"

그는 빙그레 입가에 미소를 머금고서 다시 여자에게 물었다.

"그게 그렇게 중요한가요? 성행동 치료를 할 때는 환자들에게 별의별 짓을 다해도 좋다고 하시면서 성기 씨한테는 왜 그리 신경을 쓰시는 거죠?"

"나나 너한테는 성관계가 특별히 별다른 의미를 주지 않지. 우리에겐 그건 마친 담담한 키스와도 같아. 하지만 이성기한테는 문제가 다르단 말이야. 강박증으로든 뭐로든 그는 너를 사랑하고 있으니까. 나도 그 나이 땐 성관계에 큰 의미를 둘 수밖에 없었거든. ……네가 성관계를 허락해 주면 그 친구는 아마 틀림없이 민자가 자기를 사랑하고 있다고 믿을 거야."

말을 마치고 나서 지훈은 자기가 순발력 있게 썩 잘 둘러댔다고 생각했다. 여자는 그의 말을 듣고 나서, 고개를 약간 갸우뚱하며 잘 알아들을 수 없다는 표정을 했다. 그는 여자의 멍청한 표정이 사랑스럽게 느껴져서, 그녀의 입술에 긴 입맞춤을 보냈다.

입맞춤이 끝나자 여자가 다시 그에게 따지고 들었다.

"……머리가 나빠서 그런지 아무리 생각해 봐도 전 잘 모르겠어요. 선생님은 말끝마다 사랑, 사랑 하시는데 대체 뭐가 진짜 사랑인가요? 선생님이 성기 씨와 다를 게 뭐가 있어요. 선생님이나 그 사람이나 다 내 몸뚱어리만 좋아하고 있는 거 아니에요? 제가 선생님께 내 마음을 사랑해 달라고 부탁할 때마다 선생님은 늘 역정을 내셨어요. 그러면서 육체를 사랑하는 게 진짜 사랑이라고 말씀하셨어요. 그렇다면 저를 대하는 태도에 있어 성기 씨나 선생님이나 별로 다를 게 없잖겠어요?…… 물론 성기 씨가 아직 나이가 어려서 성관계에다 각별한 의미를 부여할지도 모른다는 말씀에는 이해가 가요. 하지만…… 하지만…… 선생님만이 저를 깊이 사랑하고 있다는 식으로 말씀하시는 것은 잘 이해가 가지 않아요."

상당히 논리적인 질문이었다. 깍듯이 경어를 써가며 물어오는 야무진 말에 지훈은 자꾸 움츠러들고 있는 자기 자신을 느꼈다. 하지만 잠시 후 그는 머릿속 생각의 전열(戰列)을 가다듬어 여자에게 이렇게 말했다.

"……민자는 아까 그 친구를 사랑하지 않고 있다는 말을 했지? 그건 대체 무슨 뜻이야? 그럼 나만 사랑하고 있단 얘긴가?"

"그럼요. 전 선생님만을 사랑하고 있어요."

예상외로 여자는 단호한 어조로 대답했다.

"왜? 난 너의 마음을 사랑하고 있지 않은데……. 나나 이성기나 다 너의 육체만을 사랑하고 있어. 그런데 왜 하필 나만 사랑한다는 거야?"

여자는 금세 대답을 하지 못했다. 여자의 두 눈에 그렁그렁 눈물이 맺혀가는 게 보였다. 그녀는 눈물이 더 이상 흘러내리지 않도록 안간힘을 쓰고 있었다. 그녀의 노력은 일단 성공한 듯했다. 여자는 다시금 차분한 표정으로 돌아와 그에게 말했다.

"……선생님께서 저를 구해 주셨으니까요. 그리고 옷도 사주고 밥도 먹여주고, 집도 마련해 주셨으니까요……."

언젠가 그에게 했던 말이 다시 되풀이되고 있었다. 지훈은 더 이상 민자와 대화를 나눴다간 아무래도 뒷맛이 찝찝할 것 같아 그쯤에서 토론을 종결짓기로 했다.

"……미안해 민자. 네가 나를 그런 식으로 사랑하듯이 나도 널 내 식으로 사랑해서 그래. 이젠 이따위 말싸움은 두 번 다시 하지 말기로 하지. 아무튼 난 너를 필요로 하고 있어. 아까 네게 따지고 들었던 건 역시 질투가 났기 때문이었지."

"질투를 느끼신다면 다음부턴 성기 씨를 절대로 안 만날게요. 전 선생님이 제가 그 사람을 만나는 것을 은근히 바라고 계신 것 같아서 그랬을 뿐이에요."

"나도 내 마음을 잘 모르겠어. 네 말대로 나는 그게 재미있을지도 모른다고 생각했었지. 그래야만 너에 대한 내 집착이 커질 수 있으니까 말이야. 아무튼 좀 더 시간을 두고 우리 사이를 생각해 보기로 하자."

일단 이렇게 대답해 놓고 나서, 잠시 후 지훈은 다시 덧붙여가지고 다음과 같이 말했다. 순간적으로 머리를 스치고 간 생각이 있었기 때문이다.

"……그런데 말이야. 이다음에 그 친구를 만나서 호텔 같은 델 가게 되면 호텔로 가지 말고 이 집으로 오면 좋겠어. 바로 이 행동치료실로 말이야. 그러면 내가 특수유리를 통해서 두 사람의 모습을 지켜볼 수 있으니까."

"그럼 계속 그 사람을 만나보라는 말씀인가요?"

"당분간은. 아니, 당분간이 아니라 적어도 한 번은 더 만나도록 해."

"그러니까 곁에서 제가 하는 행동을 감시하겠다는 말씀이로군요."

"바보 같은 소리 하지 마. 감시하는 게 아냐. 보면서 즐기자는 거지."

"그 사람이 싫다고 하면 어쩌죠?"

"그게 정 싫으면 만나줄 수 없다고 그래."

"알았어요. 시키는 대로 할게요. ……그런데 걱정이 있어요. 그러다가 그 사람이 자존심이 상해가지고 선생님께 해를 끼치거나 하면 어쩌죠?"

그는 여자가 자기를 걱정해 준다는 사실이 무척이나 고맙게 생각되었다. 생각해 보니 그녀의 말에도 일리가 있었다. 그래서 그는 잠시 생각에 잠겼다가 이렇게 얘기했다.

"……그러니까 우선 한 번만 시도해 보자는 거야. 내 생각 같아선 그 친구가 그렇게까지 나올 것 같진 않아. 그나 나나 상당히 미쳐 있는 놈들이니까."

두 사람은 더 이상 말을 하지 않고 격렬한 성희를 나누었다. 토론 끝이라 그런지 더욱더 감미로운 느낌이 왔다. 소설가 마조흐의 생각이 맞는 것 같았다. 여자가 완전히 자기의 소유라고 생각할 때, 여자에 대한 신비감 섞인 동경이나 안쓰러운 그리움 따위의 감정은 아무래도 훼손당하기 쉽다. 뒤탈만 안 생긴다면 이런 식의 삼각관계 게임도 그런대로 괜찮은 재미를 줄 것 같은 생각이 들었다.

하지만 그의 생각과는 반대로, 그의 본능은 그를 자꾸 소유욕, 즉 삽입성교 쪽으로 몰아가고 있었다. 이 여자를 좀 더 자기 것으로 만들어둬야겠다는 생각이 무의식중에 작동해서 그런지도 몰랐다. 보통 때는 삽입성교를 하더라도 늘 질외사정을 하곤 했었다. 임신에 대한 공포 때문에도 그랬지만, 질내(膣內)사정을 하면 두 사람 사이가 완전히 밀착돼버릴 것 같은 걱정이 들었기 때문이다.

하지만 오늘만은 삽입성교 끝에 반드시 따라오는 사정(射精)의 절차를 원래의 격식대로 마무리 짓고 싶었다. 그래서 그는 삽입으로 성희의 강도를 높였다.

"그냥 제 몸 안에 하시려고요? 아무래도 위험한데……. 지금은 배란기(排卵期)란 말예요."

그렇지만 그는 여자의 말을 그냥 무시해 버리고 말았다. 그리고 아랫배에 힘을 주어 좀 더 시원한 배출감을 맛보려고 노력했다. 곧 공격개시의 신호가 왔고, 그는 배설의 쾌감을 시원하게 맛볼 수가 있었다.

사정 후에 오는 허탈감이 질외사정 때보다 심하지가 않았다. 자연은 역시 자연 그대로일 때가 가장 안정된 상태를 보이는 것 같았다.

그는 정말 오랜만에 여자의 머리에 팔베개를 해주면서, 감미롭고도 안온한 정적감(靜寂感) 속으로 빠져 들어갔다. 여자 역시 만족스런 눈빛을 하고 있었다. 여자는 문득 그의 손을 잡아끌어 팔베개에서 풀어주었다. 그리고 손가락마다에 키스를 했다.

"팔에 쥐가 나면 어쩌시려고요."

여자의 말이 무척 큰 감동을 주었다.

"난 너를 채찍으로 마구 때리기까지 했는데, 팔베개를 해주는 정도 가지고 그렇게 미안해 할 건 없어."

"남자랑 여자는 달라요. 여자가 남자보다 훨씬 더 강하고 질기지요. 그러니까 평균수명도 여자가 더 긴 것 아니겠어요?"

"그건 여자가 아이를 낳기 때문이야. 남자는 일찍 죽어도 좋지만 여자는 아이를 길러야 하니까 더 오래 살도록 조물주가 만들어 놓은 거지."

"아, 참. 내 아기……. 그때 내 아기를 죽인 걸 생각하면 지금까지도 가슴이 아파요."

"그럼 그때 인공유산을 했다는 게 정말이었군. 난 네가 그 다음 날 내 섹스 요구를 받아 주길래 거짓말일지도 모른다고 생각했어."

"전 거짓말 같은 거 하지 않아요."

"그럼 그때 굉장히 아팠을 텐데……."

"그러니까 여자가 훨씬 더 강한 거지요. 남자라면 그렇게 못했을 거예요."

지훈은 민자가 너무나 대견하게 여겨지기도 하고 또 믿음직스럽게 생각되기도 했다. 그래서 그는 여자의 입술에 살포시 입맞추었다. 혀까지 동원되는 깊은 키스가 아니라 입술로만 하는 옅은 키스였다. 왠지 그녀에게 깊고 요란한 키스를 보낸다는 것이 미안하게 생각되었기 때문이다.

"아이를 갖고 싶진 않아?"

"선생님은요?"

여자가 되물어왔다.

"나?…… 난 아이가 싫어. 네가 내 아이 역할을 대신해 주면 되잖아? 내가 옛날 사람들처럼 아주 일찍 장가를 갔으면 너 만한 딸을 충분히 만들 수 있었으니까."

그는 단호한 어조로 대답했다.

"왜 아이가 싫으시죠?"

"몰라. ……아니, 알아. 이 세상은 무조건 고통의 연속이니까. 그러니까 생명을 창조하는 것은 일종의 죄악이야."

"……전 ……아이가 좋은데요."

여자가 아주 조그마한 소리로 말했다.

"잘 기를 자신이 있어? 그렇게 무책임한 소리를 함부로 지껄이는 게 아냐. 그러다가 천벌(天罰) 받아."

그가 약간 웃으면서 농담쪼로 말했다.

"잘 기를 수 있을지 어쩔지는 저도 잘 모르겠어요. 그냥 지금 제 마음이 그렇다는 것 뿐이에요."

"신중히 생각해 봐야 돼. 아이 낳는 일은 정말 대사(大事)야, 대사."

"그럼 인공유산도 찬성하시겠군요?"

"글쎄……. 그건 좀 복잡한 문제지. ……원칙적으로 인공유산 역시 살인이라고 할 수 있겠지. 그러니까 사전에 피임을 하는 게 제일이야. 하지만 낳아서 고생시킬 게 뻔하다면 미리 유산시켜 버리는 게 더 낫다는 생각도 들어."

여자가 계속 아이 얘기를 하니까 그는 좀 피곤해졌다. 조금 아까의 안온한 쾌감이 사라져버리는 것 같았다. 그래서 그는 여자가 더 이상 아이 얘기를 꺼내지 못하도록 하기 위해 여자에게 자지를 빨아 달라고 시켰다. 여자는 군말 없이 일어나 그에게 다가왔다.

17

초여름의 늦은 오후였다. 인천 월미도 바닷가는 토요일이라서 그런지 젊은이들로 만원을 이루고 있었다. 지훈은 멀리 바라다 보이는 작약도를 물끄러미 응시하고 있었다. 문득 대학시절 생각이 났다.

그는 첫사랑의 대상이었던 J와 함께 작약도에 놀러갔던 적이 한 번 있었다. 그때만 해도 인천은 서울에서 아주 멀리 떨어져 있는 곳처럼 느껴지는 낯선 이방(異邦)이었다. 인천에 가려면 서울역에서 기차를 타고 가야 했고, 설사 버스를 타고 간다고 하더라도 그런 느낌이 들기는 마찬가지였다.

그래서 그는 J와 함께 송도 유원지를 자주 찾곤 했는데, 인천이 아주 낯선 항구도시처럼 느껴져 미묘한 이국정취 비슷한 것을 맛보게 해줬기 때문이었다. 송도 해수욕장의 바닷물은 그때도 역시 몹시 더러웠다. 그렇지만 저녁 무렵 송도 유원지의 긴 방파제를 걸으며 저녁노을을 바라보는 것은 그만하면 여유 있는 낭만이요, 큰 즐거움이었다.

젊었을 때라 그런지 그는 여자와 데이트를 해도 카페 같은 답답한 실내에 앉아 있기보다는 여기저기 쏘다니는 것을 좋아했다. 그래서 남산이나 세검정에도 많이 갔고 삼청공원에도 많이 갔는데, 그러다가 서울이 답답하게 느껴지면 훌쩍 기차를 타고 인천으로 향할 때가 많았다. 인천에서는 주로 송도 유원지만 찾았는데, 그러다가 큰맘 먹고 변화를 시도해 본 것이 바로 작약도였던 것이다.

그때만 해도 작약도엔 행락객이 별로 많지 않았다. 그래서 물은 비록 더럽지만 조용하면서도 단아한 바다 풍경과 함께 타는 듯 붉은 저녁노을을 한껏 만끽할 수가 있었다. 자갈밭으로 이루어진 작약도 해변가에 여자와 함께 나란히 앉아 붉은 빛을 뿌리며 뉘엿뉘엿 넘어가는 저녁 해를 바라보는 것은 가슴 뭉클한 즐거움이었다.

작약도로 떠나는 유람선을 타려고 줄을 서 있는 승객들이 바라다보였다. 다들 데이트를 하러 나온 젊은이들이었는데, 모두 다 명랑한 표정으로 서로의 얼굴을 찬미하듯 바라다보고 있었다. 얼핏 보면 부러운 풍경이긴 했지만 여자들의 옷차림새가 왠지 꾀죄죄해 보였기 때문에 그는 청춘남녀들에 대한 비틀어진 질투심을 다소 희석시킬 수가 있었다.

두 사람은 방파제 바로 앞에 있는 포장마차에 앉아 멍게와 해삼을 안주로 시켜놓고 소주를 마시고 있었다. 여자는 소주병에 조금 남아 있던 술을 소주잔에 마저 따라 붓고 나서 빈 소주병 아가리에다 대고 담배 연기를 '후' 하고 내뿜었다. 그러니까 소주병은 마치 안개로 가득 찬 것처럼 보였다. 잠시 후 서서히 담배 연기가 날아가면서 소주병은 다시금 맑아진 상태가 되었다.

지훈은 곁에 앉아 있는 여자의 몸뚱어리를 다시 한 번 찬찬히 바라보았다. 승선장에 몰려 있는 젊은 여자들의 후줄근한 옷차림이 생각났기 때문이었다.

우선 여자의 커다란 모자가 눈에 띄었다. 여자는 한여름의 해변에서나 쓰는 우스꽝스러우리만치 챙이 넓은 커다란 모자를 쓰고 있었는데, 그런대로 썩 멋이 있어 보였다. 여자의 눈두덩, 입술, 손톱 등이 모두 엷은 하늘색으로 칠해져 있었다. 귀걸이나 목걸이 등의 장신구들도 다 하늘색이었다. 마치 비누 거품을 연상시키는 옷감으로 만들어진 집시풍(風)의 원피스가 불어오는 바람에 나풀나풀 흩날렸다.

여자는 가끔씩 무심코 머리를 남자의 어깨에 기대곤 했는데, 그럴 때마다 모자의 넓은 챙이 남자의 머리에 부딪치는 게 어색하고 불편하게 느껴졌는지 결국은 모자를 벗어버렸다. 그러자 모자 속에 감춰져 있던 안개꽃 모양으로 파마된 여자의 긴 머리가 폭포수처럼 쏟아져 내려왔다. 지훈은 그 모양이 무척 아름답다고 생각했다.

"소주 안주는 역시 해삼이 좋군."

해삼을 젓가락으로 집어 올리면서 그가 말했다.

"해삼은 너무 딱딱해요. 전 멍게가 더 맛있어요."

여자는 이렇게 말하고 나서 젓가락으로 멍게를 집어 올려 파란색 립스틱이 칠해져 있는 입술 사이로 집어넣었다. 그는 멍게의 밝은 담황색과 여자의 입술에 칠해져 있는 파란색 립스틱, 그리고 시뻘건 혓바닥이 퍽이나 섹시한 하모니를 이룬다고 생각했다.

여자는 다시 또 소주 한 병을 더 시켰다. 소주가 나오자 그녀는 술잔에 소주를 따른 뒤 단숨에 들이켰다. 그러고는 멍게를 젓가락으로 집어 올리려다가 갑자기 무슨 생각이 들었는지 오른손 검지와 장지의 긴 손톱 두 개를 사용하여 멍게를 집어 올리려고 했다. 여자의 진짜 손톱은 어느새 손끝에서 10 센티미터가 넘게 자라 있었다. 생각했던 것 보다 잘 집어지지 않자, 이번에는 그냥 검지의 뾰족한 손톱 끝으로 멍게를 찍어 초고추장에 찍은 뒤 입 안에다가 집어넣었다. 멍게에 묻혀진 빨간색 고추장이 여자의 파란색 입술에 묻자 더욱 선연한 핏빛 상흔(傷痕)처럼 되었다.

지훈은 여자가 긴 손톱으로 멍게를 찍어 먹는 모습을 지켜보면서 술을 따라 음미하듯 천천히 들이마셨다. 오늘따라 그녀가 무척이나 사랑스러워 보였다. 그는 다시 담배를 한 대 피워 물었다. 뱉어진 담배 연기가 어쩌다가 눈에 들어갔다. 눈이 쓰리고 아파오면서 어쩔 수 없이 눈물이 흘러나왔다.

"왜 그래요? 지금 울고 계신 거예요?"

여자가 깜짝 놀란 듯한 표정으로 그에게 물었다. 그는 담배 연기 때문이라고 말하려다가 왠지 그 말이 하기 싫어 그냥 잠자코 있기로 했다. 오랜만에 눈물을 흘려보는 것이 어쩐지 기분 좋게 느껴졌기 때문인지도 몰랐다.

"……우린 이만하면 잘 나가고 있잖아요? 그런데 뭐가 그렇게 괴로우신 거죠?"

여자가 다시 그에게 약간 다그치는 듯한 목소리로 말했다.

자기가 진짜로 우는 줄 알고 그녀가 그런 얘기를 꺼낸 것이 꽤나 우스웠다. 하지만 여자가 한 말 속엔 그런대로 곱씹어볼 만한 의미가 담겨 있었다. 그래서 그는 여자의 물음에 대답을 안 해주고 잠시 생각에 잠겼다.

하긴 그렇지, 네 말이 맞긴 맞다……, 뭐 특별히 괴로울 것까지야 없겠지……, 하고 그는 마음속으로 중얼거렸다. 그리고 그는 과거의 회상 속으로 미끄러져 들어갔다.

여름이 오기까지 그만하면 평화로운 나날들이 계속되었었다. 이성기는 이따금씩 민자에게 왔고, 지훈은 그들이 성치료실에서 애무를 나누는 광경을 특수유리를 통해서 엿볼 수 있었다. 상당히 격렬한 애무였다. 지훈더러 보라고 일부러 더 그러는 것 같았다. 물론 이성기도 특수유리의 존재 이유를 알고 있었다.

민자는 지훈에게 했던 것과는 정반대로 한껏 가학적(加虐的) 방법으로 이성기를 괴롭혀대고 있었다. 이성기를 채찍으로 때리거나 구둣발로 짓밟을 때, 민자의 표정에서는 묘한 빛이 새어 나왔다. 그녀의 눈동자가 한껏 생기에 가득 차 있었다. 지훈은 그들이 찐득하게 엉겨붙어 마치 동물처럼 거칠고 투박하게 애무하는 광경을 지켜보면서, 꽤 보기 좋은 풍경이라고 생각했다. 질투심 같은 감정보다는 시원한 배설감과 함께 미묘한 관음적(觀淫的) 쾌감이 찾아오는 것이 신기했다.

이성기와 애무를 나눈 직후의 민자는 한결 더 싱싱하면서도 자신감 넘치는 표정을 하였다. 그리고 이성기가 간 뒤에 더욱더 마조히스틱한 봉사를 지훈에게 베풀어 주는 것이었다. 여자의 그런 모습을 바라보면서, 지훈은 거듭 자기나 민자가 다 같이 단단히 미쳐있는 사람들이라는 생각을 하곤 했었다. 하긴 미쳐있기는 이성기도 마찬가지였다. 셋 다 미쳐 있었고 셋 다 사랑에 굶주려 있었다. 아무튼 셋이 서로 절묘하게 맞아떨어지는, 이를테면 '세 발 달린 솥(鼎)'과도 같은 상황이었다.

한동안 그런 식의 달짝지근하면서도 긴장감 넘치는 묘한 삼각관계가 평화스럽게 계속되었다. 그런데 한 달쯤 지나고 나서부터 민자가 자꾸 환자 보기를 꺼려하기 시작했다. 지훈은 여자가 그런 식으로 나오는 게 자못 짜증스러웠다. 그럼 대체 어떻게 하잔 말인가? 그냥 아무 일도 하지 않고 빈둥빈둥 놀고먹겠다는 말인가?

그래서 지훈은 어느 날 여자에게 그 이유를 물어보았다.

"환자 보기가 왜 싫어졌지?"

"너무나도 단순한 노동이에요. 또 너무 힘들기도 하구요. 생각

좀 해보세요. 좋지도 않은 남자들과 계속 발가벗고 뒹군다는 게 얼마나 피곤하고 괴롭겠어요? 저도 이젠 좀 생산적인 노동을 해보고 싶어요."

"대관절 어떤 게 생산적인 노동인데?"

"선생님이 하고 있는 일 같은 게 바로 생산적인 노동이지요. 선생님은 의사시니까 그래도 그만하면 잘난 체 으스댈 수도 있고 보람도 느낄 수 있잖아요."

"민자는 나를 사랑한다고 입버릇처럼 말해 왔어. 그래서 무조건 내가 시키는 대로 따르겠다고도 했고."

"당신은 너무 과거에 집착하는 버릇이 있어요. 설사 내가 그런 얘기를 한 적이 있다고 해도 뒤에 가서 변덕을 부릴 수도 있는 것 아니겠어요? 어쩌다 한번 말한 걸 가지고 자꾸 물고 늘어지시면 곤란해요. 아무튼 전 이제 성치료의 대리배우자 노릇을 하는 데 싫증이 났어요."

"그럼 대체 뭘 하고 싶은 거야? 예전처럼 모델이라도 돼보겠다는 건가?"

"톱 모델만 될 수 있다면 그야 더 바랄 나위가 없겠죠. 하지만 그게 어디 쉬운 일이라야 말이죠. 전 우선 그냥 놀고먹고 싶어요. 여느 여자들처럼 남자에게 섹스를 제공해 주는 대가로 생활비를 얻어 쓸 수도 있는 일 아니겠어요?"

따지고 보면 민자의 말에도 일리는 있었다. 지훈은 민자가 마치 로봇처럼 자기가 시키는 대로 따라 움직여주는 여자이기를 기대했던 것 자체가 말도 안 되는 오판(誤判)이었다는 생각을 했다. 말하자면 민자는 그때그때의 상황과 기분에 따라 즉흥적인 연기를 하는 연극배우였던 셈이다. 사실 따지고 보면 그녀가 지금까지 일단 그의 뜻에 따라 움직여주는 척이라도 해주고 또 백치미 넘치는 마조히스트 노릇을 위장해 준 것만 해도, 대단한 성의요 희생이었다고 볼 수 있었다.

"넌 꺼떡하면 '사랑'을 들먹거려가며 나한테 심통을 부렸어. 난 그래서 네가 정말 나를 사랑하고 있는 줄 알았지. 그런데 이제 보니 그게 아니었군. 넌 역시 나를 이용했을 뿐이야."

지훈은 여자에게 약간 볼멘소리로 이렇게 말했다. 머릿속에 있는 생각과는 조금 차이가 나는, 말하자면 아이가 엄마에게 떼를 쓰는 것과 같은 말투였다.

"제가 대리배우자 노릇을 그만두고 싶다고 말씀드린 것이 선생님 마음에 그렇게 상처를 줬나요? 제발 너무 확대해석하지 말아주세요. 그리고 어린애처럼 떼를 쓰지도 말아주시고요."

여자는 신통하게도 그의 마음속을 환하게 들여다보고 있었다.

여자가 이렇게 나오자 그도 잠시 말문이 막혔다. 그는 한참 동안 담배만 피우고 있다가 여자의 말을 받았다.

"……나도 잘 모르겠어. 하지만 아무튼 내가 모든 여자들에게 막연한 적개심을 가지고 있는 것은 틀림없는 사실이지. 그래서 나는 일단 내 말에 무조건 복종해 주는 여자를 원했어. 말하자면 나는 무조건 일방적으로 사랑을 받고 싶어했던 거야. 그런 다음에 가서 서서히 '주는 사랑'을 시도해 볼 수도 있다고 생각했어."

"하지만 선생님이 여자를 너무 육체적 상품으로만 본다는 생각을 해보신 적은 없나요?"

"왜, 나도 그런 생각을 해본 적이 많지. 하지만 아무리 생각해 봐도 사랑은 역시 육체적 상품가치의 교환에 불과하다는 생각을 떨쳐버릴 수가 없었어."

"저도 사실 선생님의 생각에 크게 공감했던 적이 있어요. 그래서 성형수술도 했던 거구요."

"그럼 나 때문에 성형수술을 받았단 말야? 민자는 원래 외모에 관심이 많아 안달복달하는 체질이었잖아? 또 나는 민자의 그런 면이 좋았던 거고."

"네, 맞아요. 전 원래 그런 여자였어요. 그래서 선생님을 만났다는 것이 참으로 다행이다 싶었어요. 아주 쿵짝이 잘 맞아떨어진다고 생각했죠."

"그런데 이제 와서 마음이 달라졌다는 얘긴가?"

"저도 뭐가 뭔지 잘 모르겠어요. 다만 뭔가 허전하고 미진하다는 생각을 떨쳐버릴 수가 없어요."

"이성기 가지고도 안 되나?"

"질투하시는 거예요?"

'질투'라는 말을 꺼낼 때 여자의 표정이 갑자기 명랑한 빛깔로 바뀌었다.

"나라고 뭐 특별히 대범한 남자가 될 수 있겠어? 질투심이 전혀 안 생긴다고는 볼 수 없지."

"선생님이 나를 육체적 쾌락의 대상물로만 이용하고 있는 것처럼 저도 성기 씨를 육체적 쾌락의 대상물로만 이용하고 있는 거예요. 그럼 알아들으시겠어요?"

여자는 다소 유쾌한 음색으로, 마치 초등학교 여선생이 학생을 훈계하듯이 얘기했다. 여자는 똑 부러지는 논리로 말을 잘해나가고 있었다. 지훈은 뭐라고 더 대꾸할 말이 없어 잠자코 있을 수밖에 없었다. 한참 뒤에 그는 조금 열적은 목소리로 여자에게 이렇게 말했다.

"어쨌든 그럼 앞으로 그냥 놀고먹겠단 얘기지?"

그가 한 말을 듣고 나서 여자는 참으로 남자가 딱해 보인다는 표정을 지으며 이렇게 대답했다.

"놀고먹긴 왜 놀고먹어요. 손톱을 안 부러뜨리고 길게 기르는 것만 해도 얼마나 힘든 노동인데요. 사실 솔직히 말해서 손톱이 이렇게 길어지다 보니까 대리배우자가 돼가지고 성치료를 해주는 것도 이젠 힘들단 말예요."

여자가 손톱 얘기를 꺼내자 그도 뭐라고 더 이상 따지고 들 말이 없어졌다. 여자는 그의 마음을 곧바로 읽어낸 듯했다. 그녀는 빙그레 웃음을 머금고서 이렇게 말했다.

"성치료하기 좋게 손톱을 아예 잘라버릴까요?"

여자가 역습을 가해오자 지훈은 더 이상 여자를 다그칠 수가 없었다. 여자의 긴 손톱은 이제 그에게 있어 생명의 지주(支柱)나 다름

없게 돼버렸기 때문이다. 그래서 그는 결국 여자와 타협하여 우선 앞으로 두 달간 대리배우자 노릇을 쉬게 하겠다고 약속했다.

약속을 하고 나서 생각해 보니, 환자에게 성행동 치료를 해주지 않으면 두 달 동안 병원의 수입이 줄어들 게 뻔한 노릇이라 걱정이 되었다. 그리고 여자가 만약에 계속 대리배우자 노릇하기를 거부하면 성행동 치료를 하기 위해 큰돈 들여 빌린 집도 그냥 민자의 거처 역할로 끝나버리게 된 셈이 되어 아까울 거라는 생각이 들었다. 물론 그대로 버텨나간다 해도 완전히 적자를 볼 정도까진 안 간다고 생각되지만, 그래도 꽤 빡빡한 살림이 될 게 틀림없었다.

만약 그렇게 된다면 아예 아파트를 처분해 버리고 이 집에서 민자와 함께 동거를 해버리면 어떨까? 그는 이런 생각을 해보았다. 비용도 비용이려니와, 민자가 대리배우자 노릇을 더 이상 안 하겠다고 버티면 따로 떨어져 지낼 이유가 하나도 없기 때문이었다. 새로 아파트를 얻는 것도 번거로운 일이고 하니 그가 곧장 짐을 싸가지고 민자에게 와버리면 될 것이다.

"이젠 눈물이 안 나오네요. 역시 남자가 여자보다 눈물이 적은가 봐요."

한참 뒤에 여자가 침묵을 깨고 눈물 얘기를 다시 꺼냈다. 그래서 그는 비로소 과거의 회상에서 깨어났다. 과거라고 해봤자 불과 한두 달 전의 일이었다. 그런데도 그가 꽤 심각하면서도 진지하게 과거를 반추(反芻)해 볼 수 있었던 것은, 짧은 시간 동안 상당히 큰 변화가 일어났기 때문이었다. 오랫동안 혼자서만 잠을 자다가 민자가 성치료를 안 한 두 달 동안이나마 여자와 함께 밤새도록 동거생활 비슷한 걸 해본 것은, 비록 엉겁결에 저질러본 일이라고 해도 그의 인생사(人生史)에 있어 중대한 전환점임에 틀림없었다.

"바닷물이 꼭 녹색 텐트 같아 보여요."

뜬금없이 여자가 엉뚱한 말을 꺼냈다. 어쨌든 왜 울었느냐고 더 캐묻지 않아서 다행이었다.

"……전 바다를 볼 때마다 늘 그런 생각을 하곤 했어요. 바닷물이 출렁거리는 것이 꼭 초록색 담요가 출렁이는 것 같아 보였기 때문이죠. 그래서 설사 바다에 뛰어든다고 해도 절대로 죽지 않을 것 같은 생각에 빠져들곤 했지요. 바닷물이 탄력 있는 침대 역할을 해주어 나를 그 위에 사뿐히 눕혀줄 것 같았어요."

옆에서 술을 마시고 있던 남자가 안주로 산 낙지를 주문한 것 같았다. 꽤나 못생긴 얼굴을 하고 있는 뚱뚱한 몸집의 주인 여자가 초점 없는 눈빛으로 아직도 살아서 꿈틀대고 있는 낙지를 칼로 썰고 있었다. 낙지는 몸통이 갈기갈기 잘라진 뒤에도 계속 꿈틀거렸다.

"목숨은 정말 질겨, 너는 자살을 기도해 본 경험이 있니?"

그가 꿈틀대는 낙지를 바라보며 말했다.

"없어요. 아니…… 한두 번 있다고도 할 수 있어요. 하지만 그건 사실 자살 기도라고 부를 수조차 없던 것이었지요. 그냥 갑자기 죽어버리면 참 편하겠다 하고 막연히 생각해 본 정도였으니까요. 선생님은요?"

"한 번도 없어."

"이상하군요. 선생님은 항상 살아가는 데 아주 지친 사람의 얼굴 표정을 하고 계신데요."

그는 대답을 하지 않고 소주를 한 잔 더 따라 마셨다. 그러고는 한동안 바다만 응시하고 있었다.

"……한 번으로 끝내버릴 수 있다면 얼마나 좋겠니."

한참 만에 그가 입을 떼었다.

"무슨 뜻이죠?…… 자살 미수를 겁낸단 말인가요?"

"물론 자살 절차도 귀찮기는 해. 하지만 내 말은 죽고 난 뒤에도 또 다른 삶이 나를 기다리고 있을 것 같아 겁이 난다는 얘기야."

"그럼 선생님은 윤회를 믿고 계신가 보죠?"

"윤회가 있다고 확신하진 않아. 그렇지만 하도 많은 사람들이 윤회가 있다고 떠들어대니까 은근히 겁이 난다는 얘기야."

"보세요. 저녁노을이 참 아름다워요."

여자가 갑자기 저녁노을로 화제를 돌렸다. 어느새 꽃분홍색 저녁노을이 하늘을 물들여가고 있었다. 노을 때문인지 여자의 옷 빛깔이 아까와 달라 보였다.

"그래, 서해 바다가 물이 더럽긴 해도 저녁노을 하나만큼은 정말 아름다워. 그래서 난 언제나 동해 바다보다 서해 바다를 좋아했지. 그리고 보니 민자도 나처럼 저녁노을을 좋아하는군. 저녁노을을 싫어하는 사람도 많던데……."

"저녁노을을 싫어하는 사람도 있나요?"

"전에 나하고 결혼할 뻔했던 여자가 바로 그랬어. 그래서 바다도 서해 바다보다는 동해 바다를 더 좋아했지. 저녁노을을 보면 왠지 스산한 느낌이 든다는 거야."

"그건 사실 맞는 말이에요. 저녁노을을 보면 왠지 하늘이 시름시름 죽어가는 것 같아 보이거든요."

"하지만 죽어가는 것은 모두 다 아름다워. 아니, 죽은 둥 마는 둥 하는 가사상태가 더 아름다워. 마치 백일몽 같거든."

여자는 핸드백은 열고 콤팩트를 꺼냈다. 그리고 화장을 고치기 시작했다. 아마도 밤화장을 새로 하려는 것 같았다.

여자는 해가 떨어질 때쯤 되면 반드시 화장을 고쳤다. 낮에 했던 화장보다 한결 더 진한 색깔로 두껍게 얼굴을 싸 바르는 것이었다.

그는 여자가 화장을 고치는 모습을 곁에서 지켜보면서 흐뭇한 기분에 빠져들었다. 그러고는 원인 모를 우울감에 잠겨 있었던 조금 전까지의 심리상태가 개운해져 오면서, 삶에 대한 새로운 의욕 같은 것이 솟아나오는 것을 느꼈다. 사실 이러한 기분의 변화는 그녀가 화장하는 모습을 곁에서 지켜볼 때마다 늘상 경험하게 되는 일이었다.

여자가 화장을 다 고치고 난 뒤, 그는 술값을 계산하고 나서 여자의 손을 잡고 바닷가를 천천히 거닐었다. 그는 여자의 손을 잡았을 때, 손가락이나 손바닥을 잡지 않고 손끝에서 길게 빠져나온 손톱들만을 잡았다. 아니 잡았다기보다는 살짝 쥐었다는 표현이 더 맞는 말일 것이다.

여자의 긴 손톱을 잡을 때마다 항상 느끼게 되는 섬뜩한 취기(醉氣)가 뭔지 모를 우울감과 권태감을 순간적으로나마 말끔히 몰아내 주었다. 그는 여자가 손톱을 길게 길러 준다는 사실에 새삼 고마움을 느끼며 여자의 손을 자기의 입술 있는 데까지 끌어올려 오랫동안 손톱에 키스했다. 입술로 키스한 것이 아니라 혀끝으로 핥았다.

"그런데…… 선생님은 왜 그렇게 긴 손톱을 좋아하시죠?"

여자가 그에게 새삼스런 질문을 던졌다.

"글쎄……. 가장 큰 이유는 그것이 무척이나 나태하게 보이기 때문일 거야. 그러니까 긴 손톱은 우선 황제망상(皇帝妄想)을 충족시켜 준다고 볼 수 있지. 손톱을 길게 기르는 것은 자기의 육체를 일부러 불편하게 해서라도 '노동'에 대한 추호의 미련도 가질 수 없도록 고안된 귀족 취미라고 볼 수 있어. 아니, 귀족 취미라기보다는 꼼짝하지 않고 있어도 의식주가 저절로 해결되는 자궁 속 태아의 상태로 되돌아가고 싶어 하는 본능의 표현이라는 편이 낫겠지. 그러니까 긴 손톱은 지고(至高)의 안락감과 당당한 게으름을 맛보고 싶어 하는, 모든 사람의 무의식 속에 내재된 공통된 소망인 자궁회귀 본능의 상징이 되는 거야."

"맞아요. 제가 손톱을 기르기 시작하면서 느끼게 된 것도 바로 그런 거였어요. 손톱이 부러질까 봐 신경을 쓰다 보니 항상 머리가 텅 비게 되고 마치 꿈속에라도 잠겨 있는 듯한 기분이 들더군요. 그리고 손톱 손질에 시간이 많이 걸리다 보니 아무 생각 없이 하루가

가서 좋고요."

"그게 바로 무아지경이라는 거지."

"또 손톱이 길다 보니까 손뿐만 아니라 몸을 움직이는 것조차 불편해져서 제가 꼭 살아있는 시체 같은 기분이 들더라고요."

"살아 있는 시체 같은 기분이 아냐. 자궁 속 태아처럼 편안한 기분이었을 거야."

"뭐라도 상관없어요. 마치 생각도 맥박도 정지돼 버린 것 같은 느낌이었어요."

"정말 그렇겠군. 자궁 속의 태아든, 무덤 속의 시체든, 편안한 건 마찬가지일 테니까."

여자가 열심히 맞장구를 쳐주었으므로 그는 기분이 좋아졌다.

그때 두 사람 앞으로 네댓 살쯤 되어 뵈는 남자 아이 하나가 아장아장 걸어오고 있는 것이 보였다. 그 뒤에는 아이의 부모로 보이는 사람들이 멀리서 천천히 뒤따라오고 있었다. 아이가 두 사람 앞으로 지나가자 여자는 밝은 표정이 되며 아이의 어깨를 잡았다. 그러고는 아이의 머리통을 오른손으로 쓰다듬어주었다.

"아, 정말 귀엽게 생긴 아이군요. 이 뺨 좀 보세요. 정말 깨물어 먹고 싶도록 귀엽죠?"

여자가 하나도 가식이 섞이지 않은 어조로 말했다. 그러나 지훈은 아이가 하나도 귀엽지 않다고 생각했다. 아니, 귀엽기는 한데 전혀 잘생기지 않았다고 생각했다.

그는 아이의 얼굴보다 아이의 머리통을 쓰다듬고 있는 여자의 손을 주시하고 있었다. 아이의 조막만한 머리통을 천천히 쓰다듬고 있는 여자의 긴 손톱이 마치 어린아이를 잡아먹기 좋아하는 마녀의 손톱처럼 느껴져서, 왠지 모르게 으스스하고 그로테스크한 느낌을 주었기 때문이다. 그렇지만 그것은 불쾌한 느낌이 아니라 아주 감미롭고 달짝지근한 느낌이었다.

"아가, 너 몇 살이니?"

이번에는 여자가 아이의 손을 잡고 말을 붙여보고 있었다. 아이는 여자가 묻는 말에 대답하지 않고 줄곧 긴 손톱만 뚫어져라 응시하고 있었다. 여자의 긴 손톱이 무척이나 신기해 보이는 모양이었다.

그러자 여자는 방긋이 웃으며 손톱을 만져보라고 아이에게 손을 내밀었다. 그것은 마치 다섯 개의 날카로운 비수를 들이미는 것처럼 보였다. 아이는 손톱을 자기 얼굴 가까이 들이대자 손톱을 만져볼 생각을 하지 않고 뭔가 공포에 질린 표정을 하고 있었다. 그러더니 아이는 결국 '엄마' 하고 비명에 가까운 소리를 지르며 여자 곁에서 도망쳐버리고 말았다.

18

삶이란 어찌 보면 지극히 단순한 것이다. 먹고, 싸고, 사랑하고, 놀고 하면 그만이다, 하고 지훈은 생각했다. 그런데도 많은 사람들, 특히 철학자나 문학가들은 삶이 마치 복잡한 고민과 거창한 고뇌로 가득 차 있는 것처럼 기술하고 있다.

지금까지의 삶을 되돌아볼 때, 그가 진짜로 복잡하고 형이상학적인 고뇌에 빠져들었던 적은 한 번도 없었다. 열심히 공부하기 위해서 대학에 들어간 것이 아니라 그저 고등학교를 졸업했기 때문에 대학엘 갔고, 대학에 들어갔기 때문에 공부를 했다. 공부에 전념해야 한다는 강박관념을 느낀 적도 없었다.

그러다가 의과대학 졸업 후 전공으로 정신과를 택하고, 정신과 전공의(레지던트)로 남기 위해 꽤나 악착같이 공부했다. 정신의학을 공부하여 많은 환자들에게 삶의 위안을 주고 또 자기 스스로도 정신적 구원의 길을 모색해 보겠다는 의도 같은 것은 전혀 개입돼 있지 않았다.

물론 공부를 계속하면 할수록 입맛에 들어맞는 학문인 정신의학을 전공으로 택했다는 사실이 다행스럽게 느껴진 적은 많았다. 하지만 그가 만약 전공 분야로 정신과를 택하지 않고 내과나 외과를 택했다 할지라도 결과는 마찬가지였을 것 같았다. 말하자면 그는 오직 뭘 해서라도 이왕이면 풍족하게 먹고 살기 위해서, 이왕이면 그것이 재미있는 '놀이'도 겸하는 것이 되도록 하기 위해서, 하루하루를 소비했을 뿐이었다.

그가 심각한 고민에 빠져든 적이 있다면 그것은 오직 연애 문제로 골치를 앓고 있을 때 뿐이었다. 요즘 발표되는 소설에 흔히 등장하는 정신적 가치관의 문제나 정치적 이데올로기 문제 때문에 고민한 적은 한 번도 없었다. 물론 의과대학이라는, 어찌 보면 오로지 의료기술자를 만들어내는 공장과도 같은 폐쇄된 특수 상황이 그를 단순한 장인기질(匠人氣質)로 몰아갔는지도 몰랐다.

그렇지만 그는 우리나라 지식인들이 줄곧 외쳐대곤 하는 '지식인으로서의 양심'이나 '정치적 고뇌' 같은 것을 통 이해할 수 없었다. 다들 지극히 '단순한 삶'을 살아왔는데도 불구하고 마치 지극히 '복잡한 삶'을 살아온 것처럼 거짓말을 하는 것처럼 보였다.

물론 정치적 투쟁에 가담하여 감옥살이를 했거나 경찰에 쫓겨

다니는 처지가 됐다거나 하면 보통 사람들보다는 조금 더 복잡한 삶은 살았다고 볼 수 있었다. 하지만 그래 봤자 그것이 '그저 하루하루를 때워나가다 보면 결국 인생이 끝나버리는 단순한 삶'의 본질적 성격에서 현격하게 떨어져 있는 '보다 고상한 삶'이라고는 볼 수 없었다.

그런데 왜 많은 작가들은 소설 속에서 그럴듯한 핑계를 내세워 가며 마치 고뇌에 가득 찬 복잡한 삶을 살아온 것처럼 위장을 하고 있는 것일까?

그는 방금 간신히 읽기를 끝낸 체코 작가 밀란 쿤데라의 소설 『참을 수 없는 존재의 가벼움』을 갈가리 찢어버리고 싶은 충동을 느꼈다. 그 소설이 좋다고 하는 사람들이 하도 많아서, 그리고 그 소설의 주인공이 하필 의사라서, 남들보다 뒤늦게 그 책을 읽어 봤던 것이다. 또 민자가 크게 감동받았다고 하며 그에게 읽기를 권했기 때문이기도 했다.

『참을 수 없는 존재의 가벼움』은 뭐가 뭔지 알 수 없는 난삽하고 현학적인, 마치 잠언과도 같은 단장(斷章)들로 가득 차 있었고, 복잡하고 사변적인 문장들이 읽는 사람을 공연히 주눅 들게 했다. 인생이 과연 이렇게 진짜로 복잡한 것이라면, 누구나 다 철학자가 돼버릴 수밖에 없을 것이다, 하고 그는 비아냥거리는 투로 나직이 중얼거렸다.

정신과 의사 노릇을 하려면 인문적(人文的) 교양을 많이 쌓아나가야 하므로 아무래도 다른 전공의 의사들보다 책을 많이 읽게 된다. 그리고 책 중에서도 역시 인간의 심리가 구체적으로 담겨 있는 소설책을 많이 읽게 되는 것이다. 그는 최근에 나온 한국 소설들이 너무나 유식한 체 '똥 폼'을 잡는 게 무척이나 역겨워서, 일종의 사대주의(事大主義) 정신이 발동하여 쿤데라의 『참을 수 없는 존재의 가벼움』을 읽었던 것이다. 하지만 그 소설 역시 여느 한국 소설과 마찬가지로 너무나 어렵고 복잡하게 씌어 있었다.

2백 명이나 되는 여자들과 육체관계를 가졌다는 바람둥이 외과의사가, 그토록이나 복잡한 사색에 빠져들고 또 독재 이데올로기에 폼나게 저항해 간다는 것이 너무나 이상했다. 소설이란 어차피 '영웅'을 만들어내야 하는 것이라는 사실을 감안하더라도, 어쨌든 어깨에 지나치게 힘이 들어가 있는 소설이었다.

그가 쿤데라의 소설을 읽기 전에 읽은 한국 작가의 소설은 하일지의 『경마장 가는 길』이었다. 신문에서 하도 떠들어 대길래 두꺼운 부피의 책을 큰맘 먹고 한번 정독해 봤던 것이다. 우선 유려한 문장과 상세한 정밀묘사가 작가적 역량을 유감없이 과시해 주는 보기 드문 수작이라고 생각했다. 하지만 아무래도 너무 무거웠다. 밴댕이 속처럼 좁은 마음을 가진 경박한 인텔리 여성의 단순한 배신행위에 따른 남녀 간의 치정적(癡情的)인 시소게임이 너무 복잡하고 우회적인 장광설을 통해 지루하게 묘사되고 있었다.

또 그토록이나 편집적으로 정밀묘사에 치중하면서도, 정작 진짜로 묘사해야 할 부분, 이를테면 여자의 외모에 대한 묘사나 그 여자를 사랑할 수밖에 없었던 남자 주인공의 심리에 대한 묘사, 그리고 그가 본처(本妻)를 싫어하게 된 이유에 대한 심리묘사가 생략돼 있는 것이 이상했다. 그가 볼 때 그건 사실 『경마장 가는 길』 하나만의 문제가 아니라 한국 소설이 공통적으로 갖고 있는 결함이었다.

이문열의 소설 『추락하는 것은 날개가 있다』에서도 여주인공의 외모에 대한 묘사는 단 한 줄도 나오지 않았다. 코는 어떻게 생겼으며 입술을 어떻게 생겼다, 그리고 특히 섹스할 때의 태도는 이랬다……. 적어도 이런 게 들어가 있어야 주인공이 여자에게 쏟는 정신적·육체적 사랑과 집착의 열정이 구체적인 설득력을 갖게 될 것이다. 그러나 이 소설에서는 그저 정체 모를 사랑에 대한 사변적 고뇌만이 장황하게 기술되고 있을 뿐이었다.

지훈은 그래도 다른 소설에 비해 『추락하는 것은 날개가 있다』는 재미있게 읽어 내려갈 수 있었는데, 소설의 시대 배경이 그가 대학에 다닐 때인 1970년대로 되어 있기 때문이었다. 하지만 그 소설을 읽으면서 그가 빠져들어 갈 수밖에 없었던 의문은, 과연 내가 1970년대에 『추락하는 것을 날개가 있다』의 주인공들처럼 복잡하고 거창한 사변(思辨)의 늪 속에서 헤맸던가 하는 것이었다.

소설에 등장하는 아메리카니즘에 대한 회의와 미국에 대한 애증 변존의 심리가 그때 과연 그토록 거창하게 의식 밖으로 노출돼 있었던가, 또 대학 일학년밖에 안 되는 남녀가 그토록 우아한 화법(話法)을 구사하며 문어체(文語體)로 대화를 나눌 수 있었던가…… 하는 의문이 그로 하여금 작가를 의심하게 만들고 있었다.

말하자면 그는 그 소설의 작가가 전혀 솔직하지 못한 작가라고 결론내릴 수밖에 없었던 것이다. 그 작가는 소설을 통해 스스로의 지적(知的) 수준을 더 높은 곳으로 끌어올림으로써, 자기 자신의 진짜 욕망을 초자아(超自我) 쪽으로 위장·전이시키고 있었다.

『추락하는 것은 날개가 있다』는 그래도 나은 편이었다. 적어도 교과서적 섹스 묘사를 삽입하고 있지는 않기 때문이었다. 1990년대에 등장한 이른바 '포스트모더니즘'을 내세운 젊은 작가들의 소설들은 다들 하나같이 거칠고 투박한 섹스 장면들을 많이 삽입시켜 놓고 있었다. 그런데 섹스가 섹스로 끝나지 않고 다른 관념들과 '양다리 걸치기'를 하고 있어서 탈인 것이다.

섹스를 통해서 사회 고발을 하기도 하고 섹스를 통해서 정치 고발을 하기도 한다. 아니, 섹스를 통해서 1980년대 초반의 암울한 정치 상황에 대한 저항을 시도하거나, 또는 그러한 정치 상황으로부터의 도피를 시도해 보기도 한다. 포스트모더니즘 계열의 소설에 등장하는 대학생들은 대부분이 다 '운동권' 학생들이게 마련이고, 그래서 그들의 섹스는 '쾌락에 탐닉하는 섹스'가 아니라 '현실을 고뇌하는 섹스'가 된다.

단순한 대학 입시 공부를 해도 고민하고, 본능적 충동에 따른 섹스를 해도 고민하고, 민주 회복을 위한 투쟁을 해도 고민한다. 도대체 '고민'이 너무 많고 흔하다. 이러한 '고민의 인플레' 현상이 모든 작가들의 진짜 속마음, 즉 단순한 쾌락욕구(프로이트식 표현을 빌린다면 '리비도')를 그럴듯하게 포장해 주어 그들로 하여금 건방진 엘리트 의식에 안주하도록 만들고 있다.

말하자면 현학적인 포장을 하지 않으면 글쓴이 스스로가 '지식인의 사회적 공동 책임'을 져버린 개인주의자로 낙인찍혀버릴까 봐 전전긍긍하는 모습들이다. 다들 '뭉치면 살고 헤어지면 죽는다' 식의 집단적 단결 의지에 발목을 잡힌 상태에서 스스로의 아이덴티티 찾기를 포기한 채 어물쩡 살아나가고 있는 사람들 같다.

지훈은 문득 '뭉치면 죽고 헤어지면 산다'는 정반대의 아포리즘을 생각해 보았다. 큰 것보다는 자잘하게 토막난 것들이, 그리고 복잡한 것보다는 단순한 것들이 더욱 중요한 지적(知的) 탐구의 과제로 대두돼야만 할 것 같은 생각이 들었기 때문이다. 물론 포스트모더니즘 이론에서는 그런 식의 주장을 펴고 있었다. 하지만 포스트모더니즘 이론 역시 쓸데없는 푸념, 엄살, 그리고 필요 이상의 사치스런 고뇌로 가득 차 있을 뿐이다. 그래서 현대인의 실존을 제대로 해부해내지는 못하고 있는 것 같이 생각되었다.

그는 곁에서 잠을 자고 있는 민자의 얼굴을 지그시 내려다보았다. 미처 화장을 지우지 못하고 잠들어버렸기 때문에, 그녀의 모습이 어쩐지 측은해 보였다. 대리배우자가 되어 성행동 치료에 참여하건, 점점 강도가 높아져만 가고 있는 지훈의 요구에 따라 그에게 성적(性的) 노예로서의 서비스를 제공하건, 여자에겐 둘 다 고달픈 노역임에 틀림없었다. 그래서 오늘도 여자는 여느 커플들의 정사와는 달리, 남자에게 더 후희(後戲)를 요구하지 않고 그대로 잠에 곯아떨어져버린 것이었다.

섹스 후에 찾아오는 허탈감 때문인지 그는 여자가 잠들고 난 다음에는 반드시 책을 들여다보는 버릇이 있었다. 아니 섹스 후의 허탈감 때문만은 아니었다. 그가 혼자 지낼 때부터 지니고 있던 버릇이었다. 그런데 어쩌다 둘이서 같이 잠을 자게 되는 날이면, 곁에 여자가 누워 있다는 사실이 무척이나 어색하게 느껴져서 더 오랜 시간 동안 책을 들척거리게 되는 것이다. 그는 침대 모서리에 떨어져 있는 소설책을 바라보면서 이런저런 생각에 빠져들었다.

『참을 수 없는 존재의 가벼움』에서 남자 주인공 토마스는 사랑 또는 섹스를 '가볍게' 여기는 남자로 나오고, 토마스를 사랑하는 테레사는 사랑 또는 섹스를 '무겁게' 여기는 순진가련형의 여자로 나온다. 그렇다면 민자는 대체 어떤 부류의 여자일까. 사랑을 무겁게 여기는 테레사 같은 성격의 여자일까. 아니, 민자는 그만두고 그럼 나 자신은 어떨까.

지훈은 민자가 그에게 『참을 수 없는 존재의 가벼움』을 읽도록 권한 이유를 잘 알 수가 없었다. 더구나 난삽한 표현으로만 이어진 소설이라서 그녀가 이 소설을 읽고 감동했다는 말이 통 납득이 가지 않았다. 하긴…… 모든 여자들이 다 지적(知的) 허영심을 가지고 있긴 하지. 그래서 책을 읽는 독서 인구도 남자보다 여자가 훨씬 더 많은 것이다. 여자들은 쉽게 읽히는 소설보다 어렵게 읽히는 소설을 더 좋아한다. 그네들은 모두 소설의 작가가 파놓은 사변(思辨)의 함정에 빠져들어 허우적거리면서 묘한 쾌감을 맛보는 마조히스트들이다.

하지만 그는 민자한테만은 정말 그런 식의 허영끼 섞인 지적(知的) 취향이 없기를 바랐었다. 또 그동안 그녀와 같이 생활해 오면서 결론 내리게 된 것도, 민자가 다른 여자들에 비해 정신주의적 포장을 싫어하는 진짜 육체주의자라는 사실이었다. 그렇다면…… 그렇다면…… 그녀는 과연 이 소설에서 어떤 감동을 받았다는 말일까.

그저 단순하게 생각해 보면 남자에게 헌신적인 성격인 테레사가 토마스에게 바치는 지극정성의 사랑에 감동받았기 때문이라고 볼 수도 있다. 그래서 마치 내가 토마스처럼 느껴지고 자기가 테레사처럼 느껴졌을 것이다. 육체적인 관계만으로는 항상 허전해 하는 테레사의 고뇌가 마치 자기의 고뇌처럼 여겨져 자기 마음을 알아달라는 뜻으로 내게 이 책을 권했는지도 모른다…….

하지만 지훈은 아무리 생각해 봐도 민자와 테레사는 근본적으로 종류가 다른 여자라는 생각이 들었다. 민자는 테레사가 사랑을 무겁게 생각하는 것만큼 사랑에 큰 의미를 부여하고 있지 않았다. 그녀는 오직 돈을 받는 은혜에 대한 보답으로 성적 쾌락을 제공해주는 역할에 만족하고 있었다.

물론 말끝마다 정신적 사랑을 운위하며 칭얼칭얼 보채댄 적도 많았다. 하지만 그것 역시 그녀 스스로 주제파악을 못했기 때문에 빚어낸 우스꽝스런 해프닝에 불과한 것이었다. 그러므로 그녀가 정신적 사랑에 대한 갈증에 시달리고 있다고는 도저히 볼 수 없었다. 손톱을 참을성 있게 길러나가면서 은근히 기분 좋아하는 것만 보더라도, 민자는 남자에 대한 사랑보다 자기 자신에 대한 사랑, 즉 나르시시즘적 사랑에 더 큰 비중을 두고 있는 여자임에 틀림없었다.

그럼 나는 과연 어떤 부류의 남자일까…… 하고 지훈은 계속해서 생각했다. 아무리 봐도 나는 토마스 같은 바람둥이 체질은 못 된다. 사랑에 대한 냉소적인 허무주의를 시종일관 유지하고 있는 것은 둘 다 비슷하다. 하지만 토마스의 잡식성(雜食性) 연애 편력에 비해 볼 때 나는 너무 입맛이 까다롭고 건방진, 아니 변태적인 미식가(美食家)에 가깝다. 말하자면 나는 단순히 유미주의자, 그것도 인공미(人工美)에 집착하는 유미주의자일 뿐이다. 그러니까 나는 어쨌든 사랑을 나눌 대상에 대해 토마스보다 훨씬 더 까다로운 게 사실이니, 사랑을 '무겁게' 생각하는 부류의 남자일 수밖에 없다…….

그의 가슴 속에서 갑자기 참을 수 없는 짜증이 북받쳐 올라왔다. 거지발싸개 같은 소설 하나를 가지고 이리저리 자기의 성격을 분석해 보고 있는 자기 자신이 역겨워졌기 때문이었다. 그래서 그는 곁에서 곤히 잠들어 있는 여자의 어깨를 세게 흔들었다. 빨리 잠에서 깨어나게 해가지고 대관절 이 책에서 어떤 감동을 받았느냐고 물어보고 싶었기 때문이다.

여자는 곧바로 눈을 떴다. 그리고 눈을 뜨자마자 그의 자지부터 찾았다. 마치 갓난아이가 잠에서 깨자마자 엄마 젖꼭지를 찾는 것 같은 모습이었다. 여자의 그런 모습이 그로 하여금 왠지 모를 뭉클한 감동을 느끼게 했다.

"저를 깨우셨어요?"

여자가 한참 만에 말했다.

"미안해. 꼭 물어보고 싶은 말이 있어서 그랬어."

"어떤 얘긴데요?"

"방금 쿤데라의 소설을 다 읽었거든. 그런데 내겐 하나도 재미가 없었어. 그런데 넌 이 소설에서 감동을 받았다고 했잖아? 그래서 대관절 이 소설의 어떤 면이 민자에게 감동을 주었는지 퍽 궁금했어."

"겨우 그거예요?"

여자는 약간 실망스럽다는 표정을 하면서 아직 잠에서 깨어나지 않은 목소리로 말했다.

"응. 내가 물어보고 싶은 건 바로 그거야."

"별거 아니에요. 전 다만 테레사가 너무 착해 보였어요. 그리고 나중에 두 사람이 사랑으로 결합하는 게 너무 부러웠구요."

"문장이 너무 어렵고 딱딱한데 어떻게 끝까지 읽었지? 난 너무 지루하던데."

"어려운 내용의 글은 건너뛰어 가면서 읽었지요. 하지만 다 건너뛰지는 않았어요. 그런 내용도 곰곰이 씹어서 읽다 보면 묘한 쾌감이 오기 때문이죠."

"대관절 어떤 쾌감인데?"

"내가 아주 유식하고 박식해져 가는 것 같은 착각이 들기 때문에 쾌감을 느끼게 되는 거죠."

여자는 배운 여자든 못 배운 여자든 다들 지적(知的) 허영심을 갖고 있다는 사실을 그는 다시 한 번 확인할 수 있었다.

"그밖에 또 다른 것은 없었어?"

"테레사가 사진작가가 되는 게 퍽 멋있어 보였어요. 그리고 부럽게도 생각됐구요."

"시골에서 카페 여급을 하던 애가 어떻게 갑자기 사진작가가 된단 말야? 그리고 소련군이 체코를 침공해 왔을 때 사랑밖에 모르던 단순한 성격의 여자가 어떻게 그토록 용감하게 소련군의 침공 현장을 기록한 사진을 찍을 수 있단 말야? 난 그런 식의 설정이 도무지 마음에 들지 않았어. 전혀 개연성이 없어 보였기 때문이지."

"그게 왜 불가능해요? 선생님은 여자를 너무 무시하고 있어요."

여자가 약간 토라진 목소리로 대답했다.

그는 별 볼 일 없는 화제를 가지고 입씨름을 하고 있는 게 쓸데없는 에너지의 소모같이 생각되어 더 이상 말을 안 하기로 했다. 여자란 도무지 속을 알 수 없는 동물이라는 생각이 들었다.

그가 입을 다물고 있자 여자가 약간 머쓱해 했다. 이젠 완전히 잠이 달아나버린 것 같았다. 여자는 마치 생선을 만난 고양이처럼 그의 가슴으로 파고들었다.

"죄송해요. 전 그저 토마스와 테레사의 관계가 마치 저와 선생님의 관계처럼 느껴져서 그 소설이 그만하면 재미있게 읽혀졌던 거예요. 전문 분야는 다르지만 토마스도 의사고 선생님도 의사라서 더 그랬는지도 몰라요."

하고 여자가 말했다. 그는 대답하지 않았다. 꽤 오랜 시간이 무심하게 흘러갔다.

"이상하게도 오늘 밤은 잠이 오지 않는군."

그가 여자의 젖가슴을 어루만져주면서 말했다.

"제가 저 방에서 잘 걸 그랬나 봐요. 혼자서만 주무시다가 이렇게 합쳐서 자게 되면 잠을 잘 못 주무시더라고요."

"너 때문은 아니야. 오늘 밤은 왠지 복잡한 생각들이 머릿속을 꽉 채우고 있기 때문이었어."

"그럼 술이라도 한잔 하실래요?"

"그래. 술을 마시고 싶군. 아주 독한 걸로."

여자가 침대에서 일어나 부엌으로 가서 양주병과 얼음, 그리고 술잔을 가지고 왔다. 그는 여자가 따라주는 술을 얼음을 넣지 않고 스트레이트로 들이켰다.

"너도 마실래?"

그가 여자에게 잔을 내밀면서 말했다.

"네. 저도 아주 취해버리고 싶어요."

여자는 그가 따라주는 술을 단숨에 들이켰다.

"잠은 다 달아났나?"

"아주 달게 잔 잠이라서 잠깐 자고 일어났는데도 머리가 개운해요."

지훈은 술기운이 온몸에 퍼져가는 것을 느끼며 창가로 걸어가 커튼을 젖혔다. 밤거리는 신기하게도 아주 조용했다. 어디 먼 곳에 있는 낯선 도시에라도 와 있는 것 같은 느낌이었다.

그는 담배를 피워 물고 창가에 있는 의자에 앉아 계속 창밖을 내다보았다. 방 안이든 방 밖이든, 모든 게 너무 단순하게 반복적으로 돌아가고 있다는 생각이 들었다.

"요즘도 이성기가 오나?"

그는 단조로운 느낌에서 벗어나고 싶어 불쑥 이성기 얘기를 꺼냈다. 얼마 전부터 두 사람의 성희 현장을 엿보지 않기로 했기 때문에 은근히 궁금해 하고 있던 참이었다.

"가끔 와요. 어제도 왔다 갔어요."

"밖에서 만나자고는 안 해?"

"호텔 비용을 들이기가 아까운가 봐요. 그래서 이젠 아무렇지도 않게 드나들죠."

"테레사는 토마스가 다른 여자와 자는 것처럼 자기도 다른 남자와 자보려고 시도하다가 결국 단념하고 말지. 체질상 안 맞았기 때문이야. 그런데 넌 그 녀석과의 만남을 은근히 즐기고 있어. 그러니까 넌 절대로 테레사는 못 돼. 언제라도 기회만 오면 내 곁에서 도망쳐버릴 여자야."

괜히 심통을 부리고 싶어서 그가 약간 볼멘소리를 과장적으로 지어내면서 말했다. 같이 살다 보니 부부싸움 같은 게 필요하다고 생각될 때가 있었다. 너무 심심하고 단조롭기 때문인지도 몰랐다.

"선생님이 허락했잖아요? 싫으시면 당장이라도 그만 만날게요."

"글쎄…… 그럼 네가 너무 심심해질걸."

"전 아무래도 괜찮아요. 선생님이 시키는 대로 하겠어요."

그는 여자에게 어떤 대답을 해줄까 하고 잠시 망설였다. 그만 만나라고 하자니 뭔가 켕기는 것이 있었다. 그렇게 되면 그와 민자 두 사람이 마치 진짜 '부부'와 같은 상태가 될지도 모른다는 두려움이 그의 머릿속을 엄습해 왔다.

"차차 생각해 볼게. 갑자기 그만 만나자고 하면 아마 저쪽에서도 가만히 있지 않을 거야. 그러니까 좀 더 시간을 두고 네가 그 녀석과 헤어지는 절차를 생각해 보도록 하겠어."

그가 계속 창가에만 앉아 있자 여자가 침대에서 일어나 그의 곁으로 왔다. 여자의 벌거벗은 몸뚱어리가 창밖의 풍경과 그런대로 멋진 하모니를 이뤄내고 있었다.

여자는 그가 앉은 의자 밑에 앉아 그의 허벅지에 머리를 기댔다. 어색한 침묵이 흘렀다. 하긴 두 사람이 공통된 화제를 가지고 지속적으로 얘기를 해본 적은 여태껏 별로 없었다. 그저 열심히 섹스하고, 열심히 술 마시고, 열심히 담배 피우는 것이 두 사람의 일이었다. 물론 손톱이나 장신구, 옷 등에 대한 화제만은 예외였다. 하지만 왠지 정체 모를 센티멘털리즘이 몰려오는 한밤중의 이 시각에 새삼스럽게 그런 얘기를 꺼낼 수도 없었다.

침묵이 계속되는 게 싫어서 그랬는지, 아니면 묘한 감상(感傷)이 찾아와서 그랬는지, 여자가 문득 노래를 부르기 시작했다. 밤이라서 그런지 낮은 톤으로 나직하게 깔리는 여자의 음성이 무척이나 구슬프게 들렸다.

당신은 울고 있네요
잊은 줄 알았었는데
옛날에 옛날에 내가 울듯이
당신도 울고 있네요

한때는 당신을 미워했지요
남겨진 상처가 너무 아파서
당신의 얼굴이 떠오를 때면
나 혼자 방황했었죠

당신도 울고 있네요
잊은 줄 알았었는데
옛날에 옛날에 내가 울듯이
당신도 울고 있네요

"노래 가사가 참 좋군. 누가 부른 무슨 노래지?"

여자가 노래를 끝내자 그가 예의를 갖출 겸 해서 물었다.

"〈당신도 울고 있네요〉라는 가요예요. 남자 가수가 부른 건데 가수 이름은 잊어버렸어요."

"그러니까 둘이서 연애하다가 여자가 남자를 차버렸다, 그런데 나중에 우연히 여자를 만나보니까 여자도 후회의 눈물을 흘리고 있더라, 말하자면 이런 내용이로군."

"그런 거겠죠. 아무튼 노래의 내용이 너무 슬퍼요."

따지고 보면 별것도 아닌 가사를 가지고 여자가 심각한 표정을 짓고 있다는 게 우스웠다. 하지만 그는 적당히 쿵짝을 맞춰주었다.

"사랑이란 게 다 슬픈 건가 봐. 사랑의 기쁨을 노래한 가요는 하나도 없으니 말이야. 몽땅 사랑의 슬픔, 이별의 슬픔을 주제로 하고 있어."

"선생님이 노래에 감동하시는 걸 보니까 참 기분이 좋아요. 선생님도 감정이 있는 사람이라는 생각이 들어서요."

"왜. 나는 감정도 없는 사람으로 보였어?"

"가끔씩 그런 생각을 해보게 될 때가 많았지요."

"어쨌든 난 여자한테 차이는 건 질색이니까, 네가 부른 노래 가사처럼 날 버리고 도망가진 말아야 해. 알았지?"

"그럼요. 제가 가긴 어디로 가겠어요."

여자가 하는 말이 무척이나 냉소적인 어조로 들렸다.

여자에게 술병을 가져오라고 해서 다시 술을 한 잔 더 따라 마셨다. 문득 이러고 있는 것이 연극의 한 장면 같다는 생각이 들었다.

만약에 이것이 연극의 한 장면이라면, 대체 몇 막(幕)쯤에 해당된다고 볼 수 있을까. 아니, 연극이라기보다는 텔레비전 연속극에 더 해당될지도 모른다. 그렇다면 이 장면은 횟수(回數)를 늘리려고 별것도 아닌 내용을 가지고 질질 끌어가기만 하는 재미없는 연속극의 종반 부분에 해당될 것 같은 생각이 든다.

갑자기 결말로 치닫기 위해 돌연한 교통사고나 돌연한 자살 같은 것이 곧 등장할지도 모른다……. 또는 민자가 갑자기 도망가 버리거나 내가 의료행위를 빙자한 매춘을 시켰다는 죄목으로 잡혀가게 될지도 모르고……. 지훈은 문득 이런 생각이 들었다. ■

■ 작품해설

실존적 허무의식의 기저(基底)

—『사랑이라는 환상』에 대하여

김성수
(문학평론가, 연세대 교수)

1. '마광수 문학'의 이해를 위한 전제

'마광수 문학'은 이제 한국문화의 한 상징적 코드이다. '야한 여자론(『나는 야한 여자가 좋다』)'으로 시작되어 우리 사회의 '성의식(性意識)'이 규율하는 금기에 적지 않은 기간 혈혈단신 고투를 벌여온 그의 문학적 행보는 지금도 여전히 뜨거운 논점을 형성하고 있다. 1992년의 『즐거운 사라』 필화사건에서 한 정점을 이루었던 '표현의 자유' 문제는 이후에도 그의 작품이 출간될 때마다 사법 당국이나 문학계(文學界) 안에서 뜨거운 감자로 논쟁이 되고 있다. 그것은 아마도 그의 문학이 집요하게 추구하고 있는 성에 관한 정밀한 묘사와 서술이, 우리 사회 내부에서는 제한 수위를 넘어설 수 없다는 사회적 규범이 강력한 금제로 작동하고 있기 때문일 것이다. 성에 관한 담론과 표현물들이 온오프라인을 넘나들며 광범위하게 표출되고 있는 오늘의 문화 현실에서도, 언어적 기호로 상상된 문학적 구성물이 여전히 검열이라는 제동장치에 묶여 있음을 반증해주는 현상이 아닐 수 없다.

성에 관한 문학적 표현은 굳이 사드나 바타이유를 위시한 서구 작가들의 과격한 성담론을 끌어들이지 않더라도 표현의 자유라는 민주사회의 원리 안에서 유연하게 수용되어야 할 사안이라고 할 수 있다. 문학예술에 관한 한 사법적 판단이나 윤리적 제약보다는 문학 시장의 구조 안에서 자율적으로 논의되고 수용되는 유통과정이 우리 사회의 문화체질과 자생력을 강화시킬 수 있는 방안이라는 점을 생각할 때 마광수 문학, 더 나아가 성문학에 대한 사회 내부의 의식은 지금보다 훨씬 더 유연해질 필요가 있다. 마광수의 장편소설 『사랑이라는 환상』을 읽으면서 이 점을 먼저 떠올리는 것은, 우리 사회의 경직된 성의식이 그의 문학에 내장된 성적 무의식과 판타지, 미적 감각을 형성하는 구체적 항목들과 불필요한 대립각을 세우고 있는 것은 아닐까 하는 우려 때문이다.

마광수의 문학작품 전체를 관통하고 있는 분방한 성적 상상력은 장편소설 『사랑이라는 환상』에서도 유감없이 발휘되고 있다. 마광수는 이번 작품에서도『권태』,『즐거운 사라』,『광마일기』,『자궁 속으로』,『별것도 아닌 인생이』,『나만 좋으면』 등에 이르기까지 자신의 문학을 관통하고 있는 성적(性的) 상상력의 세밀한 감각들을 독자적으로 활용하고 있다. 잘 알려진 바와 같이 그의 문학세계를 설명하는 핵심 개념들로 '페티시즘', '탐미적 관능', '관능적 상상력', '관능적 일탈미', '유미적 평화주의' 등을 들 수 있을 터인데, 유미적 상상력 차원에서 탐미적 관능미를 자유자재로 활용하고 있는 이전 작품들과 비교하여『사랑이라는 환상』에서는 성적 판타지의 문제를 카타르시스의 실제적 효용성이라는 차원에 접목시켜 형상화하고 있다.

이번 소설에서 무엇보다 주목되는 것 한 가지는 그의 분방한 성적 상상력을 구성하는 내면원리로서 실존적 허무의식의 정체를 확인할 수 있다는 점이다. 이 점은 그의 문학적 내면을 심도 있게 이해하는데 불가결한 요소이지만 깊이 논의되지 못하고 간과된 것이 사실인데, 이번 소설에서는 그의 미의식과 세계관의 근간을 이루는 실존적 허무의식이 성치료라는 독창적 모티프를 통해 선명하게 노정되고 있다. 아울러 마광수 문학의 핵심 기제로 작동하는 카타르시스의 문제가 상징적 회로가 아니라 실제적 효용으로써 문학치료의 영역에서 논의될 수 있는 가능성을 열어주고 있다. 시인과 소설가 이전에 문학연구자로서 오랫동안 카타르시스의 실제적 효용성 문제를 탐구해온 그의 문학에 대한 기본 입장이『사랑이라는 환상』에서 자유롭게 구현되고 있는 것이다.

또 하나 눈여겨보아야 할 것은 이미 『즐거운 사라』에서도 시도되었던 '열린 결말'의 구조를 그는 이번 작품에서 다시 채택하고 있는 점이다. 작가는 『사랑이라는 환상』에서 시작과 전개와 종결이라는 소설의 기본 문법에 전형적으로 나타나는 '닫힌 구조'를 배제하고 있다. 결말이 완결되는 '닫힌 소설'이 아니라 끝이 결정되지 않는 순환원리로서 무언가 하나의 결말로 귀결되지 않는 '열린 소설'의 구조에 대한 실험을 작가는 『사랑이라는 환상』에서 시도하고 있다.

2. 카타르시스의 문학적 효용론

마광수 문학은 기본적으로 그가 독자적으로 추구해 온 문학관에 토대를 두고 형성되고 있는 것으로 보인다. 자신의 여러 이론서에서 언급하였듯이 그는 '효용론'에 바탕을 둔 문학의 카타르시스를 강조한다. 문학이 인간의 정신에 실제적으로 어떤 효용성을 줄 수 있는가 하는 것이 그의 주된 연구 주제였고, 이런 관심은 그의 문학 전반에 고스란히 반영되고 있다. 그의 문학에 충만한 성적 판타지나 관능적 이미지, 유미적 상상력은 바로 문학의 궁극적 효용성으로서 문학을 통해 현실 속에서 억눌린 감정을 자연스럽게 배출할 수 있는 통로를 마련하는 데 있다고 보는 것이 좋을 듯하다. 마광수의 문학관은 효용론이라는 관점에서 독자와의 관계를 고려할 때 매우 중요한 사항으로 부각된다.

문학의 효용성에 관한 문제는 아리스토텔레스의 카타르시스 이론과 직결된다. 아리스토텔레스는 『시학』 6장에서 "비극은 연민과 공포를 환기시키는 사건을 통하여 감정을 카타르시스(catharsis)시킨다"라고 말한 바 있는데, '정화' 또는 '배설'을 의미하는 카타르시스는 문학이 독자에게 주는 직접적인 영향을 설명하는 개념이다. 마광수는 바로 이 카타르시스 이론의 중요성을 수용한 이후 이에 근거하여 '효용론으로서의 카타르시스 문제'를 집중 탐구해왔고, 거기에 그의 주된 관심사인 성적 미의식을 결합하여 그만의 독특한 문학세계를 형성하게 되었다. 또한 그는 서구적 개념으로서의 카타르시스와는 달리 동양사상에 뿌리를 두고서 음양사상과 한방의학 이론, 그리고 불교사상에 접목시켜 자신의 문학관을 작품 속에 반영하고 있다.

마광수의 카타르시스 이론을 중심으로 한 문학관의 정체를 좀 더 분명히 파악하기 위해서는 정신적 개념으로서만이 아니라 의학적, 육체적 개념으로 받아들일 필요가 있다. 즉 그의 이론대로 카타르시스를 '배설'로 해석할 때 그것은 단순한 감정의 배설, 억압된 심리적 욕구의 해방이라는 정신적 의미만이 아니라, 정신과 육체를 아울러 포괄하는 인체의 종합적이고도 유기체적인 대사 작용으로 이해할 수 있다. 이러한 이해를 돕기 위해서는, 인간의 생명활동을 물질이나 정신의 한쪽으로만 파악하지 않고 육체와 정신의 상호작용으로 보아 일원론적으로 인식한 한방의학의 개념이 요청된다. 그는 서양의 비극적 카타르시스 개념 대신 희극적 카타르시스 역시 중요한 효용이 있다고 진단하고 여기에 사상의학(四象醫學)에서 말하는 체질론(體質論)을 추가하여 독자 위주의 유연한 효용론을 전개한다. 카타르시스에 대한 이런 이해는 현대인들에게 문학이 단지 심미적 차원에만 머물러 있을 것이 아니라 인간 치료의 실용주의적 차원으로까지 나아가야 한다는 것을 구체적으로 증명해 보고자 한 시도로 이해할 수 있다. 이처럼 마광수는 자신의 독자적인 카타르시스 이론을 줄곧 문학작품에 반영하는 글쓰기를 해왔는데, 『사랑이라는 환상』 역시 이 연장선 위에서 이해하는 것이 필요하다.

대학병원 정신과 교수인 주인공 이지훈은 서양 의학에 자신이 오랫동안 관심을 가져온 한방을 도입하여 치료를 하는데, 결국 이런 이단적 행위가 발단이 되어 동료 교수들로부터 비판과 따돌림을 당하고 병원을 그만둔다. 물론 지훈이 대학병원의 교수직에서 물러나게 된 결정적인 원인은 여성 환자와의 스캔들 때문이지만, 이 작품에서 제일 먼저 눈에 띄는 것은 성에 문제가 있는 환자들을 치료하는 과정에 한의학적 방법을 도입하는 그의 독특한 치료술이다. 이것은 아마도 작가 자신이 실제로 깊은 관심을 가지고 있는 동양의학 혹은 한방의학에 대한 지식을 작품 내에서 주인공의 치료행위에 투사한 것으로 보인다. 효용론의 관점에서 문학을 일종의 치료제로 받아들일 때 정신과 의사라는 주인공의 직업설정과 치료 행위는 자연스럽게 작가의 문학관이 반영된 것으로 이해할 수 있다.

『사랑이라는 환상』에서는 성치료를 전문으로 하는 의사로서 주인공이 다양한 유형의 성불구 환자들을 진단하고 처방하는 과정과, 그로부터 비롯되는 남녀관계의 애증 및 성의 교환 과정에서 발생하는 내면 심리를 다루고 있다. 그림을 전공했고, 화랑을 경영하는 30대 중반의 독신여성 타미, 아버지에 대해 품었던 적개심을 아버지의 대리인이라고 할 수 있는 남성에게 투사하여 복수하려는 잠재의식을 위장하여 결혼하지만 그것이 원인이 되어 불감증 환자로서 부부관계에 어려움을 겪고 있는 이방숙, 편모슬하에서 성장하여 상대하는 여자를 무의식적으로 어머니와 동일시하는 애증병존 심리로 인해 잠재의식에 축적된 죄의식 때문에 발기부전이 되어 이혼을 하고 그 충격으로 성적 고통에 시달리는 T교수, 여성동경의 특이한 성적 취향을 가지고 있는 남자 대학생 이성기 등의 여러 인물들은 지훈의 효과적인 성치료를 받고 병을 극복해 나간다.

성치료 전문의를 주인공으로 설정하여 성적 결함을 가지고 있는 여러 유형의 환자들을 치료한다는 작가의 구도는 자신의 작품 속에서 효과적으로 적용할 수 있는 장치로서 개연성을 확보할 수 있다. 특히 작가의 분신이라고도 할 수 있는 주인공 이지훈의 성적 취향을 환자 이성기의 성적 고민에 결부시키고 있는 발상은 이 작품을 문학의 효용론적 관점에서 이해할 수 있는 충분한 계기를 제공해주고 있다. 주인공의 다음과 같은 생각은 이점을 잘 보여준다.

> 정신분석학적으로 따져볼 때 이성기는 복장도착증에다가 나르시시즘, 그리고 관음증적 취향을 함께 가지고 있는 남자라고 볼 수 있었다. 그리고 여성의 몸뚱어리 전체를 하나의

> 미적 숭배 대상으로서의 물신적(物神的) 우상으로 보는 페티시즘(fetishism) 심리가 마음 밑바탕에 깔려 있었다. 지훈은 이성기를 보며 어쩌면 자기도 이 환자와 비슷한 패턴의 인간인지도 모른다고 생각했다. 하지만 조금 다른 점이 있다면 자기에게는 동성애 심리가 전혀 없고 또 복장도착 증세나 여성동경의 심리가 아주 심하지는 않다는 것이었다.

페미니스트이자 일종의 탐미적 페티시스트로서 이성기는 지훈이 고용한 성치료 보조원인 민자의 적극적인 치료를 받으면서 서서히 회복되어 간다. 지훈과 이성기는 복장도착증과 나르시시즘과 관음증적 취향을 함께 가지고 있으며, 여성을 미적(美的) 숭배의 대상으로 간주하는 페티시스트라는 점에서 약간의 차이가 있긴 하지만, 지훈은 이성기에게서 자신의 모습을 읽어낸다.

이 작품에서 관심을 가지고 보아야 할 점은 작가가 이전 작품에서 추구해 온 관능적 미의식으로서의 페티시즘이나 유미적 상상력을 성치료라는 구체적인 과정에 도입하여 적용하고 있는 장면들이다. 특히 지훈이 독특한 성적 매력을 지닌 민자라는 여성을 우연히 만나 사귀게 되고, 이후 성치료 보조원으로 고용하여 환자들을 치료하는 과정이 무척 생생하게 묘사되고 있는데, 이런 장면들은 문학이라는 허구적 장치 속에서 작가가 구상하고 있는 성적 상상력을 효과적으로 구현한다.

그러나 무엇보다도 이 작품에서 관심을 갖게 되는 것은 문학의 실제적 효용성에 관한 그의 일관된 발언들이 작품 안에 깊이 투영되어 있다는 점이다. 다시 말해 『사랑이라는 환상』의 인물들의 의식과 행위가 연출하는 여러 계기들을 통해서 권태로운 일상의 삶에서 활력을 얻게 된다. 현실에서는 윤리적 억제로 인해 억압돼 있던 가학욕구를 문학작품이라는 장치를 통해서라도 대리배설시켜 울체(鬱滯)된 잠재의식을 해방시키려는 계기를 제공하고 있는 것이다. 일탈적이고 가학적인 내용으로 구성된 문학 등의 예술작품을 '인공적인 길몽'으로 보고 있으며 그 대리배설적 효용가치를 옹호하는 한에서 좋은 꿈을 인위적으로라도 더 적극적으로 만들어내야 한다는 것, 그것을 작가는 『사랑이라는 환상』에서 성치료라는 모티프를 활용하여 반영하고 있다.

『사랑이라는 환상』의 주요 관심사인 문학의 실제적 효용성 문제와 관련하여 작가의 생각을 몇 가지 더 알아보도록 하자. 마광수는 이미 여러 글에서 자신이 구상하고 있는 세계를 "유미적 쾌락주의에 바탕을 둔 복지지상주의"(「복지지상주의를 위하여」, 『자유가 너희를 진리케하리라』)라고 밝힌 바 있는데, 이렇게 될 때 이데올로기의 폐해와 독선적인 종교의 폐단이 가져다 준 것 같은 인류 간의 상쟁사(相爭史)가 사라질 수 있다고 주장한다. 그가 여러 저술과 문학작품에서 강조하는 유미적 상상력에 바탕을 둔 평화주의는 그의 독특한 미의식과 어울려 독자적인 세계를 구축한다. 다음과 같은 발언들을 보자.

어린 시절부터 지금까지 나의 머릿속을 떠나지 않고 맴돌며 관능적 상상력을 키워준 것은 언제나 '손톱'의 이미지였다. 특히 나는 여인의 긴 손톱을 너무나 사랑한다. 손톱은 원시시대의 인류에게는 다른 동물의 경우처럼 일종의 가학적 무기였을 것이다. 그러나 가학적인 용도로 쓰이던 손톱이 이제 화사한 아름다움의 상징으로 변했다는 점, 그로테스크한 관능미의 심벌로 변했다는 점에서 나는 인류의 미래를 밝게 바라볼 수 있는 어떤 희망적인 예감을 얻는다. 인간의 가학성이 미의식과 합치되어 아름다운 판타지로 승화될 수 있을 때, 진정한 인류의 평화, 전쟁이 없는 세계가 건설될 수 있다. 주관과 객관, 감정과 사상, 관념과 사물의 대립을 지양하고 그것을 생동감 있게 통일시킬 수 있는 근원적 에너지가 바로 '판타지'에 간직되어 있기 때문이다. 관능적인 아름다움과 관념적 사랑이 아닌 성애적(性愛的) 사랑이 합치될 수 있을 때, 우리는 이데올로기의 질곡에서 벗어나 개개인의 당당한 쾌락추구에 기초하는 진정한 평화와 행복을 이룰 수 있을 것이라고 나는 믿는다.(『나는 야한 여자가 좋다』, 「책머리에」)

누구나 잘 사는 사회, 누구나 스스로의 야한 아름다움을 나르시시즘으로 즐길 수 있는 사회를 만들어야만 한다. ……모든 사람들이 '괴로운 노동'으로부터 해방되어, '즐거운 노동', 이를테면 화장이나 손톱 기르기 등을 통해 자신의 아름다움을 가꾸는 노동에서 진짜 관능적 쾌감을 얻을 수 있도록 구체적인 해결책을 모색해봐야 할 것이다. 따라서 유미주의에 바탕을 둔 쾌락주의, 또는 복지지상주의가 요즘의 내 신조라면 신조라고 할 수 있다. ……즐거운 권태와 감미로운 퇴폐미의 결합을 통한 관능적 상상력의 확장은 우리의 사고를 보다 자유롭고 풍요롭게 만들어준다. 인류의 역사는 상상을 현실화시키는 작업의 연속이었다. 꿈이 없는 현실은 무의미한 것이고 꿈과 현실은 분리되지 않는다. 꿈은 우리로 하여금 현실적 실천을 가능케 해주는 원동력이 되어주기 때문이다. (『가자, 장미여관으로』, 「책머리에」)

한편 작가는 포르노 영화나 소설 같은 에로티시즘 예술이 실제로 성의학에 이용되고 있으며, 성적 공상이 성행위시에 더욱 큰 절정을 느끼게 해준다는 사실을 다음과 같이 강조한다.

누구나 편안하게 성적 공상을 하면서 거기에 덧붙여 에로틱 아트를 당당하게 이용할 수 있게 된다면, 성적 억압이나 성적 무기력증 때문에 생기는 정신적 병리현상이나 불행한 남녀관계는 해결될 수 있다. 자극적인 성희 장면이나 내용을 담은 영화나 소설 또는 사진 작품 등을 성적 흥분을 돕기 위해 적절히 활용하는 것은 전혀 죄 될 일이 아니다. 예술작품은 어떤 형태로든 '자극'을 주기 위해 만들어지는 것이기 때문이다. 우리는 에로틱 아트를 활용하여 성욕을 보다 더 '상승적으로' 배설시킬 권리가 있는 것이다. 예술은 인간의 상상력을 무한히 확장시켜 억압된 욕구들을 보다 더 효과적으로 카타르시스 시키는 데 목적이 있다. 물론 정신적 정화에 의한 일시적 망각이 아니라 시원한 대리배설로서 말이다. 예술이 경건주의를 벗어나 보다 더 솔직해질 수 있을 때 인간의 삶은 더욱 활기차고 건강해질 수 있고, 보다 더 밝은 사회가 이룩될 수 있다.(「에로틱 아트의 긍정적 효용」, 『문학과 성』. 315쪽)

위의 글에서 읽을 수 있듯이 마광수는 에로티시즘 예술이 자기 취향에 맞는 성적 환상을 죄의식 없이 즐길 수 있도록 도와주는 역할을 하기 때문에 에로티시즘 예술에 대한 논의는 윤리적인 차원이 아니라 정신건강의 차원에서 적극적으로 다루어질 필요가 있다는 점을 강조한다. 그런 점에서 한국 사회에서 성의 문제가 지금보다 더 개방되고 논의되어야 할 필요가 있으며, 아울러 성을 중심으로 한 에로틱 아트가 가진 긍정적 효용성을 적극적으로 인정해야 한다고 주장한다.

3. 실존적 허무의식의 발현

마광수는 여러 논문과 에세이를 통해 자신의 문학을 구성하는 사상적 자양분이 기본적으로 불교사상에 토대를 두고 있음을 밝히고 있다. 그는 우리들 인간이 비극에서 느끼는 심리적 고통과, 카타르시스 효과에서 오는 예술적 쾌감 사이에 긴밀한 연관이 있는데 이 점을 그는 불교사상의 논리로부터 이끌어내고 있다 .마광수의 문학을 이해하는 데에서 불교의 진리는 중요한 논점을 제공해준다. 이 점은 역시『사랑이라는 환상』의 이면에 잠재되어 있는 작가의 세계관을 이해하는 데 중요한 계기를 제공해준다.

그는 불교의 진리 가운데 이른바 사성제(四聖諦)의 진리와 오온(五蘊) 등의 개념을 다음과 같이 자신의 문학에 반영한다. 즉 사성제(四聖諦)개념의 핵심은 인간의 현실생활 자체가 생로병사 등의 고통으로 가득 찬 비극적인 것이기 때문에 그 고통의 원인인 마음의 집착, 즉 욕심을 없애기 위해서 바른 도를 지켜나가야만 한다는 것이다. 그러므로 인간이 성불하기 위해 도를 닦으려면 먼저 고(苦)의 진리를 깨닫는 것이 선결과제가 된다. 즉 인생살이에서 누구나 추구하는 인생의 보람이나 행복은 원래부터 존재하지 않고 오직 비극적 고통만이 충만할 뿐이라는 사실을 선결조건으로 받아들여야 한다는 것이다. 우리의 감각세계와 물질의 법칙을 지배하는 현상세계의 오온은 모두 다 빈 것이고, 실체가 없는 것이며, 원래 실체가 없는 텅 빈 것이기 때문에 온갖 허망한 현상들이 나타난다. 이 현상들 가운데는 기쁨과 슬픔, 쾌락과 고통, 미움과 사랑 등이 모두 포함되어 있다.

여기서 주의해서 생각해 보아야 할 대목이 있다. 마광수가 파악하고 있는 고제(苦諦)란 것의 진정한 의미는, 실제로 우리의 본성 그 자체가 고통만으로 가득 차 있다는 비관주의적이고 염세적인 사고방식에서 나온 것이 아니라 지극히 낙관주의적이고 인본주의적인 사고방식에서 나온 것이라는 점이다. 그는 불교의 사성제(四聖諦) 개념에서 나오는 고(苦)의 진리를 우선 인정한 후 그것을 인간존재의 긍정적 의미를 깨닫기 위한 득도 과정에서의 과정적 수단으로 활용하자는 것이 불교사상의 핵심이라고 이해한다. 아울러 이것은 아리스토텔레스가 말한 카타르시스의 의미와도 합치된다고 파악한다. 고(苦)의 깨달음은 인간이 불성으로 나아가기 위한 중요한 출발점이 되는데 그는 불교의 '고제'에 대한 깨달음으로부터 일상의 삶에 내재된 실존적 허무의식을 도출해 낸다.

비극이 우리에게 불러일으키는 연민과 공포, 즉 비극적 고통의 감정이 어떻게 카타르시스를 줄 수 있는가 하는 문제를 그는 불교사상의 사성제 개념인 고(苦)의 문제와 관련지어 설명하면서 카타르시스의 문제를 음양의 상징이론에 확대시켜 적용하는 데까지 나아간다. 특히 한방의학과 카타르시스를 연결시켜 논의한 것은, 마광수 문학론의 특징인 '연역적 상징 이론과 구체적 효용성의 결합'이라는 새로운 방법론적 시평을 구체적으로 열어 보여준 사고라고 할 수 있다.

> 모든 행복감(幸福感)은 찰나의 착각에 지나지 않는다. 인간의 일생은 무조건 비극이다. 석가가 깨달았다는 고제(苦諦)는 그래서 중요하다. 모든 중생들은 오직 고통스럽다는 진리…… 그것을 석가는 평생 동안 설파하였다. 그런 실존적 허무의식을 일단 깨달아야 '고통으로부터의 탈출'이 가능해진다. 막연한 낙관주의처럼 인간을 허망하게 만드는 것은 없다. 즉, 궁(窮)할대로 궁해져야만 '통(通)'의 상태가 온다. 비극이 실존의 전부라는 것을 알아야만 우리는 비로소 불행을 극복해낼 수 있다. 절망보다 더 두려운 것이 희망이다. 희망을 죽여 버려라. (『마광쉬즘』, 98~99쪽)

이렇게 볼 때 작가가 여러 글에서 강조하는 '야(野)한 자각'은 이와 같은 실존적 허무를 깨닫는 것이고 따라서 '야한 정신'은 허무정신이면서 실존적 비극정신의 깨달음(『마광쉬즘』. 99쪽)이라는 논리가 성립된다. 다양한 성치료의 양상을 표면에 과도하게 노출하고 있는 『사랑이라는 환상』에서 주인공 지훈이 다음과 같이 말하는 것은 생의 이면에 잠복해 있는 비극성과 실존적 허무의식을 반영하는 증거라고 할 수 있다.

> 존재 자체가 증오스럽다. 프로이트의 시대가 '성적(性的) 좌절'의 시대였다면, 현대는 '실존적 좌절'의 시대다. 실존적

> 좌절은 권태를 낳고, 권태감은 사람들을 우울증으로 몰아간다. 갱년기에 찾아오는 무력감 때문에 생기는 우울증이나 어이없는 실연(失戀)따위로 찾아오는 우울증, 또는 극도의 열등감에 기인하는 우울증 등은 차라리 치료하기 쉽다. 그러나 단조롭게 되풀이되는 일상사와 거기서 누적된 권태감으로 인해서 생겨나는 만성적인 우울증은 오히려 치료하기가 어렵다.

실존적 허무주의는 이미 그의 앞선 작품들에서도 피력된 바 있는데, 영상 시나리오로 구성된 「권태를 위한 메모」에서 "관능적으로는 무척이나 열정적이지만 인생관 자체는 허무주의적이라는 것"(『야하디 얄라숑』)을 강조한 것이라든지, 시작품에서 "사랑을 하면 할수록 외로워져요 / 사랑을 하면 할수록 죽고 싶어져요 / 당신의 헛된 약속 / 나의 헛된 주절거림 / 아 모든 건 안개 속 술래잡기놀이 / 같이 몸을 합쳐도 계속되는 고적감(「사랑이 얼마나 사람을 고독하게 만드는지」, 『야하디 얄라숑』)을 언급하고 있는 것도 작가의 뿌리 깊은 허무의식을 보여주는 사례라고 할 수 있다. 성치료를 통한 관능적 상상력의 묘사에 바탕을 둔 『사랑이라는 환상』의 이야기 이면에는 세계에 대한 철저한 허무주의자의 비극적 인식이 투영되어 있는 것이다.

4. '열린 결말'의 의미

마광수는 이미 『즐거운 사라』에서 결말을 의도적으로 해피엔딩과는 정반대인 비극적 결말로 처리하지 않았다. 흔히 죽음이나 파멸로 결말을 마무리하여 '사랑에 대한 비극적 인식'을 주제로 삼는 기존 소설의 통념을 극복하려는 작가의 의지가 반영된 것이라고 이해할 수 있다. 작가는 주인공 사라가 추구하는 사랑의 '자유성'에 대한 인식을 열어놓음으로써, 주인공에게 능동적이고 독립적인 생명력을 부여하는 동시에 독자에게도 역시 열린 상상의 계기를 제공해 주려는 의도에서 결말 처리를 그렇게 했던 것으로 이해할 수 있다. 『즐거운 사라』에서 이야기의 결말을 열어놓음으로써 소설 속의 사라를 시대의 윤리에 희생되어야 할 속죄양이 아니라 확장된 자유를 누리며 스스로의 당당한 행복을 추구하는 적극적 인물로 만들어내고 있다.(이에 대해서는 「마광수의 소설 세계, 『즐거운 사라』의 이해를 위하여」『마광수 살리기』를 참조).

『사랑이라는 환상』에서도 작가는 역시 결말을 열어놓음으로써 '열린 소설'을 만들어보려는 시도를 하고 있다. 작품의 결말에 이르러 작가가 다음과 같이 어떤 가능성을 암시하고 있는 데에서도 '열린 결말'의 구조에 의미를 부여하려는 그 고민의 일단을 엿볼 수 있는 것이다.

> 갑자기 결말로 치닫기 위해 돌연한 교통사고나 돌연한 자살 같은 것이 등장할지도 모른다……. 또는 민자가 갑자기 도망가 버리거나 내가 의료행위를 빙자한 매춘을 시켰다는 죄목으로 잡혀가게 될지도 모르고……. 지훈은 문득 이런 생각이 들었다.

주인공 지훈으로 하여금 이런 생각을 갖게 한 것은 소설의 결말이 꼭 비극적이거나 일정한 매듭을 지으며 종결된 필요가 있겠느냐는 의문을 작가가 가지고 있기 때문이다. 하우프트만이나 브레히트가 추구하는 이른바 '개방형 종결' 형식의 드라마에서 극의 결말이 앞에서 진행되어 온 이야기와 사건의 완벽한 마무리를 지향하는 것이 아니라 '미결정'이나 '미해결'을 의미하듯이, 작가는 독자들에게 그들이 기대하고 있는 이야기의 분명한 결말을 어떤 형태로든 확정하여 제공하지 않겠다는 의도를 취하고 있는 것이다. 『즐거운 사라』와 마찬가지로 『사랑이라는 환상』에서도 작가는 '닫힌 소설'의 구조만이 플롯을 잘 짠 소설로 간주되는 문학 풍토에 이의를 제기하고 도전해 보려는 의도를 가지고 새로운 시도를 하고 있다.

5. 마광수 문학의 불온성

마광수의 문학은 우리 사회의 통념이 강요하는 현실에서 근본적으로 불온한 입장을 견지하고 있다. 그가 밝히고 있듯이 본질적으로 문학은 불온하며, 문학은 항상 현실에 대해 일탈적이고 가치전복적일 수밖에 없기 때문이다.(「본질적으로 문학은 불온하다」, 『야하디 얄라숑』). 그러나 다른 한 편으로는 "사회적 통념에 대한 반란" 으로서 문학은 "즐거운 저항" 이며 "과거에 대한 / 끊임없는 회의요 / 미래에 대한 / 끊임없는 꿈꾸기" 를 할 수 있는 정신의 탈주 장치이기도 하다. 동시에 문학은 "우리를 억압하고 순치(馴致)시키는 / 권력과 윤리에 대한 / 끊임없는 조소" 이기 때문에 본질적으로 불온한 문학은 시대와 불화하고, 작가는 시대와 사회의 금제로부터 부과되는 고통을 피하기 어렵다.

인간의 내적 체험의 소산인 금기와 위반들은 그것이 개인적인 것이든 사회적인 것이든 우리 내부에 감추어진 욕망들로부터 생겨난 것들이다. 조르주 바타이유가 금기와 관계하는 근본적인 것들로 '죽음'과 '성'을 들면서(『에로티즘』), 금기의 구심력과 위반의 원심력 사이에서 억압된 본능을 현시하며 사회적 금기를 간접적으로 위반함으로써 우리들 내부에 똬리를 틀고 있는 욕망을 탈주시키는 계기를 찾으려고 했던 것은 문학의 본질적인 특성으로서 '불온성'에 대한 적극적인 긍정이라고 할 수 있다. 마광수의 문학 역시 같은 맥락을 공유한다. 진정한 섹슈얼리티는 '윤리'와 '정상'을 거부하는 '창조적 불복종'에 있는 것이다(『마광쉬즘』 115쪽). 『사랑이라는 환상』에서 작가는 세상의 감시에 움츠리지 않고 이 점을 말하고 있다.

사랑이라는 환상

초판 1쇄 발행일 2016년 1월 22일

지은이 마광수
펴낸이 박영희
책임편집 김영림
디자인 박희경·박서영
마케팅 임자연
인쇄·제본 AP프린팅
펴낸곳 도서출판 어문학사
서울특별시 도봉구 쌍문동 523-21 나너울 카운티 1층
대표전화: 02-998-0094/편집부 1: 02-998-2267, 편집부 2: 02-998-2269
홈페이지: www.amhbook.com
트위터: @with_amhbook
인스타그램: amhbook
블로그: 네이버 http://blog.naver.com/amhbook
다음 http://blog.daum.net/amhbook
e-mail: am@amhbook.com
등록: 2004년 4월 6일 제7-276호

ISBN 978-89-6184-402-4 03810
정가 15,000원

이 도서의 국립중앙도서관 출판예정도서목록(CIP)은 e-CIP홈페이지(http://www.nl.go.kr/eci와 국가자료공동목록시스템(http://www.nl.go.kr/kolisnet)에서 이용하실 수 있습니다.
(CIP제어번호: CIP2016000587)